Zürich fliegt

Rahel Hefti wurde 1988 geboren und wuchs in der Nähe von Zürich auf. Sie studierte Medien- und Kommunikationswissenschaften sowie Filmwissenschaften an der Universität Zürich und schloss ihr Studium mit dem Master of Arts ab. In der Schweiz erschienen von ihr der Young-Adult-Roman «Das verlorene Dorf» und das Jugendbuch «Alyssa Illusion». Mit «Zürich fliegt» legt sie ihr Debüt bei Emons vor.

RAHEL HEFTI

Zürich fliegt

KRIMINALROMAN

emons:

Bibliografische Information der Deutschen Nationalbibliothek
Die Deutsche Nationalbibliothek verzeichnet diese Publikation in der Deutschen Nationalbibliografie; detaillierte bibliografische Daten sind im Internet über http://dnb.d-nb.de abrufbar.

FSC
www.fsc.org
MIX
Papier aus verantwortungsvollen Quellen
FSC® C083411

Umschlagmotiv: photocase.com/Clarissa Schwarz
Umschlaggestaltung: Tobias Doetsch
Gestaltung Innenteil: César Satz & Grafik GmbH, Köln
Lektorat: Irène Kost, Biel/Bienne (CH)
Druck und Bindung: CPI – Clausen & Bosse, Leck
Printed in Germany 2016
ISBN 978-3-95451-946-0
Originalausgabe

Für meine Eltern & Sarah
Ich liebe euch über alles

Prolog

Es herrschte tiefe Nacht. Obwohl Mitte April war, schneite es seit Stunden. Greifensee wurde vom Schnee ummantelt wie ein delikates Gebäck von Puderzucker. Es musste diese Assoziation sein, die Ralf Döbelis Magen zum Knurren brachte.

Nervös rieb er sich die eingefrorenen Arme. Die Kälte bohrte sich wie Betäubungsspritzen in seine Poren. Gleichzeitig perlte ihm der Schweiss von der Stirn. Ängstlich schielte er zu dem Mann mit der blauen Wollmütze, der ihn am Arm festhielt und die Stationsstrasse hinunter Richtung See zerrte. Und wieder knurrte sein Magen.

Es war das schlimme Ende eines Tages ohne eine einzige warme Mahlzeit: Katja und er hatten sich abermals gestritten. In der Folge hatte sie das Abendessen vom Tisch, den Ehering aus dem Fenster und ihn aus der Wohnung geworfen. Der Grund für die Streiterei war seit Jahren derselbe: Döbelis Schwäche für langbeinige Osteuropäerinnen. Dass sich Katja während derselben Zeit mit einem Studenten vergnügte, tat angeblich nichts zur Sache – «Ich werfe wenigstens nicht unser Geld zum Fenster hinaus!»

Erneut musterte Döbeli den Mann, der ihn kurz nach seinem Rauswurf abgefangen hatte. Ob das Katjas Student war? – Er hatte es nicht in Erfahrung bringen können. Trotzdem folgte er ihm durch die Nacht. Die Argumente des Jungen waren bestechend gewesen: die Statur eines Boxers und eine Schusswaffe mit Schalldämpfer. Mit einem Körperfettanteil von dreiundzwanzig Prozent und einem Kugelschreiber im Hosensack hatte Döbeli dem wenig entgegenzusetzen.

«Katja wird sich von mir trennen. Du kannst sie haben», sagte er vorsichtig. Der andere reagierte nicht. Also doch nicht der Student, dachte er beunruhigt.

Der Fremde führte ihn durch die Städtlistrasse, wo Döbeli über einen hervorstehenden Pflasterstein stolperte. Sie passierten die Kirche, in welcher er und Katja sich vor zehn Jahren das

Jawort gegeben hatten, und gingen weiter Richtung Bootshafen. Der Schnee vermischte sich unter ihren Schuhsohlen knirschend mit den Kieselsteinen. Es war ein unheimliches Geräusch, zumal alles andere von den Flocken verschluckt wurde.

Nach einer Weile realisierte Döbeli, dass der junge Mann ihn zum Seeufer brachte. «Ist es nicht ein bisschen kalt dafür?» Das künstliche Lachen verliess seinen Mund in zuckenden Wolken. Der Fremde schien keine Lust auf Small Talk zu haben. Überhaupt hatte er kein Wort gesprochen, seit er Döbeli aufgegriffen hatte. Gut möglich, dass er den breiten Zürcher Dialekt gar nicht verstand. Für den redegewandten pensionierten Mediensprecher war das Schweigen unerträglich.

Sie erreichten die Liegewiese neben dem öffentlichen Strandbad. Der Mann stellte zwei Campingstühle auf und wies Döbeli mit einem harschen Nicken auf den einen Platz. Schlotternd kam dieser der Aufforderung nach. Sein Blick wanderte durch die nähere Umgebung.

Über dem Greifensee lag eine dünne Nebelschicht. Das Schilf und die hochgewachsenen Gräser bogen sich unter ihrer Bepuderung. Das Wasser plätscherte leise über den Kies. Sie waren mutterseelenallein.

Der Fremde nahm seinen Rucksack vom Rücken und zog verschiedene Flaschen hervor: Bordeaux, Cognac, Grey Goose Wodka, Schwarzwälder Sauerkirschlikör und eine Flasche Bündner Rosoli. Der Anblick des Rosolis trocknete Döbelis Kehle schneller aus als ein Wüstentrip. Er kannte die Flaschen: Sie stammten aus seinem Keller.

Der Mann setzte sich auf den zweiten Stuhl und lehnte sich entspannt zurück. Die Waffe hielt er auf Döbeli gerichtet. «Ich hoffe, du hast Durst.» Astreines Schweizerdeutsch.

Döbelis Gesicht versteinerte. «Ich soll mich betrinken? – Das ist absurd!»

Der Fremde schoss neben Döbeli in den Schnee. Döbelis Mund entwich ein Schrei. «Die nächste Kugel geht in deinen Fuss.»

Panisch stürzte sich Döbeli auf den Rosoli. Als er die Flasche nicht sofort öffnen konnte, lud der andere geräuschvoll nach.

«Ich beeile mich ja!» Tränen rannen über seine Wangen. Mit einem leisen *Plopp* sprang der Deckel weg.

«Ex!», befahl der Fremde.

«Willst du mich vergiften?»

Der junge Mann nahm Döbelis Fuss ins Visier. Der Rosoli rann wie Leitungswasser seinen Hals hinunter. Sein Kopf drehte sich, als er die Flasche nach vier Schlucken vom Mund zog. «Warum tust du mir das an?» Er weinte immer noch.

Der Fremde kickte ihm den Wodka hin. *«Nastrovje!»*

Döbeli musste jede Flasche anbrechen und ein paar Schlucke davon nehmen. Bald sah die Liegewiese aus wie nach einem Botellón. Die Flocken vor seinen Augen verwandelten sich in tanzende Sterne. Er fiel vom Stuhl und landete im Schnee.

Was ihn überkam, war keine richtige Ohnmacht, denn er spürte, wie er im Schnee umhergewälzt wurde. Als er auf dem Bauch landete, kam ihm Gallenflüssigkeit hoch.

«Wieso?» Das Wort drang kaum noch durch, aber er wollte nicht aufgeben. Er war mit seinem liebsten Hobby – dem Trinken – gefoltert worden; er hatte eine Antwort verdient.

Der Fremde liess Döbeli los und ging zu seinem Rucksack. «Erinnerst du dich an deine Worte von damals?» Döbeli wusste nicht, wovon er sprach. Im nächsten Moment landete eine Klopapierrolle vor seiner Nase. Das Blut gefror ihm in den Adern. Der Fremde lächelte. «Ah, du erinnerst dich.»

Döbelis Verzweiflung erreichte eine völlig neue Dimension. Er wollte davonrennen, hinfortrobben, wegrollen, durch den Schnee paddeln, schwimmen und kraulen, doch sein Körper gehorchte ihm nicht mehr. Der Mann holte ihn anstrengungslos ein und drückte sein Gesicht in den Schnee, bis er das Bewusstsein verlor.

Die Schneeflocken hatten sich zu einer weissen Wand verdichtet, als er das nächste Mal erwachte. Er lag auf einem Windsurfbrett und war von Kopf bis Fuss mit Klopapier umwickelt. Seine Hände waren auf dem Rücken zusammengebunden, auch die Beine konnte er keinen Zentimeter auseinanderbewegen. Ein baseballgrosser Papierklumpen in seinem Mund sorgte für Erstickungsangst. Erschrocken riss er den Kopf hoch.

Das Surfbrett trieb auf den Greifensee hinaus. Der Peiniger stand am Ufer und schaute ihm nach. Mit einem Schlag flennte Döbeli, was seine Augen hergaben.

Er kannte den Mann und wusste, was dieser mit ihm vorhatte. Und ja, er erinnerte sich an seine Worte von damals und den dämonischen Zusammenhang mit dem Klopapier. Er wollte den Gedanken daran aus seinem Kopf vertreiben, doch wie sein Körper, so gehorchte auch sein Wille nur noch den Fesseln seines scheidenden Seins.

Auf einmal sah er sich vor dem Rathaus in Schwyz stehen, das volle Haar gescheitelt, den noch flachen Bauch durch ein enges Hemd betont. Er sah die Journalistenschar mit ihren Mikrofonen und den blitzenden Kameras. Er stellte sich ihren neugierigen Fragen und spürte, wie seine Wangen vor Stolz erröteten, als er von dem gewonnenen Fall erzählte.

Es waren Fesseln aus Papier, hörte er sich sagen. *Daraus hätte sich jeder retten können.*

Die Panik überkam ihn wie ein Fieberanfall. Er wollte schreien, dabei verschluckte er sich an dem Papierklumpen in seinem Mund. Sein darauffolgender Hustenanfall brachte das Surfboard in Schieflage. Er wollte die Bewegung ausgleichen, doch je verzweifelter er dies versuchte, desto stärker neigte sich das Brett zur Seite. Er verlor den Kampf. Der Papierklumpen verhinderte einen letzten Schrei, als er ins Wasser fiel und seinem Grab entgegensank.

1

Der Laserkopierer blinkte, und das grüne Licht wanderte dem Spalt der Kopierfläche entlang. Der Feinstaub brannte in ihren Lungen. Kurz darauf spuckte das Gerät zwei Papiere aus.

Alyssa Müller zog die Kopien hervor, lochte und heftete sie und legte sie in dem gelben Ordner ab, der hinter ihr auf dem Tisch lag. Das Original kam auf den Stapel daneben. Erschöpft strich sie sich die langen dunkelrot gefärbten Haare zurück. Danach legte sie das nächste Einzelpapier auf die Glasplatte. Die Prozedur startete von Neuem. Diesmal hielt sie die Luft an.

Sie hatte sich auf der Webseite des Bundesamts für Gesundheit informiert: Der Arbeitgeber war dazu verpflichtet, die Feinstaubbelastung am Arbeitsplatz niedrig zu halten. Silvano Moretti setzte sich genüsslich darüber hinweg. Hingegen bezahlte er gutes Geld. Für die vierzig Prozent, die Alyssa bei dem berühmten Zürcher Wirtschaftsanwalt arbeitete, verdiente sie tausendfünfhundert Franken – im Monat. Kein schlechtes Gehalt für eine Studentin.

«Du solltest echt die Tür offen lassen, wenn du hier kopierst.» Birgit Scholz betrat den Kellerraum und hüstelte bepinselt. Mit einer energischen Bewegung griff sie nach dem Stapel mit den Originalpapieren. «Hier hast du ein Eselsohr gemacht.»

Den nächsten Kopiergang löste Alyssa mit der Faust aus.

Birgit hatte ihr Jurastudium zu jenem Zeitpunkt abgeschlossen, zu welchem Alyssa ihres in den Fächern Publizistik und Psychologie aufgenommen hatte. Beide arbeiteten seither bei Moretti & Partner als Praktikantinnen – Birgit mit Aussicht auf eine Festanstellung, Alyssa mit dem Status der ewigen Tellerwäscherin. Alyssa beneidete ihre Kontrahentin nicht nur deshalb, denn Birgit hatte alles, wovon sie derzeit nur träumte: einen Abschluss, einen festen Freund und zwei Katzenbabys. Alyssa hätte alles für einen solchen Erfolg getan. Bis vor wenigen Jahren strebte sie eine Karriere im Spitzensport an. Freeskierin hatte sie werden wollen, bevor ein Unfall Knie und Traum zerstört hatte. Nun war sie eine vierundzwanzigjährige Bachelorstudentin, deren einzige Berufserfahrung im Bedienen von Morettis Kopierer lag. Erfolg sah anders aus, und genau dieses Gefühl liess sie täglich mit dem Schicksal hadern. Dass Birgit trotzdem immer an ihr herumnörgelte, grenzte an Hohn. Möglicherweise war das auch eine Begleiterscheinung des Ehrgeizes – oder der Eifersucht.

«Die will halt so sein wie du – schlank, schön und stark», hatte Alyssa einst von der dauerlästernden Mediensprecherin Caroline Fischer gehört und war ob der Komplimentenflut knallrot angelaufen. Sie selbst fand sich nicht sonderlich begehrenswert. Zwar war ihr Gesicht mit den warmen braunen Augen und den hohen Wangenknochen ganz schön anzusehen. Leider war sie so gross, dass es kaum jemandem auffiel. Von hinten ging sie locker als muskulöser Junge durch. Wohl deshalb benutzte Birgit gerne die Namen von historischen Ungeheuern, wenn sie mit ihr sprach: «Jetzt aber dalli, T-Rex! Die Unterlagen sollten längst beim Chef liegen.»

Ihre Lungen brannten wie die einer Kettenraucherin, als sie kurz nach Mittag aus dem Altbaugebäude im Zürcher Seefeld stürmte. Wegen einer Stellwerkstörung beim Bahnhof Stadelhofen erreichte sie Oerlikon mit einer Verspätung von dreissig Minuten. Das Institut für Publizistikwissenschaft und Medienforschung, kurz IPMZ, lag in Bahnhofsnähe an der autofreien Andreasstrasse. Wie immer wurde diese von zahlreichen Menschen – hauptsächlich Studenten und Dozenten – bevölkert. Alyssa schoss wie eine Slalomfahrerin zwischen ihnen hindurch.

Der Vorlesungssaal befand sich auf der dritten Etage des sterilen fünfstöckigen Gebäudes. Alle Plätze waren belegt. Alyssa versuchte, sich im Dschungel aus Laptops, Convertibles, Tablets und Smartphones zu orientieren. Irgendwann entdeckte sie ihre WG-Mitbewohnerin Valérie. Das Mädchen mit der braunen Bobfrisur und einem unschuldigen Bambigesicht sass im hinteren Drittel und winkte sie eifrig zu sich. Ihre klirrenden Armbänder übertönten selbst das Mikrofon der Dozentin. Sie sah damit aus wie die Tochter eines Hippies, aber das störte sie nicht. Valérie hatte sich nie viel aus der Meinung von anderen gemacht, wohl deswegen war sie der zufriedenste Mensch, den Alyssa je kennengelernt hatte. Dass sie ein seltsames Paar abgaben, war ihnen durchaus bewusst: Mit ihren eins dreiundachtzig überragte die ruhige Alyssa ihre vorlaute Freundin um einen ganzen Kopf. «Wladimir sucht Hayden», lästerte eine Kommilitonin und duckte sich, als Valérie einen Radiergummi nach ihr warf.

«Das war echt unnötig», meinte Alyssa und schürzte tadelnd den Mund, um ihr Grinsen zu verbergen. Sie setzte sich neben Valérie hin und zog einen Notizblock hervor. In ihren Gedanken begann sie die Sekunden zu zählen. Eins, zwei, drei …

Eine Hand schoss aus der hinteren Reihe hervor. «Darf ich bitte auch ein Blatt?» Alyssa und Valérie tauschten einen belustigten Blick aus. Die blasse Hand gehörte einem Jungen, schwarzhaarig, mit kräftigem Körper und roten Pusteln im Gesicht. Die Lästerkommilitonin von vorhin hatte ihn unlängst «Rotpunkt» getauft, nach der Apothekenkette.

Alyssa riss einen Bund Papiere vom Block und reichte sie Rotpunkt mit einem freundlichen Nicken zu. Er strahlte begeistert zurück. Valérie unterdrückte ein Glucksen, was Alyssa mit einem drohenden Blick quittierte.

Die Dozentin vertiefte sich in einen Monolog über das kommunikative Handeln. Mit Ausnahme der Streber im vorderen Drittel hörte niemand zu. Alyssa gähnte und holte ihr Smartphone für eine Runde «Wordament» hervor. Valérie hatte ihr Mobiltelefon ebenfalls zur Hand genommen, bevorzugte aber das aktuelle Tagesgeschehen. Eine Weile lang sassen sie schweigend nebeneinander.

Irgendwann entfuhr Valérie ein ungläubiges Keuchen. «Das musst du dir ansehen!» Sie stiess Alyssa in die Seite. Diese rutschte vom Touchscreen ab und verlor die entscheidenden letzten Sekunden des Wortspiels. Naserümpfend legte sie das Mobiltelefon weg und widmete sich Valéries Smartphone. «Die haben euren Ex-Mediensprecher gefunden», flüsterte ihre Freundin aufgeregt. Alyssas Herz machte einen Satz, als sie die Schlagzeile las.

Ralf Döbeli: Betrunken ertrunken!

Passanten entdecken die Leiche des ehemaligen Mediensprechers von Moretti & Partner im Greifensee.

Die Szene könnte aus einem Krimi stammen: Gestern Abend erspähten zwei Spaziergänger die Leiche des 64-Jährigen im Schilf des Greifensees. Die Polizei schliesst ein Gewaltverbrechen vorerst aus. Stattdessen betont sie einen möglichen Zusammenhang zwischen dem Toten und den vor eineinhalb Wochen gefundenen Alkoholflaschen beim Strandbad Greifensee. «Die Frau des Verstorbenen bestätigt, dass die Spirituosen aus ihrem Besitz stammen könnten», erklärt Bernhard Riseli, Mediensprecher der Kantonspolizei Zürich. Trug das vermeintliche Greifensee-Botellón also die Handschrift eines einzigen erwachsenen Mannes?
Der Fall bleibt rätselhaft: Ist Döbeli betrunken ertrunken? War es ein Unfall? War es Suizid? Die Polizei gibt sich bedeckt: «Zu laufenden Ermittlungen können wir uns nicht äussern», sagt Riseli. Aber: «Wir ziehen alles in Betracht.»
Döbelis Leichnam wird für weitere Abklärungen in das Institut für Klinische Pathologie des Universitätsspitals Zürich gebracht. Update folgt. (her)

«Du hast ihn gekannt, oder?» Valérie studierte ihre Freundin eingehend. Diese kratzte sich nervös an den Schläfen, der Gedanke behagte ihr nicht. Ja, sie hatte Ralf Döbeli gekannt, flüchtig zumindest. Der Mediensprecher war frühzeitig pensioniert worden, bei Moretti & Partner aber ein gern gesehener Gast geblieben. Für jeden Mitarbeiter hatte er stets ein nettes Wort übrig gehabt. Sogar Alyssas Kopierarbeiten waren ihm positiv aufgefallen. Zehn Jahre und Kilos früher musste er eine attraktive Erscheinung gewesen sein. Seine alten Firmenporträts wurden unter der weiblichen Belegschaft wie Panini-Bilder gehandelt. Es verstörte Alyssa, den freundlichen Mann in einem Leichensack auf Valéries Smartphone zu sehen. Die Vorstellung, dass er sich das Leben genommen hatte, war obskur. Döbeli hatte durch und durch lebensfroh gewirkt. Andererseits war Alyssa immer schon schlecht darin gewesen, den Schein vom Sein zu differenzieren.

Für den Bruchteil einer Sekunde tauchte das Bild eines Jungen vor ihrem inneren Auge auf. Sie presste reflexartig die Hand auf den Bauch, um den Gedanken abzuwimmeln.

«Das trifft eure Firma echt hammerhart», plauderte Valérie weiter. «Hat sich nicht erst vor einem Jahr einer von Morettis Anwälten im Badezimmer erhängt? – Ob Döbeli Kinder hatte?»

«Keine Ahnung.» Alyssa war immer noch übel. Zitternd griff sie nach ihrer Wasserflasche und trank sie bis zur Hälfte aus.

Valérie bekam von Alyssas Unruhe nichts mit. Ihre Augen funkelten manisch, während sie mehr über Döbeli herauszufinden versuchte. Flink bediente sie ihren Touchscreen. «Keine Kinder. Dafür eine Vorliebe für Hochprozentiges. Das erklärt das Botellón. Davon hast du bestimmt gehört: Die Polizei glaubte, ein paar Jugendliche hätten sich am See betrunken. Nicht zu fassen, dass das Döbeli gewesen ist. Der Kerl hat eine Leber wie eine Destillationsapparatur!»

«Da vorne sitzt Pitbull», sagte Alyssa und lenkte vom Thema ab. Valérie riss den Kopf hoch. Im nächsten Augenblick verzog sie den Mund, als hätte sie Zitronensaft geext.

Markos Petalidou – oder Pitbull – war ihr Nachbar und Valéries Fitnessverehrer. Sein Stiernacken und die aufgepumpten Arme deuteten auf eine Protein-Überdosis hin, der rasierte Eierkopf auf fehlendes Modebewusstsein. Über die breiten Schultern spannte sich der Werbeaufdruck seines FC-Zürich-Trikots, das er mit dem Stolz eines Ultras trug. Er war kaum grösser als Valérie, aber mindestens dreimal so breit, mit wachen Augen, einer platten Nase und mädchenhaft geschwungenen Lippen. Auf den ersten Blick wirkte er grimmig, doch sobald er mit jemandem kommunizierte, begann er zu strahlen wie die Sonne am ersten Frühlingstag. Alyssa faszinierte seine ambivalente Optik. Sie mochte den Kerl, obwohl sie ihn kaum kannte. Valérie erging es da deutlich anders: Im Fitnesscenter landete er früher oder später immer auf einem benachbarten Gerät. Dort wartete er hoffnungsvoll darauf, von ihr bemerkt zu werden – ein Gefallen, den sie ihm aus Prinzip nicht machte. Mutlose Männer passten nicht in ihr Beuteschema, egal, wie gross ihr Bizeps war, ausserdem war sie GC-Fan.

«Ich werde dir offen ins Gesicht lachen, sobald *dein* Rotpunkt zum Hechelhund wird!», zischte sie Alyssa ins Ohr und sprang von ihrem Platz auf, bevor die Stunde zu Ende war. Die Tür zum Ausgang hämmerte sie laut ins Schloss. Pitbull bemerkte es und senkte die massiven Schultern.

«Äh, Entschuldigung. Darf ich noch ein paar Blätter haben?» Neben Alyssas Kopf tauchte wieder Rotpunkts Hand auf. Alyssa verkniff sich das Lachen und kam seinem Wunsch nach.

2

Ralf Döbelis rätselhafter Tod blieb das Hauptthema in Zürich. Valérie – stets mit einem Faible für skandalöse Geschichten – hielt Alyssa gegen deren Willen auf dem Laufenden. Bald war diese besser informiert als Caroline Fischer, Döbelis Nachfolgerin.

«Woher weisst du eigentlich immer alles?», maulte die Mittdreissigerin, obwohl allen klar war, dass es neben einer Gratis-App kein Informationsmedium auf ihren Radar schaffte. Alyssa hatte Caroline zunächst für den kompetentesten Menschen der Welt gehalten – immerhin kombinierte sie seriöse Deuxpièces mit dem Kaffeekonsum eines Workaholics. Dem Klischee entsprach Caroline aber nur von aussen. Sie verstand weniger von ihrem Job als ein Sozialdemokrat vom Bankenwesen.

Caroline stand denn auch das Wasser bis zum Hals. Bereits vor vier Monaten war eine Medienkonferenz für Donnerstag in einer Woche angesetzt worden. Und heute war Dienstag. Die Themen waren definiert gewesen, die Informationsmappen gedruckt, Präsentation und Redner abgesegnet. Jetzt war Döbeli tot – und alles war anders. Silvano Moretti wollte die Konferenz im Gedenken an seinen verstorbenen Freund umgestalten; gleichzeitig klingelte pausenlos das Telefon. Alle wollten ein Statement zum überraschenden Tod der schillerndsten Figur in der Firmengeschichte von Moretti & Partner. Ein Grund mehr für Caroline, ihren Vorgänger bis aufs Blut zu hassen.

Ihre schlechte Laune übertrug sich auf das halbe Büro – allen voran auf Birgit. Gemeinsam mit Alyssa aktualisierte sie die Medienmappen, die Caroline um einen dreiseitigen Nachruf erweitert hatte. Die Aufgabe war simpel: neu sortieren, heften, ablegen, kontrollieren – repetieren.

Birgit verhielt sich trotzdem, als ginge es um ihr Leben. «Hör auf, die Dinger senkrecht zusammenzutackern! Wir haben uns doch auf schräg geeinigt.»

«Unser Job wird nicht wichtiger, weil du eine Staatsaffäre daraus machst», entgegnete Alyssa.

Birgit überging den Einwand. «Diagonal, T-Rex. *Di-a-go-nal.*»

«Seid ihr schon durch?» Caroline schielte über den Rand ihrer drei Computerbildschirme. Birgit verneinte, was bei Caroline Schnappatmung auslöste. «Dann mal zackig! Die Mappen müssen morgen raus. Euch bleibt kaum noch Zeit.»

«Es ist erst Mittag», sagte Alyssa und heimste gleich zwei Giftblicke ein.

«Gibt es eigentlich Neuigkeiten zu Döbelis Tod?», fragte Birgit.

Caroline gab ein Murren von sich. «Nur was in den Zeitungen steht: zwei Komma acht Promille, Papierreste im Mund, keine Anzeichen auf eine Fremdeinwirkung ... Im Ernst: Das Theater ist übertrieben. Er ist nicht der Erste und auch nicht der Letzte, der alkoholisiert ertrunken ist.»

«Was ist mit den Papierresten? Diesen Befund finde ich ziemlich schräg.»

«*Zwei Komma acht Promille*, Birgit. – Der war so besoffen, dass er Chips nicht mehr von Klopapier unterscheiden konnte.»

«Oder jemand wollte ihn mundtot machen.»

«Eine Fremdeinwirkung hat die Polizei bereits ausgeschlossen», mischte sich Alyssa ein, woraufhin Birgit verächtlich mit der Zunge schnalzte.

«Sag mal, läufst du heute im Korrekturmodus?»

Silvano Moretti betrat das Grossraumbüro. Das Geplapper der drei Frauen verstummte.

Der Inhaber von Moretti & Partner war eine imposante Erscheinung: gross gewachsen, eloquent und sportlich. Er besass stechend grüne Augen und eine eindrucksvolle Hakennase. Der Ansatz seiner schwarzen Haare war bis zur Schädelmitte gewichen, im hinteren Teil baumelte ein langer Pferdeschwanz über den mokkabraunen Massanzug. Moretti war kein Schönling, strahlte jedoch eine Autorität aus, die ihn durchaus attraktiv machte.

Heute war von dieser unbezwingbaren Aura wenig zu spüren. Er wirkte nervös und drehte an einem Knopf seines Hemds herum, bis er ihn lose in der Hand hielt. «Alyssa. Kann ich dich kurz in meinem Büro sprechen?»

Alyssa hob den Kopf. Auch Birgit und Caroline unterbrachen ihre Arbeit. Sie starrten ihre Kollegin an, als wäre sie zur Prinzessin erkoren worden. Der Ausdruck in Morettis Gesicht verriet allerdings höchste Anspannung. Also doch nicht Prinzessin, dachte Alyssa. Ernüchtert legte sie die Heftmaschine beiseite und folgte ihrem Chef in dessen Büro. Hinter ihr erhob sich ein aufgeregtes Tuscheln.

«Bitte, setz dich.» Moretti zeigte auf den Sessel vor seinem Mahagonitisch. Das Leder gab ein lautes Furzgeräusch von sich, als sich Alyssa daraufsetzte. Ihr stieg die Schamesröte ins Gesicht, aber Moretti verzog keine Miene. Offenbar hatte er nichts gehört.

Sein Blick wirkte apathisch entrückt, gleichzeitig durchbohrte er Alyssa bis auf ihr Innerstes. Was für ein widersprüchliches Auftreten, dachte sie und wusste nicht, ob sie das beeindrucken oder einschüchtern sollte. Als er seinen Blick intensivierte, rutschte sie dennoch tiefer in den Sessel hinein.

Moretti setzte sich hinter seinen Arbeitstisch. «Ich muss dich vermutlich nicht darauf hinweisen, dass dieses Gespräch vertraulich ist.» Sie nickte. Er öffnete seine Schublade und zog eine Fotografie heraus. Geräuschvoll schob er sie unter Alyssas Augen. Deren Atem versiegte. «Besteht eine Verbindung zwischen dir und diesem Jungen?», fragte er. Sie nickte wieder, diesmal kaum ersichtlich. «Wann hast du ihn das letzte Mal gesehen?»

«Vor zehn Jahren. *Zehneinhalb*, um genau zu sein ...» Sie stotterte. Ihre Kehle war wie ausgetrocknet.

«Eine Ahnung über seinen Verbleib? Freunde? Verwandte?», forschte Moretti weiter und seufzte, als sie den Kopf schüttelte. Er nahm das Bild vom Tisch und verstaute es wieder in der Schublade. «Du darfst zurück an deinen Arbeitsplatz. Vielen Dank.»

Alyssa nickte zum dritten Mal. Wie in Trance stemmte sie sich aus dem Ledersessel hoch, noch langsamer schlich sie zur Tür. Auf ihrer Zunge brannten tausend Fragen, allerdings konnte sie sich zu keiner durchringen. Stattdessen spürte sie, wie ihre Erinnerung ansprang. Wie ein alter Filmprojektor kam sie ratternd in Bewegung.

Das Bild des Jungen verfolgte sie bis in den Korridor. Zunächst war es statisch, eine Momentaufnahme der Vergangenheit. Aber schon bald geriet es in Bewegung. Kurz darauf türmten sich die Erinnerungen in ihrem Innern auf. *Explodierende Strassenlampen. Vor Angst erzitternde Mädchen. Tote Schmetterlinge in ihrem Bauch.*

Es war eine mentale Vulkaneruption. Ihr Kopf begann sich zu drehen, der Magen kehrte sich um. Aufgescheucht stürzte sie zur Toilette. Sie sperrte sich in eine Kabine und ging vor der Kloschüssel in die Hocke. Ihre Finger verkrampften sich um die Brille. Das Bild des Jungen war omnipräsent geworden. *Du hast ihn zu Unrecht verraten*, drängte eine Stimme. – *Lass nicht zu, dass er in deinen Kopf eindringt!*, rief eine andere. Doch er war längst eingedrungen. Ihr Verstand rebellierte, und erst nach zehn Minuten erlangte sie wieder die Kontrolle.

Benommen kam sie auf die Beine. Sie stellte sich vor den Spiegel, richtete sich zitternd Make-up und Haare. Der kleinen Narbe an ihrer Stirn widmete sie besonders viel Aufmerksamkeit. Erst als diese sicher unter dem Haaransatz verschwand, verliess sie die Toilette. Angeleitet von ihrer Vernunft, kehrte sie in den Alltag zurück. In ihrem Bauch lagen tote Schmetterlinge.

***

Am Abend sass Alyssa in ihrem Zimmer am Fenster und arbeitete an einem Seminarreferat. Die Sonne hatte kaum noch Kraft, trotzdem glaubte sie zu spüren, wie die Strahlen sie mit Vitamin D auftankten.

Nach langen Tagen in der Stadt fühlte sie sich wie ein verdrecktes Pflänzchen. Sie mochte Zürich, hatte aber eine Aversion gegen das verdichtete Zentrum entwickelt. Mit den steigenden Temperaturen verwandelte sich die Innenstadt in eine flimmernde Teerwüste, und die künstlich evozierten Autostaus trugen ihr Weiteres zu dem Treibhauseffekt bei. Weshalb trotzdem alle eine Wohnung im Stadtkern wollten, konnte sie nicht verstehen. Ihre WG mit Valérie war nicht nur billiger als ein vergleichbares Objekt in der Innenstadt, sondern kam auch ohne die beklemmende Enge und die vielen Menschen rundum aus.

Zuvor wohnte Alyssa am Oberen Zürichsee im Kanton Schwyz, der Grenze zwischen Agglomeration und Land. Erzählte sie dort von ihrem neuen Wohnort, schaute man sie an, als wäre sie einer Drogenbande beigetreten. Im Kreis 12, zu welchem Schwamendingen gehörte, lag der Ausländeranteil weit über dem städtischen Durchschnitt, denn die Wohnpreise waren für Zürcher Verhältnisse eher niedrig. Und obwohl in jüngster Zeit zahlreiche neoökologische Minergiebauten aus dem Boden gestampft wurden, war der Ruf des «Ghettos» haften geblieben. Alyssa hatte Schwamendingen trotzdem ins Herz geschlossen. Der Stadtkreis versuchte nicht im Geringsten, seine kulturellen, politischen und geografischen Extreme zu verstecken, sondern trug sie stolz nach aussen. Letztes Jahr war sie zum ersten Mal an der Schwamendinger Chilbi gewesen: Sie hatte sich sofort heimisch gefühlt.

Für einen Moment hob sie den Kopf und schaute in den Innenhof. Ein kleines Geschwisterpaar sprang einem Fussball nach. Der Ball landete vor Pitbull, der soeben von einem Einkauf zurückkehrte. Seinem furchteinflössenden Stiernacken zum Trotz rannten ihm die Kinder sofort entgegen.

Das Mädchen sagte etwas. Pitbull stellte seine Coop-Tasche auf den Boden, hob den Ball mit dem Fuss an und balancierte ihn auf dem Oberschenkel. Die Kinder jubelten, während Pitbulls Wangen vor Stolz erröteten. Alyssa beobachtete ihn lächelnd. Auf einmal wünschte sie sich, wieder kindlich naiv zu sein, jedem zu vertrauen und nichts zu hinterfragen. Der Gedanke schnürte ihr die Kehle zu.

Mit einem hektischen Räuspern widmete sie sich wieder ihrem Vortrag. Das unangenehme Gefühl blieb bestehen, denn das Referatsthema war zu verwandt mit ihrem alten Problem: *Vertrauen*. Ein Mittelfingerwink des Schicksals. Genervt klappte sie den Laptop zu.

Sie hatte sich im Rekordtempo umgezogen: Zwei Minuten später marschierte sie im Joggingdress durch die Wohnung.

«Du Arsch», grollte Valérie. Sie sass im Wohnzimmer und verdrückte einen Starbucks-Muffin.

«Du darfst gerne mitkommen», höhnte Alyssa und duckte sich, als Valérie das zerknüllte Muffinförmchen nach ihr warf.

«Danke, aber ich gehe nachher ins Gym.»

«Pitbull ist vorhin nach Hause gekommen.»

«Ich gehe morgen», revidierte Valérie und schaltete den Fernseher ein.

Die Sonne war hinter der Sportanlage Heerenschürli verschwunden, als Alyssa aus dem Haus trat. Sie entschied sich für die übliche Runde: Sie rannte ein paar Meter der breiten Dübendorfstrasse entlang und bog dann zum Schiessplatz ab.

Wie immer passierte sie das alte Reihenhaus, in welchem regelmässig ein Musiker auf seinem Klavier übte. Gerne stellte sie sich vor, dass er ein weltberühmter Jazzpianist sei, der inkognito im Kreis 12 wohnte.

Vor ihrem inneren Auge tauchten voll besetzte Konzerthallen und jubelnde Zuschauer auf. Der Gedanke brachte sie zum Lächeln. Im nächsten Moment dachte sie an ihre Mutter Bettina. Diese hatte sie schon immer für ihre überbordende Phantasie getadelt.

«Selbst aus einem Ghetto machst du ein Bonzenviertel. Darum wohnst du jetzt auch in Schwamendingen und nicht in der Innenstadt», spottete sie, obwohl sie Alyssas neuen Wohnort nie persönlich zu Gesicht bekommen hatte. Die alleinerziehende Bettina war vor zwei Jahren mit Alyssas kleinerer Schwester Maja nach Kanada ausgewandert, derweil Alyssa nach Zürich zog und ihr drei Jahre älterer Bruder Noé nach Bern.

Bettina selbst hatte es nie lange an einem Ort ausgehalten. Allein während Alyssas Pubertät änderte die Familie vier Mal ihren Wohnort. Alyssa hatte das ihrer Mutter nie nachgetragen, im Gegenteil. Dank der Umzüge lernte sie die halbe Schweiz kennen. Auch Problemen war sie nie einfacher aus dem Weg gegangen.

Sie erreichte den Wald nach wenigen Minuten. Beim Passieren der ersten Baumreihe drehte sie die Lautstärke ihres MP3-Players hoch und beschleunigte das Tempo. Ein wohliger Schauer jagte durch ihren Körper, als sie den harzigen Geruch der Bäume wahrnahm. Sie war keine Waldknutscherin, liebte aber den unverfälschten Kontakt zur Natur und das Gefühl, sich komplett darin zu verlieren. Auch mochte sie die unheimliche Atmosphäre, die sich wie Nebel über die dichtesten Passagen legte und besonders in der Dämmerung zur Geltung kam. Bettina wäre halb wahnsinnig geworden, hätte sie ihre Tochter nun gesehen. Für sie war der Wald nichts anderes als ein Hort des Verbrechens. Alyssa hatte diese Angst nie mit ihr geteilt. Sie war von Natur aus kein furchtsamer Mensch. Vielmehr übte die Gefahr eine seltsame Faszination auf sie aus. Zuweilen glaubte sie gar, das echte Leben erst am Abgrund wahrzunehmen. Es war der einzige Moment, in welchem ihr Kopfkino verstummte.

Nach einer halben Stunde hörte ihr Player auf zu spielen. Sie nahm ihn aus der Armschlaufe und zog eine Schnute. Das Display war dunkel, sie hatte schon wieder vergessen, ihn vollzuladen. Missmutig stülpte sie ihn zurück in die Halterung und rannte weiter.

Es war ungewohnt, dem Wald ohne Musik zu begegnen. Der naturbelassene Weg knirschte unter ihren Sohlen, und zirpende Insekten begleiteten das Geräusch wie ein geklontes Kammerorchester. Über ihr heulte eine Eule, in der Ferne schrie ein Fuchs. Fasziniert lauschte sie der Klangkulisse. Die Sinneseindrücke waren enorm. Gleichzeitig realisierte sie, woher die Kriminellen-Phantasie ihrer Mutter kam. Obwohl es windstill war, schien alles in Bewegung zu sein. Bald vernahm sie nicht nur die Laute der wilden Tiere, sondern auch die Schritte eines anderen Menschen.

Erschrocken blieb sie stehen.

Das Herz hämmerte laut gegen ihren Brustkorb. Es war das einzige Geräusch, das nicht zu dem Klangteppich der Natur passte. Von der vermeintlichen zweiten Person hörte sie nichts mehr. Voller Argwohn rannte sie weiter. Puls und Schritte hatten das alte Tempo kaum erreicht, als die Schritte hinter ihr wieder einsetzten. Diesmal blieb sie nicht nur stehen, sondern machte einen explosiven Sprung um hundertachtzig Grad. Niemand war da, aber ihre Phantasie brauchte keinen weiteren Trigger.

Er strich ihr liebevoll über den Schopf: «Ich sagte doch, dass ich dich verfolge.»

Ihr fuhr es kalt den Rücken hinunter. Mit einem Mal verfluchte sie Silvano Moretti. Ihr Chef hatte keine Ahnung, was er mit seiner Interrogation losgetreten hatte. Angestrengt versuchte sie, dem Jungenporträt in dessen Schublade alle Bedeutung abzuschreiben – oder zumindest eine vernünftige und möglichst trockene Erklärung dafür zu finden. Gut denkbar, dass Mika Blum heute ein untergetauchter Steuerhinterzieher war und von Moretti aufgespürt werden sollte. Die Kanzlei hatte immer wieder mit solchen Fällen zu tun. Folglich war Mika bestimmt nicht in Zürich – und damit auch *garantiert nicht* in ihrer Nähe – wie hier im Wald, zum Beispiel.

Ihr Herz sackte noch etwas tiefer. Kurzerhand machte sie kehrt und rannte nach Hause. Gleichzeitig wünschte sie sich sehnlichst ihren MP3-Player zurück. Ohne die Foo Fighters und Bonnie Tyler war der Wald *wirklich* unheimlich.

Ihr Kopf war rot angelaufen, als sie den Wohnblock erreichte. Sie war so erschöpft, dass sie die Milchglastür zum Treppenhaus nur noch unter dem Einsatz ihres ganzen Körpergewichts aus dem Schnappschloss brachte. Noch einmal schaute sie den Weg zurück, den sie gekommen war. Das Adrenalin pumpte immer noch durch ihre Adern, hatte aber seine negative Konnotation verloren. Stattdessen spürte sie eine seltsame Genugtuung. Sie sollte sich öfters einbilden, verfolgt zu werden: Das machte sie bedeutend schneller. Kichernd verschwand sie im Wohnblock.

Dunkle Augen folgten ihr.

3

Silvano Moretti wollte alle seine Mitarbeiter an Döbelis Beerdigung in dessen Geburtsort Meilen sehen, auch die Praktikantinnen. Alyssa hätte sich gerne davor gedrückt, konnte sich moralisch aber zu keiner Notlüge durchringen.

Sie verspürte wenig Lust auf ein Wiedersehen mit Moretti. Der Mann war ihr nicht mehr geheuer. Nach dem unheimlichen Gespräch war es ihr zwar gelungen, ihrem Chef weitestgehend aus dem Weg zu gehen, doch in ihrem Kopf war er längst ein Stammgast geworden. Was wusste er über ihre Vergangenheit, woher kannte er den Jungen – und warum interessierte er sich dafür? Ehe sie der Sache länger nachhing, verfluchte sie ihre Phantasie und warf die Befürchtungen über Bord.

Sie unternahm alles, um sich ohne Gewissensbisse vor Ralf Döbelis Beerdigung zu drücken. Vierundzwanzig Stunden vor dem Anlass sonnte sie sich im Bikini auf dem zugigen Balkon und ass einen Joghurt, der seit einer Woche verfallen war. Doch am Tag der Beerdigung spürte sie gerade mal ein kleines Kratzen im Hals. Ihre Abwehrkräfte waren unbezwingbar. Genervt legte sie sich einen Schal um und machte sich bei schönstem Wetter auf den Weg nach Meilen.

Beim Bahnhof Stettbach fiel ihr auf, dass an ihrem unteren Schalzipfel ein kleines Totenkopflogo angebracht war. Sie zwirbelte das Ende um die eigene Achse und hoffte, es würde niemandem auffallen.

«Mit Totenkopf an eine Beerdigung – sag mal, geht's noch?» Birgit musterte sie wie ein Vegetarier die Wurstabteilung. Wie echt ihre Empörung war, bewies der nächste Satz: *«Ick gloob ja wohl, et hackt!»* Sie fiel immer in ihren angestammten Dialekt zurück, wenn die Emotionen hochgingen. Alyssa wiederum schnaubte bloss geräuschvoll aus. Sie hätte wissen müssen, dass dem Zwerg jenseits seines Brustkorbs nichts entging. Trotzdem zwirbelte sie den Schalzipfel wieder ein. Sie wollte schliesslich keinen Skandal provozieren – für den sorgten ohnehin andere.

Der Vorplatz der Kirche war proppenvoll mit Menschen. Neben der zwanzigköpfigen Belegschaft von Moretti & Partner hatten sich mindestens zweihundert weitere Gäste versammelt. Ein Teil davon war weiblich, reizvoll und von jenem slawischen Schlag, der das männliche Gehirn schneller zwischen die Beine beförderte als ein asiatischer Hightech-Lift. Von ihren Schweizer Geschlechtsgenossinnen wurden sie mit blossen Blicken getötet. Die Männer wiederum versuchten verzweifelt, ihre eigenen von den nackten Beinen fernzuhalten. Die Unruhe war gross, letztlich zeigte die heterogene Trauergesellschaft aber vor allem eines: Ralf Döbeli war ein beliebter Mann gewesen. Diese Erkenntnis schnürte Alyssas Kehle zu. Sie fragte sich nach der Gerechtigkeit des Universums, das einen solchen Menschen aus dem Leben riss. Betroffen wandte sie sich von den Trauernden ab.

Die imposante Kirche lag in einer Schlaufe an einer viel befahrenen Strasse. In der Nähe befand sich ein Restaurant mit Gartentischen vor der Fensterfront. Die Tische waren fast alle von Gästen im Rentenalter belegt. Nur an einem entdeckte Alyssa einen jungen Mann. Sein Gesicht konnte sie nicht erkennen, er sass zu weit weg. Trotzdem mass sie sich sofort eine Beurteilung an. Wo ihre Augen nichts mehr sahen, sprang ihre Phantasie in die Bresche.

Er trug eine verspiegelte Pilotenbrille, khakifarbene Skatershorts und ein T-Shirt der amerikanischen Metalcore-Band August Burns Red. Seine Wangen waren nachlässig rasiert, der Haarschnitt schwankte zwischen Mick Jagger und Penner. Die Haarfarbe wiederum zeugte von einem misslungenen und absolut hässlichen Blondierungsversuch. Sein Blick war auf die Beerdigungsgesellschaft gerichtet, vielleicht starrte er auch bloss Löcher in die Luft. Das hätte seine gleichgültige Mimik erklärt, die Alyssa auszumachen glaubte.

Gerade als er seinen Kaffee an den Mund führte, fiel sein Blick auf sie. Ihr unverhohlenes Starren musste ihn überrascht haben. Die Kaffeetasse entglitt seinen Fingern und fiel ihm in den Schoss. Alyssa biss sich auf die Zunge, als er unter einem Aufschrei in die Höhe schoss und seinen Tisch umnietete sowie zwei ältere Damen anrempelte, die ihrerseits zu kreischen begannen.

Der Vorfall erregte die Aufmerksamkeit der ganzen Trauergemeinschaft. Der junge Mann reagierte hektisch. Einen Atemzug später war er davongerannt. Zurück blieben die wimmernden Seniorinnen und ein Scherbenhaufen. Beunruhigt knetete Alyssa das Totenkopflogo ihres Schals durch. Sie konnte den Gedanken nicht abwenden, den Unfall durch ihr Starren provoziert zu haben.

Sie schreckte auf, als Birgit sie beim Arm packte. «Hör auf zu träumen, T-Rex», keifte sie und zerrte Alyssa zum Kirchenportal.

***

Alyssa schlich zu Valérie in die WG-Küche. «Sag mal, wie scheisse sehe ich heute aus?», fragte sie voller Zweifel in der Stimme.

Valérie stand am Herd und kochte Pasta. Über ihr Gesicht huschte ein Grinsen, als sie ihre Freundin unter der Tür entdeckte. «Dein Pferdeschwanz ist zerzaust, aber du siehst trotzdem aus wie Aphrodite. – Wie heisst er?»

«Warum musst du immer gleich alles auf das andere Geschlecht zurückführen», beschwerte sich Alyssa.

«*Wer*, Alyssa?», wiederholte Valérie ungerührt.

Genervt senkte sie die Schultern. «Keine Ahnung. Er hat sich Kaffee in den Schoss gegossen, als er mich entdeckte.»

«Damit erledigt sich die Kinderfrage … Wie sah er denn aus?»

Ihre Wangen wurden rosig. «Ich weiss es nicht mehr so genau, er sass zu weit weg. Leider ändert das nichts daran, dass er mich verdammt verunsichert hat.»

«Dich verunsichert doch sonst niemand …» Valérie wurde auf einmal argwöhnisch. «Hast du ihn wirklich nicht gekannt? Unbewusst vielleicht?»

«Ich kenne keine Männer mit blondierten Haaren.»

Der Argwohn explodierte in einer Lachsalve. Valérie kriegte sich kaum noch ein. «Oje, er färbt sich die *Haare*? Von so einem lässt du dich verschüchtern?»

«Das Blond stand ihm», murmelte Alyssa zerknirscht, was das Amüsement ihrer Freundin noch mehr steigerte.

Kichernd legte Valérie den Arm um sie. «Mach dir mal keine

Gedanken. Niemand weiss, warum ein Mann reagiert, wie er reagiert. Vielleicht hat ihn deine Schönheit überfordert.» Sie kicherte.

Alyssa drückte sie von sich und griff nach dem Küchenmesser. «Sag mir, wie ich dir helfen kann, bevor ich das Ding anderweitig einsetze.»

Nach dem Abendessen verliess Alyssa die Wohnung, um den Abfall zu entsorgen. Zürich legte immer noch keinen Wert auf eine flächendeckende Kompostierung, darum landete der Bioabfall im normalen Kehricht. Alyssa hasste den Geruch von gärendem Gemüse und trug den Müll jeweils freiwillig hinaus.

Eine Etage tiefer begegnete sie Pitbull. Er hatte eine Sporttasche geschultert, die fast gleich gross war wie er selbst. Um das linke Handgelenk baumelte ein durchsichtiger Plastiksack; darin befanden sich zwei Packungen Eier, ein tiefrotes Rindersteak sowie eine stattliche Menge Magerquark.

Der Bodybuilder lächelte schüchtern, und Alyssa verspürte sofort Mitleid mit ihm. Am liebsten hätte sie Valérie in seine gepumpten Arme geschubst. Der Junge war keine Augenweide, klar. Dass sich ihre Freundin nicht von den treuen Hundeaugen erweichen liess, konnte sie trotzdem nicht verstehen. Für seine Herzensdame hätte Pitbull alles getan. Vielleicht war genau das sein Problem: «Wenn ich einen hechelnden Freund möchte, dann kaufe ich mir einen Hund», hatte Valérie einmal gesagt.

Ein violetter Schleier lag über dem Horizont. In der Nähe donnerten die Autos über die Dübendorfstrasse, am Himmel ein tief fliegendes Flugzeug Richtung Kloten. Ein paar Kinder sprangen lachend durch die Siedlung. Die Geräuschkulisse löste ein wohliges Gefühl in Alyssa aus. Nach unzähligen Wohnortswechseln fühlte sie sich endlich zu Hause.

Sie schwang den Kehrichtsack übermütig durch die Luft, während sie die Strasse zum Müllcontainer hinunterschlenderte. Eine fröhliche Melodie lag auf ihren Lippen. Der Containerdeckel quietschte, als sie ihn anhob und den Sack hineinwarf. Der Griff war verklebt. Sie wischte sich die Hand an der Hose ab und machte sich summend auf den Rückweg.

In dem Moment entdeckte sie ihn.

Der Ton blieb ihr im Hals stecken. Die Autos, das Flugzeug und die Kinder verstummten.

Er stand auf der gegenüberliegenden Strassenseite – nachlässig blondierte Haare, khakifarbene Shorts, August Burns Red. Alyssa widerstand der Versuchung, sich die Augen zu reiben. Trotzdem war der Spuk mit dem nächsten Blinzeln vorbei. Die Geräusche drangen an ihre Ohren zurück; der Fremde war verschwunden.

Ihr Herz begann zu rasen. Hatte sie sich das soeben eingebildet?

4

Es war weit nach Mitternacht. Auf der lang gezogenen ländlichen Ausserortsstrecke zwischen Fällanden und Mönchaltorf verkehrte kein Auto mehr. Der Mond schien zwischen vereinzelten Wolkenbändern hindurch und spiegelte sich im regungslosen Wasser des Greifensees.

In den umliegenden Häusern war es dunkel geworden; nur aus einer kasernenartigen alten Garage drang noch Licht. Sie lag etwas oberhalb der Hauptstrasse, unmittelbar vor der ersten Baumreihe des angrenzenden Waldes. Das Garagentor war abgeschlossen, die integrierte Tür hingegen von innen angelehnt. Der Schein einer alten Neonröhre drang grell aus der Öffnung hervor.

Auf der Stereoanlage lief «Dirty Diana» von Michael Jackson. Obwohl sich keine Wohnhäuser in der näheren Umgebung befanden, war die Lautstärke nur marginal aufgedreht. Silvano Moretti liebte die Musik, aber sie durfte das Niveau «Klangteppich» nicht überschreiten. Er war unglaublich leicht abzulenken. An manchen Tagen trieben ihn bereits die klacksenden Louboutins seiner Mediensprecherin und heimlichen Geliebten Caroline in den Wahnsinn. Weshalb jemand so viel Geld für Äusserlichkeiten berappte, verstand er ohnehin nicht. Er hielt wenig von künstlicher Gepflegtheit: Im Zug zur Arbeit hatte er gelernt, dass weder Massanzüge noch teure Kosmetika einen ungewaschenen Körper übertünchten. Auf einmal fragte er sich, was besser war: das Schwein nach aussen zu verkörpern – oder nach innen, so wie er.

Er war kein Gutmensch. Seinen eigenen Vorteil wertete er stets am höchsten. So stand er an diesem Abend lieber in der Autogarage bei Uessikon und nicht am Ufer des Lago Maggiore, wo seine Tochter Valentina ihren sechzehnten Geburtstag feierte. Auch sein letzter Bonus war nicht für das Kinderzimmer draufgegangen, sondern für sein grösstes Hobby: den vierzigjährigen Aston Martin DB6.

Das Auto war eine Rarität, ein Traum in Bordeauxrot – und

hoffnungslos restaurationsbedürftig. Letzteres begeisterte Moretti am meisten. Seit einem halben Jahr verbrachte er jede freie Minute in der Garage. Als Junge hatte er Automechaniker werden wollen. Sein Vater war dagegen gewesen: «Du bist der Ferrari, nicht die Werkstatt.»

Moretti hatte den Aston Martin mit einem Wagenheber angehoben, die Räder demontiert und das Fahrgestell auf Holzklötzen aufgebockt. Nun stand er an der Werkzeugbank und sortierte seine Arbeitsmittel mit der Sorgfalt eines Chirurgen.

Die Stereoanlage neben ihm geriet ins Stocken.

«Dirty Diana, no. Dirty Di-Di-Die-Die-Die...» Er gab dem Gerät einen Klaps. Die CD löste sich aus der Blockierung und spielte weiter.

Summend griff er nach dem neu gekauften Engländer und schob sich auf einem Rollbrett unter das Auto. Seine Wangen brannten voller Vorfreude. Heute würde er sich endlich dem Herzstück seines Lieblings widmen: dem Motor.

Da die Zylinderkopfdichtung ersatzbedürftig war, wollte er das Triebwerk einer Totalrevision unterziehen. Hierfür musste er das alte Motorenöl ablassen. Moretti hatte das am Vorabend tun wollen, war jedoch an der festsitzenden Ölablassschraube gescheitert. Aus diesem Grund hatte er sich einen neuen Verstellschlüssel gekauft.

Der Verkäufer war seinem Vorhaben mit grosser Skepsis begegnet. «Das sollten Sie besser einem Profi überlassen. Der Wagen muss sicher aufgebockt werden, wenn Sie etwas mit einer so ruckartigen Hebelwirkung lösen möchten.»

Sein Einwand hatte Moretti verärgert. Auch jetzt, als er unter dem Wagen lag, fühlte er sich immer noch in seinem Stolz verletzt. Er war sich sicher, dass man ihn nur wegen der Krawatte unterschätzt hatte. In dieser Welt muss sich grundlegend etwas ändern, dachte er und legte den Engländer an die Schraube an. Seine Armmuskulatur wölbte sich, als er zum ersten Kraftakt ansetzte. Der Wagenrahmen schwankte, ansonsten regte sich nichts. Ungeduldig wischte er sich den Schweiss von der Stirn, bevor er zum zweiten Versuch ansetzte und dann zum dritten und zum vierten. Die Ölablassschraube sass fest.

Die Stereoanlage geriet erneut ins Stocken. Moretti wollte den Lärm ignorieren, doch schon nach wenigen Sekunden störte er ihn mehr als Carolines Louboutins. Ihm entwich ein lauter Fluch. Just in dem Moment spielte die Stereoanlage von allein weiter. Überrascht drehte er den Kopf zu der Werkbank herum.

Vor dem Tisch stand ein Mann in knielangen Stoffhosen. Dem Schuhwerk zufolge – schwarz-weiss karierte Vans-Slippers – handelte es sich um eine jüngere Person. Moretti wurde sofort argwöhnisch; dennoch reagierte er zu langsam beziehungsweise gar nicht.

Die Worte des Fremden bohrten sich wie Eiszapfen in seine Ohren. «Die Faktenlage spricht für Suizid. Wer jetzt noch an Mord denkt, sollte seinen Krimikonsum reduzieren.»

Moretti erstarrte zur Salzsäule.

Das Zitat stammte aus seinem eigenen Mund. Es war alt, mindestens eine Dekade. Dennoch kam es ihm vor, als hätte er es erst gestern ausgesprochen.

Seine Gedanken begannen zu rasen.

Auf einen Schlag stand er wieder vor dem Rathaus in Schwyz. Neben sich entdeckte er den noch schlanken Kollegen Ralf «Döbi» Döbeli, unter sich spürte er die Pflastersteine, die schmerzhaft durch seine Ledermokassins drückten. Die Schuhe hatte ihm seine Ex-Frau zusammen mit einem Tripper aus Paris heimgebracht. Dass Chantal ihn damals betrogen hatte, konnte er mittlerweile nachvollziehen. Er war ein ignorantes Arschloch gewesen. Auf einmal bereute er es, sie nach dem Geständnis geohrfeigt zu haben. Auch der Schubs in den Glastisch war übertrieben gewesen. Ob er sie anrufen und sich entschuldigen sollte?

Der Gedanke liess ihn erschauern. So dachte nur jemand, dessen letztes Stündlein geschlagen hatte. Schlagartig wurde er sich wieder seiner Lage bewusst: Er lag immer noch unter dem Aston Martin – und noch immer stand ein Mann davor, der zweifellos nicht für einen Small Talk hier war.

Moretti wollte unter dem Auto hervorrollen, doch der Eindringling hatte längst damit gerechnet. Er stoppte das Brett mit einer unaufgeregten Fussbewegung. Der Vans-Slipper landete nur

Zentimeter vor Morettis Schritt. Dieser begann zu brennen, als wäre er abermals mit Chantals Tripper in Berührung gekommen.

Da Moretti nichts Besseres einfiel, schleuderte er seinen Engländer an das Schienbein des anderen und kickte mit den Beinen nach. Die Schläge mussten schmerzen, doch sein Peiniger rührte sich nicht vom Fleck.

Die Verzweiflung überkam ihn wie ein Tsunami. Aufgebracht schlug er gegen das Auto.

«Hilfe!» Seine Faustschläge übertönten die Musik auf der Stereoanlage. Das Fahrgestell schwankte und quietschte unter Morettis unentwegtem Rütteln. Seine Hiebe wurden verzweifelter, das Knarren des Autos lauter. Die Holzklötze unter dem Fahrgestell gerieten unmerklich in Bewegung. «Hilfe! So helft mir ...» Ein haarsträubendes Krachen zerriss die Stille der Nacht. Der Garagenboden erzitterte, im nächsten Moment war nichts mehr zu hören. Der Aston Martin DB6 war von seiner Aufbockung heruntergerutscht.

Auf der Stereoanlage lief «Stairway to Heaven».

5

Silvano Moretti war verschwunden. Die Nachricht schoss wie eine Abrissbirne durch die Kanzlei.

«Er ist einfach nicht aufgetaucht», jammerte seine Assistentin Jennifer. «Er geht weder ans Handy noch an das Telefon. Nicht einmal eine Abwesenheitsnotiz hat er hinterlassen. Das ist überhaupt nicht seine Art!» Moretti war geschieden und wohnte seit zwei Jahren in einer grosszügigen Bachelorwohnung an der Zürcher Pfnüselküste.

Jennifers Nervosität übertrug sich auf die Medienchefin Caroline. Diese jagte wie ein aufgescheuchtes Huhn durch die Gänge, das Smartphone am Ohr, die überforderte Birgit im Schlepptau. «Wir müssen die Medienkonferenz absagen. Ohne Hauptreferent läuft nix.» Sie war nur noch ein Kopfschütteln vom nächsten Burn-out entfernt. Birgit fächelte ihr unentwegt Luft zu.

Alyssa verabschiedete sich sofort in den Kopierraum, um die Rechnungen der Kanzlei für die physische Ablage zu kopieren. Im Gegensatz zu den anderen machte sie sich keine Sorgen um den Chef. Er hatte vor zwei Tagen seinen besten Freund zu Grabe getragen: An seiner Stelle wäre sie auch untergetaucht.

Automatisch dachte sie an ihr letztes Gespräch mit ihm zurück – und erinnerte sich sofort wieder an das Bild des Jungen aus ihrer Vergangenheit. Ihr Körper reagierte mit der gewohnten Mischung aus Sehnsucht und Angst.

Er küsste sie. Ihr Herz flatterte zusammen mit ihrem Verstand davon.

«Ich muss wirklich los. Mein Bus fährt», sagte er. Ein Lächeln huschte über sein Gesicht, als er davonging und sie mit tausend Schmetterlingen im Bauch zurückliess. Ein Gegenstand fiel aus seiner Jackentasche. Er bemerkte es nicht.

«Warte», rief sie, doch da war er bereits verschwunden. Ihr Blick flog auf das verlorene Objekt, ihr Herz gefror zu Eis. Die Schmetterlinge fielen tot auf den Boden.

«T-Rex!»

Alyssa riss die Augen auf. Birgit schubste sie beiseite. «Ich muss eine Medienerklärung kopieren. Wenn sie mich noch länger mit einem solchen Scheiss betrauen, laufe ich Amok.»

«Dann gehe ich wohl lieber.» Alyssa packte ihre Sachen und verschwand aus dem Kellergewölbe.

Auf dem Weg zu Morettis Büro begegnete sie Caroline. Die Mediensprecherin hatte endgültig ihren Tiefpunkt erreicht: Sie lag wie eine tote Fliege auf dem Boden und liess sich von Jennifer mit einem Strohhalm Wasser zuführen. Es war ein Affenhaus sondergleichen und Alyssa froh, dass sich bereits jemand um die hingefallene Medienfrau kümmerte.

«Kann man helfen?», fragte sie trotzdem und atmete auf, als Jennifer bloss genervt die Augen verdrehte.

Je weiter sich Alyssa in der Folge von Caroline entfernte, desto ruhiger wurde es im Altbaugebäude. Obschon die Anwälte eine enge berufliche Beziehung pflegten, machte sie das Partnersystem weitgehend unabhängig. Die Probleme des einen waren den anderen zumeist egal.

Sie betrat Morettis Büro und legte die kopierten Rechnungen wie immer auf den Mahagonitisch. Obwohl sie sich vorgenommen hatte, sofort wieder kehrtzumachen, blieb sie stehen. Angespannt schaute sie zur Schublade. Ihr Magen verkrampfte sich, als würden die Schmetterlinge erneut durch einen Moralapostel massakriert. Der Gegenstand aus seiner Jackentasche hatte ihn damals verraten. Sie hatte ihn geliebt. Er hatte sie zerstört.

Ihr Verstand schaltete sich aus.

Sie umrundete den Tisch, öffnete die Schublade und wühlte darin nach der Fotografie des Jungen. Eine Sekunde später hielt sie sie in den Händen. In der nächsten hatte sie das Papier zerrissen. Die Schnipsel legten sich wie Schuppen über den Arbeitstisch, und erst als nichts mehr von dem Bild zu erkennen war, kam Alyssa zu sich. Das Blut schoss so schnell in ihren Kopf, dass ihr schwindlig wurde. Sie wusste nicht, was soeben in sie gefahren war.

Mit zittrigen Fingern sammelte sie die Fetzen ein und zerknüllte sie zu einem kleinen Ball. Beim Verlassen des Büros warf sie diesen in den Abfalleimer. Unbeobachtet stahl sie sich davon. Der Aussetzer war ihr unangenehm. Gleichzeitig wusste sie, dass man Erinnerungen besser vernichtete, bevor sie krankhaft wurden. Erst recht, wenn sie sich so schmutzig anfühlten wie diese. Ihre Wangen glühten vor Scham.

Sie durfte keinen Menschen vermissen, dessen Herkunft in der Glut des Wahnsinns lag. Ihr Kopf wusste das, aber ihr Bauch kribbelte wie am ersten Tag, immer noch – trotzdem. Sie wollte ihn hassen, aus tiefstem Herzen. Doch solange sie seine damaligen Beweggründe nicht kannte, würde es für ihn weiterschlagen.

6

Pitbull presste die Zähne aufeinander. Der Schweiss floss in Bächen über sein Gesicht. Bein-, Arm- und Rückenmuskulatur zitterten, als stünde er im Eisschrank. Mit einem letzten Kraftakt versuchte er, die Langhantel anzuheben. Vergebens. Das Gewicht knallte donnernd auf den Boden zurück.

Augenblicklich kam ein Fitness-Instruktor des Schumacher Sportcenters angerannt. Als er Pitbull vor der Langhantel stehen sah, strafte er ihn mit einem mahnenden Blick ab. Pitbull hätte vor Scham untergehen können. Scheppernde Gewichte waren ein Zeichen von Überheblichkeit. Er wollte jedoch auf keinen Fall als Amateur abgestempelt werden, für das trainierte er entschieden zu hart. Frustriert hämmerte er seine Faust in die nächste Boxvorrichtung.

Seit Wochen kam er nicht über seine bisherige Bestmarke hinaus; seit Wochen dümpelte er auf demselben erbärmlichen Niveau herum. Dabei war er weder krank noch demotiviert – im Gegenteil. Nie hatte er verbissener an sich gearbeitet. Doch Valérie war seit Tagen nicht mehr im Fitnesscenter gewesen. Ständig hielt er nach ihr Ausschau, aber sie blieb wie vom Erdboden verschluckt. Ob sie seine Schwärmerei bemerkt hatte? Ob sie ihm bewusst aus dem Weg ging? Der Gedanke trieb ihm noch mehr Schweiss auf die Stirn.

Er wollte nicht, dass sie seine Zuneigung spürte. Die Angst vor einer Abfuhr war schlicht zu gross. Viel lieber klammerte er sich an die Hoffnung, von alleine registriert zu werden. Unauffällig war er gewiss nicht. In einschlägigen Kreisen nannte man ihn den «Bizeps von Schwamendingen». Auch die Tatsache, dass Valérie über ein Abonnement für das schönste Zürcher Fitnesszentrum verfügte, spielte ihm in die Hände. Sie stand zweifelsfrei auf fitte Kerle. Nur schon deswegen hätte er in der Poleposition stehen müssen. Warum er das nicht tat, ging ihm nicht in den Kopf.

Um seinem Missmut zu entfliehen, legte er eine fünfzigminütige Cardio-Einheit auf der zweiten Etage des offenen Fitnessbereichs hin. Doch auch hier versagte sein Körper vor dem Geist, und während er längst wie ein Hund nach Luft hechelte, drehte sein Kopf weiter seine Runden. Er konnte sie nicht vergessen.

Verbittert beendete er sein Training. Er packte seine Sachen und stürmte aus dem Center. Die Schwingtür stiess er so wuchtvoll auf, dass sie gegen die hintere Wand knallte. Der Wutausbruch war ihm sofort peinlich. Trotzdem hielt er seinen grimmigen Gesichtsausdruck aufrecht. Es reichte, dass sein Herz zertrümmert war – da wollte er nicht auch noch seine Haltung verlieren.

Er schüttelte den Autoschlüssel aus der Trainingshose und ging zu seinem Ford Fiesta auf dem Parkplatz vor der Sportanlage. Sein selbstbewusster Gang geriet auf halbem Weg ins Stocken. Ein fremder Mann lehnte mit verschränkten Armen gegen seinen Wagen. Vor ihm stand ein Velo, dunkelviolett und zweifellos für eine Frau gedacht. Jeder andere hätte sich dafür geschämt, nicht so der Fremde. Seine Selbstsicherheit war geradezu unheimlich. Sie verwandelte selbst das Damenvelo in eine Harley Davidson.

Pitbull fühlte sich sofort von ihm bedroht. Angespannt versuchte er, sein Gegenüber einzuschätzen. Erster Eindruck: gleichaltrig und riesengross. Zweiter: solide trainiert, wenngleich nicht auf die perfektionistische Art eines Bodybuilders. Das Gesicht bestand aus harten Symmetrien, düsteren Augen, dominanten Brauen und einer Brandwunde, die von einem Dreitagebart kaschiert wurde. Die jugendliche Wollmütze über den gesträhnten Haaren passte so gar nicht zu seiner übrigen Erscheinung. Für Pitbull war trotzdem klar: Hier stand jemand, der mit allen Wassern der Welt gewaschen war.

«Bist du Markos Petalidou?» Seine Stimme war tief und rau. Pitbull wollte etwas Angriffslustiges erwidern und nickte bloss kleinlaut. «Was weisst du über deine Nachbarinnen?»

Seine Nackenhaare kribbelten. «Ich weiss nicht, von welchen Nachbarinnen du sprichst.»

«Von der kleinen, der du hinterhersabberst. Und der grossen, der du nicht gewachsen bist.» Der Mann grinste boshaft auf ihn herunter.

Pitbull durchzuckten nervöse Spasmen. «Ich kenne die beiden

nicht. Kannst du bitte beiseitetreten?» Er ging zur Autotür und schloss sie auf.

Der Fremde blieb hartnäckig. «Woher kennen sie sich? Sind sie befreundet? Teilen sie sich bloss eine Wohnung?»

«Woher soll ich das wissen?» Wieder ein hämisches Lachen. Pitbull verlagerte beunruhigt das Gewicht. Er wollte sich nicht ausmalen, was der Mann sonst noch über ihn wusste. «Sie studieren und wohnen zusammen, mehr weiss ich nicht. Und jetzt lass mich bitte in Ruhe», sagte er dann, und zu seiner Überraschung lenkte der andere ein.

Er griff nach seinem Damenvelo. «Zeig ihr die kalte Schulter. Verzweiflung steht dir nicht», riet er, schwang sich auf das Velo und fuhr Richtung Überlandstrasse davon. Wie auf einer Harley Davidson, dachte Pitbull und erschauerte abermals.

7

Am Samstagabend stand Alyssa ratlos vor dem Kleiderschrank. Dieser war zur Hälfte leer; sein Inhalt türmte sich hinter ihr auf dem Bett.

Valérie hatte Tickets für das Konzert einer alternativen Rockband besorgt. In modetechnischer Hinsicht war es ein unspektakulärer Anlass: langhaarige Männer, tätowierte Frauen und ein paar deplatzierte Hipster. Dennoch benahm sich Alyssa, als stünde ihre Hochzeit bevor. Überfordert raufte sie sich die glänzenden dunkelroten Haare.

«Sag bloss, du hast dich immer noch nicht entschieden.» Valérie tauchte unter der Zimmertür auf und schnappte empört nach Luft.

Alyssa antwortete mit einer Schnute: «Ich habe nichts zum Anziehen.»

«Du bist also immer noch auf dem Unsicherheitstrip, ja? Ich verstehe wirklich nicht, warum du dich von dem Nespresso-Typen so unterbuttern lässt.»

«Das tue ich doch gar nicht», wehrte sich Alyssa, gleichzeitig schmerzte ihr Herz, weil ihre Freundin voll ins Schwarze getroffen hatte. Tatsächlich ging ihr der Fremde aus Meilen nicht mehr aus dem Kopf. Ständig fragte sie sich, ob er sich ihretwegen erschrocken hatte und ob *er* es gewesen war, der ihr am selben Abend zwischen den Wohnblöcken aufgelauert war.

Unbestritten war, dass sie seither ihre ganze Optik in Frage stellte. Dabei war es nicht so, als wäre Nespresso der erste Mann, der sich von ihr hätte einschüchtern lassen. Ihre Körpergrösse war eine natürliche Arschlochselektion: Oberflächliche Männer ohne Selbstbewusstsein traten freiwillig den Rückzug an. Zu Alyssas Unmut passte Nespresso aber nicht in diese Schublade. Sie kam nicht von dem Gedanken los, dass mehr hinter seiner Reaktion steckte. Er war gross und breitschultrig gewesen, das Testosteron förmlich aus seinen blondierten Haaren getropft. Es war für sie unvorstellbar, dass ein solcher Mann Angst vor ihr hatte. Es sei denn, ihre Phantasie zeichnete ein zu positives Bild von der Wirklichkeit. Es wäre nicht das erste Mal, dass sie die Realität verzerrte. Der Gedanke verärgerte sie.

Sie wirbelte zu dem Kleiderberg auf ihrem Bett herum. Valérie sass daneben und schaute spöttisch zu ihr hoch. «Na, hat sich Miss Confident entschieden?» Der Hohn schwang in jeder Silbe mit. Alyssa erwiderte nichts. Stattdessen zog sie ein rosa glitzerndes T-Shirt mit Tweety-Aufdruck hervor. Valéries Spott verwandelte sich in Unglauben. Ihre Kinnlade schoss auf Gurgeltiefe. «Du willst im *Pyjama* zum Konzert?»

«Miss Confident kann alles tragen», äffte Alyssa und stolzierte aus dem Zimmer.

Der Tweety-Trotz entpuppte sich natürlich schnell einmal als Fauxpas. Alyssa konnte sich nichts vormachen: Es war ihr alles andere als egal, was die Welt von ihr dachte. Statt ihr T-Shirt mit Anmut zu vergolden, machte ihre Unsicherheit einen Kehrichtsack daraus. Um ihre Würde wiederzuerlangen, holte sie an der Garderobe ihre schwarze Lederjacke zurück. Deren Reissverschluss zog sie bis zum Anschlag hoch. Selbst als Temperatur und Luftfeuchtigkeit Masoala-Niveau erreichten, blieb sie eisern verhüllt. Eher wollte sie einen Hitzetod erleiden, als ihre Umgebung noch einmal mit Tweety zu blenden. Was hatte sie sich bloss dabei gedacht!

Das Konzert fand in einem ehemaligen Striplokal beim Einkaufszentrum Letzipark statt. Der Club war klein, verfügte aber über einen gewissen Charme. Die Bar befand sich in der Mitte des Raums. Der Boden war teils mit einem roten Spannteppich bezogen.

Die Vorband hatte vor wenigen Minuten das Feld geräumt, und nun drängte sich alles für den finalen Akt vor die Absperrung.

Alyssa hatte noch nie etwas von der Rockband gehört, Valérie hingegen trippelte ungeduldig auf den Zehenspitzen herum. Sie trug ein graues Bandshirt, das ihr eine Nummer zu gross war. Obwohl sie darin aussah wie ein dreizehnjähriges Groupie, gliederte sie sich perfekt in die Rockermasse ein. Ganz im Gegensatz zu Alyssa. Diese haderte immer noch mit ihrer neuen Unsicherheit. Sie dachte an Nespresso und schwor sich, fortan nur noch Tee zu trinken.

Im Saal gingen die Lichter aus. Ein synthetisches Intro erklang, und die Zuschauer begannen zu jubeln. Valérie versuchte verzweifelt, einen Blick auf die Bühne zu erhaschen.

«Soll ich dich auf die Schultern nehmen?» Alyssa betrachtete sie spöttisch. Valérie stiess sie in die Rippen, in der nächsten Sekunde kreischte sie wie wild drauflos: Die Band war aufgetaucht. Ein Blick auf den Leadgitarristen erklärte ihre Begeisterung. Er sah aus wie das Holzfällermodel aus einer Bio-Werbung – kariertes Flanellhemd inklusive.

«Hallo, Zürich!», brüllte der Sänger in das Mikrofon, und die Euphorie erreichte einen ersten Höhepunkt. Sie spielten ihre neuste Single an: «Insecure». Alyssa wusste nicht, ob sie lachen oder weinen sollte. Da sie kein Spielverderber war, versuchte sie sich in Ersterem. Sie hob die Hände über den Kopf und klatschte mit.

Die Musik war treibend und nach ihrem Geschmack. Auch der Leadgitarrist war nett anzusehen. Trotzdem konnte sie sich nicht gehen lassen. Der Text war zu präsent. *«Does he love you? Does he want you? You will never know, as long as you're an insecure girl.»*

«An in-se-cure girl», riefen Valérie und das Publikum im Chor. Alyssa zog eine Schnute. Das Schicksal konnte ihr nicht deutlicher auf die Kappe scheissen.

Missmutig schaute sie sich in den Zuschauerreihen um. Alles sang, tobte und tanzte. Nur ein Kerl liess sich nicht von dem Treiben anstecken. Der Grösse wegen fiel er ihr sofort ins Auge. Seine gestreifte Wollmütze ragte weit über die Menge hinaus. Er sah aus wie ein Fels in der Brandung. Alyssa fühlte sich sofort von ihm angezogen. Es gab nicht viele Männer, die ihr wortwörtlich das Wasser reichen konnten.

Ihre Blicke trafen sich. Seine Augen durchbohrten sie bis auf die Seele. Ihr wurde heiss und kalt zugleich. Er war es, verdammt, *er war es*! Kurz darauf wandte er sich von ihr ab und schaute zur Bühne, als wäre nichts geschehen. Alyssas Nerven flogen davon. Sie klaubte Valérie in den Arm.

«Aua!»
«Da drüben ist Nespresso.»
«Was? Wo?» Valérie verrenkte den Hals in alle Richtungen.

Nespresso wandte sich zum Gehen ab und wurde von der Dunkelheit verschluckt.

Ein fiebriger Film legte sich über Alyssas Stirn. «Ich hole mir ein Bier. Möchtest du auch etwas?»

Valérie bedachte sie mit einem tadelnden Blick. «Lass mich raten: Nespresso befindet sich auf dem Weg dorthin. Kommst du gerade aus der Pubertät oder so?»

Ihr Vorwurf entlockte Alyssa ein Lächeln. «Das sagt die Richtige. Ich bin gleich wieder da.»

***

Er beobachtete sie aus der Dunkelheit. Ihr Anblick durchzuckte ihn mit der Kraft eines Blitzeinschlags. Oh Gott, er wollte sie, er wollte sie so sehr.

In seinem Hals baute sich ein Kloss auf, als sie an ihm vorbeiging, ohne ihn zu bemerken. Hätte er seine Hand nach ihr ausstrecken sollen? – War sie nicht ohnehin auf der Suche nach ihm? – Es wäre so leicht gewesen, sie an sich zu ziehen. Stattdessen verlor er sich nun in ihrem Antlitz.

Sie sah aus wie Lzzy Hale in deren Zwanzigern. Ihre Haare waren eine Spur dunkler als vor einem halben Jahr. Das Gesicht wirkte unerbittlich, gleichzeitig entdeckte er eine gewisse Sanftmut in ihren Zügen. Ihr Körper wiederum erinnerte ihn an eine junge Löwin; kraftvoll und von tödlicher Eleganz. Selbst jetzt, da sie verwirrt zur Bar eilte, wirkte sie wie eine Amazone ohne Schwächen oder Fehler. Viele Männer hätten sich von ihr eingeschüchtert gefühlt. Er nicht – nicht mehr. Er hatte längst entschieden, dass er sie haben wollte. Und neuerdings sollte er das auch können.

Lächelnd dachte er an die Geschichten, die sie Valérie jeweils erzählte. Sie musste eine grosse Tagträumerin sein – ein gezieltes Stichwort, und ihre Phantasie erledigte den Rest. Richtig an die Hand genommen, machte sie das zu einer gefährlichen Waffe.

Gerne hätte er sie instrumentalisiert, sich selbst zu Prinz Charming gemacht.

Und so bereute er auch nicht, was er vorhatte. Früher oder später würde sie ohnehin zu ihm kommen. Alyssa war eine tickende Zeitbombe. Heute Abend würde er mit ihr in die Luft gehen.

***

An der Bar herrschte Hochbetrieb. Zwei Männer und eine Frau wieselten pausenlos hinter dem Tresen herum, zapften Bier, mixten Getränke – und kamen dennoch nicht vom Fleck. Die Schlangen blieben endlos, und bis Alyssa an die Reihe kam, war eine Viertelstunde vergangen. Diese hatte sie dafür aufgewendet, nach Nespresso Ausschau zu halten. Er war nicht wieder aufgetaucht.

Ob er vor dem Club eine rauchen war? Ob er sich auf der Toilette befand? Sie drehte den Kopf in die entsprechende Richtung. Fast augenblicklich begann ihre Blase zu drücken.

«Ja, bitte?» Der Barmann studierte sie aus der Deckung seiner glaslosen Hornbrille. Alyssa bestellte ein Bier. Hornbrille nickte und begab sich zum Zapfhahn. Der Anblick der sprudelnden Flüssigkeit verstärkte Alyssas Harndrang.

Der Barmann stellte den gefüllten Plastikbecher unter ihre Nase. Sie beglich die Schuld mit einer Zwanzigernote aus ihrem roten Portemonnaie. Spätestens jetzt war ihre Blase voller als ihr Geldbeutel. Als der Barmann mit fünfzehn Franken zurückkehrte, hielt sie es nicht mehr länger aus.

Sie zeigte auf ihren Becher. «Kann ich den kurz hierlassen? – Ich muss auf die Toilette.»

«Wir sind kein Getränkehort», keifte Hornbrille, stellte das Bier aber trotzdem zum Zapfhahn hin. Alyssa bedankte sich und sprang davon.

Auf den Damentoiletten herrschte gähnende Leere. Das überraschte Alyssa nicht: Der Leadgitarrist hatte mittlerweile sein Flanellhemd ausgezogen. Sie sperrte sich in eine Kabine, öffnete Ledergurt und Hose und zog sie bis zu den Knien herunter. Sie spürte sofort, dass der Harndrang verschwunden war. Trotzdem ging sie über der Kloschüssel in die Hocke. Nach einer Minute begannen ihre Oberschenkel zu brennen, ansonsten passierte nichts. Genervt riss sie die Hose wieder über die Hüftknochen hoch. Sie zurrte den Ledergurt so rabiat zu, dass eine Gurtschleife platzte. Mit angeschlagener Stimmung kehrte sie an die Bar zurück.

Ihr Bier stand immer noch bei dem Zapfhahn. Sie gönnte sich einen tiefen Schluck, bevor sie sich auf den Weg zurück zu Valérie machte.

Die Band spielte eine Coverversion von Iron Maidens «Fear of the Dark» an. Das langsame Intro beruhigte die Menge, und Alyssa kam mühelos voran. Sie hatte Valérie beinahe erreicht, als ihr eine Person auffiel, die sich ihrer Freundin mit ähnlicher Entschlossenheit näherte. Das Bier fiel ihr beinahe aus der Hand: Es war Nespresso. Ihr emotionaler Aufruhr intensivierte sich, als der gross gewachsene Mann ihrer kleinen Freundin auf die Schulter tippte. Valérie drehte sich um. In Alyssas Phantasie wurde eine Lawine an Horrorszenarien losgetreten. Keines davon deckte ab, was letztlich *wirklich* geschah.

Valérie entfuhr ein freudiger Schrei. Nespresso packte sie bei der Taille und raubte ihr den Boden unter den Füssen. Sein T-Shirt rutschte hoch und entblösste eine Reihe ansehnlicher Muskelstränge sowie einen tätowierten Schriftzug auf seiner Hüfte. Valérie fiel ihm lachend um den Hals, der Saum des T-Shirts rutschte an seinen angestammten Platz und das aufgeregte Kribbeln in Alyssas Kopf zurück. Ihr Mund war offen stehen geblieben. Die Sekunden verstrichen, ohne dass sie sich zu regen wagte.

Valérie entdeckte sie und winkte sie zu sich. Auch Nespresso wurde auf sie aufmerksam. Seine Augen wanderten über ihren Körper und verweilten einen Moment zu lange auf dem Reissverschluss ihrer Lederjacke, als könnte er Tweety darunter erahnen. Alyssa wurde so nervös, dass sie ihr Bier exte und den Becher zusammendrückte. Der Plastik schnitt in ihre Hand und hinterliess eine blutige Spur. Widerwillig versetzte sie ihre Beine in Bewegung.

Sie sah Nespresso zum ersten Mal aus der Nähe. Absurderweise fühlte es sich trotzdem an, als würde sie ihn schon ewig kennen. Je näher sie kam, desto mehr verstärkte sich dieser Eindruck.

Diese langen Haarsträhnen unter der gestreiften Wollmütze; diese spöttisch funkelnden Augen. Diese breiten Schultern und der zersplitterte Schneidezahn, der aussah wie eine Zahnlücke. All das wirkte nicht fremd, vielmehr vertraut. Als hätte sie diesen Menschen längst in einer Kartei in ihrem Gedächtnis abgelegt.

Die Band beendete das Intro. Ein Schweinwerfer beleuchtete die Brandwunde auf seiner rechten Wange. Alyssa verschlug es den Atem. Die Erinnerung donnerte gleichsam mit den schmetternden Riffs auf sie herein.

Sie war vierzehn Jahre alt, und es war Liebe auf den ersten Blick. Dabei warnten sie alle vor ihm, dem kaltblütigen Gedankenverdreher und Meister der Manipulation; dem versuchten *Mörder. Was sie abstossen sollte, zog sie bloss noch stärker an. Er war die Versuchung, der sie nicht widerstehen wollte. Selbst als er ihr Vertrauen missbrauchte, mehrere Personen in Lebensgefahr brachte und in der Folge von ihr angezeigt wurde, blieb ihre Sehnsucht grösser als der Schmerz. Sie fürchtete sich vor ihm, aber er ging ihr nicht aus dem Kopf. Er war alles, was sie haben wollte – der Junge nämlich, den sie nicht haben konnte. Denn niemand log schöner als er.*

Und jetzt war er hier. Die Zuschauer drehten durch. Alyssas Schock war riesig.

Valérie zeigte auf ihren Begleiter. «Das ist mein Cousin …»

«… Mika.» Alyssa schnappte nach Luft. Aus ihrem Gesicht war jegliche Farbe gewichen.

Über Mikas Mund huschte ein Lächeln. Es war das spöttische aus ihrer Erinnerung. «Perfektes Gedächtnis. Hallo, Alyssa.»

«Du warst an Ralf Döbelis Beerdigung», stiess sie hervor. «Du hast mich beobachtet und dir Kaffee in den Schoss geschüttet. Du hast mich bis nach Schwamendingen verfolgt.»

«Mika ist Nespresso?» Valérie reagierte empört. «Das ist unmöglich. Ich traue ihm vieles zu, aber gewiss keine unbedarften Blondierungsversuche.» Kurzerhand riss sie ihrem Cousin die Mütze vom Kopf. Seine vollen, glatten Strähnen legten sich quer über seine Stirn. Sie waren dunkelbraun.

Alyssas Anschuldigung schien ihn zu belustigen. «*Alyssa Illusion* – der Gegenwart stets etwas voraus, nicht wahr?», feixte er, als rezitiere er den Titel eines Satirefilms. Sie öffnete den Mund, ohne etwas zu erwidern.

Er war es – sie *wusste*, dass er es war. Die Gewissheit überforderte sie stärker als ein Zweifelsmoment: Nespresso war Mika. Mika war Valéries Cousin. Und ausgerechnet die Erinnerung an diesen jungen Mann war alles, das Alyssa seit Jahren zu verdrängen versuchte.

Denn niemand log schöner als er.

«Woher kennt ihr euch?», unterbrach Valérie ihren Gedankenschwall.

«Aus der Oberstufe», antwortete Mika. «Wir waren ein Paar, leider entsprach ich letztlich nicht dem Typen aus ihrer Traumwelt.» Valérie glaubte an einen Scherz und lachte. Alyssa indes landete geradewegs in der mentalen Hölle. Zitternd führte sie ihre Hand an den Mund. Erst als ihr Daumen die Lippen berührte, fiel ihr ein, dass sie gar kein Bier mehr hatte. Dafür entdeckte sie die Wunde von dem Plastikbecher. Ein blutiges Rinnsal floss ihrer Lebenslinie entlang.

Sie erinnerte sich daran, wie einst Strassenlampen über ihrem Kopf explodierten, zerstört mit Hilfe von einer Steinschleuder. Wie *er* sie danach rettete – und was die anderen über den Unfall sagten. *Er hat dir das angetan.* Entsetzt ballte sie die Hand zur Faust.

Der Rest des Abends verkam zu einem Alptraum. Je länger sie neben Mika stand, desto übler war ihr zumute. Das flaue Gefühl fand seinen Ursprung in ihrem Kopf und kribbelte schon bald durch ihren ganzen Körper. Ihre Haut brannte wie Feuer.

Beunruhigt schielte sie zu Mika. Dieser verfolgte das Konzert mit wippendem Kopf und einem selbstgefälligen Lächeln auf den Lippen. In ihrer Vorstellung verwandelte er sich trotzdem in eine kaffeespeiende Kobra, die sich mehrfach um ihr Herz schlang. Es war eine abgrundtief absurde Vorstellung, aber sie konnte sie nicht abwenden. Sie liebte Kaffee und hasste Schlangen. Sie wollte ihn so sehr, wie sie ihn nicht wollte. Das hielt sie keine Sekunde länger aus.

Sie tippte Valérie auf die Schulter. «Stört es dich, wenn ich nach Hause gehe? – Ich fühle mich nicht so gut.»

«So siehst du auch aus.» Valérie packte sie erschrocken bei den Schultern. «Keine Diskussion: Wir gehen zusammen.»

«Unsinn, Val, das ist deine Lieblingsband», mischte sich Mika ein. Er griff nach Alyssas Arm. «Ich begleite sie.»

Die Berührung intensivierte Alyssas Hitzegefühl. Bestimmt befreite sie sich davon. «Das ist nicht nötig. Ich nehme ein Taxi und melde mich, sobald ich daheim bin.» Sie drückte Valérie einen Kuss auf die Wange und schwankte zum Ausgang.

Das Dröhnen in ihrem Kopf verstärkte sich bei jedem Schritt. Je länger, desto mehr zweifelte sie daran, dass sie bloss auf Mika reagierte. Ja, sie fürchtete sich vor ihm. Doch es war kein blanker Horror, eher eine rationale Wachsamkeit. Ein stummer Warnschrei vor ihren eigenen Gefühlen. Hör auf, an ihn zu denken, massregelte sie sich sofort.

Als sie die Treppe zum Ausgang erreichte, hielt sie sich am Geländer fest. Die Welt um sie herum verschwamm hinter einem grauen Brei. Ihr Zustand beunruhigte sie, gerade weil sie nichts dagegen tun konnte. Sie stand völlig neben sich.

Als ein Mann an sie herantrat, dachte sie an Mika und erschauerte. «Nur die Ruhe, ich tue dir nichts.» Der Fremde legte den Arm um ihre Schultern. Er war kleiner als sie, seine Gesichtshaut gerötet. Das beruhigte sie – es bedeutete, dass er nicht Mika sein konnte.

Vor dem Club torkelte sie in eine Ecke und übergab sich. Ihr Begleiter strich ihr die Haare zurück, redete auf sie ein, zog sie weiter. Überfordert liess sie sich von ihm wegführen. Sie wusste nicht, wohin sie gingen. Spätestens jetzt begannen die Alarmglocken in ihrem Kopf zu schrillen, dumpf und leise, aber überdeutlich hörbar.

Und schon wieder dachte sie an Mika, ihre ungebrochene Faszination für ihn und die Warnschreie der anderen – und reumütig gestand sie sich ein, schon damals nicht hingehört zu haben. Sie war naiv gewesen, zu verliebt, um den Teufel hinter dem vernarbten Jungengesicht zu sehen. Genauso naiv war sie auch jetzt, da sie einem fremden Mann durch die Strasse folgte, während ihre beste Freundin allein mit dem Psychopathen abhing. Sie ahnte längst, dass weder der eine noch der andere etwas Gutes im Schilde führte. Trotzdem konnte sie sich nicht wehren. Ihr Körper war wie betäubt.

Irgendwann stolperte sie über einen Randstein. Der Fremde fing sie auf und führte sie neben einem Müllcontainer zu Boden. Sie spürte, wie er sich über sie beugte, an ihrer Lederjacke herumnestelte, eindringliche Selbstgespräche führte. Seine Finger glitten ihren Oberkörper hoch, und die Kühle der Nacht umspielte ihre Haut, als er das T-Shirt anhob und über ihren schwarzen BH hochschob. Sie versuchte, sich zu wehren, stattdessen verdrehte sie bloss die Augen.

Sie hörte einen lauten Schrei.

Ihr Begleiter sprang auf die Beine, just darauf wurde er auf den Boden zurückgeschmettert. Ein wuchtiger Kinnhaken hatte ihm den Kiefer gebrochen. Sein Kopf landete auf dem Randstein. Alyssa blinzelte benommen.

Eine zweite Gestalt war aufgetaucht. Sie trug eine Wollmütze und holte mit dem Fuss aus. Der Boden verfärbte sich rot, dann blau und dann in allen Farben, die der Regenbogen hergab. Alyssa wollte aufschreien, es gelang ihr nicht. Die Welt verschwand immer mehr hinter einem Farbenmeer. Im nächsten Augenblick wurde alles schwarz. Sie verlor das Bewusstsein.

8

Er öffnete den Reissverschluss ihrer Lederjacke. Sie hörte seine Stimme, spürte seine Finger, die wie Spinnenbeine über ihre Bauchwand krabbelten.

Sein Schädel explodierte unter einem Schlag. Die Stirn wurde hinter die Augen gedrückt, das Gesicht zu einer schrecklichen Fratze verzerrt.

Alyssa war im Delirium, halb wach und doch im Schlaf. Der Schweiss schoss in Bächen über ihr Gesicht.

Einmal glaubte sie, sich in einem weissen Raum zu befinden. Sie lag in einem grossen Bett und sah Mika davorstehen. Seine Hände waren blutverschmiert. Sie wollte schreien, doch wie zuvor drang kein Laut nach aussen. Ihr Verstand verstrickte sich in einem Chaos aus Wach- und Alpträumen.

Als sie endlich zu sich kam, hatte sie das Bett klatschnass durchgeschwitzt. Ihre Sehschärfe war beeinträchtigt; das verschwommene Bild des eingeschlagenen Schädels klebte wie Harz auf ihren Augen. Die Panik schüttelte sie durch.

Als sie jemand an der Schulter berührte, stiess sie erstmals einen richtigen Schrei aus.

Valérie sprang von ihrem Stuhl auf. «Beruhige dich. Du bist im Unispital. Niemand kann dir etwas antun.» Alyssas Atem ging immer noch stossweise. Trotzdem versuchte sie, ihrer Freundin zu glauben. «Jemand hat dir Drogen untergemischt», fuhr diese fort. «Die Ärzte haben dich von Kopf bis Fuss untersucht. Alles ist gut, man hat dir nichts angetan. Du hattest Glück im Unglück.» Glück im Unglück. Das hatte ihr schon einmal jemand gesagt. Auch damals war sie im Spital gelegen. *Tote Schmetterlinge auf dem Boden.*

Sie rang um Luft. «Wo ist Mika? Wo ist der andere?»

«Ich habe Mika nach Hause geschickt. Er ist dir gefolgt, nachdem ich keine Ruhe fand. Er hat dich bewusstlos in einer Nebenstrasse gefunden. Von einem anderen wissen wir nichts.»

«Mika hat ihn umgebracht», flüsterte Alyssa, bevor ihr Verstand schaltete. «Er hat seinen Kopf eingetreten. Er hat ihm den Schädel zertrümmert.»

Valérie strich ihr über den Schopf. «Der Arzt erwähnte Erinnerungslücken und Halluzinationen. Mika hat niemanden umgebracht, Alyssa. Du warst allein, als er dich fand.»

Alyssa nickte, die Lippen zu einem schmalen Strich zusammengepresst. Sie glaubte ihrer Freundin kein Wort. Mika hatte einen Menschen auf dem Gewissen, das wusste sie. Ihr Körper hatte auf ihn reagiert, bevor ihr Verstand dazu fähig gewesen war. *Denn niemand log schöner als er.*

Später kam die Polizei vorbei. Alyssa legte eine wirre Aussage ab, die Nägel zitternd in die Handballen gepresst. Ihr Kopf war ein Durcheinander, die Seele löcherig wie Emmentaler Käse.

Sie erwähnte den toten Angreifer, behauptete, sich nicht an das Aussehen des Schädelbrechers zu erinnern. Aus einem unvernünftigen Grund heraus hatte sie das Gefühl, Mika diese Lüge zu schulden, dieses eine Mal wenigstens. Immerhin hatte er ihr das Leben gerettet. Die Polizei merkte nichts von ihrer inneren Zerrüttung. Sie notierte das Gesagte, dankte und ging. Alyssa blieb verängstigt in der Dunkelheit liegen.

9

Der Montag war ein trügerischer Tag. Er symbolisierte den Anfang, trotzdem wünschten sich die meisten sein schnellstmögliches Ende. John Rieder war anders. Er mochte Montage, für gewöhnlich zumindest. Zu jedem Wochenbeginn gelobte er sich nämlich, seine Vergangenheit ein Stück weiter zu verdrängen. Am erfolgreichsten war er bei der Arbeit, wenn er einen guten Job als Sicherheitsassistent bei der Kantonspolizei Zürich machte. Zu seinen erfolgloseren Tagen gehörten jene, an welchen er Ferien oder Überstunden abbauen musste – so wie heute. Wenn die Sonne dann auch noch wie ein Feuerball vom Himmel sengte, machte ihn das noch nervöser. Er hatte eine Aversion gegen alles, das ihn an Flammen erinnerte. Am schlimmsten waren Weihnachtsbäume.

Es war ein schwüler Frühsommermorgen am Greifensee. Die Wolken hingen wie Wattebausche an den Voralpen fest und kamen nicht vom Fleck. Im Radio sprachen sie von sintflutartigen Niederschlägen im Tessin und den Bündner Alpen. Die Sturmnachrichten hätten John nicht ferner sein können. Er schwitzte und keuchte, was das Zeug hielt. Auf der Höhe von Bad Egg überholte er ein Pärchen auf Inlineskates. Seine Freundin Melina enervierte sich häufig darüber, dass er seine freien Tage mit Sport ausfüllte – von Krafttraining über Joggen bis hin zu Freeclimbing und Windsurfen, wenn der Wind denn einmal gut ging, was in der Region selten genug der Fall war. Andererseits hatte Melina natürlich nichts gegen seinen gestählten Körper einzuwenden. Er war ein vierunddreissigjähriger Bilderbuchmann mit betörend blauen Augen, unauffälliger Kurzhaarfrisur und dem spitzbübischen Lachen eines Zwanzigjährigen. Wer ihn nicht kannte, hielt ihn für ein Versandkatalogmodel; wer wenigstens seinen Namen hörte, für einen Stripper oder Privatdetektiv. Immerhin Letzteres hatte er eine Zeit lang wirklich getan. Im Grunde genommen war er darum sogar Sicherheitsassistent bei der Kantonspolizei Zürich geworden. Er wollte endlich auf der richtigen Seite stehen und Gutes tun, ohne sich selber die Finger schmutzig zu machen. In den drei Jahren, die er mittlerweile als polizeilicher Gehilfe arbeitete, war ihm das vortrefflich gelungen. Er hatte sich zu einem geschätzten Mitarbeiter gemausert, sein Leben war ruhig geworden wie die Welt an einem träumerischen Wintermorgen. Demnach gab es auch keinen Grund für John, zu denken, dass diese Zeit der Ruhe bald vorbei sein könnte. Doch manchmal holte einen die Vergangenheit mit einem simplen «Daumen hoch» wieder ein.

John joggte seine übliche Runde: Von seiner Vier-Zimmer-Wohnung in Riedikon, dem beschaulichen Vorort von Uster, rannte er zum Greifensee und über das Bad Egg weiter nach Maur. Da ihn das Geradeauslaufen nach wenigen Kilometern langweilte, bog er in der Regel bei Uessikon in die steil emporverlaufende Bachlenstrasse ab.

Die Bachlenstrasse hatte er auch an diesem schwülen, unschuldig daherkommenden Morgen im Visier. Nach einigen Metern stellte sich ihm der bullige Hüne Yves Moser in den Weg.

Yves war achtundzwanzig und einer der beflissensten Polizisten, die John kannte. Sein Potenzial schöpfte er jedoch kaum aus, da er meist mit Gynette Marty im Team arbeitete, einer resoluten Mittvierzigerin mit Feengesicht, die sich bestens darauf verstand, aus Elefanten Mücken zu machen. Sie wurde immer mit jenen Fällen betraut, die nach mehr aussahen, als sie letztlich darstellten. Heute war Gynette nirgends zu sehen, was aber nicht bedeuten musste, dass sie nicht zugegen war. Yves hingegen hätte sich nicht einmal im Death Valley verstecken können. Seine ausschweifende Gestik hatte den Effekt von leuchtender Neonbekleidung. Man konnte ihn schlichtweg nicht übersehen.

Er pfiff durch die Zähne und hob den Daumen. «Guten Morgen, John! Donnerwetter, was für eine Geschwindigkeit. Sind Sie auf der Flucht?» Sein schiefes Grinsen erinnerte an einen gutmütigen alten Hund. Yves war stets froh, einem anderen Gesicht als Gynettes zu begegnen. Er konnte seine Partnerin nicht ausstehen.

John grüsste freundlich zurück, die Sache mit der Flucht überhörte er bewusst. Sein Blick wanderte durch die Umgebung. Er entdeckte eine alte Garage am Waldrand, davor zwei Autos, einen zivilen BMW der Polizeistation Uster sowie Gynettes grauen Toyota. Gynette kreuzte wann immer möglich in ihrem eigenen Wagen auf. Sie wusste, wie man Durchsetzungswillen verströmte.

«Was ist geschehen?», erkundigte sich John, ohne wirklich daran interessiert zu sein.

Yves schien bereits auf die Frage gewartet zu haben. Seine Augen glühten manisch. Er schob sein Kinn der Garage zu. «Da drinnen liegt ein Toter unter einem Aston Martin DB6 begraben. Wollen Sie ihn sehen?» John brauchte einen Moment, um Yves' Begeisterung auf das Auto zurückzuführen, und noch während er um eine Ausrede rang, packte Yves ihn beim Arm und schleifte ihn in die Garage hinein. «Der Wagen ist eine absolute Rarität. Es ist ein Coupé, die Cabrioversion wäre natürlich cooler gewesen. Aber hey, man möchte nicht vermessen sein, oder? Ich meine, einen *Aston Martin DB6*! Der Tote wollte den alten Wagen vermutlich auf Vordermann bringen.» John nickte verständnisvoll. Er selber fuhr ein 1994er BMW Cabriolet 318i, und wenngleich er keine Ahnung von Autos hatte, so besass er zumindest Erfahrung in der Instandhaltung eines Fast-Klassikers. Als er Yves in die Garage folgte, hielt er reflexartig die Luft an. Das wäre gar nicht nötig gewesen. Der schlecht abgedichtete Raum war durchlüftet wie ein Windkanal. Nicht der kleinste Geruch zeugte von dem Toten, auf den Yves nun seine Aufmerksamkeit lenkte. Johns Blick haftete betroffen auf den Beinen, die – bekleidet mit einer grauen Trainerhose und Sneakers – unter dem Fahrgestell hervorlugten. Zweifelsfrei war der Aston Martin auf ihn heruntergefallen, während er irgendeine Reparatur vorgenommen hatte. John widerstand der Versuchung, in die Hocke zu gehen, um einen genaueren Augenschein von der Leiche zu nehmen. Wahrscheinlich hätte er ohnehin nicht mehr viel gesehen. Wem ein eins Komma fünf Tonnen schweres Auto auf den Körper fiel, müsste schon Wolverine heissen, um das ansehnlich zu überleben.

«Weiss man schon, wer der Tote ist?», unterbrach er Yves' Geschwafel und fuhr herum, als eine dritte Person in die Garage trat. Gynette Marty. John verspannte sich. Gynette lief der

Ruf einer knallharten Ermittlerin voraus, doch wie die meisten Frauen über sechzehn verkam sie in Johns Nähe zum verliebten Schmusekätzchen. Das war auch der Grund, weshalb man John bei der Polizei so gut kannte. Hinter vorgehaltener Hand nannte man ihn «John Botox», weil er sogar das vergrämte Gesicht von Gynette Marty aufzuhellen wusste. Tatsächlich verschwand die Zornesfalte zwischen ihren grimmigen Adleraugen, als sie den Sicherheitsassistenten neben Yves entdeckte.

«Guten Morgen, John! Sie sind ja früh unterwegs.» Es misslang ihr, seinen muskulösen Körper unter dem weissen T-Shirt nicht offenkundig anzuglotzen. John kratzte sich verlegen an der Brust, zu seinem Unmut lenkte das Gynettes Blick auf seinen Bizeps. Er war froh, als ihre Augen von alleine zu dem Toten weiterwanderten. «Wir warten auf die Brandtour, um den Kerl dadrunter zu bergen und zu identifizieren. Aber wie immer lässt man uns warten. Ein typischer Montagmorgen eben.» Sie schnaubte exaltiert aus. Ihrem Atem entwich der Duft von Zigaretten. «Zum jetzigen Zeitpunkt gehen wir davon aus, dass es sich um Silvano Moretti handelt.»

«Silvano Moretti?» In Johns Kopf entzündete sich ein Flämmchen. Er wurde aschfahl im Gesicht.

«Kannten Sie ihn etwa?» Gynette zog neugierig die dünnen Augenbrauen hoch.

«Jeder kennt Moretti», schnitt Yves dazwischen. «Der Kerl ist immerhin der erfolgreichste Wirtschaftsanwalt von Zürich. Keiner bearbeitet so spektakuläre Fälle wie er! Wissen Sie noch, wie er vor zwölf Jahren den Kopf von Jeffrey Lasswell rettete? Ich meine, hey, *Jeffrey Lasswell*!»

John rang um ein Nicken, wurde noch etwas blasser und war froh, dass Gynette abermals ein Schnauben von sich gab. «Jedenfalls haben wir eine Jacke mit seinem Portemonnaie und Mobiltelefon dort hinten an der Garderobe gefunden. Er wurde bis heute nicht als vermisst gemeldet, vermutlich weiss noch niemand von seinem Ableben.»

«Denken Sie, dass das hier ein Unfall war?» John hatte Mühe, seinen belanglosen Ton aufrechtzuerhalten.

Zu seinem Glück schien Gynette mehr mit der Ergründung

seiner blauen Augen beschäftigt zu sein. «Auf den ersten Blick spricht alles dafür. Ich meine, sehen Sie sich um. Da liegt ein Kerl mit eingedrücktem Brustkorb unter einem Auto. Selbst ein Laie wie ich sieht, wie schlecht das Fahrgestell aufgebockt war.»

«Wahrscheinlich wollte er eine verrostete Schraube lösen und hat beim Löseversuch zu fest herumgerüttelt. Kawoom!», ergänzte Yves.

John saugte die Unterlippe zwischen die Zähne und liess sich das Szenario noch einmal durch den Kopf gehen. Yves' Theorie machte Sinn. Doch im selben Moment dachte er an Ralf Döbeli, dessen Alkoholleiche man aus dem Greifensee fischte – wie auch an den Anwalt Frank Rindlisbacher, der sich vor einem Jahr im eigenen Badezimmer erhängt hatte. Sie alle waren vor zwölf Jahren in den Jeffrey-Lasswell-Fall verwickelt gewesen. John wusste das, weil er dort ohne das Wissen aller mitgemischt hatte. Und so fragte er sich sofort, ob das hier ein Zufall sei. Er kannte mindestens eine Person, der er einen solchen Rachefeldzug gegen Moretti und dessen Partner zutraute. Auch dieser Mensch wusste nichts von Johns Zutun. Das hoffte er zumindest.

In Maur läuteten die Kirchenglocken. Der Wind trug das Geräusch bis zu ihnen nach Uessikon.

John hatte auf einmal das Bedürfnis, dorthin zu rennen und ein Kerzchen anzuzünden.

***

Alyssa erwachte zusammen mit der Sonne. Es war sechs Uhr früh, und die ersten Flugzeuge donnerten über Schwamendingen nach Kloten. In den Pausen dazwischen zwitscherten die Vögel. Erste Autofahrer machten sich auf den Weg zur Arbeit.

Sie war gestern Sonntag mit einem Arztzeugnis aus dem Spital entlassen worden. Über die Suspendierung von der Arbeit ärgerte sie sich masslos. Sie blieb nicht gerne zu Hause, wenn ihr Kopf durchdrehte. Da fühlte sie sich umso irrer. Dem Arzt war das egal gewesen: «Was Sie jetzt brauchen, ist Ruhe», hatte er gesagt und ihr die Visitenkarten von drei verschiedenen psychologischen Beratungsstellen in die Hand gedrückt. Die Karten hatte Alyssa alle noch im Spital zerrissen. Sie wollte keine Wahnsinnige sein, der man beim Sortieren ihrer Gedanken helfen musste. Was sie brauchte, war Ablenkung. Genau die hatte man ihr gestohlen.

Mit einem Faustschlag löschte sie die Deckenlampe, die die ganze Nacht über gebrannt hatte. In ihrem Zimmer blieb es unvermindert hell. Sie drehte sich von dem Fenster ab und stülpte das Kissen über die Ohren.

Die Autos wurden lauter. Ein Fahrer hupte, der nächste drückte das Gaspedal im ersten Gang durch. Irgendwann knallte es, und Polizeisirenen mischten sich unter Flüche, laufende Motoren und den Lärm der Flugzeuge. Eine Etage höher schrie ein Baby. Alyssa entfuhr ein Knurren. Sie schlug die Bettdecke zurück und verschwand eine Stunde lang im Badezimmer.

Sie wusch sich die Haare und schrubbte den Körper mit einem Peeling ab. Danach blieb sie lange Zeit unter dem Wasser stehen, ohne irgendetwas zu tun. Als sie aus der Dusche kam, war ihre Haut gerötet und aufgeweicht. Trotzdem fühlte sie sich beschmutzt wie nach einem Schlammbad.

Ihre Stimmung verbesserte sich beim Betreten der Küche: Valérie hatte Frühstück gemacht. Auf dem Tisch standen eine Schale Müesli, ein angerührter Crêpeteig, ein Buttercroissant – und über allem thronend ein Gutschein für eine kosmetische Gesichtsbehandlung. «Gönn dir etwas!», hatte Valérie danebengeschrieben. Sie arbeitete in der Frühschicht bei Starbucks und hatte vermutlich ein schlechtes Gewissen, weil sie ihre Freundin in der aktuellen Situation allein liess.

Alyssa nahm das Croissant vom Teller und stellte eine Bratpfanne auf den Gasherd. Während sie mit der einen Hand das Gebäck in den Mund schob, kontrollierte sie mit der anderen die Hitze in der Pfanne. Beides, der Buttergeschmack und die ansteigende Hitze, entschädigte sie tausendfach für den Lärm vom Morgen. Auf einmal fühlte sie sich sehr geborgen.

Die wohlige Stimmung wurde durch das Klingeln ihres Telefons gebrochen. Sie leerte den Teig in die Pfanne, schaltete den Dampfabzug ein und schlurfte in das Schlafzimmer, wo ihr Smartphone auf dem Nachttisch lag.

Der Anruf kam von Moretti & Partner. Zwischen Alyssas

Augen bildete sich eine Furche. Argwöhnisch nahm sie den Anruf entgegen. «Hallo? – *Hallo?*» Ihr Tonfall wurde schneidend, als niemand antwortete.

Dann hörte sie ein Wimmern, gefolgt von einem Schniefen. «Oh, T-Rex, ich bin so froh, dass ich dich erreiche.» Das Weinen wurde lauter.

Alyssa senkte ernüchtert die Schultern. «Birgit. Was ist los?»

«Alles läuft aus dem Ruder – Moretti & Partner ist ein Chaos», heulte sie. Sie war kaum zu verstehen, da sie ständig die Nase hochzog.

Alyssa seufzte. «Beruhige dich. Was ist geschehen?»

«Etwas Schreckliches! Du musst sofort ins Büro kommen.»

«Wie, sofort? Jetzt gleich?»

«Ja», sagte Birgit und legte auf. Verdutzt starrte Alyssa auf das Display. Sie fragte sich, ob sie arbeitsrechtlich dazu verpflichtet war, der zwergschen Forderung nachzukommen. Im nächsten Moment verfluchte sie ihr eigenes Pflichtbewusstsein, griff nach Tasche und Lederjacke und verliess die Wohnung.

Sie erreichte die Wirtschaftskanzlei nach einer halben Stunde.

«Das ist ein Drama. *Ein Drama!*» Birgit weinte immer noch. Ihre Lippen waren zu einem kaum ersichtlichen Punkt zusammengeschrumpft. Alyssa stand ernüchtert neben ihr. Sie konnte nicht glauben, wofür sie ihren Montagsbrunch hatte sausen lassen.

Der Kopierer war ausgestiegen.

Birgit schwor beim Leben ihrer Katzenbabys, nicht dafür verantwortlich zu sein. Ihre Schuld war allerdings so offensichtlich, als hätte sie einen Neonpfeil über ihrem Kopf montiert. Ihr Gesicht gab einen ähnlichen Farbeffekt wider, als Alyssa wissen wollte, weshalb sie nicht die Leute vom IT-Dienst konsultiert hatte.

«Und warum kommst du nicht zur Arbeit? So krank siehst du gar nicht aus – von deinem hässlichen Outfit einmal abgesehen.» Birgit taxierte Alyssas grauen Hoodie, als trüge sie selber gerade keine weissen Strümpfe zu einem Kanarienvogelschlauchkleid. Alyssa gab einen knurrenden Laut von sich. Aggressiver als nötig riss sie ein zerknittertes Papier aus den Transportwalzen des Kopierers. Danach öffnete sie die obere und seitliche Abdeckung. Birgit rückte ihr neugierig auf die Pelle. Sie war so wissbegierig, dass Alyssa sie eher bewunderte, als von ihrer Art genervt zu sein. Nacheinander zog sie die angestauten Papierfetzen aus der Maschine und reinigte die Walzen mit einem Tuch. Birgit kam ihr nun so nahe, dass sie deren Döner vom Vorabend riechen konnte. Das war dann doch zu viel.

Sie knallte die Abdeckung zu, und Birgit machte einen Satz. «Alles wieder in Ordnung», verkündete sie, noch während der Kopierer im Kalibriermodus lief. Sie drückte den tintenverschmierten Lappen in Birgits Hände und hielt die Luft an, als diese abermals in Döner-Distanz überging.

«Moretti ist immer noch nicht aufgetaucht», flüsterte der Zwerg, den Daumennagel nervös zwischen die Zähne geklemmt. Alyssa fuhr es kalt den Rücken hinunter, als Birgit den Nagel durchtrennte. *Knacks.* «Jennifer hat heute die Polizei verständigt. Die Partner wissen nichts davon, die Klienten auch nicht. Der Kerl soll bloss wieder auftauchen! Ich brauche diese Stelle dringend für mein CV.» Ihre Augen wurden glasig.

«Ist das dein grösstes Problem?», fragte Alyssa ernüchtert und liess sie stehen.

Alle Zeichen standen auf Gewitter, als Alyssa auf das Seefeld hinaustrat. In ihrem Magen herrschte eine ähnliche Donnerstimmung, weshalb sie zum Bellevue ging und sich eine Bratwurst ohne Senf beim Sternen Grill kaufte. Mit der Wurst in der einen und einem goldbraun gebackenen Bürli in der anderen Hand setzte sie sich an den Zürichsee.

Der Quai am Bellevue war ihr Lieblingsplatz im Kreis 1. Keine Minute vom hektischsten Knotenpunkt des Zürcher Verkehrsverbunds entfernt, fühlte sie sich wohlbehütet und geborgen. Der Quai verströmte eine Art familiäre Urbanität – das Chaos der Stadt im Rücken, die Weite des Zürichsees vor Augen. An Föhntagen reichte die Sicht bis zu den Voralpen.

Heute war der Himmel wolkenverhangen. Es war so düster, dass man kaum bis zum Mythenquai sehen konnte. Alyssa sass auf einer Sitzbank, dergleichen sich wie Klone am Quai entlangzogen. Das Unwetter war mittlerweile zum Greifen nahe. Trotzdem tummelten sich die Menschen am Ufer, als hätten sie nichts zu befürchten. Jede Sitzbank war besetzt, und die Promenade dahinter teilten Jogger, Strassenkünstler und Flanierende mit bemerkenswerter Präzision untereinander auf. Alyssa hatte sich von dem Treiben abgewandt und liess ihren Blick über das Wasser schweifen. Die Headphones auf ihrem Kopf dämpften die schrägen Töne der Strassenmusikanten.

Vor der Quaibrücke kämpften zwei Schwäne um eine Brotscheibe. Sie schnappten mit aufgerissenen Schnäbeln und flatternden Flügeln nacheinander. Ihr Schnattern erfüllte die gesamte Promenade und übertönte die Musik in ihren Ohren. Irgendwann hatten sich ihre Hälse so stark ineinander verrenkt, dass der stiere Anzugträger auf Alyssas Nachbarbank einen Lachanfall bekam. Alyssa konnte sein Amüsement nicht teilen. Das Blut der Schwäne tanzte wie Aquarellfarbe durch die kleinen Wellen. Es war eine Spirale der Gewalt, aus der sich keiner lösen wollte.

Er holte mit dem Fuss aus. Die weisse Sohle seiner Schuhe prallte gegen die Stirn des anderen. Mit einem haarsträubenden Knacken gab der Schädel dahinter nach. Die Schreie des Gestürzten verstummten. Trotzdem trat der andere weiter zu, aggressiv, unkontrolliert und ohne Gnade. Die Sohlen nahmen die Farbe des Todes an. Ein dickflüssiges Rinnsal floss in Alyssas Richtung. Ihre Kehle lechzte danach, als wäre es Wein.

«Ha!», rief der Anzugträger. Alyssa schrak aus ihrem Tagtraum hoch. Die Bratwurst plumpste ins Wasser und landete vor dem Schnabel einer Ente. Alyssa riss die Headphones herunter und schaute sich um. Der Schwanenkampf war vorbei: Ein Stand-up-Paddler hatte sich dazwischengestellt. Mittlerweile befand er sich schreiend auf der Flucht vor den beiden wild gewordenen Tieren. Der Anzugträger beobachtete ihn lachend, während sich zwei Jugendliche auf einem Pedalo zur Rettung aufmachten.

Alyssa war immer noch nicht nach Lachen zumute. Sie zerkrümelte das Bürli und warf es der Ente zu. Danach stand sie auf und ging davon.

Regen setzte ein. Ihre Stirn war nass, bevor die ersten Tropfen die Erde erreichten.

***

Es war das heftigste Unwetter seit Jahresbeginn. Die Bäume beim Bahnhof Stettbach bogen sich unter den Böen wie Enddreissigerinnen im Yoga. Ein Tram der Linie 7 blieb auf der Strasse stecken, da der Hagel die Schienen verstopfte.

Valérie trampelte ungeduldig auf den Füssen herum. Sie stand unter der Bahnhofsüberdachung unweit von den Rolltreppen. Sie kam vom Max-Bill-Platz in Oerlikon, wo sie dreimal in der Woche Kaffee- und Teespezialitäten mit überlangen Namen braute. Ihr Kopf jonglierte immer noch die letzten «Soy Tazo Chai Lattes», während sich der Körper längst nach der heimischen Couch sehnte.

Fast alle öffentlichen Verkehrsmittel standen still. Die Menschen – Arbeiter, Penner, Kinder und Omas – drangen sich unter der Überdachung, als wären sie Teil eines Flashmobs. Ein Kind weinte, die meisten nörgelten. Der Hagel hatte sich zu einer undurchdringbaren Wand verdichtet. Nur ein Irrer wäre unter der Überdachung hervorgetreten.

Valérie schnaubte ungeduldig vor sich hin, verschwand im Coop Pronto und kehrte mit einer Tüte M&M's zurück.

Ob Alyssa zu Hause war? Ob es ihr gut ging? – Die Fragen wogen schwerer als die Schokolade. Sie hatte ihre Freundin ungern allein gelassen. Wer wusste schon, was der Überfall von Samstag in deren Kopf anstellte. Nach aussen verkörperte Alyssa eine Art Fels in der Brandung: gross, ruhig und unerschütterlich. Valérie wusste, dass das nur eine Seite von vielen war und unter ihrer auffälligen Optik mehr lauerte, als auf den ersten Blick ersichtlich war. Das traf vor allem auf ihre Phantasie zu. Diese war wie Napalm, einmal entzündet, kaum noch zu kontrollieren. Vielleicht glaubte sie immer noch, dass Mika den anderen umgebracht hatte. Vielleicht war sie längst auf dem Weg zur Polizei. Valérie kannte keinen Menschen, der stärker an der Gerechtigkeit hing als Alyssa. Sie war quasi Mutter Teresa im Hulk-Modus.

Ihre Augen wurden glasig, als sie sich das Polizei-Szenario ausmalte. Sie stellte sich vor, wie man Mika in Handschellen abführte und hinter Gitter sperrte. Das Bild fühlte sich seltsam vertraut an. Zweifelsfrei war ihr Cousin kein Unschuldslamm. Andererseits hatte sie ebendas schon immer am meisten an ihm bewundert.

Mika war ein Jahr älter als sie, und sie hatte immer zu ihm hochgeschaut. Ihre Familien wohnten im selben Quartier, wo Mika das Leben der vorlauten kleinen Valérie zu einer Achterbahn und die Nerven deren Mutter zu einem Minenfeld machte. Gemeinsam erlebten sie die unvernünftigsten Abenteuer: Die Typen aus «Jackass» waren die Vorbilder von Mikas Clique – und Valérie wollte unbedingt mit dabei sein.

Ihre Wochenenden verbrachten sie meist auf den Baustellen, die damals wie Pilze aus dem Dübendorfer Boden schossen. Es war der Himmel auf Erden: spannend, abenteuerlich und verboten. Sie bauten so viele Unfälle, dass Valérie keiner davon in Erinnerung geblieben war – mit Ausnahme von Mikas Sturz von einem Baukran: Eine Woche lag er im Spital, nur um zwei Tage nach seiner Entlassung auf Krücken an den Unfallort zurückzukehren, in einer Mulde auszurutschen und gegen eine Betonmauer zu knallen. Seine Mutter weigerte sich danach, den abgesplitterten Schneidezahn zu korrigieren: Er sollte ihrem Sohn eine Lehre sein.

Zwei Monate nach dem Vorfall liessen sich Mikas Eltern überraschend scheiden. Das Sorgerecht ging an Mikas Mutter, die sich daraufhin mit ihrem Sohn in ein Dorf am Oberen Zürichsee zurückzog. Noch im selben Jahr verlor sie bei einem Unfall das Leben. Der Vater übernahm das Sorgerecht und zog zu Mika in den Kanton Schwyz.

Valérie hatte Mika seit der Beerdigung seiner Mutter nicht mehr gesehen. Einige Jahre später erfuhr sie allerdings von seinem Schulverweis und dem Vorwurf der vorsätzlichen Brandstiftung, Gefährdung von Menschenleben und der Nötigung. Angeblich zogen er und sein Vater danach zurück in den Kanton Zürich, wo Mika in ein Heim für schwer erziehbare Jugendliche kam. Als sein Vater wenig später den Wunsch nach einer eigenen Surfschule auf Fuerteventura äusserte, wollten Valéries Eltern Mika bei sich aufnehmen. Just in dem Moment schien sich der Junge endlich zu fangen. Er beendete seine Lehre als Automatiker und fand eine Stelle in Hinwil: Die Wogen glätteten sich, das Leben ging weiter. Und obwohl Mika sich nie mehr bei der erweiterten Verwandtschaft meldete, war für alle klar, dass er wieder mit beiden Beinen im Leben stand.

Und jetzt kam Alyssa und unterstellte ihm einen Mord. Valérie wusste nicht, was sie davon halten sollte. Selbst in seinen dunkelsten Zeiten hätte sie Mika ein solches Vergehen nicht zugetraut.

Ihr Atem zitterte, als sie das nächste Mal ausatmete. Hektisch schob sie drei M&M's in den Mund.

«Darf ich auch eins?» Sie hatte nicht bemerkt, wie jemand neben sie getreten war. Als sie sich dem Neuankömmling zudrehte, zuckte sie zuerst erschrocken zusammen; im nächsten Moment ging ihr Herz in einen Sinkflug über.

Es war Pitbull.

Der klein gewachsene Bodybuilder musste durch den Hagel gerannt sein, denn seine Schultern waren nass und der rasierte Schädel von roten Punkten übersät. Die leicht abstehenden Ohren glühten. Ausserdem bemerkte Valérie peinlich berührt, dass seine Brustwarzen durch das genässte weisse T-Shirt blitzten. Am liebsten hätte sie ihm die gerippte Daunenweste darüber zugezurrt.

Widerwillig streckte sie ihm die M&M's hin. Seine Hand zitterte so stark, dass die Tüte am oberen Ende einriss. «Danke.» Er warf die Schokoladenstücke wie Pillen in den Rachen. An seinem Arm tauchten Wölbungen auf, deren Existenz Valérie bis anhin völlig unbekannt war.

Errötend wandte sie den Kopf ab. «Darfst du überhaupt Schokolade essen?»

«Heute ist Cheat Day.» Sein Adamsapfel tanzte wie ein wild gewordenes Klösschen.

Auf der gegenüberliegenden Strassenseite riss der Sturm einen Ast vom Baum. Krachend landete er auf dem Parkplatz vor dem Bahnhof. Durch die wartende Menge ging ein Raunen, und die Unruhe wurde grösser, als aus dem Nichts eine männliche Gestalt auftauchte und wie ein Hürdenläufer über den gefallenen

Ast hinwegsprang. Er hatte die Kapuze seines Hoodies tief in die Stirn gezogen und ging so schnell, als klebte Usain Bolt an seinen Fersen.

Pitbull schmatzte abschätzig. «Was für ein Psychopath.» Entgegen seines Gebärdens war sein Tonfall entschuldigend, fast so, als bräuchte er eine Erklärung dafür, weshalb er immer noch neben Valérie stand.

Valérie musste auf einmal lächeln. Seine Unsicherheit war irgendwie süss. Ob sie ihm doch eine Chance geben sollte? – Hätte sie überhaupt etwas zu verlieren? Sie war schliesslich kein Mädchen, dem die Jungs scharenweise nachliefen. Sie war nicht hässlich, wurde wegen ihrer Grösse aber meistens übersehen – oder nach der Identitätskarte gefragt.

Eine Sekunde lang versuchte sie, sich an der Seite des Bodybuilders vorzustellen. Hand in Hand auf zwei Crosstrainern, joggend über den Schwamendinger Schäflihügel, Fünfhundert-Gramm-Steaks kochend und Haferflocken abwägend … Schockiert zerknüllte sie die Papiertüte.

Auf einmal hatte sie es eilig. Unbedacht sprang sie in den Hagel hinaus.

Pitbull rannte ihr nach. «Bist du auch auf dem Heimweg?»

Valérie spielte mit dem Gedanken, ihn anzulügen, und erwiderte dann: «Mhm.» Wieder wanderte ihr Blick zu dem menschgewordenen Anatomiebuch – und wieder verfluchte sie sich selbst. Sie brauchte dringend mal wieder einen Flirt.

Sie erreichten ihre Siedlung nach zehn Minuten. Da Valérie immer noch mit sich selbst haderte, fiel ihr nicht auf, dass etwas anders war. Erst als Pitbull einen erstickten Schrei von sich gab, entdeckte sie die Rauchschwaden, die aus einem Fenster der dritten Etage drangen. Ihrem Gesicht entwich alle Farbe. Die Schwaden kamen aus ihrer Küche.

***

Alyssa sah ihn überall. Beim Überqueren des Bellevues, vor dem Kino Corso, am Bahnhof Stadelhofen. Bald wähnte sie sich inmitten einer Invasion von bewollmützten Totschlägern.

Sie klaubte eine Schmerztablette hervor und steckte sie sich in den Mund. Ihr Kopf rotierte, als hätte sie Drogen genommen.

Der Hagel setzte ein, als sie am Bahnhof Stadelhofen in die S-Bahn-Linie 9 stieg. Kurz darauf verschwand die Zugkomposition im Tunnel. Die untergehende Welt wurde ausgeblendet, und einzig die wirren Durchsagen des Zugpersonals erinnerten an den Sturm, der über Zürich wütete. Fast alle Tramlinien fielen aus. Bei der Schmiede Wiedikon waren ein Bus und ein Personenwagen ineinandergeprallt. Alyssa hoffte, dass sich niemand verletzt hatte.

Berstende Schädelknochen. Flatternde Schmetterlinge.

Ihr Herz verkrampfte sich. Verbittert schüttelte sie den Kopf. Sie verstand nicht, wie sie etwas beschäftigen konnte, das sie so tief in ihr Unterbewusstsein abgeschoben hatte.

Ab dem Bahnhof Stettbach musste sie zu Fuss weitergehen, da der Trambetrieb immer noch unterbrochen war. Sie hatte keinen Schirm bei sich, und so hingen ihre dunkelroten Haare bald wie zu stark gekochte Spaghetti über ihre Lederjacke hinab. Sie sah aus wie das Mädchen aus Gore Verbinskis «The Ring» und nahm dies zunächst als den Grund dafür an, weshalb zwei Omas die Strassenseite wechselten. Die Blicke der Alten schrammten allerdings millimetergenau an ihr vorbei: Jemand musste sich hinter ihr befinden. Ihr wurde heiss und kalt zugleich. Aufgebracht wirbelte sie um die eigene Achse herum.

Ein gross gewachsener Mann sprang wenige Schritte hinter ihr vom Trottoir auf die Hauptstrasse hinaus. Ein entgegenkommendes Auto verfehlte ihn um Haaresbreite. Das Hupkonzert erschütterte sie bis ins Mark. Ungläubig starrte sie dem Fremden nach, der – auf der anderen Strassenseite angekommen – seelenruhig entlang der Genossenschaftssiedlung «Sunnige Hof» zum Bahnhof zurückschlenderte. Er trug eine graue Kapuzenjacke, deren Baumwollstoff das Regenwasser wie ein Schwamm aufgesogen hatte. Seine breiten Schultern erinnerten Alyssa an jemanden, den sie eigentlich hatte vergessen wollen. Zitternd presste sie die Lippen aufeinander.

Sie erreichte ihren Wohnblock auf wackeligen Beinen. Der Schlüsselbund klirrte gegen die Glastür, als sie das Schlüsselloch verfehlte.

Im Treppenhaus schlug ihr sofort der Geruch von Verbranntem entgegen. Sie unterdrückte ein Husten und zog den Kragen der Lederjacke über die Nase.

Der Geruch verstärkte sich, je höher sie stieg. In ihrer Vorstellung entwickelten sich Horrorszenarien, die ihre Klimax erreichten, als sie auf der dritten Etage ankam. Die Tür zu ihrer Wohnung stand offen, und Rauch quoll aus dem Innern heraus. Das Treppenhaus verschwand in einem Nebelmeer.

Aus der Küche drangen zwei aufgeregte Stimmen, eine davon gehörte Valérie. Alyssa sprang durch den Eingangsbereich, ohne die Schuhe auszuziehen. Ihre Sohlen quietschten, als spränge sie durch Regenpfützen. Unter der Küchentür stiess sie mit Pitbull zusammen. Er reichte ihr gefühlt bis an die Brust. Entsprechend verschämt sprang er nach dem Aufprall zurück.

«Was ist hier los?», schnappte Alyssa. Valérie stand am geöffneten Fenster. Ein zorniges Funkeln huschte durch ihre Augen.

«Hast du nicht etwas vergessen?», fauchte sie und zeigte auf eine Bratpfanne, die verkohlt im Spülbecken lag. Auch der Dampfabzug und die weisse Wand daneben waren geschwärzt. Alyssa erblasste. *Ups.* Valérie kriegte sich kaum noch ein. «Wo zur Hölle warst du! Was hast du dir bloss gedacht!»

«Es ist ja noch einmal alles gut gegangen», mischte sich Pitbull ein, die muskulösen Arme schlichtend vor sich ausgestreckt.

Valérie schlug sie ihm achtlos weg. «Alles gut gegangen?» Ihre Stimme nahm einen schrillen Klang an. «Jemand ist in unsere scheissverdammte Wohnung eingebrochen, um das Feuer zu löschen!»

«Es war jemand in unserer Wohnung?» Alyssa schluckte.

«Die Wohnungstür war aufgebrochen», sagte Pitbull, und Valérie fluchte: «Du hast eine Crêpe unter aufgedrehtem Dampfabzug schmoren lassen. Ist dir klar, was alles hätte passieren können?»

«Es ist aber nichts passiert», warf sich Pitbull erneut zwischen die Fronten und duckte sich, als Valérie zuerst die Küchenmesser auf der Ablage und dann seinen Kopf ins Visier nahm.

Alyssa hörte kaum noch hin. Ihre Gedanken kreisten um den unbekannten Eindringling. Sie wandte sich ab und ging in den

Eingangsbereich zurück. Neben der Wohnungstür kniete sie sich hin. Der Türrahmen war auseinandergebrochen, seitlich neben dem Schloss entdeckte sie zwei Dellen.

Valérie und Pitbull folgten ihr.

«Werden wir die Polizei benachrichtigen?», fragte sie.

«Und ob wir das tun!», rief Valérie.

Pitbull schüttelte den Kopf. «Wozu denn? Wollt ihr jemanden dafür anzeigen, dass er eure Wohnung gerettet hat? Es ist nicht einmal etwas verschwunden …» Valérie wollte das nicht hinnehmen und zeterte weiter.

Alyssa wandte sich wieder der aufgebrochenen Tür zu. Ihr Blick wanderte weiter über den Flur zum offen stehenden Fenster, durch welches sich die Rauchschwaden in den Regen verflüchtigten. Am Horizont tauchte die Sonne auf und verwandelte den Himmel in ein psychedelisches Farbenspiel.

Sie versuchte, die Vermutung zu unterdrücken, die in ihr aufkam. Doch wie ein Brandmal sengte sie in ihr Herz hinein.

Er war hier gewesen. Er verfolgte sie, so wie früher. Doch ungleich zu damals wollte er ihr diesmal nicht wehtun, sondern rettete ihren Kopf. Warum nur?

10

Die darauffolgende Nacht war nicht als solche zu bezeichnen. Am Morgen sah Alyssa aus wie eine Leiche. Ihre Augen waren geschwollen und der Teint so mehlig weiss, als wäre sie ein übereifriger Bäcker. Mit einem missmutigen Blick in den Kalender stellte sie fest, dass erst Dienstag war und sie noch sieben lange Tage mit ihren Gedanken alleine blieb, bevor sie wieder an die Arbeit durfte.

«Was Sie jetzt brauchen, ist Ruhe», äffte sie ihren Arzt später nach und setzte verärgert Kaffee auf.

«Zur Uni könntest du ja …», seufzte Valérie.

Alyssa hielt frostig dagegen: «Ich brauche Ablenkung, keine Langeweile.»

Mit dem Kaffee in den Händen setzte sie sich vor den Fernseher. Sie schaute vier Frühstückssendungen, danach kramte sie ihren Laptop hervor, um der neusten Folge ihrer Lieblingskrimiserie beizuwohnen. Sie brach den Stream jedoch nach wenigen Minuten wieder ab: Der Mörder hatte eine Brandwunde im Gesicht.

Sie schoss vom Sofa auf und holte eine Lindor-Kugel aus der Küche, wie sie es immer tat, wenn sie etwas frustrierte. Dabei entdeckte sie den Gutschein für die Kosmetikerin, den Valérie ihr am Vortag geschenkt hatte und der immer noch auf dem Küchentisch lag. Argwöhnisch nahm sie ihn hoch. Im Gegensatz zu ihrer Freundin verband sie kosmetische Behandlungen in erster Linie mit Schmerzen – als Teenager hatte sie unter Akne gelitten. Sie bekam heute noch Gänsehaut, wenn sie das Wort «Tiefenreinigung» hörte. Andererseits war das möglicherweise die Art von Ablenkung, die sie jetzt brauchte. Sie drehte den Gutschein auf die Rückseite und wählte die Nummer, die dort stand.

«Forever Young Body Farm Thalasso Spa & Hamam, Zürich Enge, hallo?», meldete sich eine Frauenstimme, näselnd, hoch und sehr motiviert.

«Guten Morgen. Ich möchte den Gutschein für eine einstündige Gesichtsbehandlung einlösen. Haben Sie heute etwas frei?»

Die Telefonistin begann in etwas zu blättern. «In einer Stunde?»

«Perfekt.» Alyssa bedankte sich und legte auf. Ihre Wangen begannen zu glühen. Trotz Godzilla-Grösse fühlte sie sich auf einmal klassisch und feminin wie Audrey Hepburn. Pfeifend schlüpfte sie in ein Blümchenkleid und streifte ein Paar High Heels über. Letztere tauschte sie kurz vor dem Gehen gegen ihre schwarzen Chucks aus. Sie wollte es mit dem Kontrastprogramm ja nicht gleich übertreiben.

Die Kosmetikerin hiess Chancy Skye. Alyssa blieb verborgen, ob das der echte Name der Dreissigjährigen war, zumal sie durch und durch schweizerisch aussah, von den aschblondierten Haaren über das perfekt geschminkte Porzellangesicht bis hin zu den zwei Dermalpiercings, die neckisch aus ihrem Top hervorblitzten. Sie war gleich gross wie Alyssa und von Jack Skellingtons Statur.

Der Salon bestand aus zwei Zimmern, beide in dezenten Rosatönen gehalten. Die Luft war geschwängert von Sandelholz-Räucherstäbchen. Im Hintergrund lief tibetische Klangschalenmusik. Chancy wusste, wie man seine Kunden abholte. Von dem im Salontitel erwähnten Hamam fehlte allerdings jede Spur.

Im Behandlungszimmer bat Chancy Alyssa aus dem Blümchenkleid und hinauf auf eine Liege, die trotz des weissen Überbezugs wie ein zahnärztlicher Folterstuhl aussah. Die Kosmetikerin drehte die Musik lauter und umhüllte Alyssas Körper mit einem warmen weissen Frotteetuch. «Haben Sie sich bereits Gedanken über die Art Ihrer Gesichtsbehandlung gemacht, Frau Müller?», flötete sie.

«Keine Tiefenreinigung», antwortete Alyssa, und Chancy lachte.

«Das haben Sie nicht nötig. Ich empfehle Ihnen ein Seasonal Dream Delight Deluxe Treatment. Das ist eine klassische Verwöhnungsbehandlung mit jahreszeitlich abgestimmten antioxidantischen Aroma-Essenzen und ätherischen Bioingredienzen aus den Schweizer Alpen. Gesichts- und Nackenmassage sind inklusive. Auch eine kosmetische Haarentfernung gehört dazu. Wie ich sehe, könnte man hier durchaus etwas machen.» Sie strich mit beiden Zeigefingern über Alyssas Oberlippe.

Alyssa glaubte sich verhört zu haben. «Ich habe einen *Damenbart?*»

«Aber nein! Bloss ein paar wenige leicht dunkel pigmentierte Härchen an der Oberlippe.»

«Also Damenbart», wiederholte Alyssa ernüchtert. Sie war eitel genug, um ihr Spiegelbild jeden Morgen zu Tode zu starren. Einen Damenbart hatte sie allerdings noch nie entdeckt. Vielleicht sollte sie ihre Badezimmerbeleuchtung austauschen. Geknickt senkte sie die Schultern. «Bitte, weg damit.»

«Sehr gerne», rief Chancy hocherfreut. «Und machen Sie sich keine Sorgen, Frau Müller. Jede zweite Frau leidet darunter, erst recht in unseren Breitengraden und in Ihrem Alter. Ich habe eine Kundin, die sogar alle zwei Wochen vorbeikommt.»

«Wie aufmunternd.» Alyssa knirschte unüberhörbar mit den Zähnen, als Chancy ein Stäbchen hervorzauberte, auf das sie heisses, flüssiges Wachs aufgedreht hatte.

«Das brennt jetzt ein bisschen, ist aber im Nu vorbei.» Chancy legte Hand an. Ihre Worte waren die Untertreibung des Jahrhunderts. Das Wachs sengte durch die oberste Hautschicht. Alyssa schossen Tränen in die Augen. Chancy legte ein schmales weisses Tuch auf das Wachs und riss dieses mit einem Ruck weg. Spätestens jetzt hätte Alyssa losschreien können. Chancy bemerkte nichts davon. «Noch zweimal», trällerte sie, ehe sie mit der Feinfühligkeit eines Elefanten die restliche Oberlippe demolierte. «Geschafft!»

Alyssa klammerte sich schweissgebadet an den Behandlungsstuhl. Sie fragte sich, ob sie in einem morbiden Horrorfilm gelandet war, und zuckte zusammen, als Chancy mit der nächsten Brühe auftauchte. «Schmerzlinderndes Aloe vera», erklärte die Kosmetikerin und tupfte die Masse auf Alyssas geschundene Haut. Deren Schmerzresistenz fand ein jähes Ende. Schreiend sprang sie in die Höhe. Chancy verlor das Gleichgewicht und stiess gegen den Schrank hinter sich. Ein paar dekorative Kosmetikflaschen gingen zu Bruch. Stöhnend wischte sich Alyssa das Gel aus dem Gesicht.

Ihr Telefon klingelte. Im Hintergrund murmelte Chancy etwas von einer ungewöhnlich starken Rötung.

Alyssa hielt sich das Smartphone ans Ohr. «Hallo?» Das Wort kam kaum noch über ihre Lippen.

«Guten Morgen, Frau Müller.» Eine freundliche Brummbärstimme. «Hier ist Gregor Rüdisüli von der Kantonspolizei Zürich. Wir haben neue Erkenntnisse zu dem Überfall von Samstag und würden gerne noch einmal mit Ihnen sprechen.»

Ihre Schmerzen waren wie ausgeblendet. Stattdessen machte sich Übelkeit breit. *Samstag* …

Sie presste ihre Hand flach auf den Bauch. «Wenn ich mich richtig erinnere, haben Sie mich bereits im Spital dazu befragt. Ich bezweifle, dass ich Ihnen jetzt mehr erzählen kann.»

«Wir wären dennoch froh, wenn Sie sich Zeit für eine zweite Einvernahme nähmen. Sie finden uns an der Kasernenstrasse 29 bei der Sihlpost. Melden Sie sich beim Empfang unter Ihrem Namen.»

«O-okay.» Sie legte auf, bevor ihr Verstand die Situation erfasst hatte. Das Brennen kehrte in ihr Gesicht zurück.

Sie fuhr zu Chancy herum, die sofort den Kopf einzog. «Vielleicht sollten Sie das doch einem Arzt zeigen», stammelte Chancy, den Finger zitternd auf Alyssas Oberlippe gerichtet.

Alyssa überging den Ratschlag. Sie zog das Blümchenkleid an und griff nach der Lederjacke, ohne sie anzuziehen. Ihre Tasche hielt sie mit der freien Hand umklammert. Ihr Blick grenzte an versuchten Totschlag, als sie den Kosmetiksalon ohne ein weiteres Wort verliess.

Der Weg zur Sihlpost verkam zur Folter. Alyssa verpasste den Zug und musste das Tram bis zum Paradeplatz nehmen, von wo aus sie zu Fuss weiterging. Derweil verschlimmerte sich das Brennen in ihrem Gesicht. Die Passanten musterten ihren Mund mit argwöhnischen Blicken.

Da ihr nichts Besseres einfiel, kaufte sie am Kiosk ein verpacktes Eis am Stiel und drückte sich dieses an die Oberlippe. Der darauffolgende Schmerz trieb sie fast in den Wahnsinn. Mit zusammengebissenen Zähnen marschierte sie weiter.

Das Polizeigebäude befand sich in der alten Militärkaserne, unweit von Alyssas Lieblingsbar, der Hafenkneipe.

Das Brennen in ihrem Gesicht hatte mittlerweile Ätna-Niveau erreicht. Trotzdem wollte sie bei Gregor Rüdisüli vorstellig werden. Je schneller sie bei dem Polizisten war, desto schneller konnte sie die Sache von Samstag wieder verdrängen.

Im Eingangsbereich erwartete sie linker Hand ein Mann in Uniform hinter dickem Panzerglas. Alyssa schätzte ihn gegen dreissig. Er besass tiefblaue Augen, kurze Haare und ein schalkhaftes Lächeln. Die Muskulatur unter seinem blauen Hemd passte eher zu einem Model als zu einem kantonalen Beamten. Er sah so perfekt aus, dass es nahezu unecht wirkte. Vermutlich war er der Typ Mann, der mit einem «Slow down, take it easy»-Kleber auf der Autobahn geblitzt wurde. Alyssa glotzte ihn trotzdem voller Bewunderung an. Für einen Moment vergass sie ihr Anliegen komplett.

«Was ist denn mit Ihnen geschehen», rief er erschrocken aus. Einen Augenblick später stand er neben Alyssa und umhüllte sie mit einem angenehmen Duftgemisch aus Hugo Boss und Adidas Sport. Seine Hände sahen rau aus wie die eines Bauarbeiters. Das machte ihn noch attraktiver.

Auf einmal rang Alyssa um ihre Würde. Sie reckte das Kinn. «Mein Name ist Alyssa Müller. Herr Rüdisüli wollte mich sprechen.»

«Ich werde Herrn Rüdisüli über Ihre Ankunft informieren. Aber zuerst möchte ich mir diese Wunde ansehen. Sie sieht nicht aus, als sollte man sie mit einem Eis am Stiel behandeln. Danke trotzdem für das Dessert.» Sein Grinsen war zum Dahinschmelzen. Ihr Blick fiel auf sein Namensschild. John Rieder. Das klang nach Krimiautor, Detektiv und Geheimagent in einem. Auf weichen Knien liess sie sich von ihm wegbegleiten.

Er brachte sie in einen separaten Raum, wo er ihre Verbrennungen mit der Hingabe eines Samariters pflegte. Zwanzig Minuten später sass sie mit einem Albert-Einstein-Schnauz in Gregor Rüdisülis Büro. John Rieder stellte eine Tasse Kaffee vor ihr hin und verabschiedete sich mit einer aufmunternden Schulterberührung. Alyssa schaute ihm lange nach. Sie wollte nicht, dass er ging. Angesichts des bevorstehenden Gesprächs hätte sie gerne seine raue Bauarbeiterhand gehalten.

Rüdisüli machte mit einem Räuspern auf sich aufmerksam. «Es freut mich, dass Sie so schnell herkommen konnten.» Er war ein sympathischer Mittfünfziger und vereinte optisch einen halben Zoo: die Nase eines Elefanten, die Gesichtsbehaarung eines Löwen, der Hals einer Giraffe. Alyssa fragte sich sofort, ob Letzterer von seinen polizeilichen Spähaktionen herrührte. «Ich möchte Sie noch einmal zum vergangenen Wochenende befragen. Bitte wiederholen Sie in Ihren eigenen Worten, was in der Nacht auf Sonntag vorgefallen ist.»

Ein unbehagliches Gefühl flammte in ihr auf. «Ich besuchte zusammen mit meiner Freundin Valérie Samaras ein Konzert im Komplex Klub», begann sie, ein unmerkliches Zittern in der Stimme. «Kurz nach halb zehn Uhr holte ich mir an der Bar ein Bier. Der Barmann – klein, dunkelhaarig, Hornbrille – stellte es für mich beiseite, da ich plötzlich dringend auf die Toilette musste.»

«Weshalb haben Sie das Bier nicht mit auf die Toilette genommen?»

«Weil das unhygienisch ist.»

Rüdisüli nahm die Antwort mit gerunzelter Stirn zur Kenntnis. «Die Vermutung liegt nahe, dass das Getränk in dieser Zeit verunreinigt wurde. Gemäss Erstaussage wurde Ihnen nach dessen Konsum schwindlig.»

«Ich verabschiedete mich und wollte nach Hause gehen», bestätigte sie dumpf.

«Von wem verabschiedeten Sie sich?»

«Von Valérie und ihrem Cousin. Mika Blum.» *Blum.* Wie oft hatte sie sich als Teenager vorgestellt, diesen Namen zu tragen.

«Was ist danach geschehen?»

«Die Schwindelanfälle wurden heftiger. Ein Mann half mir aus dem Club und führte mich irgendwohin.»

«Können Sie ihn beschreiben?»

Sie schüttelte den Kopf. Rüdisüli legte eine Fotografie vor ihr hin. «Hilft Ihnen das weiter?»

Ihr Herz machte einen Satz. «Das ist Rotpunkt», sagte sie und korrigierte sofort: «Ich meine … ich weiss nicht, wie er heisst. Er studiert mit mir. Was hat er mit dem Überfall zu tun?»

«Das ist Roman Huber – und er ist tot. Wir haben seine Leiche in einem Müllcontainer beim Stadion Letzigrund gefunden.» Rüdisüli sagte das so nüchtern, als spräche er vom Wetter. Tatsächlich fiel die Aussage wie ein Donnersturm über Alyssa herein. Fassungslos starrte sie den Polizisten an. Rotpunkt war tot? Der unscheinbare, rotgesichtige Kommilitone, der ständig um Notizzettel bettelte?

«Augenzeugen haben ihn im Komplex Klub gesehen», fuhr Rüdisüli weiter. Sein Blick nahm eindringliche Züge an. «Versuchen Sie, sich zu erinnern, Frau Müller: Ist er der Fremde, der Sie hinausbegleitet hat? Ist er in der Folge von einer dritten Person überwältigt worden? – Haben Sie *wirklich* gesehen, wie er *schwer blutend* zu Boden ging? Bitte denken Sie genau nach.»

Alyssa versuchte, der Aufforderung gerecht zu werden, doch ihre Erinnerung glich einem schwankenden Schiff und sie selbst der herumrutschenden Bordratte. «Ich weiss nicht, wer es war», stotterte sie. «Aber sein Kopf wurde eingetreten. Und ich sah Blut, viel Blut. Ist die Wahrscheinlichkeit denn gross, dass Rotpunkt … ich meine, Roman Huber …»

«Es gibt Hinweise, die dafürsprechen, dass es sich bei Herrn Huber um den Täter handelt – der Todeszeitpunkt und die Fraktur seines Schädels etwa», erwiderte Rüdisüli. «Allerdings wies sein Leichnam keine Blutungen auf, die dem von ihnen beschriebenen, äh, Massaker gerecht würden. Andererseits deckt sich das insofern mit der Sachlage, als dass wir auch an Ihrem Tatort keine Blutspuren fanden.»

«Sie haben kein Blut gefunden?», wiederholte Alyssa überrascht. Die Erinnerung an das viele Blut drängte vor ihr inneres Auge. «Haben Sie am richtigen Ort gesucht?»

Der Polizist räusperte sich gereizt. «Die Ärzte haben Halluzinationen in Betracht gezogen. Dennoch nehmen wir Sie ernst, Frau Müller, und suchen mit Hochdruck nach dem Mann, der Ihren Täter ermordet haben soll.»

Mika … Der Name schnitt wie ein Fleischermesser durch ihre Gedanken. «Haben Sie Mika Blum befragt?», fragte sie benommen.

«Er hält daran fest, dass Sie alleine waren. Einen Zusammenhang zwischen ihm und dem Toten schliessen wir aus. Wir fanden keine Beweise.» Das hatte nichts zu bedeuten, dachte sie und biss sich auf die Zunge. Mika vertuschte die Dinge besser als ein Geheimagent. Ihr Blick blieb an der Kaffeetasse hängen, die John Rieder vor ihr hingestellt hatte. Als sie danach griff, verschüttete sie die Hälfte davon über ihrem Blümchenkleid. Der Kaffee sickerte durch den Stoff und verbrühte ihren Oberschenkel.

Sie dachte an Mika, dem dasselbe an Döbelis Beerdigung geschehen war – wenn es denn Mika gewesen war? Ihre Phantasie war ein gefährliches Pflaster für Unsicherheiten. Auf einmal begann sie alles anzuzweifeln.

Was, wenn sie wirklich unter Halluzinationen litt? Was, wenn sie sich gewisse Dinge bloss einbildete und weder das Blut noch Mikas Auftauchen der Realität entsprachen? Mach dich nicht lächerlich, rügte sie sich sofort. Nespresso war Mika – und Mika hatte sie am Samstag vor einem Vergewaltiger gerettet. So etwas erfand man nicht. Nicht einmal das geistesgestörteste Gehirn hätte das getan.

Sie knallte die Tasse zurück auf den Tisch. Der Kaffee schwappte über den Rand. Ihr Puls hatte sich verdoppelt.

«Geht es Ihnen gut?» Rüdisüli betrachtete sie aus verengten Augen.

Sie schüttelte unwirsch den Kopf. «Bitte entschuldigen Sie mein verwirrtes Verhalten, Herr Rüdisüli. Ich habe mir heute versehentlich das Gesicht verbrannt und stehe darum etwas neben mir.» In künstlichem Schmerz befühlte sie den Verband an ihrer Oberlippe. Überraschenderweise kaufte ihr Rüdisüli das ab. Sie atmete so erleichtert auf, als hätte sie mit ihrer Lüge jemandem geholfen.

Auf dem Nachhauseweg erhielt sie mehrere Anrufe von Birgit. Achtlos drückte sie sie weg. Sollte sich jemand anderes um den Kopierer kümmern.

11

«Keep rollin', rollin', rollin' …» Pitbulls Kopf verschwand unter übergrossen Headphones, sein Genick wirkte instabiler als die Hüfte eines Wackel-Elvis. Er hatte die Lautstärke seines Smartphones so laut aufgedreht, dass er den Tinnitus förmlich anwachsen hörte. Dennoch dachte er nicht daran, die Musik leiser zu stellen. Er hörte immer Nu Metal, wenn er sich auf dem Weg zum Gym befand. Der Sound war so hart wie das Eisen, das er im Kraftraum stemmte. Heute sollte ihn die Musik allerdings durch die Migros-Filiale im renovierungsbedürftigen Neumarkt bringen. Obwohl er ein Migros-Kind war, hegte er eine tiefe Abneigung gegen diesen Laden: Beim letzten Einkauf hatte er vergammeltes Gemüse erwischt. Dass er sich jetzt trotzdem hierher getraute, lag an Valérie: Die bezaubernde Studentin mit der braunen Bobfrisur war ihm mutig vorangeschritten.

Aus sicherer Entfernung beobachtete er, wie sie sich durch das Angebot kämpfte, und sein Herz zog sich zusammen, als sie ein Doppelpack Burger-Weissbrot in den Einkaufskorb legte. Cardio nach Dinner mit Valérie, notierte er in Gedanken.

Valérie hatte heute dieselben Vorlesungen besucht wie er, am Morgen sogar dasselbe Tram zum IPMZ genommen. Sie hatte jedoch kein Wort mit ihm gesprochen. Es machte den Anschein, als hätte der Brandunfall nicht nur ihre Küche, sondern auch ihre Erinnerung an das gestrige Zusammensein zerstört. Wurden die Menschen normalerweise nicht durch Extremsituationen zusammengeschweisst? War die brennende Küche zu wenig gewesen? – Denk nicht wie ein Psychopath, dachte er erschrocken und schlich ihr nach.

Rindshackfleisch und Gruyère. Zwei Tetra Pak Migros Ice Tea. Brownies-Fertigteig. Beeindruckt verzog er den Mund. Diese Frau hatte einen Stoffwechsel wie ein Tornado. Wie in Trance folgte er ihr zu Kasse drei. Als sich Valérie einmal umdrehte, ging er hinter einem Süssigkeitenregal in Deckung. Der Anblick der Gummischlangen brachte seinen Magen zum

Knurren. Ihm fiel auf, dass er vor lauter Gaffen seinen eigenen Einkauf vergessen hatte.

«Du solltest ihr die kalte Schulter zeigen, nicht den *Creeper* spielen.» Jemand schlug ihm so fest auf den Hinterkopf, dass seine Headphones verrutschten. Nach aussen hin musste die Geste freundschaftlich wirken. Pitbulls Schädel surrte jedoch wie eine überspannte Lampe. Sein Herz landete zielgerade in der engen Jeanshose.

Hinter ihm stand der Mann, der ihn vergangene Woche vor dem Fitnesscenter abgefangen hatte. Seine Erscheinung war kein Stück angenehmer geworden: gross und unheimlich, mit düsteren Augen und dem vernarbten Gesicht eines Chuck Norris verspeisenden Totschlägers. Er trug einen unauffälligen Boysetsfire-Pullover zu schwarzen Hosen. Seine Haare wirkten dunkler als bei ihrem letzten Treffen, was möglicherweise daran lag, dass er diesmal keine Mütze trug. Auch das Damenvelo hatte er nicht dabei. Dafür lag ein alkoholfreies Biobier in seinem Einkaufskorb. Pitbull fragte sich sofort, ob der Kerl noch andere weibliche Seiten hatte. Der Fremde verzog den Mund zu jenem schiefen Lächeln, das ihm schon früher Gänsehaut beschert hatte. Er drückte Pitbull anstrengungslos beiseite und ging zu Valérie, die immer noch vor Kasse drei in der Schlange stand. Das Selbstbewusstsein entrann Pitbull schneller als einem undichten Wasserbeutel. Zerknirscht sah er zu, wie der Riese *seine* Valérie begrüsste und ihr einen Kuss auf die Wange drückte. Die beiden wirkten vertraut, und es war schwierig für Pitbull, die Tiefe ihrer Beziehung abzuschätzen. Waren sie Geschwister, enge Freunde, ein Paar? – Nein, kein Paar, dachte er. Der Fremde sah nicht aus wie ein Teiler. Wäre er wirklich mit Valérie zusammen, hätte er Pitbull keinen Ratschlag, sondern den Todesstoss gegeben. Es sei denn, er beabsichtigte mit Ersterem die Wirkung von Letzterem … Er zuckte zusammen, als das Narbengesicht den Kopf hob und in seine Richtung schaute. Mit einer Handbewegung hinter Valéries Rücken deutete er Pitbull ein langsames Herangehen an. Gleichzeitig war da wieder dieses einschüchternde Lächeln. Pitbull tauchte jäh zwischen den Regalen ab.

Später verliess er den Laden mit Migros Ice Tea, einem neuen Deodorant – und einem Biobier.

***

«Was machst du denn hier? Verfolgst du mich?» Valérie lachte. Der heitere Gefühlsausbruch konnte ihre Überraschung nur zum Teil verbergen. Da war ihr Cousin jahrelang wie vom Erdboden verschluckt, und nun lief er ihr alle paar Tage über den Weg. Ihr fiel auf, dass sie nicht einmal wusste, wo er wohnte. Oder weshalb er in Zürich war.

Mika überging ihr Erstaunen. «Wie geht es Alyssa? War sie schon bei der Polizei?»

Der weisse Plastiksack riss ein, als Valérie das Burgerbrot eine Spur zu hektisch hineinstülpte. «Sie gibt sich ungerührt, aber wer weiss schon, was in ihrem Kopf abgeht. Gestern hat sie den Gasherd nicht abgestellt. Unsere Wohnung ist um ein Haar in Flammen aufgegangen.»

«Glück im Unglück. Sie war schon immer etwas verpeilt.»

«Sie glaubt, dass du ihren Angreifer ermordet hast», sagte Valérie. Er lächelte bloss. Das machte sie sauer. «Das ist nicht witzig», schnappte sie aufbrausend.

Er winkte ab. «Wir sprechen hier von *Alyssa Illusion*. Ihr zufolge kastriere ich mich auch mit Kaffee und benutze Blondshampoo.»

«Und was machst du, wenn sie gegen dich aussagt?»

«Dann wiederhole ich meine eigene Aussage.» Er merkte sofort, dass sie das nicht überzeugte. Seufzend legte er den Arm um sie. Dabei bemerkte sie, wie trainiert er war. Ohne ihre Verwandtschaft wäre sie vermutlich vor der Kasse zusammengeschmolzen. «Mach dir mal keine Sorgen. Ich bin mir sicher, dass es bloss ein Missverständnis ist. Und verpfeifen wird sie mich auch nicht. Einbildung hin oder her: Wäre ich im Falle eines Mordes nicht ihr Held? Wer stellt einen solchen an den Pranger?»

«Alyssa», antwortete Valérie bitter, und er lächelte wieder.

«Ich habe niemanden umgebracht, Val. Alyssa wird das einsehen. Sie ist verträumt, aber nicht irre.» Er liess sie los und bezahlte sein Biobier und ein Fertiggericht von Anna's Best. Der Plastiksack raschelte, als er die elektrostatisch aufgeladene Öffnung nicht entzweien konnte.

Valérie nahm ihm den Sack aus der Hand. Ihre Mundwinkel zuckten, als sie das alkoholfreie Bier einpackte. «Ist das dein Abendessen?»

Er fuhr sich beschämt durch die dunklen Haare. «Nun ja, ich habe einen Ruf zu verteidigen ...»

«Komm doch zu uns.»

Sein Gesicht versteinerte. «Ist das klug? Ich möchte Alyssa keine Schreikrämpfe bescheren.»

«Es gibt selbst gemachte Burger.»

«Ich bin dabei», sagte er und folgte ihr nach draussen.

***

Nach dem Verhör auf dem Polizeirevier ging Alyssa joggen. Sie wählte die übliche Route und landete alsbald im Zürichbergwald.

Ein neues Unwetter war aufgezogen: Der Sturm entlockte den Baumkronen ein beunruhigendes Heulen und wirbelte das Geäst wie Mikadostäbchen durch die Luft. Alyssa rannte hindurch, als zwitscherten die Vögel und schiene die Sonne. Sogar den MP3-Player hatte sie zu Hause gelassen, denn ihre Sinne pochten auf das Lied der Gefahr. Das krachende Holz und der tosende Wind übertönten die Stimmen in ihrem Kopf, die Dinge heraufbeschworen, denen sie nicht gewachsen war. Und während die Welt vor ihr im Chaos versank, kehrte in ihrem Inneren die Ruhe zurück.

Als sie heimkam, war sie bis auf die Knochen durchgefroren, selbst John Rieders Panzerverband hatte sich von ihrer Oberlippe gelöst. Trotzdem fühlte sie sich wie neugeboren. Das erfrischende Gefühl erfüllte ihr Herz mit einer ungeahnten Wärme. Unter der Dusche sang sie «Schüsse in die Luft» von Kraftklub.

Das Lied hing immer noch an ihren Lippen, als sie eine Viertelstunde später in Unterwäsche und Frotteeturban aus dem

Badezimmer tänzelte. Spätestens jetzt war sie sich sicher, zu der Verdrängung von allem und jedem fähig zu sein. Diese Rechnung hatte sie allerdings ohne Valérie gemacht.

«*Holy Macaroni*, was ist mit deinem Gesicht geschehen!»

Alyssa erstarrte an Ort und Stelle. Mika stand im Eingangsbereich und grinste jenes Grinsen, das ihr Herz schon vor zehn Jahren hatte stillstehen, höherschlagen und davonrennen lassen. «Willst du mir Konkurrenz machen?», fragte er mit einem Blick auf ihre verbrannte Oberlippe, während ihr eigener an seinem Pullover hängen blieb. Boysetsfire. Der blosse Anblick war wie eine Semesterprüfung, unberechenbar und besorgniserregend.

Da ihr keine bessere Strategie einfiel, versuchte sie sofort, Mika in ein schlechtes Licht zu rücken. Tatsächlich war die Innenbeleuchtung alles andere als vorteilhaft. Die schummrige Deckenlampe schattierte seine vernarbte Wange und die strähnigen Haare auf unschöne Weise. Gleichzeitig betonte sie ein Grübchen, welches seine symmetrische Kieferkontur in zwei Teile spaltete. Er sah aus wie ein obdachloser Zombie mit Arschkinn. Aber hatte Hollywood sie nicht unlängst gelehrt, wie attraktiv selbst diese waren? Die Schmetterlinge in ihrem Unterleib vermehrten sich. Aufgebracht presste sie ihre Hand auf den Bauch. Dabei fiel ihr auf, dass sie immer noch nur ihre Unterwäsche und einen Frotteeturban trug.

Mika versuchte indes, seinen eigenen Blick im FSK-freien Bereich zu halten. Da er letztlich auch nur ein Mann war, wanderten seine Augen alsbald über ihren ganzen Körper.

Er pfiff durch die Lücke seines zersplitterten Zahns. «Jetzt verstehe ich, warum er dich abschleppen wollte», sagte er, hob aber sofort die Hände. «Sorry, der kam zu früh, nicht wahr? – Vielleicht sollten wir das Thema wechseln. Wie geht es dir, und woher kommen die Verbrennungen?»

Alyssa war zu aufgelöst, um auf seine Fragen einzugehen. «Was machst du hier?», fragte sie und drehte sich um, als Valérie auftauchte.

«Ich habe ihn zum Abendessen eingeladen – *Oh, mein Gott!* Was ist mit deinem Gesicht geschehen!» Sie unterdrückte einen Schrei, als sie Alyssas geschwollene Oberlippe sah.

Alyssa seufzte. «Das war eine Forever-Young-Kackscheiss-Haarentfernung.»

«Holy Macaroni.» Mika verbiss sich ein neuerliches Lachen, und Alyssa stiess ihn genervt aus dem Weg. Ihre Handfläche erhitzte sich, wo sie seiner Brust begegnete. Diese war so heiss, als hätte er Fieber. Absurderweise übertrug sich die Wärme sofort auf ihren eigenen Körper. Auf wackeligen Beinen flüchtete sie ins Schlafzimmer. Dort fand sie sich vor einem altbekannten Problem wieder: Sie wusste nicht, was anziehen.

***

«So, und jetzt erzählt mir endlich, wie ihr euch *wirklich* kennengelernt habt. Ihr wart also ein Paar?» Das Sonnenblumenöl zischte, als Valérie drei Hackfleischrondellen in die Bratpfanne legte.

Alyssa sass am Küchentisch und schnitt eine Essiggurke in dünne Scheiben. Auf Valéries Frage hin flutschte ihr eine davon aus den Fingern. Mika hob sie vom Boden auf und legte sie zurück auf das Schneidebrett. Ein Schwall Aftershave begleitete seine Bewegung. Ihre Knie wurden weicher als Spaghetti. An diesem Kerl roch sogar Migros Budget wie Armani.

Bei dem nächsten Versuch, die Gurke zu zerkleinern, schnitt sie sich fast den Finger ab.

Sie hatte sich geschworen, Mikas Auftauchen kein Gewicht durch optische Bemühtheit zu verleihen, und absichtlich die ausgeleiertsten Kleider angezogen: eine löchrige Trainerhose und ein T-Shirt, das sie vor sieben Jahren bei einem Skirennen gewonnen hatte. Auf ihrem Brustkorb prangte jetzt ein Murmeltier in Skimontur. Das T-Shirt war für einen Mann gedacht und selbst an ihrem Körper zwei Nummern zu gross. Passend zu der Scheiss-drauf-Kleidung trug sie ihr Haar zu einem zerzausten Dutt. Dazu hatte sie wieder den Schnauzverband von John Rieder montiert. Einzig ihre Augen fielen aus dem Raster: dezenter Lidstrich und die volle Ladung Mascara. Trotz des Make-ups war die Botschaft klar: Sie zeigte Mika, dass sie auf seine Meinung pfiff – selbst wenn das nicht einmal zur Hälfte der Wahrheit entsprach.

Natürlich schämte sie sich, und *natürlich* hätte sie alles getan, um vor ihm eine gute Figur zu machen. Doch *er* sollte keine Sekunde lang glauben, dass sie abermals der Aura verfiel, die ihn wie ein Lichtstrahl umspielte. Er war ein Brandstifter, der die Phantasie von anderen manipulierte, instrumentalisierte und zerstörte. Und er hatte einen Menschen getötet. Um nichts in dieser Welt wollte sie das vergessen.

Der nächste Schnitt ging in ihren Zeigfinger.

Alyssa sprang stöhnend zur Spüle, um ihren Finger unter das Wasser zu halten. Auf dem Boden hinterliess sie eine Blutspur.

«Zur Hölle, wie viele Verbände willst du noch!», rief Valérie und kniff erschrocken die Augen zu.

Mika drängte an Alyssas Seite. «Lass mal sehen.» Er wollte nach ihrer Hand greifen, aber sie drehte sich rabiat von ihm ab.

«Ich schaffe das schon», zischte sie, wickelte den Finger in ein Abwaschtuch und verliess die Küche. Valérie öffnete zaghaft die Augen. Allein das Blut auf dem Boden verursachte ihr Übelkeit. Sie ging zum Fenster und öffnete es.

Mika schaute Alyssa missmutig nach. «Ich hätte nicht herkommen sollen ...»

«Was ist eigentlich zwischen euch vorgefallen? Hast du ihr so sehr wehgetan?» Die Frage rutschte Valérie einfach so heraus. Und obschon sie sie in einem unverfänglichen Plauderton stellte, fuhr Mika verdattert zu ihr herum. *«Wie bitte?»*

Sofort bereute sie ihre Unbedachtheit. Im selben Moment spürte sie, dass sie auf einen wunden Punkt gestossen war.

Seit dem Konzert im Komplex Klub hing sie der Frage nach, weshalb Alyssa ihrem Cousin mit so viel Argwohn begegnete. Die beiden hatten sich zum letzten Mal in der Sekundarschule gesehen: Wie gross musste das Kriegsbeil sein, dass es sich nicht begraben liess? Der Gedanke sorgte bei ihr für ein beklemmendes Gefühl. Und so blieb sie Mika eine Antwort schuldig. Sie wollte niemanden verärgern.

Mika nahm ihre Verschwiegenheit mit zuckenden Achseln zur Kenntnis. Er setzte sich an den Küchentisch, wischte Alyssas Blut von der Messerklinge und widmete sich der letzten Gurke. Gänsehaut kroch über Valéries Arme, als er das Kürbisgewächs mit unnötiger Vehemenz zerteilte. «Sie war schon immer paranoid …», brummte er. Er sagte das ohne wertenden Tonfall. Trotzdem reichte es aus, um in Valérie etwas auszulösen. Auf einmal erinnerte sie sich an die Dinge, die man ihr nach Mikas Verschwinden über ihn erzählt hatte. Brandstiftung, vorsätzliche Gefährdung von Menschenleben, Nötigung …

Sie hielt die Luft an. «Sie war es», flüsterte sie. «Wegen ihr bist du damals von der Schule geflogen.»

Seine Bewegungen gerieten ins Stocken, und er schaute von der Gurke auf. Mit der Daumenkuppe schabte er über den Messergriff. Es klang wie die letzte Kontrolle eines Henkers. «Sie war zum richtigen Zeitpunkt am falschen Ort», antwortete er zögerlich.

«Angeblich wolltest du zwei eurer Mitschüler verbrennen. Danach hast du sie erpresst und versucht, Alyssa in den Wahnsinn zu treiben …», sagte sie und fuhr in sich zusammen, als er aus dem Nichts das Messer auf den Tisch knallte.

«Das stimmt nicht. Alyssa hat sich Dinge eingebildet, die nicht der Wahrheit entsprechen, und ist damit zur Polizei gegangen. Sie hat mich von einem Tag auf den anderen grundlos verstossen.»

«Aber irgendetwas muss doch vorgefallen sein! Man fliegt nicht unschuldig von der Schule.»

«Zweifelst du an meiner Ehrlichkeit?» Seine Augen funkelten in einer Mischung aus Enttäuschung und Wut, und sie zog den Kopf ein.

«Natürlich nicht, es tut mir leid. Ich hätte euch nicht in diese Situation hier bringen dürfen.»

Er antwortete nicht sofort. Mit beiden Händen fuhr er sich über den Schopf, untermalte die Bewegung mit einem tiefen Seufzen. Als er den Blick wieder zu Valérie hob, hatte sich der Ausdruck in seinen Augen gemildert. «Alles in Ordnung», versicherte er ruhig. «Wir waren Teenager. Ich bin ihr nicht mehr böse.» Valérie war unschlüssig, ob sie ihm das glauben sollte.

«Ähm, Leute … Ich habe mir gerade den Finger amputiert.»

Sie fuhren zur Küchentür herum.

Alyssa stand im Türrahmen, die Hand wie einen Fremdkörper vor sich ausgestreckt. Der Zeigefinger war mit einer Schicht

Klopapier umwickelt. Das Blut drückte hindurch und floss in Rinnsalen über ihren Handrücken hinab. Valéries Magen machte einen Satz.

Ihre verletzte Freundin indes stand völlig neben sich. Die Augen hatte sie apathisch aufgerissen, derweil ihr Teint immer mehr Richtung «Schneemann» tendierte. «Ich befürchte, ich habe die ganze Fingerkuppe erwischt», stammelte sie und sackte in sich zusammen.

Valérie war zu keiner Handlung mehr fähig. Sternchen sehend sass sie am Fenster, während Mika Alyssa zuerst einen Druckverband verpasste und sie dann aus der Wohnung schleifte. Dass sie ein Fall für die Notfallaufnahme war, hatte er als Einziger begriffen.

Er brachte sie zu einem schwarzen Range Rover Evoque, der nicht so richtig zu ihm passen wollte. Alyssa stellte dennoch keine Fragen – viel zu froh war sie über die Tatsache, dass er kein Fixie fahrender Hipster war.

Sie erreichten das Universitätsspital innerhalb von vierzig Minuten – zwei Baustellen zwischen den exklusiven Wohnlagen Gockhausen und Zürichberg verzögerten ihre Ankunft.

In der Notaufnahme mussten sie eine weitere Viertelstunde warten, bis sich jemand Alyssas Verletzung annahm. Mika brachte ihr eine Cola aus dem Automaten und hielt unentwegt ihre Hand. Seine war rau wie die von John Rieder. Alyssa konnte nicht feststellen, ob es an Mika, der Erinnerung an den Sicherheitsassistenten oder ihrem Blutverlust lag, dass sie weiche Knie bekam.

Als man sie in den Behandlungsraum bat, wollte der Arzt ihre Oberlippe behandeln. Mika fragte ihn entrüstet, ob er bei «Grey's Anatomy» studiert habe, was den Arzt so sehr erboste, dass er einen Security rief. Mika warf ihm einen in Haushaltpapier verpackten Gegenstand ins Gesicht und stapfte freiwillig hinaus. Der Gegenstand entpuppte sich als Alyssas Fingerkuppe; Mika hatte sie zwischen zwei Gurkenscheiben gefunden. Alyssa hätte sich übergeben können.

Der Arzt nähte die Kuppe mit sieben Stichen wieder an.

Danach behandelte er ihre Oberlippe mit Natriumhyaluronat und empfahl ihr, künftig die Finger von Warmwachs zu lassen. – «Sofern Sie Ihre Finger dann noch haben», kicherte er mit seinem inexistenten Feingefühl.

Mika wartete im Empfangsbereich auf sie. Er sass zwischen einem Mann mit bandagiertem Kopf und einem Kleinkind, das ununterbrochen plärrte. Als er Alyssa unter der Schiebetür entdeckte, sprang er auf und trat auf sie zu.

Mit beiden Händen berührte er sie an den Schultern. Ihr Bauch begann zu kribbeln. «Alles in Ordnung?» Entgegen der fürsorglichen Körpersprache waren seine Augen kalt wie der Tod. Alyssas Glücksgefühle wurden jäh erstickt. Sie nickte beklommen und zog die Cola hervor, um wenigstens an etwas Halt zu finden. Schweigend verliessen sie die Notfallaufnahme.

Der Range Rover stand im Parkverbot. Mika zerknüllte eine Parkbusse und zitierte Alyssa mit einem energischen Nicken in das Auto. Beim Davonfahren zeigte der Tacho fünf Stundenkilometer zu viel an. Alyssa fiel auf, wie teuer der Wagen war.

Lauernd beobachtete sie Mika von der Seite. Er starrte konzentriert in die Nacht hinaus, die Augen zusammengekniffen, als bräuchte er eine Sehhilfe. Seine linke Hand lag locker auf dem Lenkrad; mit der rechten umfasste er den Schaltknüppel, als klammerte er sich damit ans Leben. Nach ein paar Minuten des Schweigens schaltete er den CD-Player ein. «Love on the Rocks» von Neil Diamond.

«Wem hast du den Wagen geklaut?», fragte sie.

Über sein Gesicht huschte ein Lächeln. «Meinem Onkel.»

«Valéries Vater?»

«Einem anderen Onkel.»

Sie nickte und glaubte ihm kein Wort.

Mika bog in die Tobelhofstrasse ein, wenige Minuten später fuhren sie durch den Waldabschnitt oberhalb des FIFA-Hauptsitzes. Es windete immer noch. Die Bäume säumten den Weg wie riesige Monster, und die Blätter tanzten durch den Schein der Strassenlampen. Die gespenstigen Schatten überwogen das Licht bei Weitem. Der Range Rover war das einzige Auto weit und breit.

«Glaubst du immer noch, dass ich Roman Huber ermordet habe?», fragte er. Sie spürte, wie die Angst durch ihre Därme fuhr. Er hätte sich keinen unheimlicheren Zeitpunkt für dieses Thema aussuchen können.

«Ich weiss, was ich gesehen habe», flüsterte sie, und ihr Herz überschlug sich, als er unvermittelt abbremste. Im nächsten Augenblick entdeckte sie die auf Rot stehende Verkehrsampel und atmete auf.

Der Wagen kam zum Stehen. Mika schaltete den Motor aus und drehte sich mit seinem ganzen Oberkörper zu ihr um. Er war nur unwesentlich grösser als sie, trotzdem fühlte sie sich sofort von ihm eingeengt. «Warum willst du mich eigentlich ständig in den Knast bringen?» Sie konnte nicht festmachen, ob der Spott oder die Trauer in seinen Augen überwog. Dennoch überrumpelte sie die Frage.

«Das will ich doch gar nicht», rief sie aufbrausend.

«Was willst du dann?»

«Mich bedanken.» Jetzt stotterte sie. Er studierte sie einen Moment lang wie ein verworrenes Kunstwerk. Danach wandte er sich mit einem Kopfschütteln von ihr ab. Die Ampel wechselte auf Grün. Er drückte das Gaspedal im ersten Gang durch. Alyssa wurde in den Sitz hineingedrückt.

Sie erreichten den Hügel von Gockhausen. Der Anblick von Zürichs Lichtern zu ihren Füssen erfüllte sie mit neuem Mut.

Sie schluckte ihre Vernunft hinunter. «Im Ernst, Mika: Ich will mich bei dir bedanken. Danke, dass du ihn davon abgehalten hast, mir wehzutun.» Er schwieg noch immer.

Nach einer Weile fasste er nach ihrer Hand und drückte sie.

***

Valérie riss die Haustür auf, als ein Auto zufuhr und der Motor erlosch.

Der Range Rover stand auf dem Trottoir vor dem Wohnblock. Alyssa war sofort ausgestiegen; Mika folgte in gemächlicheren Schritten, die Hände in den Hosentaschen, den Blick im Nirgendwo. Beide wirkten abgeklärt und ruhig. Valérie konnte nicht ausmachen, wie die Fahrt verlaufen war. Hatten sie sich gestritten? Versöhnt? Sprachen sie überhaupt miteinander? – Selbst Madame Tussauds Wachsfiguren hätten mehr verraten. Sie reckte das Kinn, als ihre gross gewachsenen Freunde sie erreichten. «Alles in Ordnung? Wie geht's dir? Was hat der Doktor gesagt?»

Alyssa berührte sie besorgt am Oberarm. «Sag bloss, du hast hier unten gewartet. Deine Haut ist ganz taub.»

«Ich habe mir Sorgen gemacht.»

«Und ich mir erst! Du lagst wie eine tote Fliege am Fenster.»

«Haha.»

Mit einem hämischen Grinsen verschwand Alyssa im Treppenhaus. «Hast du noch einen Burger übrig?»

«Ja, im Backofen.»

«Yumm!» Ihre Stimme hallte durch die Etagen.

Mika blieb unter der Eingangstür stehen. Er hielt das Milchglas mit der rechten Hand aufgedrückt, den Blick abwesend in die Fliesen gebohrt.

Valérie schnippte mit den Fingern vor seinem Gesicht. «Na, Burger?»

«Ich dachte, du machst Scherze. Aber sie hält mich wirklich für einen Mörder», murmelte er, ohne auf ihre Frage einzugehen. «Ich weiss, dass sie mich nicht verpfeifen wird. Es beunruhigt mich trotzdem.»

Sie verzog ausdruckslos den Mund. «Es ist erst drei Tage her. Wir müssen geduldig sein.»

Er schaute sie an. Im dumpfen Schein der Treppenhausbeleuchtung wirkten seine braunen Augen noch dunkler als üblich, fast animalisch. Es sah aus, als besässe er gar keine Pupillen. «Ich möchte ihre Illusion nicht zerstören, Val. Es beruhigt sie, zu glauben, dass der andere tot ist. Handkehrum weiss ich, wie gefährlich ihre Phantasie sein kann. So etwas möchte ich nicht unterstützen. Bitte sei auf der Hut, wenn sie von früher spricht. Ich möchte nicht, dass du ein falsches Bild von mir bekommst.» Er nahm sie in den Arm und drückte sie fest an sich. Verzweiflung und Angst umhüllten ihn. «Pass auf dich auf, okay? Wir sehen uns.»

«Sag bloss, du willst keinen Burger», protestierte sie halbherzig.

Er hatte sich bereits zum Gehen abgewandt. Die Scheinwerfer erhellten die Nacht, als er den Range Rover per Fernbedienung entriegelte.

Voller Bekümmerung schaute sie ihm nach. Sie fragte sich, ob Alyssa die Tagträumerin oder Mika der Lügner war. Beides war für sie unvorstellbar.

***

John Rieder streckte seine Glieder durch. Die Knochen knacksten, und ihm entfuhr ein Gähnen. Er hatte drei absolut verstörende Tage hinter sich.

Mika Blum war in der Stadt.

Der Mann mit dem Narbengesicht war in einen obskuren Mord- und Vergiftungsfall involviert. Es hing die Vermutung in der Luft, dass der Student Roman Huber seine Kommilitonin Alyssa Müller betäubt und in eine Nebengasse geschleppt hatte. Kurz darauf war er von einer dritten Person überwältigt und getötet worden. Zumindest die Sache mit der Betäubung erschien John plausibel. Mit den richtigen Kontakten waren dergleichen Drogen in Zürich wie Lollis am Kiosk zu beschaffen. Ansonsten blieb der Fall obskur. Gregor Rüdisüli ging davon aus, dass die Studentin im Drogenzustand halluziniert hatte. Mika Blum hatte sie als Erster gefunden und offenbar ein unerschütterliches Alibi abgelegt. John hätte dieses gern gehört, immerhin wusste er, dass Mika ein Meister des verdrehten Wortes war. Er hatte den Werdegang des jungen Mannes verfolgt, bis dieser in den Mühlen des Jugendgesetzes verschwunden war.

Er hatte Mika am Tag der Zeugenaussage empfangen. Ihr Blickkontakt war beiläufig gewesen, Mikas Augen gefühllos und schwarz. Er schien nicht zu wissen, welches Schicksal ihn mit dem Sicherheitsassistenten verband; und das war gut so – jedenfalls für John. Die Möglichkeit, dass Mika in die Sache mit Silvano Moretti und Ralf Döbeli involviert war, verdrängte er noch immer. Er hatte weder die Nerven noch die Kaltblütigkeit, um sich mit einem Mann von Mikas Schlag auseinanderzusetzen.

Als wäre Mikas Auftauchen nicht schon Aufreger genug gewesen, war heute Morgen auch noch Roman Hubers Mutter im Polizeigebäude Sturm gelaufen. Den Feierabend hatte er folglich mehr als nötig.

Normalerweise kehrte er nach der Arbeit direkt nach Riedikon zurück, wo ihn seine Freundin Melina bereits sehnsüchtig erwartete. Heute zog es ihn in die Kanonengasse: Sein Kumpel Marc Bolliger war in der Stadt. John hatte den gelehrten Confiseur nicht mehr gesehen, seit sie beide an einer technischen Fachhochschule studieren wollten und gescheitert waren. Nun wollten sie gemeinsam auf die alten Zeiten anstossen: mit Bier und Metal in der Cactus Bar.

John entschied sich für den schnellsten Weg durch die Militärstrasse. Unterwegs kaufte er sich einen Döner Kebab, denn er hatte seit dem Mittag nichts mehr gegessen und war entsprechend hungrig. Überhaupt fühlte er sich in letzter Zeit sehr ausgezehrt. An manchen Tagen hatte er das Gefühl, mehr zu essen als alle Tiere aus dem Zoo Zürich zusammen. Solange er im Spiegel mehr Muskeln als Fett sah, wollte er sich aber keine Sorgen machen.

Die scharfe Sosse floss seine Finger hinab, als er in den Döner biss. Penibel wischte er sie mit der Serviette auf.

Auf der Höhe der Eisgasse tauchte das Trottoir für ein paar Meter in ein Gestrüpp ab, das mit viel Phantasie als Allee durchging. John hatte hier einst einen iPhone-Dieb in flagranti erwischt, allerdings ausserhalb seiner Arbeitszeiten als Sicherheitsassistent. Sein Berufsleben an sich war eher langweilig.

Sieben Minuten später hatte er seinen Döner verschlungen und das Cactus erreicht. Die Bar war schummrig und verwinkelt. Einen Grossteil des Platzes nahm das amerikanische Dekor ein: Strassenschilder, Harley-Zubehör und ein Holzstamm zum Nageln. Im Hintergrund lief aus den siebziger Jahren «Girls, Girls, Girls» von Mötley Crüe. Die Gäste bildeten eine angenehme Schar: Es waren nicht zu viele, aber auch nicht so wenige, dass man sich verloren fühlte. John erfasste sie mit diskret rotierenden Augen. Er registrierte zwei Gruppen à drei und vier Leuten, eine davon tätowiert und den Wassergläsern zufolge straight edge.

Die andere war sehr jung, langhaarig und fachsimpelte über The Darkness.

Johns Blick wanderte weiter zu den drei Männern, die je an einem Tisch vor der Fensterfront sassen: ein ergrauter Biertrinker, ein junger Kerl mit grauer Kapuzenjacke – und dazwischen Marc Bolliger. Johns Schulfreund trug ein blütenweisses Hemd und wirkte nicht nur deshalb fehl am Platz. Die blonden Haare hatte er wie zu Schulzeiten geschoren; das Sixpack hingegen trug er nicht mehr auf dem Bauch, sondern in Fettdepots um die Hüfte angelegt. John wollte sich trotzdem kein despektierliches Urteil anmassen. Jeder Mensch veränderte sich – wenngleich er selbst immer noch wie der Junge von damals aussah. Trotz seiner vierunddreissig Jahre wurde er so oft nach dem Ausweis gefragt, dass er ihn allzeit bereit in der Aussentasche trug.

Marc begrüsste ihn mit einer herzlichen Umarmung und der vollen Ladung Davidoff. Auf seinem Mund tauchte das für ihn typische Schmunzeln auf, das bezüglich Heuchelei und Ehrlichkeit nicht zu entschlüsseln war. «Jojo! Du hast dich kein Stück verändert!»

«Du dich auch nicht», behauptete John, was Marc zum Lachen brachte. Es war tatsächlich eine Meisterleistung, sich als selbst ernanntes «Tennis-Ass» so sehr gehen zu lassen.

Die Frau hinter der Bar wurde auf John aufmerksam. Sie war jung, blond und von der unaufdringlichen Schönheit einer Porzellanpuppe. Im Kontrast dazu standen ihr Deaf-Lepper-T-Shirt und die strassbesetzten Plugs in den Ohren.

Sie zapfte John ein Bier, ohne dass er darum bat. «Na, *Batman*, wie läuft die Arbeit?» Sie war das Opfer des iPhone-Diebstahls gewesen und begrüsste ihn seither nur noch mit Superheldennamen.

«Jetzt reisst du die Frauen schon mit deinem Job auf», stellte Marc neidvoll fest. «Was machst du überhaupt den ganzen Tag? Ein echter Polizist bist du ja nicht, oder?»

«Ich bin Sicherheitsassistent in der Polizeigefängnisabteilung», antwortete John. «Wir sind in der Regel für die Haftkoordination, Transporte und Gefängnisdienste zuständig.»

«Und gefällt es dir?»

John äusserte sich mit einem vagen Achselzucken. Er hatte keine Lust auf Lügen, wollte Marc aber auch nicht die Wahrheit sagen.

Marc klopfte ihm verständnisvoll auf die Schulter. «Du hast einen Scheisstag hinter dir, was?»

«Eine Irre ist heute im Polizeigebäude durchgedreht», bestätigte John, ohne zu erwähnen, was ihm wirklich durch den Kopf ging. «Es war die Mutter eines mutmasslichen Vergewaltigers. Sie wollte den Namen von dessen Opfer erfahren und ist ausgerastet, als ich ihn nicht preisgab.»

«Denkst du, sie wollte das Opfer kaltmachen?» Marcs Augen blitzten gierig. Er war scharf auf alle Arten von Verbrechen. Je bestialischer, desto besser.

John hob eine Braue. «Was würdest du tun, wenn dein Sohn postum zum Verbrecher gemacht wird?»

«*Postum?* Sag bloss, der Sohn ist ermordet worden.»

«Yep, Schädel eingetreten und in einen Müllcontainer geworfen.»

Marc formte einen beeindruckten O-Mund. «Donnerwetter, da ist ja ganz schön was los. Zuerst der dubiose Suizid von Ralf Döbeli, und dann geht die Mutter eines Vergewaltigers auf das Opfer ihres Sohnes los. Wäre ich Autor, würde ich 'nen geilen Krimi daraus machen mit tausend Fallstricken, Fährten und einem Cliffhanger – und einem Sicherheitsassistenten als Mörder.» Er kicherte.

«Dann pass du mal besser auf.» John spielte seine Nervosität mit einem Grinsen herunter, und Marc amüsierte sich prächtig darüber.

«Genug der Krimis für heute. Wollen wir eine Runde nageln?» Er zeigte auf den Holzstamm vor dem DJ-Pult. «Du kennst die Regeln, oder? – Jeder bekommt einen Nagel, und Sieger wird, wer ihn mit den wenigsten Schlägen versenkt.»

«Klar kenne ich das Spiel.» John kippte seine Stange und stand auf. Er liebte Wettbewerbe, erst recht gegen Marc. Sie hatten sich früher in und wegen allem konkurriert. Rückblickend verwunderte es ihn, dass sie überhaupt so gut befreundet waren.

Marc schlug zwei Nägel in den Holzstamm, sodass sie knapp

stehen blieben. Danach gab er den Hammer an John weiter. Dieser holte mit seiner stärkeren linken Hand aus. Er verfehlte den Nagel um mehrere Zentimeter.

Marc lachte und setzte seinerseits zum Schlag an. Er traf seinen Nagel auf den Kopf. «Muss an meinen präzisen Confiseurhänden liegen», frohlockte er.

John entwich ein Knurren. Mit einer ungeduldigen Bewegung verlangte er das Werkzeug zurück. Bevor er es zu greifen bekam, zwängte sich ein Mann dazwischen.

Die Attacke kam aus dem Nichts. Der Unbekannte agierte so schnell, dass John zu keiner Reaktion fähig war. Er spürte lediglich, wie er am Arm gepackt wurde, kurz darauf hörte er einen Hammerschlag, im nächsten Moment Schreie, Hektik, einen umfallenden Tisch. Bardame Julie schlug sich hysterisch die Hände vor den Mund, Marc kreischte.

John selbst reagierte immer noch nicht. Apathisch starrte er auf seine Hand. Der Fremde hatte sie auf dem Holzstamm festgenagelt. Der Metallstift ging quer durch seinen Handrücken, und das Blut quoll tiefrot hervor. Er schluckte entsetzt.

Dann kamen die Schmerzen.

12

Am Mittwochmorgen fragte sich Alyssa, wie viele schlaflose Nächte ein Mensch ertrug, bevor er aus Erschöpfung umkippte. Dabei war die Gleichung mehr als einfach: Was sie tagsüber verdrängte, bekam in der Nacht eine eigene Dynamik.

Diesmal war es weniger die Angst, die sie wach gehalten hatte. In ihren Wangen kribbelte das Blut, wenn sie an den Vorabend dachte. Okay, Mika hatte nicht abgestritten, ein Mörder zu sein. Aber all seine übrigen Handlungen und Worte deckten sich mit dem Drehbuch ihrer Träume. Sie wünschte sich seit jeher, dass er als geläuterter Held in ihr Leben zurückkehrte – und so naiv es war, so wenig konnte sie sich dagegen wehren. Mika hatte es schon immer verstanden, seine Worte so zu verdrehen, dass sie auf ihr Herz abzielten. Und selbst jetzt, da sie es besser wusste, stand sie wieder am Abgrund und breitete die Arme aus. Ob er sie diesmal auffangen würde? Ihr Herz flatterte voller Unvernunft.

Sie war sich sicher, dass er Rotpunkt aus gutem Grund getötet hatte. Dass er ein Mensch war, der *einfach so* auf andere losging, passte nicht in ihre Traumwelt. Niemals hätte er so heftig zugeschlagen, wäre es nicht absolut nötig gewesen – das galt für seine Vergehen in der Vergangenheit ebenso wie für Rotpunkt.

Sie war sich sicher gewesen, damit ein unerschütterliches Bild ihres Antihelden geschaffen zu haben.

Sie wärmte gerade ein Fertiggericht auf, als ihr Handy klingelte. Seit dem Kopierunfall rief Birgit ständig an, obwohl Alyssa bislang alle Kontaktversuche ignoriert hatte. Heute erweichte sie allerdings zeitgleich mit den Fertignudeln. Mit dem Handy am Ohr warf sie sich auf die Wohnzimmercouch.

Die Begrüssung des Zwergs war gewohnt frostig. «Was soll diese *scheissverdammte Scheisse*? Ich versuche seit Tagen, dich zu erreichen.»

«Ich bin krankgeschrieben. Frag die Leute aus der IT.»

«Es geht nicht um den Kopierer. Die Polizei ist hier, seit Tagen schon. Sie brauchen von allen eine Aussage – auch von dir, *Miss Absence*. Ich hätte ihnen deine Nummer geben können, allerdings bin ich der Ansicht, dass du echt mal wieder im Büro auftauchen könntest.»

«Die Polizei?» Alyssa schoss in die Höhe. «Was ist geschehen?»

«Als Publizistikstudentin solltest du das wissen», flachste Birgit und legte auf. Alyssa blieb verdutzt zurück. Ihre Kollegin hatte sie kalt erwischt, denn sie informierte sich selten über die Medien. Das Zusammenleben mit Valérie erübrigte entsprechende Bemühungen. Konnte es sein, dass ihrer Freundin für einmal etwas entgangen war? Oder hatte sie etwas bewusst vor Alyssa zurückgehalten? Ein ungutes Gefühl überkam sie. Kurzum öffnete sie «blick.ch». Zwei Nacktfotos und einen Politskandal später hatte sie gefunden, wonach sie suchte. Der Schock überkam sie wie ein Schlag in die Magengrube.

Silvano Moretti war tot.

***

Die Polizisten bei Moretti & Partner kannte Alyssa nicht. Natürlich wusste sie, dass sie kein Wiedersehen mit dem gut gebauten John Rieder hatte erwarten dürfen. Trotzdem war sie irgendwie enttäuscht.

Wachsam musterte sie die Beamtin, die sich als Gynette Marty vorgestellt und an Morettis Arbeitstisch Platz genommen hatte. Sie war eine zierliche Mittvierzigerin und gar nicht erst um einen freundlichen Eindruck bemüht. Die tiefe Zornesfalte über ihrer Nase hätte ohnehin jeden Versuch im Keim erstickt.

Hinter Alyssa stolzierte ein zweiter Polizist namens Yves Moser herum. Er war jung, bullig und von frühzeitigem Haarverlust befallen. Das rhythmische Stapfen seiner Stiefel erfüllte den Raum. Es klang wie das Ticken einer Bombe.

«Also, Frau Müller.» Gynette Marty scannte Alyssa mit der Präzision eines Lügendetektors. «Wann haben Sie Silvano Moretti das letzte Mal gesehen?»

«An der Beerdigung von Ralf Döbeli.»
«Wie hat er auf Sie gewirkt?»
«Konzentriert.»
«Emotional aufgewühlt?»
«Kontrolliert gefühllos», verbesserte Alyssa, und ein mulmiges Gefühl flammte in ihr auf, als sie an ihren Chef dachte. Sie konnte nicht fassen, dass er tot war.

Angeblich war er bei einem Unfall in seiner Garage ums Leben gekommen: Sein restaurierungsbedürftiger Aston Martin war von der Aufbockung heruntergerutscht und hatte ihn unter sich begraben. Die Vorstellung war schwerer verdaulich als ein Besuch beim Mexikaner.

«Sind Sie sich sicher, dass er es war? Konnten Sie den Toten überhaupt noch identifizieren?», fragte sie vorsichtig.

«Es war Silvano Moretti», antwortete Marty kurz angebunden. Ein mahnender Ausdruck huschte über ihr Gesicht. «Nun wäre ich froh, wenn Sie die Fragen mir überlassen. Wir möchten herausfinden, ob es sich bei dem Unfall um ein Versehen oder vorsätzliche Selbstgefährdung handelte.»

«Ein Selbstmord wie bei Ralf Döbeli?» Alyssa verengte die Augen. «Ist das nicht etwas unrealistisch?»

Marty stiess ein affektiertes Seufzen aus. «Haben Sie Veränderungen in Silvano Morettis Verhalten bemerkt – vor und nach Herrn Döbelis Todesmeldung?»

Alyssa liess die Schultern hängen. Hier war nichts zu holen. Voller Widerwillen dachte sie über Martys Frage nach. Sie versuchte, sich an ihr letztes Gespräch mit Silvano Moretti zu erinnern. Da machte ihr Herz einen jähen Satz. Ihre Schläfen begannen zu pochen. Nein, dachte sie. *Einfach nur nein.*

Moretti hatte sie zu sich ins Büro geholt, um ihr ein Bild zu zeigen – ein Bild von Mika. *Besteht eine Verbindung zwischen dir und diesem Jungen?* Vor Schreck hielt sie die Luft an.

«Frau Müller?» Marty hatte es bemerkt. Alyssa äusserte sich nicht. Ihr Unterbewusstsein wurde wie eine Infusion angezapft. Sie erinnerte sich an das Zittern in Morettis Stimme, als er sich bei ihr über Mikas Verbleib erkundigt hatte. Die Erinnerung vermischte sich mit ihrer eigenen Begegnung. Und dann dachte sie an ihre Kurzschlusshandlung, die Fetzen der zerrissenen Fotografie auf dem Mahagonitisch …

«Oh Gott.» Der Ausspruch entwich ihr ohne Absicht. Hatte sie etwa Beweismaterial zerstört?

«Oh Gott, *was*?» Marty trommelte aufgeregt mit den Fingern auf das Holz. Sogar der stampfende Yves Moser war stehen geblieben. In Alyssas Kopf war zeitgleich eine Bombe zerplatzt. Überfordert versuchte sie, die davonfliegenden Fetzen ihrer Phantasie wieder einzusammeln. Diese hatten eine Lawine an Theorien losgetreten.

Gab es eine Verbindung zwischen Moretti und Mika? Und was war mit Ralf Döbeli? Hatte Mika womöglich beide auf dem Gewissen? – Würde das nicht auch seine abgeklärte Brutalität gegenüber Rotpunkt erklären? Seine Herzlosigkeit aus alten Tagen? Hör auf, dachte sie erschrocken. *Hör auf, hör auf, hör auf.* Sie durfte diesen dunklen Pfad nicht einschlagen – *er war kein Monster.* Mit aller Kraft versuchte sie, die Erinnerung an den letzten Abend heraufzubeschwören; das Kribbeln auf ihrer Haut, als er ihr den Druckverband anlegte, wie er den Arzt zu ihrer Verteidigung angriff, sie danach nach Hause fuhr, bei der Hand nahm … *Du brauchst keine Angst zu haben, Alyssa. Ich passe ab jetzt auf dich auf,* hatte er ihr vor Jahren einst gesagt.

Ihr Puls verlangsamte sich. Mika war kein Monster, wiederholte sie mit verbissener Inbrunst, er mochte vielleicht Rotpunkt auf dem Gewissen haben, aber das hier ging zu weit. Was hätte er für einen Grund? Er war kein Serienkiller. Folglich hatte sie mit der Fotografie auch kein Indiz vertuscht. Ende der Diskussion.

Geräuschvoll kam sie wieder zu Atem. Ihre Schultern hoben und senkten sich merklich. «Womöglich war es doch Selbstmord …», setzte sie leise an. Ihre Stimme zitterte, allerdings spielte ihr das bloss in die Hände: Marty interpretierte ihre Nervosität als späte Einsicht. Das wiederum gab Alyssa Aufwind. Sie redete sich in Rage, am Ende glaubte sie sich selbst.

Sie erzählte von Morettis aufgelöstem Verhalten, dichtete ihm gar eine verwirrte Mitarbeiterführung an. Sie erfand einen Kopierauftrag, den er ihr unter vier Augen erteilte, und kam in keiner Silbe auf Mika zu sprechen. Gynette Marty notierte alles, und der grosse Kollege nahm seinen Ticktack-Schritt wieder auf.

Die Schmetterlingsflügel in ihrem Bauch waren durchlöchert, als sie das Büro verliess. Aber sie flatterten noch immer.

13

Der Nagel durchdrang sein Fleisch, als bestünde es aus Gummi. Er ging durch Nerven, Blutgefässe, Gewebe. Der Schmerz zerriss ihn bis aufs Mark. Er schrie.

«John. John!»

John riss die Augen auf. Er lag bäuchlings im Bett; unter ihm begraben die bandagierte rechte Hand. Durch den Druck hatte die Blutung wieder eingesetzt. Stöhnend rollte er sich auf den Rücken.

Es war Donnerstag. Sechsunddreissig Stunden, drei davon im Notfall und tausend Nerven waren seit dem Vorfall im Cactus vergangen. Eigentlich wünschte er sich nun nichts anderes, als in Ruhe gelassen zu werden. Doch die personifizierte Panik folgte ihm auf Schritt und Tritt.

Melina Nikolic umhüllte ihn mit einem erfrischenden Aprikosenduft. Sie war frisch geduscht und trug einen blau-weiss gestreiften Vintage-Matrosenpulli. Der Pferdeschwanz war gewollt undone und die Wimpern-Extensions dezent in Szene gesetzt. Melina war eine bildhübsche neunundzwanzigjährige Frau, die Klischees mit der Zuverlässigkeit einer Schweizer Uhr erfüllte: Sie war Über-Yogi, Kayla-Itsines-Fan, sortierte ihre Massimo-Dutti-Kleider nach Farben und hörte pausenlos Taylor Swift. Die Chippendales hatte sie auch schon fünfmal live gesehen.

Sie setzte sich auf die Bettkante und berührte ihn an der Schulter. Die Sonne brach sich in ihren sorgenvollen stechend grünen Augen. «Du hast von dem Angriff geträumt, nicht wahr?» Als Bachelor-Psychologin vermutete sie hinter jedem Alptraum ein Drama. Er setzte sich auf, ohne auf ihre Berührung einzugehen. Mit der linken Hand fuhr er sich über das Gesicht. Die verletzte Rechte pulsierte, als stünde eine Eruption bevor.

Melina und er waren seit sechs Monaten ein Paar – und keine drei Wochen nach dem Kennenlernen zusammengezogen. Für John, verbissen wie eh und je auf Unauffälligkeit bedacht, war es die ideale Lösung gewesen. Hätte man die Floskel «0815» in einem urbanen Zürich-Duden nachgeschlagen, wäre einem Melina entgegengesprungen.

Er schlug die Decke zurück und stand auf. Sie folgte ihm ins Badezimmer. «Du musst darüber sprechen. Das ist wichtig für dein Seelenheil», sagte sie.

«Zu früh am Morgen, zu spät in der Woche», lamentierte er und griff nach Zahnbürste und Zahnpasta.

Melina entwand ihm beides und drückte so energisch auf die Tube, dass die weisse Paste über die Borsten auf den Boden tropfte. «Du wurdest *bestialisch* zugerichtet. Das kann dich nicht kaltlassen. Wer seine Ängste verdrängt, wird zum Problemfall.»

«Ich habe keine Ängste.» Er nahm die Zahnbürste zurück und steckte sie in den Mund. Sie fixierte ihn so aufdringlich, dass er sich abwenden musste. Er verwettete seinen letzten Monatslohn darauf, dass sie sich hatte krankschreiben lassen, um ihm jetzt auf die Pelle zu rücken. Genervt spuckte er aus und spülte mit Wasser nach. «Ein Irrer hat mich angegriffen und ist dann geflüchtet. Was glaubst du, wie oft so etwas bei der Polizei vorkommt? Das gehört quasi zum Job.»

«Dieser *Irre* hätte beinahe deine Hand amputiert. Du kannst von Glück reden, dass du noch alle Finger spürst.»

«Es war ein sauberer Stich durchs Fleisch. Keine Nerven oder Knochen getroffen.»

«Selbst der kleinste Nagel kann tödlich sein, wenn er richtig platziert wird», beharrte sie. Er nahm ihr Gesicht in die Hände und küsste sie. «Spiel nicht die Dramaqueen, Liebes.»

«Ich mache mir halt Sorgen», säuselte sie in abrupt verändertem Ton. Ihre Hand wanderte an seine Brust. Auf seinem Mund tauchte ein Lächeln auf. Melina reagierte immer empfänglich auf seine Annäherungen. Ja, sie war aufdringlich und anstrengend – aber auch aussergewöhnlich leicht zu besänftigen. Er küsste sie noch einmal. Sie legte ihre Arme um ihn und rieb ihren Unterleib aufreizend an seinem. Der Duft ihres Aprikosenduschgels intensivierte sich. Sein Magen knurrte. Er wollte es ignorieren, Melina tickte anders. Sie wand sich aus seiner Umarmung.

«Hast du Hunger? Soll ich dir ein Sandwich machen?»

Seine Erregung verpuffte wie die Luft aus einem löcherigen

Ballon. Vom Pornostar zum Kindermädchen in drei Sekunden. Das war ein neuer Rekord.

«Danke, passt schon», wiegelte er ab und verschwand unter der Dusche.

Er war bis zum Wochenende krankgeschrieben. Kurz nach Mittag sass er trotzdem in der S-Bahn nach Zürich. Er ass ein Snickers und liess die Dunkelheit der Tunnels an sich vorbeiziehen.

Letzten Dienstag waren Polizei und Sanität unmittelbar nach der Attacke zur Stelle gewesen. John erinnerte sich daran, wie Marc mehr schreiend denn redend Auskunft gegeben hatte, während die Rettungsärzte mit Johns angenagelter Hand beschäftigt waren. Im Verlaufe der Prozedur hatte er vor allem Sterne gesehen, weshalb ihm entgangen war, wie die anderen Gäste befragt wurden. Später erfuhr er, dass der Fall klar war: Der biertrinkende Mittvierziger hatte ihn angegriffen. Dass sich die Polizei umgehend an dessen Fersen heftete, bestärkte John in der Annahme, dass der Irre mittlerweile hinter Gittern sitzen müsste. Trotzdem hatte sich niemand bei ihm gemeldet. Bald waren zwei Tage vergangen, und kein Pieps aus Zürich. Selbst am Telefon hatte man ihn bloss unhöflich abgewimmelt. Doch nicht nur das machte ihn misstrauisch. Auch die Tatsache, dass er vom Dienst suspendiert worden war, obwohl er das Unispital noch in der Unfallnacht hatte verlassen können, deutete darauf hin, dass hier etwas faul war. Also beschloss er, der Sache vor Ort auf den Grund zu gehen.

Im Grunde genommen machte er sich keine allzu grossen Sorgen. Er wollte bloss weg von Melina. Und solange Mika Blum nicht in der Nähe war, fühlte er sich ohnehin ziemlich sicher.

Es kam seiner Stimmung entgegen, dass es im Polizeigebäude schnell vorwärtsging. Der Kollege am Empfang verwies ihn ohne Verzögerung an Gregor Rüdisüli.

John fing diesen unter der Tür zu dessen Büro ab. Der «Elefant» – so wurde Rüdisüli wegen seiner langen Nase genannt – wirkte gestresst. Seine Stirn war in tiefe Falten gelegt, und er spielte mit einer Zigarettenpackung herum, als wollte er damit zum Zirkus. John fragte sich sofort, ob es Einbildung war, dass sich sein Blick weiter verdüsterte, als er ihn entdeckte.

«Was tun Sie hier? Wie geht es Ihnen?» Der letzte Satz war reine Floskel, zumal Rüdisüli die bandagierte Hand mit keinem Blick würdigte.

«Ich wollte mich über den Vorfall von Dienstag erkundigen. Haben Sie den Täter schon geschnappt?», fragte John.

Der Schnauz des Polizisten wackelte voller Widerwillen. «Gehen Sie nach Hause. Sie sind krankgeschrieben.»

Er wollte an John vorbeigehen, doch dieser stellte sich ihm in den Weg. Seine Hand knallte gegen den Türrahmen. Eindringlich schaute er Rüdisüli in die Augen. «Weshalb will mir niemand Auskunft geben?»

Rüdisülis Schnauzwackeln intensivierte sich. Er schielte umher, als wollte er sichergehen, dass sie niemand beobachtete. Dann zitierte er John mit einem Nicken in sein Büro und schloss die Tür ab. Letzteres machte er nur, wenn eine vertrauliche Sitzung anstand. Ein beklemmendes Gefühl machte sich in Johns Brust bemerkbar. Als Rüdisüli ihm einen Stuhl anbot, blieb er mit verschränkten Armen stehen.

Rüdisüli setzte sich an seinen Arbeitsplatz und nahm einen Schluck von dem Instantkaffee, der auf dem Schreibtisch stand. Die Zigarettenpackung verschwand in seiner Hemdtasche. «Wir haben einen Mann gefunden, der auf die Täterbeschreibung passt», erzählte er. «Aufgrund der Aussage Ihres Freundes Marc Bolliger untersuchen wir derzeit einen Zusammenhang zwischen dem Täter und Ihren unbedachten Worten hinsichtlich der Mutter des verstorbenen Roman Huber. Es könnte sein, dass Ihr Geläster den Täter wütend gemacht hat.» Er klang, als tadle er einen Schuljungen.

John zog unmerklich den Kopf ein. «Haben Sie den Täter schon verhaftet und befragt?»

«Er ist nicht mehr am Leben.»

John erstarrte. «Eines natürlichen Todes?»

«Der Fall liegt bei der Staatsanwaltschaft Zürich-Sihl.»

«Also nein.» Eine düstere Vorahnung überkam ihn. «Werde ich verdächtigt? Erzählt mir darum niemand etwas?»

«Wie gesagt, die Staatsanwaltschaft Zürich-Sihl –»

«Das erklärt bloss, weshalb ich noch nicht in Untersuchungshaft sitze», schnitt er giftig dazwischen. Er konnte nicht glauben, was man ihm zum Vorwurf machte. Ja, er war kein Unschuldslamm. Aber einen Irren umbringen, weil dieser ihm die Hand annagelte?

Gewaltverbrechen wurden normalerweise von der Staatsanwaltschaft für Gewaltdelikte am Helvetiaplatz bearbeitet. Dass sich die Staatanwaltschaft Zürich-Sihl in erster Instanz um den aktuellsten Fall kümmerte, war lediglich, weil der Tatort in deren Hoheitsgebiet lag. Im Umkreis der Cactus Bar. Dass Zürich-Sihl gegenüber verdächtigen Personen eher antiautoritär vorging, war gemeinhin bekannt. Nicht nur deshalb war es bloss eine Frage von Tagen, bis sich die Staatsanwaltschaft für Gewaltdelikte vom Helvetiaplatz einschaltete. Und diese würde kein Pardon kennen. John zählte bereits seine letzten Tage in Freiheit. Er gab sich zwei – maximal.

Immerhin wusste er nun, weshalb man ihm keine Auskunft geben wollte, denn wäre er der Täter, entspräche dieses Wissen einem fatalen Vorteil. Solange niemand eine Verhaftung für nötig hielt, konnte er schliesslich problemlos Zeugen beeinflussen, Spuren verwischen – oder flüchten. Ein veritabler Justizskandal. Rüdisülis Schnauzkapriolen waren durchaus angebracht.

«Ich habe den Mann nicht umgebracht», sagte John endlich.

Rüdisüli bemühte sich um einen unaufgeregten Ton. «Nun machen Sie sich keine Sorgen. Wir werden den Fall schon lösen.»

«Darauf wette ich», murrte John und verliess den Raum. Auf einmal fragte er sich, ob das die ausgleichende Gerechtigkeit des Schicksals war: dass ihm ausgerechnet ein Fall, der über tausend Ecken mit Mika Blum zusammenhing, das Genick brach.

14

Die Frau im schwarzen Hosenanzug schritt wie eine Königin über den gepflasterten schräg abfallenden Vorplatz. Ihre Rundungen waren fast schon obszön ausladend. Sie hatte ihre Sonnenbrille abgenommen und studierte abschätzig das Grossmünster. An ihrem Arm ging ein schwarzhaariges Mädchen. Es benutzte viel Make-up und hatte die Haare pompös aufgetürmt. Trotz aller Bemühungen sah es keine Sekunde älter aus als sechzehn. Wie die Frau, so machte auch das Mädchen den Anschein, als läge es gerade lieber mit einem frisch gepressten Orangensaft an der Tessiner Sonne. Alyssa beobachtete die beiden aus sicherer Entfernung. Das waren also Ex-Frau und Tochter von Silvano Moretti.

Aufgrund von Morettis lokaler Verwurzelung fand in Zürich eine Abdankungsfeier statt, bevor die Asche in das Familiengrab nach Morcote überführt wurde. Böse Zungen behaupteten, dass sein Herz schon lange dort begraben lag. Dem Anlass wohnten mehr Menschen bei als an Ralf Döbelis Beerdigung, wohl aber entsprach der Aufmarsch eher einem Machtsymbol denn einer Ehrbekundung. Hier war niemand aus echter Trauer da – nicht einmal Tochter Valentina. Auch Morettis Anwälte standen sich eher wie feindliche Armeen denn Partner gegenüber.

Die Todesnachricht hatte die Kanzlei erschüttert. Niemand wusste, wie es nun weiterging. Die Mitarbeiter waren in Panik, sprachen anonym mit Journalisten, und als Caroline Fischer vor laufender Kamera in Tränen ausgebrochen war, war der Fall in allen Medien aufgetaucht.

Auch jetzt war ein Reporterteam anwesend und stürzte sich hemmungslos auf die Trauergäste.

Alyssa bezweifelte immer noch, dass Morettis Tod ein Unfall war. Geschäftliche Belange sicherte er stets nach allen Seiten ab. Weshalb sollte das beim Aufbocken eines Autos anders sein? Sie dachte an Mikas Foto in Morettis Schublade und schluckte schwer.

Jemand berührte sie am Arm. «Da bist du ja. Ich kenne kein Schwein», flüsterte Birgit. Ihr bleicher Kopf war gerötet, und passend zu ihrer Wortwahl hatte sie die Nase gerümpft. «Gibt es später eigentlich ein Essen oder so? Er war schliesslich unser Chef.»

Alyssa wandte sich ernüchtert von ihr ab und widmete sich wieder den Trauernden. Ihr fiel auf, dass sich das Reporterteam verschoben hatte. Stand es zuvor wie Hades' Höllenhund vor dem Portal, belagerte es nun eine Hausecke Richtung Bellevue. Ein schwarzer Audi war vorgefahren. Wegen des starken Gefälles hatte der Fotograf Mühe, einen guten Winkel für seine Bilder zu finden. Seine Kollegin mit dem Diktiergerät wiederum stolperte mehrfach über die Pflastersteine. Als sich die hintere Wagentür öffnete, riss sie den Mund auf, als interessiere sie sich nur für ihr eigenes Wort. Der Mann, den sie bedrängte, ging unbeeindruckt an ihr vorbei. Er war jung, attraktiv und seine gewellten Haare von dem kalifornischen Honigblond, das nur Surfer besassen. Eine seltsame Vertrautheit ging von ihm aus. Alyssa war sofort von ihm fasziniert. Aufmerksam verfolgte sie seinen Weg durch die Menge. Die Leute, die ihn säumten, begannen aufgeregt zu tuscheln. Vor der Kirche passte er Valentina und deren Mutter ab. Er sagte etwas, schüttelte Hände, berührte sich am Herzen. Die Angesprochenen nickten, die Kameras blitzten. Danach verschwand er in der Kirche.

Im bitterkalten Grossmünster herrschte ein Drei-Klassen-System wie auf der Titanic. Alyssa, Birgit und Caroline gehörten zu dem Pöbel auf den Stehplätzen neben den Holzbankreihen. Der Pfarrer setzte zu einem Lobgesang auf Silvano Moretti an, der so überzogen war, dass er nur von Caroline Fischer stammen konnte. Tatsächlich redete Caroline jede Silbe stumm vor sich hin. Ihr Mascara war am unteren Wimpernrand verschmiert. Alyssa fragte sich, ob sie um ihren Job oder um den Verstorbenen trauerte. Die Partner hatten unlängst verlauten lassen, dass sie diese «unfähige b*tch» nicht mehr lange im Unternehmen dulden würden. Wenn es denn eine Zukunft für Moretti & Partner gab.

Alyssa ging auf die Zehenspitzen, um einen zweiten Blick auf den Mann mit der Surferfrisur zu erhaschen. Sie entdeckte ihn in der vordersten Reihe. Er sass zwischen all jenen, die sich zu Morettis nächsten Bekannten zählten: Tochter Valentina, die Ex-Frau, die Partner aus der Kanzlei sowie einige Stadträte, Kantonsratsmitglieder, Nationalräte, Ständeräte, emeritierte Hausbesetzer, alternative Politiker und KMU-Besitzer, die er allesamt schon einmal beraten hatte. Was jedoch der blonde Surfer unter ihnen suchte, blieb ihr ein Rätsel. Gleichzeitig wurde sie das Gefühl nicht los, ihn dennoch von irgendwoher zu kennen. Er sah aus wie ein Hollywoodstar, und seine blonden Haare erinnerten sie an die Hauptfigur einer Krimireihe, deren Bücher sie als Jugendliche verschlungen hatte.

Jonas. Der Name traf sie wie der Schlag. Überfordert starrte sie auf seinen blonden Hinterkopf. War er es wirklich? Unmöglich, dachte sie, doch der Gedanke liess sie nicht mehr los – gerade weil sie hoffte, dass sie sich täuschte.

Auf die Abdankungsfeier folgte ein Apéro in einem unklimatisierten, charmanten Altbauzimmer des Restaurants Hiltl. Es gab ein riesiges Büfett mit Canapés, Tartelettes, Frühlingsrollen und Crostini, dazu Champagner und Prosecco der edelsten Marken. Neben den Mitarbeitenden aus der Kanzlei waren einige ausgewählte Kontakte des verstorbenen Anwalts zugegen. Auch ein Reporterteam war da. Die Partner verkündeten vor versammelter Mannschaft, dass in den kommenden Tagen über die Zukunft der Wirtschaftskanzlei entschieden würde. Was für Transparenz sorgen sollte, förderte bloss die Panik. Vermutlich wurde deshalb vor allem dem Alkohol zugesprochen. Die Reporter hielten gnadenlos drauf.

Alyssa kümmerte das nicht. Sie hatte noch nie indisch gegessen und war angetan von den scharfen Curryhäppchen, die sie dank der Trinkseligkeit der anderen für sich allein hatte. Nach fünfzehn Minuten hatte sie die Hälfte des Büfetttabletts geleert.

Birgit zog das Gleiche bei den Frühlingsrollen ab. Noch vor ein paar Jahren hätte Alyssa sich mit ihr um das letzte Stück geprügelt. Seit ihre Mutter jedoch einst sechs Frühlingsrollen über die Ferien im Backofen vergessen hatte, verband sie die Dinger eher mit Schimmel denn mit Genuss. Sie verkniff sich ein Schmunzeln, als sie feststellte, wie gut das zu der käsigen Birgit passte.

«Entschuldigung, darf ich?» Jemand drückte sich an ihr vorbei zum Büfett. Eine fruchtige Parfümwolke schwappte über Alyssa. Das indische Häppchen blieb ihr fast im Hals stecken.

Neben ihr stand der Surfer aus der Kirche. Er war ein paar Zentimeter kleiner als sie, und sie bemerkte sofort, dass der fruchtige Duft vor allem von seinen Haaren ausging. Diese – wie von der Sonne geküsst – hätten selbst den dunkelsten Herbsttag erhellt. Dass seine Augen überdies grünblau wie die See waren, wirkte wie ein unnötiger Bonus. Zweifelsfrei stand hier ein Mann, der die Attraktivität mit weit auseinandergerissenen Armen empfangen hatte. Trotzdem konnte sich Alyssa nicht für ihn erwärmen. Denn Jonas Lasswell hatte sich kein Stück verändert. Selbst seinem mädchenhaften Duft war er treu geblieben.

«Jonas.» Ihr Tonfall war bestenfalls Ernüchterung. Der Mann drehte sich überrascht zu ihr um. Im ersten Moment erkannte er sie nicht. Im zweiten fiel ihm das Häppchen aus der Hand.

«Alyssa!» Seine Meeraugen verdunkelten sich. Auch Alyssa wusste nicht, wie sie reagieren sollte, denn die Erinnerung an ihre gemeinsame Vergangenheit erfasste sie hart und tief. Es war, als drehe jemand die Zeit in ihrem Kopf zurück. Jonas' männliche Züge zerschmolzen vor ihren Augen zu einem schüchternen, runden Jungengesicht, und sie selber kehrte in ihr naives vierzehnjähriges Ich zurück. Ihr wurde beinahe schlecht. Wie viel davon sie *wirklich* verdrängt hatte, realisierte sie erst jetzt.

Es war ihr vierter Wohnortswechsel, und sie passte sich neuen Schulumgebungen mit der Routine eines Fliessbandarbeiters an. Schon am Nachmittag des ersten Tages hatte sie entschieden, neben wem sie im Unterricht sitzen, wessen Clique sie angehören und für welchen Jungen sie schwärmen wollte. Die Wahl fiel auf den Freundeskreis von Natalie Werner und Jonas Lasswell. Die beiden waren das beliebteste Paar der Schule, blond, perfekt, sympathisch und mit dem Lächeln von Gewinnern gesegnet.

Alles begann mit übersinnlichen Erscheinungen. Von einem Tag zum nächsten glaubte sie, Gegenstände mit der Kraft ihrer Gedanken verschieben zu können. Für ihre überbordende Phantasie ein gefundenes Fressen. Sie bewegte Münzstücke, jagte Abfalleimer in die Luft und landete wegen explodierenden Strassenlampen im Spital. Eine Schnittnarbe an ihrer Stirn zeugte heute noch von dem Vorfall, der sie gut und gerne hätte das Leben kosten können.

Nach dem Unfall beschuldigte Jonas sie in regelmässigen Abständen der telekinetischen Fähigkeiten. Natalie versuchte indes, ihrer Freundin beizustehen, doch auch das sollte sich bald als Farce entpuppen. Denn hier kam Mika Blum ins Spiel.

Er fiel ihr sofort ins Auge. Er hatte etwas Unheimliches an sich, eine verbotene Anziehung, die sie wie eine Droge zu sich rief. Natalie und Jonas fürchteten sich zu Tode vor ihm und behaupteten, er hätte sie einst in einem Bootshaus verbrennen wollen. Die Narbe auf seiner Wange sei der stumme Beweis.

Anfänglich versuchte sie, ihm fernzubleiben. Dann konfrontierte er sie mit einer fürchterlichen Theorie: Natalie und Jonas steckten hinter ihren übersinnlichen Anfällen, und tatsächlich verstrickten sich ihre Freunde daraufhin in immer grössere Widersprüche. Als die Sache aufflog, behaupteten sie, von Mika dazu gezwungen worden zu sein. Sie schenkte ihnen keinen Glauben, kündigte die Freundschaft und liess sich auf den gefürchteten Aussenseiter ein. Jonas und Natalie wurden von allen verstossen, sie und Mika zum neuen Traumpaar erkoren. Alles hätte perfekt sein können.

Dann entdeckte sie die Steinschleuder, mit welcher die Strassenlampen eingeschlagen worden waren: Sie gehörte Mika. Demzufolge hatte sie dem Falschen vertraut: Natalie und Jonas waren die Guten, Mika der Böse, der Erpresser, der Brandstifter, der Beinahe-Mörder. Einige vermuteten, dass er mit seinen Handlungen den Ruf von Natalie und Jonas hatte ruinieren wollen. Doch die wahren Gründe entzogen sich ihr bis heute. Es musste an ihrem Unwissen liegen, dass sie nicht mit ihm abschliessen konnte. Er hatte sich als Held in ihr Herz gespielt, und sie erwehrte sich der Vorstellung, dass er ihr Leben aus einer Laune heraus aufs Spiel gesetzt hatte. Kein Mensch wurde grundlos zum Verbrecher …

Mika selbst war nie zu dem kranken Spiel gestanden. Auch dass er Jonas und Natalie umbringen wollte, wurde nie bewiesen. Und so blieb die Sache mit den Strassenlampen die einzige ihm nachweisbare Tat. Er wurde von der Schule verwiesen und verschwand aus ihrem Leben.

Jonas' Stimme riss sie aus dem Tagtraum. «Alyssa», wiederholte er, diesmal bedeutend freundlicher. «Tut mir leid, ich habe dich gar nicht wiedererkannt – obwohl du immer noch aussiehst wie eine Kriegerprinzessin.» Ein aufrichtiges Lächeln umspielte seinen Mund.

Alyssa erwiderte es wesentlich verkrampfter. «Ich bin überrascht, dich hier zu sehen. Kanntest du Silvano Moretti?»

«Mein Vater war eng mit ihm befreundet. Ich bin als seine Vertretung hier, da er geschäftlich auf Fuerteventura weilt. Du arbeitest für Moretti & Partner, ja?»

«Als Praktikantin», bestätigte sie, was Jonas mit einem interessierten Nicken zur Kenntnis nahm. Einen Moment lang schwiegen sie sich betreten an. Alyssa griff nach einem Glas Prosecco und kippte es ex. Jonas hielt sein eigenes mit beiden Händen umklammert. Seine Fingerknöchel standen weiss hervor.

«Wir haben uns eine Ewigkeit nicht mehr gesehen», rezitierte er, und diesmal war es Alyssa, die nickte. Darauf schwiegen sie sich wieder an.

Die Situation war überfordernd: Obwohl die Vergangenheit vergeben war, stand sie wie eine meterhohe Mauer zwischen ihnen. Das schlechte Gewissen plagte sie auf ungerechte Weise, denn sie beide hatten sich wehgetan – weil Mika es wollte. Auf einmal erinnerte sich Alyssa daran, wie bösartig er gewesen war – was er ihnen *tatsächlich* angetan hatte.

Jonas' Auftauchen kam da einer schallenden Ohrfeige gleich. Dass sie Mika trotzdem nicht vergessen konnte, verstörte sie zutiefst. *Er hatte seine Gründe*, rechtfertigte sich ihr Herz, und sie schluckte betroffen. Ob er die auch bei Moretti und Döbeli gehabt haben könnte? Sie dachte an die Freundschaft zwischen Moretti und Jonas' Vater, und das beklemmende Gefühl in ihr zog an.

«Hast du jemals wieder etwas von Mika gehört?», fragte Jonas.

Sie biss sich so ertappt auf die Zunge, dass ein Äderchen platzte. Das Blut füllte ihren Gaumen wie eine bittersüsse Versuchung. «Nein. Du etwa?», log sie nervös.

Er antwortete mit hochgezogenen Augenbrauen. «Du würdest mich schreien hören, glaub mir.»

***

Es war dunkel, als Jonas Lasswell die Privatveranstaltung im Hiltl verliess. Er hatte den gesamten Nachmittag dort verbracht und selbst das Abendessen dort eingenommen. Wer in den USA lebte, lernte einen Gemüsetempel schätzen. Trotzdem wünschte er sich, das Restaurant früher verlassen zu haben. Seine Ohren surrten von all den Stimmen, die auf ihn eingeredet hatten. Den Ansturm auf seine Person wollte er aber niemandem übel nehmen: Sein Vater gehörte immerhin zu den mächtigsten Immobilienunternehmern der Welt. Wer wollte es sich da mit dessen Sohn verscherzen?

Jeffrey Lasswell hatte sich international einen Namen mit dem Bau von spektakulären Einkaufszentren gemacht. Juristische Belange in der Schweiz liess er jeweils durch Silvano Moretti regeln: Die beiden waren seit Studienzeiten miteinander befreundet. Für die Wirtschaftskanzlei Moretti & Partner war die Freundschaft ein Glücksfall und Geldsegen zugleich. Jetzt war Moretti tot – und sein grösster Fisch zurück im Wasser. Ein Schwachkopf, der seine Rute jetzt nicht ausgeworfen hätte. Wenigstens benutzten Morettis Partner keine Würmer als Köder, dachte Jonas, andererseits hätte er nun weniger Probleme ... Er fasste sich an den Kopf, der in alkoholisiertem Zustand pampiger war als Stocki. Offenbar verlernte man das Trinken schon mit sechsundzwanzig. Dabei hatte er extra viel Wasser getrunken und sich selbst nach dem Wiedersehen mit Alyssa Müller am Riemen gerissen.

Das Schwindelgefühl intensivierte sich, als er an seine ehemalige Mitschülerin dachte.

Er wollte nicht ungerecht sein: Sein Missmut gründete nicht in Alyssa selbst. Wenn er ehrlich war, hatte ihn ihr Auftauchen sogar gefreut. Alyssa war zu einer bildhübschen Frau herangewachsen – Boxerinnenstatur und dunkelneonrote Haare ausgeschlossen. Sie hatte schon immer einen Hang zum Unnatürlichen gehabt, ganz zu schweigen vom Übernatürlichen ... Auf einmal verspürte er Lust auf ein weiteres Bier. Ihre Vergangenheit war so absurd, dass man sie nüchtern kaum ertrug. Er blieb standhaft und marschierte weiter.

Er war extra für Silvano Morettis Abdankungsfeier in die Schweiz gereist. Übermorgen ging sein Flugzeug zurück nach

Los Angeles. Sein Vater spendierte ihm die Übernachtung im Dolder Grand. Die Wahl des Hotels war kein Zufall: Jeffrey liess keine Möglichkeit aus, um seinen Sohn für das «richtige Leben» zu motivieren. Dass Jonas lieber Personal Trainer geworden war, statt in die väterlichen Fussstapfen zu treten, nagte an Jeffreys Stolz – wenngleich Jonas durchaus erfolgreich war. In nur zwei Jahren hatte er sich einen Kundenstamm aufgebaut, von dem andere nur träumten. Sogar ein paar Disneysternchen waren darunter. Dass er keine Millionen verdiente, war ihm egal. Gesundheit und Wohlbefinden wogen für ihn schwerer als Geld.

Er spazierte zur Bahnhofstrasse und nahm das Tram bis zum Bellevue. Von dort ging er zu Fuss weiter.

Zum Dolder führten verschiedene Wege, eines hatten sie alle gemeinsam: Sie waren steil. Obwohl Jonas sportlich war, keuchte er bereits bei den ersten Schritten auf der Rämistrasse. Auf den öffentlichen Verkehr umzusteigen kam für ihn allerdings nicht in Frage. Wer trinkt, kann auch durchhalten, war seine Devise. Und so schlich er entschlossen weiter.

Mittlerweile war es halb zehn. Beim Schauspielhaus herrschte eine Stimmung wie samstags bei IKEA. Jonas beschleunigte fast automatisch seine Schritte, er wollte das Getümmel so schnell wie möglich hinter sich lassen. In seinem aktuellen Zustand wäre ihm selbst das Miauen einer Katze zu laut gewesen.

Beim Institut für Rechtswissenschaften, dem RWI, bog er rechts ab in die Zürichbergstrasse. Das Dreissiger-Schild kündigte ein Wohnquartier an, das aus langen Reihen denkmalgeschützter Altbauvillen bestand, die zu beiden Seiten seines Weges in die Höhe ragten. In keinem der Häuser brannte noch Licht. «Geisterdorf» drängte ungewollt in sein Bewusstsein vor.

Ein lautes Klirren hallte durch die Nacht. Er fuhr erschrocken in sich zusammen. Das Geräusch war vom oberen Ende der Strasse gekommen, doch es war zu dunkel, um etwas zu erkennen. Verunsichert setzte er seinen Weg fort. Nach ein paar Schritten entdeckte er den Grund für das Klirren: Die Fassung einer Strassenlampe war zersprungen. Das Glas häufte sich auf dem Trottoir und wurde geräuschvoll vom Wind über die Strasse verteilt. Es klang, als schliffe jemand ein Messer. Es klirrte erneut:

In weniger als fünf Meter Entfernung explodierte eine zweite Lampe, direkt vor Jonas' Augen.

Die Panik machte sich als Kribbeln in seinem Nacken bemerkbar. Er kannte das Szenario: Alyssa hatte ihm persönlich davon erzählt. Mika Blum wiederum hatte niemals Reue gezeigt. Die Erinnerung an Letzteren erfasste ihn wie ein Eissturm. Konnte es etwa sein, dass Mika heute ...? – *Unmöglich.* Jonas verbot es sich, den Gedanken zu Ende zu bringen.

Trotzdem stolperte er kurz darauf über seine eigenen Füsse, als er auf dem Absatz kehrtmachte und zu der viel befahrenen Rämistrasse zurückrannte.

Klirr. Er wähnte sich in einem fürchterlichen Alptraum, als hinter ihm eine dritte Lampe explodierte. Spätestens jetzt rechnete er mit keinem Zufall mehr. Er wusste, wer hinter ihm her war. Die Angst lähmte seinen Körper, und doch rannte er irgendwie immer noch weiter. Die Strassenbeleuchtung wurde heller; die Rämistrasse war nur noch wenige Meter entfernt.

Er erreichte das RWI. Ein schmaler Weg führte zu dessen Hintereingang. Ehe Jonas diesen passieren konnte, wurde er beim Arm gepackt. Ihm entfuhr ein markerschütternder Schrei. Wie der Ruf eines Geistes hallte er über Zürichs Strassen hinweg.

15

Alyssa lag bäuchlings auf dem Bett und starrte auf ihr Handy. Sie hatte die Ellbogen aufgestützt und die Beine ineinander verhakt. Letztere schwankten herum wie ein Liebespaar im Latinoclub. Seit zehn Minuten musterte sie Jonas' Nummer. Ein Tag war seit ihrem Wiedersehen vergangen.

«Wir können uns ja mal auf einen Kaffee treffen», hatte er vorgeschlagen, und sie selbst hatte enthusiastisch genickt. Dabei wussten beide, dass das nie geschehen würde. Denn einmal davon abgesehen, dass Jonas in den USA lebte, wollte keiner von beiden an die Vergangenheit erinnert werden. Das wiederum tat Alyssa leid. Jonas hatte sich wirklich gemacht. Einen Mann wie ihn hätte sie in ihrem Leben gebrauchen können. Andererseits war seine Weste viel zu weiss, um als Grundlage für ihre gefährlichen Träume zu dienen.

Ob es einen Zusammenhang zwischen Mikas Porträt in Morettis Schublade und der Freundschaft zwischen Moretti und Jonas' Vater gab? Der Gedanke kam ihr aus dem Nichts – genauso blitzartig breitete sich Gänsehaut über ihren Körper aus.

Sie unterdrückte die Empfindung, als Valérie in ihr Zimmer kam und sich neben sie auf das Bett warf.

Valérie imitierte ihre Haltung. «Alles okay? Du liegst hier herum, als hättest du Liebeskummer oder PMS – oder beides.» Sie bemühte sich um einen lockeren Ton, doch die Besorgnis war ihr ins Gesicht geschrieben.

Alyssa lächelte. «Alles bestens. – Läuft heute Abend eigentlich noch etwas?» Die Frage war pures Kalkül: Valérie wusste, dass sich Alyssa nicht nach dem Abendprogramm erkundigen würde, wenn sie tatsächlich etwas auf dem Herzen hätte.

Der besorgte Ausdruck verschwand denn auch sofort aus Valéries Gesicht. Sie rollte sich auf den Rücken und tat so, als müsste sie angestrengt über die Frage nachdenken. «Hm … Wir könnten ins Arena gehen. ‹Fluch der Karibik› lief gestern an.» Sie klimperte unschuldig mit den Wimpern. Die Spontaneität war von vorne bis hinten geheuchelt. In ihrem Zimmer stand eine zehn Zentimeter grosse Actionfigur von Captain Jack Sparrow.

Alyssa runzelte die Stirn. «Schon wieder? Das ist doch mindestens der zehnte Teil.»

«Der zwölfte.» Valérie grinste reuelos, und Alyssa hatte Mühe, ihre Begeisterung zu teilen.

«Und warum willst du ins Arena? Wir könnten auch ins Corso oder Abaton. Das wäre bedeutend näher von uns aus.»

«Ja, aber nur im Arena läuft die 2D-Version auf Englisch.»

«Können wir wenigstens mit dem Auto deines Onkels hinfahren?»

«Mit dem Auto von Mikas Vater?» Valérie blinzelte verwirrt. «Wie kommst du auf so etwas? Er wohnt seit Jahren auf Fuerteventura.»

«Ich meine deinen anderen Onkel. Den mit dem schwarzen Range Rover.»

«Ich habe keinen Onkel, der Range Rover fährt.»

«Mika hat das behauptet.»

Valérie schüttelte lachend den Kopf. «Da scheinst du etwas missverstanden zu haben. Wir haben keinen SUV in der Familie, davon wüsste ich. Sieht aus, als müsstest du heute auf die ‹Black Pearl› verzichten.»

«Mhm», machte Alyssa und hatte das Gefühl, soeben auf ein dunkles Geheimnis gestossen zu sein.

Nach mehreren Tagen der optischen Ignoranz beschloss Alyssa, sich für einmal wieder Mühe zu geben. Sie duschte, streckte sich die Haare und rasierte sich an Körperstellen, die bei einer asketisch lebenden Singlefrau höchstens der Duschkopf zu sehen bekam. Als sie am Ende in Skinny Jeans, Lederjacke und Bikerboots aus dem Zimmer trat, pfiff Valérie durch die Zähne. «Hat Müll-Alyssa Ferien?»

Alyssa verdrehte die Augen. «Lass uns einfach gehen.»

Das Kino Arena war voller als Maturanden auf Abschlussreise. Valérie stellte sich mürrisch in die Schlange vor den Ticketschaltern, während Alyssa an die Bar ging. Valéries Wunschliste nahm sie gar nicht erst auf: Ging es um die Kinoernährung, glichen sie sich wie eineiige Zwillinge.

«Eine Tüte Popcorn, medium, gezuckert, eine Packung M&M's und zwei Sprite, bitte.»

Der Mann hinter dem Tresen nickte und wuselte seines Weges. Zwei Minuten später schwankte Alyssa überladen zu der grossen Treppe Richtung Kinosäle und setzte sich auf die zehnte Stufe, um auf Valérie zu warten. Die Popcorntüte stellte sie schützend zwischen ihre Beine. Gelangweilt liess sie ihren Blick schweifen.

In Zürich gab es nirgendwo ein heterogeneres Publikum als im Kino: Männer- und Frauengruppen der verschiedensten Couleurs, Mütter mit ihren Töchtern, Väter mit ihren Affären, Paare aus sämtlichen Epochen, Kids beim Vorglühen, Sicherheitsbeamte auf Streifzug …

«Sieh an, Sie scheinen hungrig zu sein!»

Wie von Bienen gestochen fuhr Alyssa hoch und stiess die Popcorntüte um.

John Rieder fing die Tüte auf, bevor sie über den Stufenrand kippte. «Tut mir leid, ich wollte Sie nicht erschrecken.» Sein Lächeln war entwaffnend, der Anblick seiner blauen Augen lähmend. Er war noch attraktiver als in ihrer Erinnerung. Seine trainierte Brust verwandelte das belanglose marineblaue T-Shirt in eine Ritterrüstung.

Sie bemerkte seine bandagierte Hand. «Was haben Sie angestellt?», fragte sie.

«Ich habe mich von Ihnen inspirieren lassen. Wie ich sehe, hat sich Ihre Oberlippe gut erholt.»

Ihr Finger schnellte an die besagte Stelle. «Ach, die habe ich ganz vergessen», log sie peinlich berührt und verschwieg, dass sie die Rötung dreissig Minuten lang mit Camouflage-Make-up bearbeitet hatte. Angesichts von Johns Lächeln versagte aber selbst die dickste Foundation. Sie lief knallrot an. «Also: Was ist mit Ihrer Hand geschehen?», beharrte sie, um von sich selber abzulenken.

Johns gute Laune verflüchtigte sich abrupt. «Jemand hat mir einen Nagel durch den Handrücken getrieben.»

«Oh mein Gott! Was für ein Psychopath macht denn so etwas?»

«Nun ja, ganz unschuldig war ich nicht.»

«Haben Sie ihn provoziert?»

Ein seltsames Flackern huschte durch seine Augen. Er setzte sich neben sie auf die Stufe. Ihre Beine berührten sich um ein Haar. Alyssa wurde warm. «An diesem Abend regte ich mich sehr über jemanden auf. Ich gehe davon aus, dass der Nagler diese Person kannte, mich belauschte und wütend wurde.»

«Sie scheinen deutliche Worte gefunden zu haben. War Ihr Unmut denn berechtigt?»

«Sagen Sie's mir: Ich ärgerte mich über Roman Hubers Mutter. Sie sprach unmissverständliche Drohungen Ihnen gegenüber aus.»

Alyssa öffnete den Mund und schloss ihn wieder. Sie kannte sich mit Polizeisachen nicht aus, aber aus einem unguten Gefühl heraus ahnte sie, dass Johns Offenheit ebenso unsensibel wie falsch war.

Ihre Reaktion entlockte ihm ein Lächeln. «Machen Sie sich keine Sorgen: Roman Hubers Mutter kann Ihnen nichts antun. Und der Nagler … nun ja, der auch nicht mehr. – Mit wem sind Sie eigentlich im Kino?»

«Mit einer Freundin», antwortete Alyssa verwirrt. Ihre Gedanken kreisten immer noch um Roman Huber.

John grinste. «Und Ihr Freund lässt Sie einfach so davonziehen?»

«Ich habe keinen Freund.»

«Ach so.» War es Einbildung, dass er enttäuscht klang? «Verzeihen Sie meine Indiskretion, Alyssa. Ich ging automatisch davon aus, dass der junge Mann, der Sie am Abend Ihres Unfalls rettete, Ihr Freund sei … Mika Blum, richtig?»

«Das ist nicht mein Freund.» Ihre Antwort kam schnell und schrill. John musterte sie, als kannte er all ihre Geheimnisse – als wüsste er von der Geschichte, die sie mit Mika verband. Aber das war absurd. John war ein wildfremder Mann.

In diesem Moment zischelte eine eisige Stimme über sie hinweg. «John!»

Der Stimme folgte eine attraktive Blondine in kniehohen schwarzen Lederstiefeln. John stand sofort auf und wischte die Hände an seiner Jeans ab, als hätte er sie schmutzig gemacht. Die Blondine warf Alyssa einen kurzen Blick zu und dann sich selbst um Johns Hals. Ihre Lippen landeten begierig – und absolut unnötig – auf seinen. Natürlich brachte sie auch noch eine ordentliche Ladung Zunge ins Spiel.

Alyssas Emotionen zerflossen wie Eis in der Sonne. Sie hätte sich denken können, dass ein Mann wie John nicht allein durchs Leben wandelte. Seine Freundin – sie trug keinen Ring, der anderes vermuten liess – war vom Typ «Abstürzen mit gespritztem Weissen», eine klassische Zürcher Erscheinung um die dreissig mit elegantem Foulard, penetrantem Aprikosenduft und scheitelloser Mähne. Alyssa sah neben ihr aus wie ein Hells Angel.

Die Blonde streckte ihr die Hand hin. «Hi, ich bin Melina.» Ihr Lächeln war so falsch wie ihre Wimpern. Alyssa erwiderte es mit identischer Kühle und einem kräftigen Händedruck, der Melinas Finger knacken liess. Melina zog sofort die Hand zurück und legte sie John an den Bizeps. «Schatz, der Film fängt gleich an. Wollen wir los?» Sie drückte ihre vollen Lippen sanft auf seine Wange.

John nickte und räusperte sich. Er wirkte beschämt. Damit machte er zweifelsfrei wieder Boden wett. «Es war schön, Sie wiederzusehen. Passen Sie gut auf sich auf.»

«Gleichfalls», sagte Alyssa und schaute dem Paar hinterher, das irgendwie perfekt und irgendwie so gar nicht zusammenpassen wollte.

Sie hing immer noch dem adretten John nach, als Valérie hinter ihr auftauchte. «Uffz, wer ist denn *das*? So verliebt schaust du nicht einmal Channing Tatum nach», rief Valérie.

Alyssa errötete.

«Das war John Rieder. Er ist Sicherheitsassistent bei der Polizei.»

«Also Stripper würde besser zu ihm passen», kicherte Valérie und drückte ihr ein Kinoticket in die Hand. «Na los, Kino neun, Reihe B.»

John und Melina besuchten offenbar einen anderen Film als Alyssa und Valérie. Alyssa war darüber zutiefst erleichtert. Einerseits verspürte sie wenig Lust auf den Anblick von Melinas Putzerfischlippen auf Johns Haut. Andererseits war er ihr nicht mehr geheuer.

Er hatte sie ausgefragt wie eine Verdächtige. Dass er sich aus reiner Neugierde für ihr Liebesleben interessierte, schloss sie aus – immerhin war er mindestens zehn Jahre älter als sie und mit Barbie zusammen. Ohnehin fragte sie sich, was er damit meinte, dass Frau Hubers Bekannter – und damit sein Angreifer – ihr nichts mehr antun könne. War er verhaftet worden? Wahrscheinlich nicht, ansonsten hätte John kaum versucht, ihr Wissen über die Sache auszutesten. Vielleicht hatte ihn jemand umgebracht, vermutete sie. Vielleicht wähnte John den Mörder nun in ihrem Bekanntenkreis. Immerhin gab es dank Rotpunkt eine direkte Verbindung zwischen ihr und dem nagelnden Psychopathen. Ob er auch Mika verdächtigte?

Das Massaker vor ihren Augen schwellte mit einem Mal an, zu gross, um es noch zu verdrängen. Erschrocken klammerte sie sich an ihren Sessellehnen fest. *Mika ermordete Rotpunkt; ermordete dessen Bekannten; ermordete Moretti; ermordete Döbeli …*

«Popcorn?» Valérie streckte ihr die Tüte hin. Alyssa griff zitternd hinein. Der Zucker flutete ihren Gaumen wie Gallenflüssigkeit. Als die Saallichter ausgingen, hatte der Krimi in ihrem Kopf bereits sein Ende erreicht. Natürlich waren alle tot.

Die Kinovorstellung endete nach zweieinhalb Stunden. Auf Valéries Lippen lag ein seliges Lächeln, Alyssas Gesichtszüge waren verhärtet. Keine von beiden hatte Lust, die Nacht bereits ausklingen zu lassen, darum fuhren sie mit dem nächsten Tram zum Sihlquai und verschwanden in der Hafenkneipe.

Alyssa mochte die Hafenkneipe wegen ihrer unaufgeregten Art und der guten Musik. Heute war die Bar so voll, dass die Gäste Rücken an Rücken standen und die Temperaturen tropische Ausmasse annahmen.

An der Bar trafen sie Kommilitonin Rebecca, die zusammen mit ihrem Freund und einem weiteren Kollegen einen Tisch am Fenster ergattert hatte. Mit Bier und Eistee in den Händen zwängten sich die jungen Frauen auf eine Box, die vor dem Fenster als Sitzbank diente.

Alyssa sass in der Mitte und fühlte sich wie Godzilla unter Ameisen, da Rebecca kaum grösser war als Valérie. Sie hatte knochige Schultern, braune Haaren und so eisige blaue Augen, dass man von ihrem blossen Anblick Frostbeulen bekam.

Rebeccas Freund Stefan sass ihnen gegenüber, war gross gewachsen und sportlich, mit tiefen Augenringen und braunen Strubbelhaaren, die auf einen untalentierten Coiffeur schliessen liessen. Die Narbe in seinem rechten Mundwinkel erinnerte Alyssa auf unangenehme Weise an Mika. Er spielte mit einer Winston-Packung in den Händen herum, derweil er sich angeregt mit dem voll tätowierten Dean über das letzte Mad-Caddies-Konzert unterhielt. Valérie klinkte sich sofort in das Gespräch ein, auch Rebecca liess dann und wann Interesse aufblitzen. Alyssa blieb stumm, als hätte ihr jemand die Zunge herausgerissen. Genauso fühlte sie sich auch.

Ihre Finger lagen verkrampft um das Eisteeglas. Der Anblick der Bierflaschen auf dem Tisch schürte ihre Nervosität zusätzlich. Im selben Moment war sie froh, keine tieferen Narben als eine Bieraversion aus der Nacht im Komplex Klub davongetragen zu haben. Dass sie dies Mika zu verdanken hatte, war ihr durchaus bewusst: Er hatte dafür gesorgt, dass Roman Huber sich nicht noch einmal an ihr vergreifen konnte. War das *wirklich*, was ein Mädchen von ihrem Schwarm hören wollte – dass er für sie tötete? Ob er bei Moretti und Döbeli genauso kaltblütig agiert hatte? Der Gedanke elektrisierte sie bis in das kleinste Haar. Sie nahm einen Schluck vom Eistee, um ihre Befürchtungen hinunterzuspülen, aber das kalte Getränk intensivierte ihren Schauer bloss.

«Alles okay?» Sie zuckte zusammen, als sie Rebeccas Blick gewahr wurde. Diese schien sie seit geraumer Zeit zu beobachten. Ihre Erkundigung war unaufdringlich gewesen, trotzdem fühlte sich Alyssa sofort von ihr eingeengt. Noch ehe sie etwas erwidern konnte, ergänzte Rebecca: «Es ist wegen Valéries Cousin, nicht wahr? – Sie hat mir von euch erzählt.»

Alyssas Augen schossen aufgebracht zu Valérie herum. Diese

lachte soeben scheinfromm über einen Witz von Stefan. Alyssa widerstand der Versuchung, ihr den Hals umzudrehen. Ihre Fingernägel gruben sich zitternd in den Holztisch.

Hätte sie Valérie doch bloss nie von Mika und ihrer Vermutung hinsichtlich Rotpunkts Ableben erzählt. Valérie musste immer noch glauben, dass Alyssa halluzinierte. Wer konnte ihr das verübeln?

Dass Valérie Rebecca zu sich ins Boot geholt hatte, leuchtete Alyssa ein. Sie selbst hätte nichts anderes getan. Rebecca strahlte eine Ruhe aus, wie es nur jemand konnte, der ebenfalls viel durchgemacht hatte. Alyssa ging davon aus, dass das mit ihrem früheren Wohnort zusammenhing, einem unheimlichen Dorf namens Wylen. Sie hatte einiges über Rebeccas Dorf gehört, sich aus Diskretion aber nie darüber bei ihr erkundigt. Eigentlich erwartete sie nun eine ähnliche Zurückhaltung von Rebecca. «Valérie hat mir erzählt, dass du ihren Cousin vor einigen Jahren angezeigt hast – und dass er einen Teil seiner Schuld bis heute bestreitet. Auch deinen neusten Mordverdacht hat sie erwähnt.»

«Hat sie das ...?» Alyssa knirschte unheilvoll mit den Zähnen. Hektisch schüttelte sie den Kopf. «Was willst du, Rebecca?»

«Hören, dass es dir gut geht», antwortete Rebecca ruhig. «Leider wäre das gelogen. Ich sehe es in deinen Augen. Du verschliesst sie vor etwas. Ich erkenne nicht, vor was.»

«Gut gepokert, Dr. Sommer», blaffte Alyssa und wandte sich von ihr ab. Sie hasste es, wenn andere sie durchschauten.

Rebecca griff nach ihrer Hand. Ihre eisblauen Augen wanderten unmerklich zu Stefan. «Als ich ihn kennenlernte, war er ein Buch mit sieben Siegeln. Ich ahnte, dass er etwas Schlimmes getan hatte, aber da war ich bereits hoffnungslos in ihn verliebt. Doch wie könnte ich mich auf einen Menschen einlassen, der womöglich ein Krimineller ist? Ich setzte folglich alle Hebel in Gang, um hinter sein Geheimnis zu kommen. Am Ende stellte sich heraus, dass die grösste Horrorgeschichte jene in meinem Kopf war. *Darum* musst du bei Mika genau hinsehen, Alyssa. Wenn du glaubst, dass er jemanden umgebracht hat, darfst du davor nicht die Augen verschliessen. Du musst es aufklären – wenn nicht für die Opfer, dann zumindest für dich.»

Das Blut kribbelte nervös in Alyssas Schläfen. «Die Situation ist …», sie stockte, «*kompliziert*. Es gibt so viele Anfänge und Enden, dass ich nicht wüsste, wo ich überhaupt beginnen sollte.»

«Du hast bloss Angst, dass deine Traumwelt zusammenbricht», spottete Rebecca. «Du hast dich an die Ungewissheit gewöhnt, möglicherweise fällt sie dir gar nicht mehr auf. Aber mal ehrlich: Was hast du zu verlieren ausser einem psychopathischen Arschloch?» Der hatte gesessen. Alyssa zog eine Grimasse. Sie erinnerte sich an Mikas fürsorgliche Art im Spital und spürte flatternde Schmetterlingsflügel, als sie an sein Lächeln und die unergründlichen dunklen Augen dachte. Im nächsten Moment zog sich ihr Magen zusammen: Sie dachte an seine Lügen, die Schnittnarbe an ihrer Stirn, die explodierenden Lampen, Rotpunkts Schädel und das Bild in Morettis Schublade; den möglichen Zusammenhang mit Jonas' Vater. Rebecca hatte recht: Sie verdrängte die Wahrheit, um eine Traumwelt zu bewahren. Und zum ersten Mal in ihrem Leben fühlte sich das falsch an. Sie durfte ihre Augen nicht vor der Wahrheit verschliessen: Sie musste herausfinden, weshalb Mika tat, was er tat, woher Moretti ihn kannte und ob die Lasswells etwas damit zu tun hatten. Sie musste herausfinden, ob Mika das Monster oder das Opfer war. Ob er ihre Liebe verdiente. Ihr Bauch knurrte voller Verunsicherung. Wenigstens das wollte sie unterdrücken.

Sie presste die Hand darauf und räusperte sich. «Eine gute Story ergäbe es zumindest. Ich könnte einen Krimi daraus machen. Ich könnte die Taylor Swift der Buchautoren werden.»

Rebecca grinste hämisch und hob ihre Flasche. «Darauf stossen wir an. Auf die Wahrheit.»

«Auf Taylor», erwiderte Alyssa und verschwieg, dass sich der darauffolgende Schluck wie Gasolin in ihrer Kehle anfühlte.

***

«Ach, der Film war herrlich! Ich liebe Nicholas-Funke-Verfilmungen.» Melina hakte sich ausgelassen bei John unter. Ihre sanft blondierten Haare hüpften übermütig um die Schultern. Die Wochenendplanung lag wie immer fest in ihren Händen: Sie hatte den Film ausgesucht und entschieden, dass sie den Abend in der Vapiano Bar ausklingen liessen, und zwar zusammen mit ihrer guten Freundin Jacqueline und deren Freund Tiziano. Letzterer war ein blondierter Süditaliener, der permanent so gequält sprach, als sässe die Hose zu eng. Johns Ohren surrten nach dem Barbesuch, doch Melina kannte keine Gnade: Bereits am nächsten Tag waren sie zum Brunch bei ihren Eltern in Horgen eingeladen. Sie wollte schon heute zum Elternhaus fahren, um am Morgen etwas Schlaf zu bekommen. Unter «Brunch» verstanden ihre Eltern nämlich ein Hardcorefrühstück mit Speck und Ei ab halb acht. Melina bekam die fettarme Extrawurst.

Mittlerweile schlenderten sie der Sihl entlang zum Parkhaus zurück. Melina schmiegte sich wie ein Kätzchen an Johns Brust, und John legte bereitwillig seinen Arm um sie, obwohl sie so kaum noch vorwärtskamen. Sein Blick fuhr nach allen Seiten herum.

Nach ihrem Wiedersehen im Foyer hatte er Alyssa aus den Augen verloren. Das störte ihn mehr, als ihm lieb war. Er hätte sie gerne in einem unbemerkten Moment beobachtet. Im direkten Gespräch war sie abgeklärt wie ein Profispion gewesen und nur einmal ins Wanken gekommen – nämlich als er die Verbindung zwischen Roman Huber und dem toten Nagler offengelegt hatte. Was genau dabei durch ihren Kopf gegangen war, wusste er nicht. Sein Herz brannte darum erst recht auf die Wahrheit. Ein Gefühl sagte ihm, dass Alyssa die Antwort auf viele seiner Fragen kannte. Dass sie für den Mord an Roman Huber verantwortlich war, schloss er aus, allerdings konnte er den Gedanken nicht abwehren, dass sie jemanden deckte. Jemanden wie Mika Blum.

Allein ihre Opferaussage zum Überfall beim Komplex Klub war ihm seltsam vorgekommen – John hatte Rüdisüli unverfänglich darauf angesprochen. Alyssa schien sich an alles zu erinnern, hatte aber zentrale Punkte ausgelassen oder Beobachtungen zu Protokoll gegeben, die schlichtweg nicht wahr sein konnten. Er fragte sich ernsthaft, woran sie selber glaubte und wie viel Schwäche sie sich eingestand. Er kannte ihre Vergangenheit und wusste, dass ihre Vorstellungskraft schon einmal manipuliert worden war. Wo endete ihre Ehrlichkeit und wo die vermeintlich schützende Phantasie? Was wusste sie wirklich? Er bezweifelte jedenfalls, dass Mika so unschuldig war, wie er vorgab – und zwar in allen Belangen.

Wer so leicht den Mord an Alyssas Peiniger vertuschte, dem gelänge auch die Vortäuschung dreier Suizide. Wusste Mika, was er damit ins Rollen brachte? Stand Johns Name womöglich schon auf der Todesliste? – Jetzt werd nicht paranoid, massregelte er sich selbst. Sein Leben verlief seit Jahren ruhig. Es würde ihm schon niemand an den Kragen wollen.

«Schatz?» Melina klaubte ihn in den Arm.

Er fuhr ertappt herum. «Hm?»

«Ich habe gefragt, ob du das Parkticket hast», wiederholte sie. Sie lächelte, aber es wirkte angestrengt. Die Falte auf ihrer Nase wurde kontinuierlich tiefer. «Du wirkst abwesend, schon den ganzen Abend. Nicht einmal beim Popcornessen hast du mich unterstützt. Ist alles in Ordnung?»

«Natürlich», sagte er und wollte zum Beweis seine Umarmung verstärken. Melina wand sich heraus.

Das Drama kündigte sich als Schimmern in ihren Smaragdaugen an. «Du denkst an die Neonrothaarige aus dem Foyer, nicht wahr?»

Ja, aber nicht so, wie du denkst, dachte John und schwieg die Sache zähneknirschend aus. Melinas Wimpern flatterten vor Empörung.

«Sie hat dich angestarrt, als gäbe es dich à discrétion.»

«Deine Vergleiche waren auch schon besser.»

«Deine Ausreden ebenfalls!»

Er gab ein genervtes Seufzen von sich. «Alyssa Müller war das Opfer eines Überfalls, der von der Polizei bearbeitet wurde. Ich habe mich nach ihrem Befinden erkundigt. Wenn dich das stört, solltest du mich gegen einen empathielosen Idioten austauschen.»

«So habe ich das nicht gemeint», säuselte Melina und kuschelte sich in seinen Arm zurück. Vor dem Parkautomaten zückte sie ihr Portemonnaie. «Ich übernehme das.» Er nickte, derweil er unruhig mit dem Schlüssel zu seinem schwarzen BMW 318i spielte. Es lag vermutlich an der angespannten Stimmung, dass sich Melina mit ihrer Kritik am Auto zurückhielt. Weshalb er an dem Cabriolet mit den senfgelben Ledersitzen hing, konnte sie nicht verstehen: Der Wagen besass weder CD-Player noch ein Windschott. Dafür war das Kassettengerät seit Jahren kaputt. John dachte nicht daran, es reparieren zu lassen. Im Auto hörte er nie Musik; viel zu sehr liebte er das Geräusch, wenn er das Gaspedal im ersten Gang durchdrückte und die Maschine auf ihre bescheidenen hundertfünfzehn PS hochjagte. Zumindest beim Autofahren hatte er den Nervenkitzel nie gebraucht.

Sie stiegen in den BMW und fuhren los. Beim Erreichen der Rampe sagte Melina: «Diese Seifenkiste braucht Halogenlampen. Siehst du überhaupt etwas?»

«*In Perfektion*», attestierte John spitz und liess den Motor aufheulen, als die Schranke hochging. Er verliess den Parkhauskomplex und bog in die Zubringerstrasse ein, die ihn geradewegs zur Sihlhochstrasse auf die A 3 führte.

Auf der Höhe des Entlisbergtunnels setzte Melina wieder ein: «Bleib in deiner Spur, Schatz. Und fahr nicht so schnell. Mein Dad hat mir erklärt, was geschieht, wenn sich dein BMW überschlägt. Wusstest du, dass das Auto keinen Überschlagschutz hat?»

«Das haben Cabrios so an sich, Melina.»

«*Normale Cabriolets* haben hinten einen Überrollhügel. Dieses hier hat nicht einmal Kopfstützen, ganz zu schweigen von einer zuverlässigen A-Säule! Wir wären total aufgeschmissen.»

«Dann schlage ich vor, dass du im Falle eines Überschlags deinen schönen Kopf einziehst.»

«Haha», entgegnete Melina und unterdrückte ein Lächeln angesichts des beiläufigen Kompliments.

Im Rückspiegel tauchte ein schwarzer SUV auf. Sein grelles Scheinwerferlicht brach sich in den Rückspiegeln des Cabriolets. «Siehst du: Darum hasse ich Halogenleuchten», murmelte John und verstellte die Spiegel, damit er nicht länger geblendet wurde.

Der SUV näherte sich in übersetzter Geschwindigkeit und blieb am Heck des Cabriolets hängen. John erreichte das Ende der Hunderterzone und drückte auf das Gaspedal. Bald zeigte sein Tacho eine Geschwindigkeit von hundertvierzig Stundenkilometern an. Trotzdem blieb der Geländewagen am Heck des Cabrios kleben. Ausser ihnen war kein weiteres Auto zugegen. Der Geländewagen hätte sie locker überholen können.

«Was ist das für ein Spinner?», rief er aus und änderte umgehend seine Taktik: Er ging vom Gas in der Hoffnung, den anderen so zu einem Überholmanöver zu nötigen. Dieser blieb wie eine Mücke an ihm hängen. Wutentbrannt riss John den Mittelfinger hoch und beschleunigte wieder.

Melina betrachtete ihn vorwurfsvoll von der Seite. «Nun lass dich doch nicht gleich provozieren.»

Der SUV scherte auf die Überholspur aus, aber statt das Cabriolet zu überholen, fuhr er auf gleiche Höhe auf. Johns Herz machte einen Satz, als der fremde Wagen auf einmal über die Mittellinie auf die rechte Fahrspur drängte. Er riss das Lenkrad herum und verfehlte die Leitplanke nur um Zentimeter.

«John!» Melina kreischte entsetzt. Mit einer Vollbremsung wendete John den Unfall ab. Der SUV ahmte den Geschwindigkeitswechsel nach und hängte sich ihm abermals ans Heck. Im Rückspiegel näherten sich weitere Lichter. John wusste, dass er kein weiteres Bremsmanöver riskieren konnte. Ein beklemmendes Hitzegefühl breitete sich schnell und heftig in ihm aus.

Er schaute zu dem SUV-Fahrer, sah aber nur einen grossen Schatten. Sein eigener Tacho zeigte mittlerweile hundertfünfzig Stundenkilometer an. Der Geländewagen fuhr erneut neben ihm her und versuchte, ihn gegen das steile Strassenbord zu drängen. Die Absicht war offensichtlich – und genauso offensichtlich war für John, dass sein geliebtes Cabriolet einen Salto nicht überleben würde, von ihnen ganz zu schweigen. Melina schrie zu Recht um ihr Leben, und das Auto ratterte, als gäbe es kein Morgen.

Die Ausfahrt Richtung Thalwil kam in Sicht. John wollte sie nehmen, wurde jedoch so bedrängt, dass er abermals ausweichen und auf die Autobahn zurückkehren musste. Ihm entwich ein lauter Fluch, und Melina schrie weiter. Auf der abfallenden Strecke vor Horgen wurden sie geblitzt.

John jagte das Cabriolet auf die hundertsechzig Sachen hoch. Seine Zähne vergruben sich so tief in die Unterlippe, dass sie aufplatzte und seinen Mund mit Blut füllte. Noch hundert Meter bis Horgen. Er drückte weiter aufs Gas. Zwanzig Meter vor der Ausfahrt riss er das Steuer herum und ging auf die Bremse. Das Cabriolet schlingerte in die Ausfahrtstrasse hinein, kollidierte mit der Leitplanke, verlor einen Rückspiegel und kam kurz vor dem nächsten Kreisel zum Stehen.

Der SUV donnerte über die Autobahn hinweg. Seine Halogenlampen verloren sich in der Ferne. Johns Finger verkrampften sich um das Lenkrad, Melina weinte. Vielleicht war er doch nicht so paranoid wie angenommen.

16

Rebeccas Worte hallten wie ein Echo in Alyssa nach. Die ganze Nacht über lag sie wach im Bett, unfähig zu schlafen angesichts der Dinge, die ihre Realität zum Alptraum machten.

Rebecca hatte in vielen Punkten recht gehabt: Erstens: Alyssa weigerte sich, der Wahrheit richtig ins Auge zu sehen. Zweitens: Sie hatte unbewusst längst eingelenkt. Denn drittens: *Ja verdammt*, sie sah die Zusammenhänge. Ihre Phantasie komprimierte sie zu einem Horrorfilm und spielte ihn pausenlos in ihrem Kopf ab. Bald hatte sie alles verwertet, das sich irgendwo in ihr herumtrieb – von Gefühlen über Erinnerungen bis hin zu an den Haaren herbeigezogenen Annahmen.

Sie malte sich aus, wie Mika den armen Ralf Döbeli mit Alkohol abfüllte und im Greifensee ertränkte; sie sah, wie er die Sicherheitsvorrichtung von Silvano Morettis Aston Martin manipulierte, Rotpunkts Kopf eintrat und vielleicht sogar dessen Bekannten ermordete – aus Angst, er könnte Alyssa etwas antun, nachdem er auch schon John Rieders Hand festgenagelt hatte.

Dass es einen Zusammenhang zwischen den Toten aus der Wirtschaftskanzlei und den Rotpunkt-Fällen gab, schloss sie aus. Mit Rotpunkt wollte sie sich auch gar nicht auseinandersetzen, bewies diese Tat doch bloss, was sie seit einem Jahrzehnt befürchtete: dass Mika keine Grenzen kannte.

Was lag seiner Gewaltbereitschaft zugrunde? Wollte er andere beschützen, oder war *er* der Psychopath, vor dem man sich besser in Acht nehmen sollte? Alyssa behagten beide Versionen nicht, doch wenigstens die Sache mit dem Psychopathen wollte sie widerlegen – und zwar mit Hilfe von Silvano Moretti und Ralf Döbeli. Es konnte kein Zufall sein, dass Moretti Mika gekannt und gefürchtet hatte und gleichzeitig mit dem Vater von dessen erstem Opfer Jonas befreundet gewesen war. Hier stank etwas zum Himmel, und zwar gewaltig.

Männer wie Moretti fürchteten sich normalerweise nur vor ihrem eigenen Schatten. Dass ihm Mika Gänsehaut bescherte, liess zwei Schlüsse zu. A: Mika war ein gefährlicher Irrer. B: Moretti hatte etwas getan, das Mika zum gefährlichen Irren machte. Alyssa tippte auf Letzteres, immerhin war Ralf Döbeli involviert gewesen. Das Zutun des ehemaligen Mediensprechers deutete auf einen öffentlichen Rechtsskandal hin. Das wiederum führte sie zu Jeffrey Lasswell zurück: Er war die medienträchtigste Figur auf dem Spielfeld. Über Jonas' Vater wusste sie allerdings nicht viel, einzig, dass er vermögend war. Sie träumte immer noch von dem Lasswell-Anwesen, auf welchem Jonas einst eine Halloweenparty veranstaltet hatte.

Vor dem Fenster ging die Sonne auf. Alyssa sprang aus dem Bett, als hätte sie darauf gewartet.

Sie war auf einmal willens, allem auf den Grund zu gehen, genau so, wie Rebecca es ihr empfohlen hatte. Sie ging zum Schreibtisch, riss die zweitoberste Seite aus einem Publizistikartikel und kehrte diese auf die Rückseite. Ihre Unterlippe verschwand zwischen den Zähnen, während sie zu Papier brachte, was sie sich so ausführlich zusammengereimt hatte. Sie notierte Namen, rahmte sie, verband sie mit Stichworten, anderen Namen und Orten. Mit einem pinkfarbenen Leuchtstift markierte sie die Fakten, mit einem grünen ihre Vermutungen. Im Anschluss hob sie das Papier in die Höhe und studierte es im Licht der ersten Sonnenstrahlen. Sie spürte ein Stechen in der Brust.

Die Suche nach der Wahrheit glich einer Operation am offenen Herzen. Wollte sie sich das wirklich antun? *Du hast keine andere Wahl*, flüsterte ihr Verstand, und ihr entwich ein Seufzen. Lieber operieren als das Herz ganz verlieren. Ausserdem lagen die Fakten auf dem Tisch. Das durfte sie nicht ignorieren. Also, noch einmal von vorne, zwang sie sich:

Mika hatte Ralf Döbeli und Silvano Moretti getötet, weil vor mehreren Jahren etwas zwischen ihm und Jeffrey Lasswell vorgefallen war, das auch Moretti & Partner betraf. Wohl deswegen hatte er in seinen Jugendjahren das Leben von Jeffreys Sohn Jonas zur Hölle gemacht. Hierbei hatte er erstmals jene Radikalität an den Tag gelegt, die Jahre später zu mehreren Tötungsdelikten führte, Rotpunkt und dessen Bekannten miteingeschlossen. Es klang absurd, doch es machte Sinn – irgendwie. Es lag nun an

Alyssas Recherchierfähigkeiten, den Auslöser für Mikas brutale Vorgehensweise zu finden und ihre Anschuldigungen gegen Mika zu überprüfen. Was war zwischen ihm und Jeffrey Lasswell vorgefallen, das ihn auf die schiefe Bahn brachte? Und wie sollte sie mehr darüber erfahren? Nervös ging sie die Optionen durch, die sich ihr als einfacher Studentin und Praktikantin boten: das Internet, das Archiv von Moretti & Partner, das Institut für Publizistik- und Kommunikationswissenschaften, Jonas Lasswell … Ihr Blick flog zum Nachttisch, wo ihr Handy lag. Wenn sie Glück hatte, war er noch in der Schweiz; hatte sie Pech, dann könnte sie ihm immerhin eine Nachricht schreiben. So oder so war klar, dass sie nicht um dieses Gespräch herumkam.

Ihr Anruf wurde nach dem zweiten Klingeln entgegengenommen. «Jonas. Hier ist Alyssa. Wir müssen reden. Bist du noch in der Schweiz?», brabbelte sie aufgebracht und schnell, noch bevor ihr Empfänger die Stimme hatte heben können.

Am anderen Ende erklang ein Räuspern. Es kam von einer Frau. Gerade als Alyssa glaubte, eine falsche Nummer erwischt zu haben, sagte die Person: «Hier ist Jonas' Mutter. Jonas schläft. Er liegt im Spital.»

Alyssa fuhr es kalt den Rücken hinunter.

Eine Dusche und ein Speeddating mit der Schminkbox später befand Alyssa sich auf dem Weg zur Hirslanden-Klinik. Normalerweise bekundete sie grosse Mühe mit Spitalbesuchen, angesichts des Privatzimmers, in welchem ihr Schulfreund lag, fühlte sie sich aber wie in einem Vier-Sterne-Hotel. Der Raum mass an die dreissig Quadratmeter und verfügte über eine lange, durchgehende Fensterfront. Die Möbel waren in einem noblen Anthrazitgrau gehalten, an der Wand befand sich ein grosser Flachbildfernseher. Auf einem Salontisch standen eine Nespressomaschine, ein Teekocher, frische Rhododendren sowie eine Stange Toblerone. Die Schokolade hatte Alyssa am Bahnhof Stadelhofen gekauft, und diese geriet immer wieder in ihr Blickfeld. Nach der Hiobsbotschaft hatte sie keinen Bissen mehr hinuntergebracht. Das rächte sich nun bitter. Unruhig trampelte sie in ihren schwarzen Sneakers herum. Ihre feuchten Hände wischte sie mit der Regelmässigkeit eines Scheibenwischers an ihrer Hose ab.

Jonas' Mutter Gabrielle – eine amerikanische Klischeehausfrau in Manolos – hatte sie beim Empfang abgeholt und mit tiefer Raucherstimme und noch tieferen Sorgenfalten über den Stand der Dinge aufgeklärt: Angeblich war Jonas nach Silvano Morettis Abdankungsfeier in einen Zaunpfahl gestürzt. Er hatte eine tiefe Bauchwunde davongetragen, glücklicherweise keine lebensgefährliche. Jonas selbst erklärte sich den Unfall durch seinen Alkoholpegel, aber die Anspannung in der Luft entlarvte die Lüge schneller als ein Detektor. Kein Wunder war Mama Lasswell in Aufruhr. «Jonas ist kein Säufer. Das passt nicht zu ihm.»

Alyssa nahm an, dass Gabrielle sie deshalb in das Spital gerufen hatte: Sie sollte die Wahrheit aus dem Sohnemann herausquetschen. Dass sie der bislang einzige Gast war, bezeugte das Fehlen von anderen Genesungsgeschenken. Sie fühlte sich gleichermassen erwünscht wie unwillkommen, Jonas musterte sie wie ein gefährliches Geheimnis. Zum ersten Mal fiel ihr die tiefe Falte auf, die seine Stirn in zwei Teile spaltete und seine Erschöpfung heute besonders stark kundtat. Die chaotischen blonden Haare und das dünne Spitalhemd verstärkten diesen Eindruck. Das alles brachte ihn aber nicht in Verlegenheit, er sah auch jetzt noch wie ein Halbgott aus. Und doch blieb da dieses aufgewühlte Schimmern in seinen Augen. Er hatte Angst, das war nicht zu übersehen.

«Danke für den Besuch.» Es waren seine ersten Worte. Sie nickte, schaute auf ihre Füsse und ging dann zu dem einen Sessel, um ihn an das Krankenbett heranzuziehen.

«Ich bin unten in der Cafeteria», sagte Gabrielle und schlüpfte aus dem Raum. Alyssa schaute ihr beklommen nach. Das war dann wohl der Startschuss für dic Therapiesitzung.

Sie lehnte sich vor und umfasste mit den Händen ihr Knie. «Wie geht es dir?»

«Gut.»

«Sieht nicht danach aus.»

«Das war nicht sehr nett.» Er lächelte matt.

«Was ist am Donnerstag passiert?», fragte sie unumwunden.

«Ich wollte über einen Zaun klettern.»

«Ich erkenne eine Lüge, wenn ich sie höre.»

«Ach ja? Das ist mir neu.»

Sie sog zischend die Luft durch die Zähne. «Jetzt wirst *du* unhöflich. Das ist übrigens etwas, das dich entlarvt: Menschen werden beleidigend, wenn sie sich in ihrer Position bedroht fühlen. Du verheimlichst etwas.»

Er verdrehte die Augen. «Was willst du?»

«War es Mika?»

In seinem Kiefer zuckte ein Muskel. «Ich wurde von niemandem angegriffen. Ich war bloss scheissbetrunken.»

«Deine Mutter behauptet, das sei nicht deine Art.»

«Meine Mutter weiss gar nichts. Wir sehen uns alle paar Schaltjahre.»

Sie musterte ihn lauernd. «Erzählst du die Geschichte vom Zaunpfahl, weil du Angst hast, dass der Angreifer sonst zurückkehrt und dich kaltmacht?»

Ihm entfuhr ein Stöhnen. «Ernsthaft, Alyssa: Schreib Krimis, wenn du einen solchen Schwachsinn verbreiten willst.»

«Woher kannten sich Mika und dein Vater?»

«Himmel noch mal, was ist bloss los mit dir!» Er riss verstört die Augen auf. So einfach sie zuvor seine Lügen entlarvte, so leicht erkannte sie nun die Wahrheit. Jonas wusste nichts von der Sache zwischen Jeffrey Lasswell und Mika – wenn es hier überhaupt *eine Sache* gab.

Voller Ernüchterung liess sie die Schultern fallen. Jonas betrachtete sie immer noch, als wäre sie geisteskrank. Es war ein altbekannter Blick.

Die Verlegenheit schoss glühend in ihre Wangen. «Tut mir leid, Jonas. Meine Phantasie scheint wirklich mit mir durchzugehen. Ich mache mir einfach Sorgen um dich.»

Seine Gesichtszüge wurden milder. «Das brauchst du nicht. Es war schliesslich bloss ein dummer Unfall.» Und da war sie wieder: die Lüge. Die Frustration machte sich wie ein gefrässiger Biber über ihr Mitgefühl her.

Sie erhob sich abrupt. «Na dann, gute Besserung», sagte sie kalt und stapfte zum Ausgang, ohne ihn noch einmal anzusehen.

«Alyssa.» Er hielt sie auf, bevor sie die Tür erreicht hatte. «Ich war *wirklich* betrunken und habe nicht viel gesehen. Aber beim RWI explodierten Strassenlampen.» Ihre Schritte erstarben. Fassungslos starrte sie zu ihm zurück. Dann nickte sie und wankte auf wackeligen Beinen aus dem Zimmer.

Die kleine Narbe an ihrer Stirn fing Feuer. Der Krimi in ihrem Kopf hatte gerade seinen Point of no Return erreicht.

***

«Wir hätten wirklich bis Montag warten können.» John spielte nervös mit seinem Schlüsselbund herum. Er befand sich zusammen mit Melina am Zürcher Hauptbahnhof. Die Perrons zwischen den Gleisen waren ungewöhnlich leer. Vor dem Meetingpoint wurden die ersten Hotdogs verkauft, ein paar betrunkene Partygänger standen johlend davor. Das übrige Fussvolk gehörte zu den Kategorien Wochenendarbeiter, Rentner, Asiaten – und «Opfer eines irren Autobahnrasers». Melina stapfte mit eiserner Entschlossenheit durch die Haupthalle. Ihre Ankle Boots ratterten, und das blonde Haar wehte durch die Luft. John schlich ihr wie ein begossener Pudel nach, den Kopf tief zwischen die Schultern gezogen, den grauen Beanie noch tiefer in die Stirn.

«Richtung X-tra, sagtest du?», fragte sie, und er nickte, obwohl sie ihm den Rücken zugedreht hatte. Melina benötigte ohnehin keine Auskunft: Sie wusste *genau*, wohin sie wollte und welchen Weg sie dafür einschlagen musste.

Der Polizeiposten am Hauptbahnhof war die nächstgelegene Station, die samstags offen hatte. Melina hatte sie eigentlich noch in der Nacht nach ihrem Beinahe-Crash aufsuchen wollen. Davon hatte John sie zwar abbringen können, allerdings mit der Konsequenz, dass sie für den nächsten Morgen den Wecker stellte, um gleich mit der S-Bahn nach Zürich zurückzukehren. In ein Auto brachte sie derzeit nicht einmal die Aussicht auf neue Schuhe – sie sei schliesslich nicht geisteskrank. John hatte kein Alkoholproblem, aber für den Moment hätte er nichts gegen ein Wodkafrühstück einzuwenden gehabt. Einerseits war das seiner schlaflosen Nacht geschuldet. Andererseits ahnte er, was ihn bei der Polizei erwarten würde.

Der Cactus-Vorfall lag vier Tage zurück, und Rüdisülis anhaltendes Schweigen verhiess nichts Gutes. Dabei hatte John wirklich Besseres zu tun, als seine Unschuld zu beweisen. Unauffällig bleiben zum Beispiel – oder herausfinden, wer gestern *wirklich* im SUV sass. Hoffentlich nicht Mika, dachte er und grub seine Zähne tief in die Unterlippe hinein.

«Jetzt schmoll nicht herum. Wir holen unseren Brunch nächste Woche nach», brummte Melina und packte ihn bei der Hand. «Und quetsch meine Finger nicht so.»

«'tschuldigung», sagte er, ohne es zu meinen.

Der Polizeiposten lag gegenüber dem Landesmuseum beim Gleis 18. John und Melina betraten ihn durch eine grosse Milchglasschiebetür. Im Innern befanden sich zwei Schalter, einer davon wurde von einer rund fünfunddreissigjährigen Polizistin bedient. Die Frau besass ein sympathisches Lachen und einen kugelrunden Bauch. Letzteren betrachtete Melina mit gerümpfter Nase. Ihrer Meinung nach gehörten alle Schwangeren in den vorzeitigen Mutterschaftsurlaub. «Diese Bäuche sind einfach nicht ästhetisch», lästerte sie auch jetzt.

Sie warf ihr Haar über die Schulter zurück, als sie sich mit giftig blitzenden Augen vor dem Schalter aufbaute. «Guten Morgen, wir möchten Anzeige gegen unbekannt erstatten. Ich habe mich bereits informiert: Der Unbekannte hat gegen das Strassenverkehrsgesetz verstossen. Darüber hinaus kann seine Tat nicht nur als Nötigung, sondern durchaus auch als versuchte Tötung eingestuft werden.» John verdrehte die Augen, derweil die Schalterpolizistin geduldig erklärte, wie die Sache mit der Strafanzeige normalerweise vonstattenging.

«Ich will keinen scheissverdammten Zettel ausfüllen, während der andere frei herumfährt! Und überhaupt, haben Sie schon einmal etwas von Datenschutz gehört? Was gehen Sie Details aus meinem Privatleben an? Ich frage Sie schliesslich auch nicht nach dem Namen Ihres Kindes», motzte Melina.

«Emanuel.» Die Polizistin zuckte mit keiner Wimper.

«Geben Sie mir den Zettel.» John drückte sich an seiner

Freundin vorbei. Melina schnappte empört nach Luft, beruhigte sich aber wieder, als ein zweiter Polizist die Wendeltreppe im Schalterraum herunterkam und ihr einen Kaffee anbot. Während John in der Folge ein Formular ausfüllte, schaute sie ihm wachsam über die Schulter.

Einmal tippte sie mit dem Finger auf das Papier. «Hier hat es ein Komma, Schatz.»

John retournierte das Formular, ohne den Fehler zu korrigieren. Melina nahm es mit einem gelassenen Schulterzucken hin und widmete sich ihrem Kaffee.

Die Polizistin überflog Johns Angaben. Sie hob den Kopf. «*Sie* sind John Rieder?»

«Ich wusste nicht, dass du berühmt bist.» Melina knuffte ihn kichernd in die Seite. John wimmelte sie ab und nickte benommen.

Der Gesichtsausdruck der Beamtin verhärtete sich. «Tut mir leid, Herr Rieder, aber ich muss Sie in Gewahrsam nehmen. Sie sind zur Verhaftung ausgeschrieben.»

Melinas Lachen versteinerte. Sie fuhr zu John herum. «Äh, Schatz?»

«Damit habe ich gerechnet», erwiderte er ungerührt. «Ich hätte allerdings noch eine Bitte … Bei dem gestrigen Vorfall wurden unsere Autos geblitzt. Ist es möglich, uns die Bilder des Rasers zu zeigen? Eventuell können wir ihn identifizieren.»

«Warum wollen Sie meinen Freund verhaften», zeterte Melina dazwischen. Ihre Smaragdaugen hatten sich schockiert geweitet, derweil jene der Polizistin unsicher zwischen ihr und John hin- und herfuhren.

«Unsere Blitzer funktionieren digital. Bei einer Geschwindigkeitsübertretung werden die Fotos direkt an die Verkehrsabteilung geschickt. Ich kläre ab, ob man sie uns zur Verfügung stellen kann», sagte sie und verabschiedete sich eilig.

Melina schoss zu John herum. «Himmel noch mal, John, was ist hier los? Weshalb wollen sie dich verhaften?» Ihre Stimme hatte mittlerweile Alarmglockenlautstärke erreicht.

John nahm Melina bei den Schultern. «Es handelt sich um ein Missverständnis, mach dir bitte keine Sorgen. Viel wichtiger ist im Moment, dass wir herausfinden, wer uns gestern von der Strasse abdrängen wollte.»

«Was wirft man dir vor?», fragte sie uneinsichtig.

«Einen Mord.»

Schockstarre, gefolgt von Schnappatmung. «Warum hast du mir das nicht erzählt?»

«Ich wollte dich nicht beunruhigen.»

Hysterisch wedelte sie mit der Hand vor ihrem Kopf herum. «Sieht so mein *nicht beunruhigtes* Gesicht aus? Wen hast du umgebracht?»

«Niemanden.» Er zog eine Grimasse. «Den Kerl vom Cactus.»

«Der mit dem Nagel?»

Er nickte und verzog den Mund noch mehr, als sie wieder zum Schnappatmen überging. «Ich sagte doch, dass ich unschuldig bin! Warum glaubt mir das eigentlich niemand?»

Die Polizistin kehrte zurück. «Ich befürchte, die Fotos werden uns nur bedingt weiterhelfen.» Sie drehte den Bildschirm um, damit John einen Blick darauf werfen konnte.

Dessen Herz sackte in die Hose. Unsicherheit und Besorgnis vermischten sich in seinem Magen zu einem unangenehmen Brei. Der SUV-Fahrer war vermummt: Ein schwarzes Tuch mit Totenkopfaufdruck verbarg sein Gesicht, und die Kapuze eines grauen Hoodies verwandelte seinen Kopf in eine nicht identifizierbare Schattenlandschaft. Aber dann entdeckte John den Wimpel am Rückspiegel. Es war eine kleine Eule.

Sein Herz schoss zurück in den Brustkorb, just darauf pumpte es sein Blut zusammen mit einer schrecklichen Erinnerung in seinen Kopf hinein.

Im Autoradio lief «Ring of Fire» von Johnny Cash. Christian Graus Eulenwimpel wippte im Takt. Es war zwei Uhr in der Früh, und Grau hatte ihn gerade an der Langstrasse aufgeladen, wo er betrunken vor dem Happy Beck herumgetorkelt war. Grau machte dem einundzwanzigjährigen Ex-Kollegen keinen Vorwurf.

«Ich weiss, dass du sauer bist, Johnnie», sagte er, den Blick starr auf die Autobahn A 3 gerichtet. «Lasswell hat nichts als deinen Zorn verdient.»

«Es tut mir leid, dass wir aktuell nicht mehr über Ihren Verfolger in Erfahrung bringen können», unterbrach die Polizistin seinen Gedankenschwall.

John zuckte zusammen. «Das macht nichts», versicherte er benommen. Sein Blick klebte immer noch an dem Eulenwimpel, der die Identität des Vermummten wie eine Röntgenaufnahme durchleuchtete. Die Angst beschlich ihn als Zittern in den Beinen, das in seinen Magen hochwanderte und alsbald für einen Tumult sorgte. Er konnte nicht fassen, dass er sich all die Tage vor Mika Blum gefürchtet hatte.

Christian Grau. Der Name bereitete ihm Übelkeit. Grau war einst sein engster Vertrauter gewesen – und der Einzige, der seine Schuld im Lasswell-Fall kannte.

Dabei hatte Grau seinen zehn Jahre jüngeren Schützling von Anfang an manipuliert und zu Taten verführt, die diesen bis heute verfolgten. John war erst viel später klar geworden, dass Grau bereits für Jeffrey Lasswell arbeitete, als er noch genau wie John bei der Privatdetektei Mettler angestellt gewesen war. Er war der klassische Trojaner gewesen – und offenbar kehrte er wie jeder Klassiker nach einer gewissen Halbwertszeit zurück.

Wahrscheinlich waren Lasswell und seine Leute durch die Tode von Silvano Moretti und Ralf Döbeli hellhörig geworden und hatten Grau mit der Beseitigung aller Spuren betraut, welche die Geschichte *vor* Elena beleuchteten – sicher war sicher. Damit wurde John zu einem Sicherheitsrisiko. Eines, das schnellstmöglich beseitigt werden musste. Sein Kopf begann zu brennen. Für den Bruchteil einer Sekunde spielte er mit dem Gedanken, davonzurennen, unterzutauchen und sich nie mehr blicken zu lassen.

Er registrierte zwei Polizisten bei der Eingangstür, vier weitere hinter der schwangeren Kollegin an den Schreibtischen. Sie alle waren bewaffnet, allerdings nicht vor einem Angriff gefeit – erst recht nicht durch einen Sicherheitsassistenten mit blauen Unschuldsaugen. John hätte sie in Sekundenschnelle überwältigt, möglicherweise gar eine Waffe an sich gebracht. Es wäre so leicht … Dann wanderten seine Augen zu Melina. Er sah ihren besorgten Blick und kam zu der Einsicht, dass dies nicht der Zeitpunkt war, um die Maske fallen zu lassen, zumal ihm das nur wenig nützte. Es reichte, dass ihm Grau an den Kragen wollte, da wollte er nicht auch noch die halbe Polizei auf sich hetzen. Davon abgesehen war die Untersuchungshaft womöglich genau das, was ihm den Kopf rettete. Grau war ein Gegenspieler, dem er sich nicht gewachsen fühlte.

«Gewähren Sie Melina Polizeischutz, solange der Raser auf freiem Fuss ist?», fragte er unruhig. Die Antwort der Polizistin ging in Melinas geschriener Antwort unter.

«Ich brauche keinen Polizeischutz, sondern John! Sie können ihn nicht festhalten für etwas, das er nicht getan hat!»

John ertappte sich bei dem Gedanken, dass er lieber unschuldig des Mordes angeklagt würde, als sich Christian Grau zu stellen.

Melina sass kurz darauf allein im Zug nach Hause.

***

«Gut, dass du wach bist. Hast du den Wirth-Text schon ausgedruckt? Ich möchte ihn auf dem Weg zur Arbeit lesen.» Valérie wuselte durch die Wohnung. In der Küche goss sie sich ein Glas Milch ein, las die Schlagzeilen der «Neuen Zürcher Zeitung» auf ihrem Handy und schüttete die Milch nach einem Schluck in den Schüttstein, da sie hinüber war. «Alyssa?»

Sie tappte in das Zimmer ihrer Mitbewohnerin. Das Bett war ungemacht, und die Schranktür stand offen, ein frisches Funktionsshirt lag auf dem Boden davor. Vermutlich war es von dem Stapel gerutscht, als Alyssa ein anderes hervorgezogen hatte.

«Elender Fitnessfreak», murrte Valérie in einer Mischung aus Bewunderung und Neid und machte sich dann ungefragt über den Schreibtisch ihrer Freundin her. Der gesuchte Pflichttext lag zuoberst auf dem Pult. Sie nahm ihn an sich und wollte in die Küche zurückeilen.

Ein zusammengefaltetes Papier flatterte auf den Boden. Sie fluchte gestresst und bückte sich nach dem Zettel, um ihn auf Alyssas Schreibtisch zurückzulegen, da sie glaubte, es handle sich um irgendwelche Uninotizen. Dann fiel ihr Blick auf das Geschriebene. Ihre Hektik erlosch wie Feuer im Wasser. Alyssa hatte eine Mindmap erstellt, die aussah wie ein Mordplan. *Der*

Mordplan von Mika. Sein Name im Zentrum liess jedenfalls kaum einen anderen Schluss zu. Das Datum am oberen Seitenrand verriet zudem, dass die Notizen frisch waren, von diesem Morgen.

Ihr Blut gefror. Einen Moment lang stand sie einfach da, den Schlüsselbund, das Handy und den Fachartikel in der einen Hand, Alyssas Notizen in der zitternden anderen.

Dass Alyssa glaubte, Mika habe Rotpunkt getötet, war nicht neu – deswegen hatte sich Valérie an Rebecca gewandt. Eigentlich hätte diese Alyssa ins Gewissen reden und herausfinden sollen, was dem Humbug zugrunde lag. Die Situation zwischen Alyssa und Mika war schliesslich nicht die einfachste, wenngleich Valérie immer noch nicht wusste, wem von beiden sie eher glauben sollte.

Aber Menschen veränderten sich – und Mika war das beste Beispiel dafür. Er war nett, aufmerksam und witzig – genau wie früher. Nicht einmal der beste Schauspieler hätte eine solche Fassade hinbekommen. Sie wollte nicht begreifen, weshalb Alyssa das nicht sah – weshalb Rebecca sie nicht davon hatte überzeugen können. Das Unverständnis darob überkam sie in so fortwährenden Schüben, dass sie glaubte, ein Abonnement bestellt zu haben. Über ihren nächsten Schritt brauchte sie denn auch gar nicht lange nachzudenken.

Sie musste beschützen, was zu schützen war.

Ihre Handykamera gab ein künstliches Klicken von sich, als sie die Mindmap abfotografierte. Danach legte sie das Schriftstück zusammen mit dem Fachartikel auf Alyssas Schreibtisch zurück.

Ihr Puls raste, als sie die Wohnung verliess. Noch im Treppenhaus wählte sie eine Nummer.

«Valérie?» Die Überraschung am anderen Ende war gross.

«Ich habe etwas gefunden», raunte sie. «Ich arbeite ab Mittag im Starbucks am Max-Bill-Platz. Kannst du mich dort treffen?»

Mika sah hundemüde aus, als er im Lokal auftauchte. Wohl deshalb hatte er seine gestreifte Wollmütze tief in die Stirn gezogen, allerdings setzte das seine geschwollenen Augen bloss noch mehr in Szene. Sein abgesplitterter Schneidezahn blitzte auf, als er nervös die Zähne bleckte und die Unterlippe dazwischenzog.

Valérie machte mit einem flüchtigen Nicken auf sich aufmerksam und widmete sich dann wieder dem Treiben vor der Theke. Sie war allein, Kollege Sergio hatte verschlafen. Sie beriet, erklärte, kassierte und mixte im Akkord. Das Hipsterpärchen zuvorderst in der Reihe brachte den Ablauf wie Sand im Getriebe zum Stocken.

Die Wimpern der ausgemergelten Hochwasserhosenfrau flatterten voller Ungemach. «Können Sie den Sojagehalt in meinem Caramel macchiato bitte möglichst gering halten? – Ich habe gelesen, dass Soja gar nicht so kalorienarm ist, wie alle sagen, und überdies alles andere als umweltfreundlich in der Herstellung und …»

«Jetzt mach nicht so ein Theater, Büsi», fiel ihr der Mann ins Wort.

Zwischen Valéries Augen bildete sich eine senkrechte Falte, während sie die Zutaten für einen Matcha-Tee anrührte. «Sojamilch hat tatsächlich mehr Kalorien als andere Milchsorten wie zum Beispiel Magermilch. Die Unterschiede sind marginal. Schlagen Sie ruhig zu.»

«Was ist das Grünzeug da im Becher?»

«Das ist ein Matcha-Tee.»

«Oh, davon habe ich gelesen. Ist angeblich voll gesund, nicht wahr? – Hm, oder machen Sie da etwa auch fette Soja rein?» Sie schob traurig die Unterlippe vor, als Valérie das besagte Tetra Pak zur Hand nahm.

«Das macht den Tee milder und ist trotzdem sehr kalorienarm», erwiderte sie geduldig. «Möchten Sie Ihre Bestellung ändern?»

«Hallo, geht's bald vorwärts?» Ein dicker Mann vom Typ «Herzinfarktrisiko» trommelte lautstark gegen die Vitrine. Hinter dem Glas fiel ein Raspberry-Muffin vom Teller.

«Also, einen Matcha-Tee, bitte. Mit Magermilch», sagte Frau Hipster.

«Du, Büsi, der Matcha ist verdammt teuer», gab Herr Hipster zu bedenken und leitete damit eine Zugabe des Schauspiels ein. Der dicke Kunde bekam einen roten Kopf, klopfte noch einmal gegen die Vitrine und verliess dann den Laden, ohne etwas gekauft zu haben. Immerhin hatte Valérie danach Zeit für Mika. Dieser hatte sich artig hinten angestellt.

Seine Mundwinkel zuckten, als er an die Reihe kam. «Denkst du, Starbucks schadet meiner Figur?», feixte er und straffte das weite T-Shirt über seinem Waschbrettbauch. Valérie überkam plötzlich das Bedürfnis, ihn neu einzukleiden. Seine Garderobe bestand auch mit über zwanzig noch aus Band-T-Shirts, tief sitzenden Jeans und Wollmützen. Das verströmte nur bedingt viel Reife. Dabei hätte er so viel aus sich machen können.

Ihre Augen funkelten gereizt. «Wenn du Schiss vor Kalorien hast, tue uns allen einen Gefallen und ertränke dich im Zürichsee.»

Er lachte und bestellte einen Cappuccino. «Wann hast du Pause? Du wolltest mich sprechen.»

«Ich setze mich zu dir, sobald ich die Bestellungen der Golden Girls durchhabe.» Sie nickte der ergrauten Frauenclique zu, die soeben den Laden betrat. «Bis dahin ist vielleicht auch mein Kollege hier. Es ist bereits das dritte Mal in diesem Monat, dass er zu spät kommt.»

«Soll ich dir helfen?»

Valérie wollte abwinken, hatte mit den Hipster-Getränken und Mikas Cappuccino aber bereits alle Hände voll zu tun.

Die Seniorinnen erreichten die Theke. «Entschuldigen Sie, Fräulein, haben Sie auch deutsche Getränke? Hier kommt man sich ja vor wie in *Neu* York!» Die vorderste Seniorin schüttelte den Kopf, und hinter ihr erhob sich zustimmendes und absolut überfordertes Geschnatter.

Valérie öffnete den Mund, doch ehe sie reagieren konnte, hatte sich Mika zu ihr gesellt und sie von der Kasse weggeschubst. «Da geht es Ihnen wie mir, meine Damen – und *ich war noch niemals in New York.*» Mit einem Lächeln, das irgendwo zwischen Heuchelei und Häme lag, stimmte er Udo Jürgens' Klassiker an und führte die Frauen danach durch das Angebot. Es war offensichtlich, dass er keine Ahnung hatte, aber die Seniorinnen strahlten ihn wie zehn Sonnensysteme an. Valérie betrachtete ihn mit heruntergerasselter Kinnlade. Von seiner scheinfrommen Seite hatte sie nichts gewusst, ganz zu schweigen von den durchaus akzeptablen Gesangskünsten. Es verwunderte sie nicht, dass ihm die Frauen an den Lippen hingen, aggressive Brandwunde im Gesicht zum Trotz.

Nur eine Dame liess sich nicht davon beeindrucken. Voller Argwohn kniff sie die Augen zusammen. «Ich kenne Sie.» Sie zeigte in seine Richtung.

Mika hörte nicht hin. «Drei Milchkaffee, einen Schwarztee und einen entkoffeinierten Latte macchiato, bitte», sagte er zu Valérie und wollte sich den nächsten Kunden zuwenden.

Die Dame liess nicht locker. «Ich kenne Sie», wiederholte sie, und ihr Finger begann zu zittern. Eine Kollegin bekam sie daran zu greifen.

«Tut mir leid, unsere Gertrud ist etwas dement.» Sie schleifte die zeternde Dame davon. Mika ignorierte sie immer noch.

Dreissig Minuten später tauchte Sergio auf. Valérie wusch ihm den Kopf und verabschiedete sich danach in eine wohlverdiente Pause. Mika trank seinen zweiten Cappuccino und sie selbst einen Pfefferminztee, den ihr Cousin mit offenem Amüsement quittierte.

«Das ist gut für die Nerven», rechtfertigte sie sich. «Davon abgesehen könntest du das auch gleich gebrauchen.»

«Ach ja?» Seine Brauen touchierten den Rand seiner Streifenmütze, als er sie hochzog. Sie legte ihr Handy vor ihm auf den Tisch und wechselte in die Albumansicht. Nervös verfolgte sie das weitere Spiel seiner Augenbrauen, während er studierte, was sie ihm hingelegt hatte. Sie bildeten eine Linie, als er letztlich aufsah. «Stammt das von Alyssa?»

«Ich befürchte, sie will dir vier Morde anhängen», erwiderte sie, und ihr Daumennagel verschwand knacksend zwischen den Zähnen.

Die Anzeige wurde schwarz. Mika reaktivierte sie und zählte nach. «Ralf Döbeli, Silvano Moretti, Rotpunkt, der *Nagler* …» Er wich zurück, als läge etwas Giftiges vor ihm. «Ich kenne diese Personen nicht einmal.»

«Rotpunkt ist Roman Huber. Die Farben der Linien symbolisieren wahrscheinlich ‹Vermutungen› und ‹Fakten›. Rotpunkt und dich verbindet sie mit einem grünen Strich, alle anderen sind rot. Andererseits scheint sie auch für diese Beweise zu haben.» Sie zeigte auf die Notizen über den einzelnen Verbindungslinien. Mikas Augen glichen der aufgewühlten See. Seine Pupillen sogen das Geschriebene wie ein Mahlstrom in sich auf.

«Bild von Mika …», las er vor. «Jeffrey Lasswells Bootshaus, Jonas, John Rieder, *belauscht* … Wer ist John Rieder?»

«Ein Sicherheitsassistent der Kantonspolizei Zürich. Wir haben ihn gestern im Kino gesehen. Vielleicht hat er Alyssa etwas erzählt, das ihre Phantasie nun verrücktspielen lässt. Anders kann ich mir diesen Unsinn hier nicht erklären. Sagen dir wenigstens Jonas und Jeffrey Lasswell etwas? Zwischen dir und Jonas besteht immerhin eine grüne Verbindung, mehrfach nachgezeichnet. Ist das etwa der Junge, den du verbrennen wolltest?»

«Ich wollte niemanden verbrennen, Val.» Er zog eine Grimasse. Kurzerhand sandte er sich das Bild via WhatsApp zu und gab das Handy Valéric zurück. «Denkst du, sie geht damit zur Polizei?»

Unschlüssig wippte sie mit dem Kopf. «Es ist ihr wichtig, dass man sie ernst nimmt. Wie ich sie kenne, würde sie, wenn überhaupt, zuerst weitere Beweise sammeln.»

«*Vermeintliche* Beweise», korrigierte er spitz, und sie nickte bekümmert.

«Ich weiss wirklich nicht, was mit ihr los ist. Es kommt mir vor, als wolle sie dich um jeden Preis als Monster stigmatisieren – vielleicht wegen dem, was damals zwischen euch vorgefallen ist?»

Er erwiderte nichts, verzog bloss undefinierbar den Mund. Nach einer Minute des Schweigens trank er seinen Cappuccino aus und stand auf. «Erzähl ihr nichts hiervon. Ich werde mit ihr reden.»

«Mach das. Aber pass auf.»

Er begegnete ihrer Besorgnis mit einem zuversichtlichen Nicken. Das beruhigte sie nicht im Geringsten. Nach seinem Schauspiel an der Kasse wusste sie nicht, wie viel er diesmal inszenierte.

Beim Ausgang begegnete er wieder der alten Dame. Wie eine Furie stürmte sie auf ihn zu. Sie reichte ihm nicht einmal bis zur Brust, trotzdem begegnete sie ihm mit der Furchtlosigkeit eines

Ninja. «Ich erinnere mich wieder … Sie haben mich von einem Stuhl geschubst!»

«Gertrud!» Ihre Kollegin sprang erneut dazwischen, aber diesmal wurde sie einfach übergangen.

«Ich sollte Sie anzeigen», fauchte die Dame. «Sie haben mich von meinem Stuhl geschubst, unter einem Tisch begraben und liegen gelassen. Auf meinem Kopf ist eine Kaffeetasse gelandet!»

«Tut mir leid, Sie müssen mich verwechseln», erwiderte Mika und verliess das Lokal mit einem überforderten Schulterzucken. Valérie schaute ihm nach. Sie fragte sich, wie viel Einbildung der menschliche Verstand ertrug, ehe er durchdrehte.

17

John rieb sich die Augen. Sein Rücken schmerzte. Das tat er immer, wenn er zu lange in derselben Position verweilte. Das wiederum stimmte ihn missmutig: Er wollte nicht schon mit vierunddreissig Jahren dem körperlichen Zerfall seiner selbst beiwohnen.

Er hatte aufgehört, die Stunden und Minuten in Untersuchungshaft zu zählen. Jene der Verhöre hingegen strich er wie auf einer To-do-Liste ab. Es war das dritte.

Die ersten beiden Male hatten ihn ein Mann und eine Frau befragt. Diesmal sass ihm ein einsamer Gregor Rüdisüli gegenüber. John ahnte sofort, dass das Gespräch anders verlaufen würde als die vorherigen. Rüdisüli war nicht direkt mit dem Fall um den toten Nagler betraut. Wahrscheinlich kam der tote Matthias Künzi diesmal nicht einmal zur Sprache.

Matthias Künzi hiess der Irre, der Johns Hand an den Holzstamm genagelt hatte. Er war Roman Hubers Stiefvater gewesen. John hatte mittlerweile mehr über dessen Ableben erfahren: Angeblich war Künzi einen Tag nach der Nagelattacke ums Leben gekommen. Ein Passant hatte seine Leiche entdeckt, die sich in den Holzpfählen der Badeanstalt Oberer Letten verheddert hatte. In seiner Brust war ein fingerlanger Nagel gesteckt. Bei dem Gedanken daran begann Johns eigene Narbe zu jucken. Kein Wunder, verdächtigte man ihn des Mordes.

Er nahm die bandagierte Hand vom Tisch und presste sie straff gegen den Oberschenkel. Rüdisüli beobachtete ihn mit wackelndem Schnauz. John wusste, dass das nichts Gutes verhiess. Rüdisüli begann das Gespräch unverfänglich. Er erkundigte sich nach Johns Wohlbefinden, woraufhin John über das Essen scherzte und Rüdisüli ein Lachen entlockte. Der Schnauz wackelte weiter.

«Gibt es Neuigkeiten zum Mord an Matthias Künzi?», fragte John.

«Leider nein. Aber deshalb bin ich nicht hier.»

«Aha.» Er verkrampfte sich.

«Wie ich gehört habe, wurden Sie in einen Autounfall verwickelt. Nennen Sie mich paranoid: Meiner Meinung nach wirft das auf viele Sachverhalte ein neues Licht», sagte Rüdisüli. Seine Stimme nahm eine eindringliche, fast flehende Note an. «Zur Hölle, John, ich kenne Sie doch. Sie sind kein Mensch, der wegen eines Nagels auf einen anderen losgeht. Aber dass Sie just darauf auf der Autobahn angegriffen werden, stimmt mich nachdenklich. Lügen Sie mich nicht an: Wer will Ihnen an den Kragen? Was haben Sie verbrochen?» *Einiges.* Die Anspannung in John wurde grösser. Nach aussen gab er sich ruhig. Als er nichts erwiderte, gab Rüdisüli ein tiefes Seufzen von sich. «Bevor Sie zu uns kamen, arbeiteten Sie drei Jahre lang bei der Privatdetektei Mettler. Kann es sein, dass Sie dort jemanden gegen sich aufgebracht haben? Wie ich hörte, waren Sie in einige spektakuläre Fälle verwickelt. Sie haben einen Waffenhändlerring gesprengt.»

John erwiderte den Blick von Rüdisüli aus gelassenen Augen, doch unter seiner Oberfläche brodelte es. «Ich habe nichts getan und wüsste daher nicht, wer mir böse mitspielen möchte.» In seinem Kopf wuchs eine Liste an, die das Gegenteil bewies. Er dachte an den Auftrag von Jeffrey Lasswell, die Beschattung von Christoph Blum, das Gespräch mit Elena Samaras – und wieder explodierte etwas in seinem Kopf. Er fuhr unmerklich in sich zusammen. Seine Narbe juckte mittlerweile so stark, dass er sie am liebsten gekratzt hätte. Um sich davon abzuhalten, ballte er die Hand zur Faust. Sie zitterte, aber das konnte Rüdisüli nicht sehen.

«Wir haben einen ausgebrannten Offroader im Zürichbergwald gefunden. Wir dachten zunächst, dass es sich um den Wagen aus dem Kanton Schwyz handelt, der Sie in Bedrängnis brachte. Allerdings konnten wir das Nummernschild des verkohlten Autos sicherstellen: Es handelt sich um eine Aargauer Nummer, die als gestohlen gemeldet wurde.»

«Also nicht der A-3-Psycho», sagte John nüchtern.

Rüdisüli musterte ihn voller Kummer. Als er letztlich aufstand, tat er dies mit Widerwillen. «Falls Sie sich an etwas erinnern, das die Ermittlungen erleichtern könnte, lassen Sie es meine

Kollegen wissen. Ich bin auf Ihrer Seite, John. Wir holen Sie hier raus.»

John nickte stumm und dachte sich: *Tut das nicht.* Da draussen wäre er wie Freiwild ausgeliefert. Christian Grau würde ihn finden, das hatte er schon immer getan. Und dann würde John einmal mehr dafür büssen, sich mit Jeffrey Lasswell angelegt zu haben.

***

Alyssa drehte den Hahn auf und hielt die Hände unter das kalte Wasser. Sie wartete, bis ihre Finger vor Kälte zuerst schmerzten und dann taub wurden. Danach drückte sie sie gegen die Schläfen und den Nacken. Das Pulsieren in ihrem Kopf intensivierte sich, als hätte sie eine Maschine an den Strom angezapft. Die Wassertropfen rannen über ihre erhitzte Haut, und sie erschauerte, als sie einen Weg über ihr Rückgrat hinab fanden.

Seit dem Besuch bei Jonas hatte sie das Gefühl, der Slow-Motion-Explosion ihres Gehirns beizuwohnen. Die psychische Achterbahnfahrt fand kein Ende, und es machte den Anschein, als verdoppelte sich die Anzahl Loopings mit der Dauer der Fahrt. Und immer mit im Wagen: Frau Paranoia und Herr Angst.

Dass Jonas die Strassenlampen angesprochen hatte, bestätigte den Verdacht, dass er von Mika angegriffen worden war. Offenbar konnte er dessen Schuld aber nicht beweisen und verkroch sich – aus Furcht vor einer weiteren Attacke – hinter einem Lügenberg. Sein letzter Hinweis war folglich clever gewesen: Er warnte Alyssa vor etwas, ohne es ausgesprochen zu haben.

In seiner Verschwiegenheit erkannte sich Alyssa selbst wieder. Auch sie hatte der Polizei wichtige Hinweise vorenthalten, und zwar aus einem simplen Grund: Sie misstraute der Justiz. Ihre letzte Denunzierung lag ihr immer noch in den Knochen. Sie hatte Mika wegen fürchterlicher Dinge vor Gericht gebracht. Trotz des Schuldspruchs lief er heute als freier Mann durch die Welt. Er hätte sich locker an ihr rächen können. *Er* hätte der Mann sein können, der sie in der Gasse angriff. Der Gedanke verursachte ihr Übelkeit. Sie fragte sich, was ihr die Anzeige von damals überhaupt gebracht hatte – von den schlaflosen Nächten und der Furcht vor Mikas Vergeltung einmal abgesehen.

Sie schüttelte das Wasser ab und holte einen Teller hervor, auf den sie das Bündnerfleisch-Sandwich legte, das sie sich zubereitet hatte.

Der Laptop war startklar, als sie ihr Zimmer betrat. Sie setzte sich an den Schreibtisch und öffnete den Browser. Mit bebender Hand führte sie das Sandwich zum Mund. Über die Tastatur rieselten Brotkrümel.

Die Suche nach «Jeffrey Lasswell» ergab hundertfünfzigtausend Treffer, an erster Stelle die offizielle Webseite von «Lasswell Inc.», darunter Wikipedia-Einträge, Newsmeldungen über Neubauten, Kollaborationen, Fusionen und Expansionen. Alyssa klemmte das Sandwich zwischen die Zähne, um mit beiden Händen arbeiten zu können. Sie tippte ein:

«Jeffrey Lasswell Skandal» – kein Erfolg.

«Jeffrey Lasswell Mika Blum» – nichts zu finden. Der Speichel floss in ihrem Mund zusammen. Sie biss ab und legte das Sandwich zurück auf den Teller.

«Jeffrey Lasswell Moretti & Partner» – *da.* Ihr Herz machte einen Satz und blieb dann fast stehen, da die ersten beiden Links tot waren. Ein Blick auf ihr Erscheinungsdatum erklärte, warum: Sie waren über zehn Jahre alt. Alyssa zog eine Schnute, biss ein weiteres Stück von dem Sandwich ab und suchte, einer Eingebung folgend, auf dem Videoportal des Schweizer Radio & Fernsehens weiter. Die Suche via Tags blieb erfolglos, aber dank der vorherigen Suche wusste sie immerhin, in welchem Zeitraum sie ansetzen musste. Trotzdem sass sie letztlich über eine Stunde am Laptop und schaute sich alte Nachrichtensendungen an. Zwischendurch stand sie auf, holte sich etwas zu essen oder zu trinken und ging aufs Klo. Irgendwann begann sie mit dem Lackieren ihrer Fingernägel. Sie erreichte den Mittelfinger der rechten Hand, als die Meldung auftauchte. Vor Schreck hinterliess sie einen roten Striemen auf dem Handrücken.

Es war ein kurzer Beitrag in der Vorweihnachtszeit, mehr Newsflash denn ausführliche Berichterstattung. Über den Bildschirm flimmerte ein riesiges brennendes Gebäude, dazu die Schlagzeile: «Einkaufszentrum niedergebrannt». Aus dem Off verriet eine Stimme weitere Einzelheiten. Alyssa hörte aufmerksam zu. In ihrem Körper regte sich kein Muskel mehr.

«In Pfäffikon Schwyz ist gestern Abend das bekannte Lasswell-Einkaufszentrum niedergebrannt. Die Feuerwehr konnte den Brand erst in den frühen Morgenstunden unter Kontrolle bringen. Auf den umliegenden Strassen kam es zu zahlreichen Behinderungen. Berichte über Tote und Verletzte liegen derzeit nicht vor.» Das Bild wurde abgeblendet. Alyssa drückte auf die Pausentaste, ehe es ganz verschwunden war. Ihr Blick frass sich in das brennende Gebäude hinein.

Sie kannte das Einkaufszentrum, dessen Neubau zumindest. Er war quasi ihr erweitertes Wohnzimmer gewesen, als sie noch in Lachen am Oberen Zürichsee gewohnt hatte. Dass das Zentrum zu Lasswell Inc. gehörte, hatte sie nicht gewusst oder zumindest nicht bewusst wahrgenommen.

Mit einem unguten Gefühl klickte sie sich durch die Folgesendungen.

Einen Tag nach dem Vorfall meldeten die Medien vier Verletzte und eine vermisste Person. Vierundzwanzig Stunden später wurde die vermisste Person tot aufgefunden. An Tag drei veröffentlichte man den Verdacht auf vorsätzliche Brandstiftung. Alyssa dachte an Mika, verwarf den Gedanken aber, als sie sich sein damaliges Alter in Erinnerung rief. Kurz darauf erfuhr sie, dass der Brand der verstorbenen Person angelastet wurde. Lasswell Inc. ging von Suizid aus. Die Angehörigen hielten dagegen und behaupteten, die Besitzer des Einkaufszentrums wollten mit dieser Aussage Sicherheitsmängel vertuschen und Ansprüche auf Schadenersatz und Bussen umgehen. Vordergründig ging es um hohe Versicherungssummen, darum machten bald verschiedene Anwälte mobil. Die Interessen von Lasswell Inc. vertrat die Zürcher Anwaltskanzlei Moretti & Partner.

Im Bild erschien Silvano Moretti. Die Aufnahme war über zehn Jahre alt, doch der langhaarige Anwalt mit der Rockstarattitüde hatte sich wie ein Vampir gehalten. «Die Faktenlage spricht für Suizid. Wer jetzt noch an Mord denkt, sollte seinen

Krimikonsum reduzieren», erklärte er auf die pointierte Weise, mit welcher man normalerweise Kinder tadelte.

Als Nächstes kam Ralf Döbeli an die Reihe. Ohne die Legende hätte Alyssa ihn gar nicht erkannt. Ihr Herz wurde schwer, als sie den aufgeweckten Mediensprecher vor sich sah. Sein Haar war gescheitelt und der Körper gestählt, als wolle er David Beckham Konkurrenz machen. Er stand vor dem farbenprächtigen Rathaus auf dem Schwyzer Hauptplatz. Kameras und Mikrofone umzingelten ihn mit der Bedrohlichkeit eines Wolfsrudels.

Dem Tumult begegnete er mit beneidenswerter Ruhe. «Es waren Fesseln aus Papier», verkündete er grossspurig. «Daraus hätte sich jeder retten können.»

Den Fall gewann letztlich Moretti & Partner zugunsten von Lasswell Inc.: Man fand keine Hinweise auf Sicherheitslücken. Ein fahler Nachgeschmack legte sich auf Alyssas Zunge, als sie das Screening beendete. Sie schaltete den Laptop aus und musterte den schwarzen Bildschirm für lange Zeit.

Die Vorstellung, dass Mika den mutmasslichen Brandleger kannte, brachte ihren Kopf zum Drehen. Am liebsten hätte sie Valérie über die Sache ausgefragt, aber leider war diese schon viel zu argwöhnisch. Wahrscheinlich wäre sie geradewegs zu ihrem Cousin gerannt. Der blosse Gedanke daran schürte ihre Panik. Sie hatte die Angst in Jonas' Augen gesehen und wollte sich nicht ausmalen, was Mika mit *ihr* anstellen würde. Dass er ihr eine zweite Anzeige durchgehen liesse – noch dazu von dieser Brisanz –, bezweifelte sie jedenfalls. Vielleicht hatte er darum Jonas angegriffen, dachte sie auf einmal. Ganz im Sinne des *«kill the messenger»* … Vielleicht befürchtete er, dass Jonas Alyssa auf die richtige Spur locken könnte. *Beim RWI explodierten Strassenlampen.* Ihre Kehle schnürte sich zu. Aufgebracht knallte sie den Laptop zu.

Ihr Telefon klingelte. Die Nummer war unbekannt.

Sie dachte sich wenig dabei, als sie den Anruf entgegennahm. «Hallo?», erkundigte sie sich.

«Was machst du morgen Abend?»

Ein Schauer jagte über ihren Rücken. «Wer ist da?», fragte sie, als wüsste sie nicht, wer sie anrief. Als wüsste sie nicht, wer mit *einem einzigen Wort* mehr Gänsehaut auslöste als ein sibirischer Wintersturm. Sein Timing war geradezu panikerregend.

«Ich dachte, auf das Händchenhalten im Auto sollte ein Date folgen», plauderte Mika fröhlich. «Damit meine ich übrigens ein richtiges und keines mit abgetrennten Fingern, Toten, Drogen oder so.»

Im Hintergrund erklang eine Bahnhofsdurchsage: «Vorsicht, Zugdurchfahrt, Gleis 3.» Alyssa tippte sofort auf den Bahnhof Oerlikon. Dieser lag keine zwanzig ÖV-Minuten von ihr entfernt. Ihre Unruhe wuchs an.

Ein Date mit Mika. Der Gedanke brachte ihren Bauch zum Kribbeln, und zwar auf ebenso wohlige wie beängstigende Art. Sie gab ein nervöses Räuspern von sich. «Tut mir leid, aber … Ich habe einen Freund.»

«Süss, mein Hund auch. Wir treffen uns um acht unter dem fetten Engel in der Bahnhofshalle. Soll ich dir ein Memo schicken, oder kannst du dir das merken?» Er überging ihre Lüge komplett.

Seine Unverschämtheit versetzte sie in Aufruhr. «Weshalb sollte ich auf ein Date mit dir!», fuhr sie ihn an.

«Weil das Leben voller zweiter Chancen steckt, weil ich mich entschuldigen möchte und weil ich dich mag. Und weil ich dich in Unterwäsche gesehen habe.»

«Wofür willst du dich entschuldigen?»

«Dreimal darfst du raten.» Der Schalk war aus seiner Stimme gewichen. Ihr Herz zog sich zusammen. Sprach er von früher? Meinte er es ernst? «Also, was ist? Traust du dich in die Höhle des Löwen?»

«Unsicher», gab sie zu. «Den kriminellen Lügner habe ich eigentlich schon als Teenager abgehakt.»

Er lachte. «Ich bin ein Lügner, aber kein Krimineller. Wir sehen uns.»

18

Melina schluchzte auf. Es klang absolut entwürdigend.

Die dürre Sabine nahm sie trotzdem in den Arm. «Ach, Süsse ...» Jacqueline und Dana sassen den beiden gegenüber und schwiegen die Sache aus. Dann und wann tauschten sie einen unbehaglichen Blick aus.

Die vier Frauen waren seit der Oberstufe miteinander befreundet, und Melina sorgte dafür, dass das auch so blieb: Jeden vierten Sonntag veranstaltete sie einen Brunch, der Hoteliers rund um den Globus vor Neid erblassen liesse.

Heute aber hatte sie sich null vorbereitet. Auf dem Wohnzimmertisch standen kein selbst gebackenes Vollkornbrot, kein Hummus, keine Früchte, kein Weight-Watchers-Käse, nicht einmal Joghurt hatte sie aufgetischt. Stattdessen stand da eine halb ausgetrunkene Kaffeetasse, deren Satz mindestens einen Tag alt war. Jacqueline – Sportskanone und immer hungrig – hatte zwar geistesgegenwärtig den Frühstücksbutler bestellt, Lust auf das Treffen verspürte allerdings niemand mehr. Melina sass einfach da und jammerte.

«Wusste ich's doch», lästerte Dana. Sie hatte John Rieder nie gemocht – in erster Linie, weil er sich damals gegen sie und für Melina entschieden hatte. Dass er nun in Untersuchungshaft sass, erachtete sie als ausgleichende Gerechtigkeit. Entsprechend mahnend funkelte Sabine sie an. Was Dana an Empathie abging, verkörperte der hypersoziale Lockenkopf im Übermass, wenngleich ihre Tingeltangel-Bob-Optik anderes vermuten liess. Letztlich konnte niemand verleugnen, wie beeindruckend Melinas Tränenfluss war. Sie weinte seit einer halben Stunde durch, und noch immer tropfte das Wasser nach, als verstecke sie unter ihrem Kaschmir-Poncho einen Reservekanister.

Als es an der Tür klingelte, sprangen alle ausser der Gastgeberin auf. Sport-Jacqueline machte das Rennen, was Tingeltangel-Sabine und Läster-Dana mit schmollenden Schnuten akzeptierten. Sabine öffnete ihre Arme, um Melina wieder darin aufzunehmen. Der Kragen ihres blauen Blusenkleids war bereits triefend nass verheult. Melina zog erbärmlich die Nase hoch.

Alle Köpfe schossen herum, als Jacqueline wieder auftauchte. Zur allgemeinen Überraschung brachte sie keine Brötchen, sondern helle Aufregung mit sich. «Vor der Tür steht ein Mann, der mit dir sprechen möchte», sagte sie an Melina gewandt. «Er behauptet, ein Freund von John zu sein.» Mit stumm fächelnder Hand bezeugte sie seine Attraktivität. Melina horchte sofort auf. Soweit sie wusste, besass John keine hübschen Freunde. Vielleicht hatte er diese auch vor ihr geheim gehalten. Sie vermutete seit Längerem, dass ihr Freund eifersüchtiger war, als er zugab – weshalb sonst bedachte er ihr Chippendales-Poster in der Toilette mit einem regelmässigen Zähneknirschen?

«Hol ihn rein», sagte sie zu Jacqueline und verschwand selber geistesgegenwärtig in der Küche, um im Glas des Backofens ihre Verfassung zu checken. Ihre Augen waren verheult, die Nase vom Rotzen rot angelaufen. Ansonsten war sie schön wie immer. Sollte schon schiefgehen.

Mit einem energischen Räuspern richtete sie sich auf und stolzierte in das Wohnzimmer zurück.

Jacqueline hatte ihrer Aufforderung Folge geleistet und Johns Bekannten hereingebeten. Für einen Augenblick blieb Melina die Spucke weg.

Der Kerl sah aus wie eine ungeschliffene Version von Kelly Slater, rasierter Schädel inklusive. Er war von mittlerem Wuchs und schmächtiger Statur, wusste diesem Umstand aber mit einem selbstbewussten Grinsen entgegenzuwirken. Die Falten auf seiner Stirn und zwischen den eng stehenden blauen Augen liessen eine Schätzung auf die vierzig Jahre zu.

Er stand im Türrahmen zum Wohnzimmer, das weisse Hemd über die Ellbogen hochgekrempelt, die Hände locker in die Vordertaschen der Jeans gesteckt. Auf der Nase trug er eine schwarz umrandete Brille, schräg über der Schulter eine braune Ledertasche. Er sah aus wie der sexy Dozent aus einem Schmuddelfilm, den man peinlicherweise anziehend findet. Befangen biss sich Melina auf die Unterlippe. Ihre Freundinnen reagierten ähnlich, allen voran Dauersingle Dana.

«Guten Tag, die Damen», grüsste der Mann nonchalant. Seine näselnde Stimme verpasste der Erscheinung einen kleinen Dämpfer. «Mein Name ist Christian Grau.»

«Hihi», machte Dana, was Melina mit blitzenden Augen quittierte, bevor sie sich wieder Grau zuwandte und ihrerseits um die Beherrschung rang.

Sie gab sich bewusst kritisch in der Hoffnung, die Kälte in ihrer Stimme möchte das Feuer in ihrem eigenen Kopf löschen. «Guten Morgen, Christian. Es freut mich, Sie kennenzulernen. John hat mir nie von Ihnen erzählt.»

«Das liegt daran, dass ich Johnnie darum gebeten habe, meine Identität geheim zu halten.»

Johnnie. Melina reckte neugierig das Kinn. «John ist leider nicht hier.»

«Er sitzt im Gefängnis», ergänzte Dana. Melina zog zischend die Luft ein.

Grau lächelte einfach weiter. «Genau darum bin ich hier. Ich kann es nicht verantworten, dass John wegen mir in Untersuchungshaft sitzt.»

«Moment einmal … Sind *Sie* etwa der Nagel-Mörder?» Aus Jacquelines Gesicht wich alle Farbe. Sie und ihre drei Freundinnen wichen unmerklich vor Grau zurück.

Dieser riss die Hände hoch. «Gott bewahre, nein! Allerdings ist es meine Schuld, dass John bis heute kein Alibi besitzt. Sie erinnern sich vielleicht an seine Aussage, am Abend des Mordes allein zu Hause gewesen zu sein.»

«Ich war bei Jacqueline. Wir hatten zu viel getrunken und ich übernachtete da», sagte Melina dumpf.

Sabine tätschelte mitfühlend ihre Schulter, und Grau nickte nachsichtig. «Nun ist es so, dass John in dieser Nacht gar nicht zu Hause war. Er war in meinem Auftrag unterwegs.»

«Mit einer kaputten Hand und der vollen Ladung Schmerzmittel im System?» Melina runzelte wenig überzeugt die Stirn.

Grau begegnete ihr mit einer laxen Handbewegung. «Sie kennen doch John. Er ist pflichtbewusst wie der Papst.»

«Hm, stimmt.» Melina seufzte verliebt. «Um was für einen Auftrag handelte es sich?»

Grau rieb sich betreten das Kinn mit den dunklen Bartstoppeln. Sein Blick war überall, nur nicht bei den Frauen, die darauffolgende Beichte wiederum gefüllt von Ähs und Pausen. «Ich bat John, äh, darum, jemanden für mich zu beschatten. Es ist nämlich so: Ich bin verheiratet …», die Schultern der Damen senkten sich unmerklich, «… aber ich gehe meiner Frau seit Jahren fremd …», noch tieferes Schultersenken, «… mit einem Mann.» Entsetztes Aufhorchen.

«Wie bitte?» Die dürre Sabine schnappte nach Luft.

Grau schien sich immer unwohler zu fühlen. Es überraschte Melina, dass er angesichts seines Geständnisses nicht knallrot anlief. «Ich wollte herausfinden, ob meine Frau es wisse, und setzte John auf sie an. Dabei fand er heraus, dass sie mich ebenfalls betrügt.»

«Mit einer Frau?», fragte Jacqueline und kassierte einen Rippenstoss von Melina.

Grau lächelte verkrampft. «Jedenfalls bat ich John um absolutes Stillschweigen. Ich strebe eine Karriere in der Politik an. Sie können sich vorstellen, dass solche Meldungen da eher unwillkommen sind. Doch seit ich weiss, dass John in Untersuchungshaft sitzt, weil ich ihm das Alibi verweigere … Nun, das kann ich nicht zulassen. Darum bin ich heute hier.»

«Und wieso gehen Sie damit nicht direkt zur Polizei?»

«Weil ich Sie vorher unbedingt kennenlernen wollte, Melina», erwiderte er. «Bitte richten Sie John aus, wie angetan ich von Ihnen bin. Er wird es nicht in den falschen Hals bekommen.» Die Aussage begleitete er mit einem Zwinkern. Hätte er ihnen zwei Sekunden zuvor nicht seine Homosexualität gestanden, wäre Melina direkt vor seinen Füssen zusammengeschmolzen.

«Ich werde John ausrichten, dass Sie hier waren», sagte sie gefasst. «Nun wäre ich aber froh, wenn Sie baldmöglichst nach Zürich fahren und Ihre Zeugenaussage machen. Ich möchte John ungern noch länger in dieser misslichen Lage wissen!»

«Glauben Sie mir, Melina», hauchte Grau inbrünstig. «Das möchte ich ebenso wenig wie Sie.»

19

Konzentriert wickelte Alyssa die Alufolie um ihre Haare herum. Ihr verbundener linker Zeigefinger schmerzte, wann immer sie ihn versehentlich gegen den Kopf stiess. Sie versuchte, ihr Spiegelbild nicht allzu kritisch zu beäugen, was angesichts der giftgrünen Gesichtsmaske durchaus nicht leicht war. Sie sah aus wie Shrek.

Erstaunlich, wie hässlich man sich für die Schönheit macht, überlegte sie.

Vielleicht machte sie zu viel Aufheben. Es war bloss ein Date mit Mika – mit Mika Blum, verdammt. Jenem Typen, der mehr Leichen in seinem Keller stapelte als ein Bestatter.

«Zur Info: ‹Die Schöne und das Biest› geht andersherum», kicherte Valérie, als sie sich im Flur begegneten und lieferte damit zumindest einen Teil der Antwort darauf, warum Alyssa den jungen Mann mit der Narbenwange nicht vergessen konnte: *Ja verdammt*, sie war eine Romantikerin und mochte die Vorstellung, dass das Böse durch die Liebe gerettet werden konnte – und damit war sie nicht allein. Millionen von Frauen träumten von der Bekehrung eines Antagonisten. Doch während sich die meisten mit fiktiven Romanen zufriedengaben, bediente sich Alyssa bei der Realität.

Ihr Herz begann zu flattern, als sie an Mikas beiläufige Worte dachte: Er mochte sie. *Er wollte sich bei ihr entschuldigen.* Das gute Gewissen war bei jeder Silbe mitgeschwungen. Vielleicht fand ihre Geschichte ja doch ein gutes Ende – genauso wie bei Rebecca und Stefan. Vielleicht existierte auch ihre Horrorgeschichte nur im Kopf.

Allen Hochgefühlen zum Trotz versuchte sie dennoch, dem Treffen nicht allzu viel Gewicht zu verleihen. Natürlich war die Hoffnung gross, dass Mika die Wahrheit sprach und ihn plausible Gründe zu seinen mutmasslichen Taten trieben. Darauf ankommen lassen wollte sie es aber trotzdem nicht; darum hatte sie sich auch Pfefferspray gekauft.

Das Spray beinhaltete ein natürliches Extrakt des roten Pfeffers und löste innerhalb von wenigen Sekunden heftige körperliche Reaktionen aus: Schwellungen der Schleim- und Bindehäute, krampfartiger Schluss der Augenlider, Husten, Atemnot, Juckreiz … Aufgrund der starken Wirkung hatte die Apothekerin Alyssa empfohlen, den Einsatz im Wald zu üben. Alyssa sah von dem Test ab, schliesslich sollte das Spray bloss der Beruhigung ihres Verstandes dienen. Sie plante ja nichts Gefährliches, nur ein wenig Spionieren. Die Schmetterlinge in ihrem Bauch hüpften allerdings, als hätte sie noch ganz anderes im Sinn.

Die Gesichtsmaske entpuppte sich als Desaster: Alyssa hatte vergessen, wie empfindlich ihre verätzte Oberlippe war. Nach dem grünen Intermezzo brannte sie, war rot und nur mit sehr viel Make-up zu verdecken. Das wiederum hatte zur Folge, dass sie länger im Bad brauchte als geplant. Valérie registrierte das mit einem zufriedenen Lächeln. Dass Alyssa wegen Mika einen solchen Aufwand betrieb, wertete sie als gutes Zeichen. Alyssa liess sie gerne in dem Glauben. Sie selbst beharrte auf der Einbildung, undercover im Einsatz zu sein. Sie wollte ein für alle Mal herausfinden, wie Mika zehn Jahre nach ihrer letzten Begegnung tickte. Nur deswegen – *und wirklich nur deswegen* – trug sie ihre engste Röhre und einen figurbetonten schwarzen Longsleeve. Die glänzenden roten Haare baumelten in einem hohen Pferdeschwanz über ihre Schulter und setzten ihre Nackenpartie auf unaufdringliche Art in Szene. Wenigstens ihre Schuhe waren berechnete Boshaftigkeit: Peeptoes von Ironfist. Diese machten Alyssa den entscheidenden, egokratzenden Zentimeter grösser als Mika.

Den Zug zum Hauptbahnhof wählte sie mit Bedacht fünf Minuten zu spät. Als sie die von der Decke hängende Nana von Niki de Saint Phalle erreichte, war Mika trotzdem noch nicht da. Unruhig trampelte sie auf den Stilettos umher.

Ob er sie versetzte? Ob er sie aus einer Ecke der Bahnhofshalle beobachtete und sich ins Fäustchen lachte? Ihre schwitzenden Hände verschwanden in den Aussentaschen der Lederjacke, und sie erschauerte, als sie das Pfefferspray darin zu greifen bekam.

Das Wochenendpublikum änderte sich mit jeder Stunde. Jetzt um Viertel nach acht setzte es sich aus Tagesausflüglern auf dem Weg nach Hause, Studenten und Wochenaufenthaltern zusammen. Nur wenige trafen sich, um auszugehen, obwohl Zürich auch an einem Ruhetag nicht schlief. Alyssa fragte sich, was Mika mit ihr unternehmen wollte. Kopf und Unterleib erhitzten sich gleichzeitig.

Ob er wieder seine Wollmütze trug? – Anzunehmen wäre es. Die Sonne hatte sich den ganzen Tag über nicht gezeigt, aber wenigstens regnete es nicht. Sie hoffte, dass das so bleiben würde. Ihre Haare waren von Natur aus leicht gewellt, und sie würde sich davor hüten, wie Curly Sue vor ihm zu stehen. Sie wollte *wirklich* eine gute Figur machen.

Noch während sie mit ihrer eigenen Unsicherheit haderte, tauchte er im Menschenstrom auf. Er war grösser als die meisten, und er fiel ihr sofort auf. Ihre Blutzirkulation beschleunigte sich zu einem aufgeregten Kribbeln, einen Moment lang rang sie fast um Luft.

Seine Präsenz war herzerbebend, im Guten wie im Schlechten. Sie beobachtete seinen selbstbewussten Gang, schluckte angesichts der breiten Schultern, der hellwachen, bedrohlich funkelnden Augen, der *absolut perfekten* Kieferkontur, so symmetrisch, als hätte sie jemand gezeichnet … Und er trug keine Wollmütze. Die dunkelbraunen Haare legten sich auf eine Art über seine Stirn, die sie an ihre Schulzeit erinnerte. Die rasierten Wangen und das weisse Alexisonfire-T-Shirt verstärkten diesen Eindruck. Das tat seiner Attraktivität aber keinen Abbruch – im Gegenteil. Ihm zu begegnen fühlte sich jedes Mal wie eine Premiere an.

Er kam vor ihr zum Stehen und pfiff durch die Lücke seines zersplitterten Zahns. «Sieh an, dich gibt es auch in Normal», scherzte er und küsste sie auf die Wange. Seine Hand wanderte über ihren Rücken. «Du siehst gut aus.»

Ihr Atem erzitterte, als sie seinen auf ihrer Haut spürte. *Er ist ein Mörder*, ermahnte sie sich, *du kennst seine Motive nicht. Denk an Jonas und die anderen!* Ihre Finger vergruben sich schmerzhaft in ihren Handballen. «Du bist zu spät», sagte sie.

«Und du gewachsen. Ist das Absicht?» Er zeigte auf die High Heels.

«Klar doch. Also, was machen wir heute Schönes?»

«Ich habe keinen blassen Schimmer.»

«Du scheinst keinen Nobelpreis im Vorausdenken anzustreben.»

«Es ist mir auch egal, wo wir uns sehen, solange *dass* wir es tun. Das könnte von mir aus auch in einem brennenden Bootshaus sein.»

Eine Gänsehaut überzog prickelnd ihren Nacken. «Diesen Spruch», japste sie, «hättest du dir sparen können.»

Er lachte, als wäre es angebracht. «Lass uns an die Langstrasse gehen. Wollen wir zu Fuss hin, oder brauchst du ein Tram?»

«Zu Fuss. Ich bin nicht gehbehindert.»

«Du vielleicht nicht, aber deine Schuhe.» Wieder blieb sein Blick an ihren High Heels hängen – und nun war sie es, die zu lächeln begann. Offenbar störte ihn der Grössenunterschied doch ein wenig.

«Lass dich mal überraschen», erwiderte sie und stöckelte schwungvoll davon. Jetzt bloss nicht auf die Fresse fallen, ermahnte sie sich hibbelig.

***

«Cupcakes, aha.» Pitbulls Enttäuschung kannte keine Grenzen. Die äusseren Enden seiner Augenbrauen sackten in Richtung Mundwinkel.

Er sass in einer Nische der Acapulco Bar, es war Lenis Idee gewesen. Die zwanzigjährige Brünette sass ihm strahlend, untrainiert und im Pettycoat gegenüber. In den letzten zwanzig Minuten hatte er viel über sie erfahren. Hängen geblieben waren der Thurgauer Dialekt und ihr Faible für Desserts. Von beidem war nichts in ihrem Onlineprofil gestanden. Pitbull hatte lediglich ihren Kopf gesehen, die angriffslustigen Kulleraugen, den zerzausten Bob, den vollen Mund – *Valérie 2.0.*

Verbittert schwor er sich, nie mehr zu tindern. Es war ohnehin vergebene Mühe. Niemand konnte seiner Nachbarin das Wasser reichen und das Loch füllen, das sie in seine gestählte Brust gerissen hatte.

Der Gedanke an Valérie fühlte sich an wie Ertrinken – beengend und schmerzhaft. Er verstand nicht, wie er etwas vermissen konnte, das nie in seinem Besitz war. Andererseits hatte er schon immer das gewollt, was ihm nicht gehörte. Das fing bei der Körpergrösse an und hörte bei dem weiblichen Geschlecht auf. Ja, Valérie war nicht die Erste, die er vergebens umwarb, und gewiss sollte sie auch nicht die Letzte sein. Wenigstens Leni würde sich nicht in diese Gruppe eingliedern.

Sein Kopf schmerzte. Die Thurgauerin redete und redete. Er hatte bereits sein stilles Wasser geext, dreimal die Stressschweissperlen von der Stirn getupft und zehnmal auf die Armbanduhr geschaut. Leni ging das alles ab. Sie war begeistert von ihm, dem disziplinierten Fitnessfreak mit der Aura eines Türstehers. Ihre Augen glühten manisch, während sich ihre schmalen Lippen ohne Unterbruch bewegten.

«… gerne küssen», brabbelte sie in diesem Moment.

Er schrumpfte in sich zusammen. «Hm?»

«Audrey Hepburn.» Sie zwirbelte kokett eine Locke auf. «Ich sagte, dass sie die einzige Frau ist, die ich gerne küssen würde. Welcher Mann ist es bei dir? Oder hast du ein Problem mit homoerotischen Themen? Ich finde, man sollte da nicht so verkrampft sein, erst recht im einundzwanzigsten Jahrhundert und hier in Zürich. Das ist ja quasi die Hochburg der Homosexualität. Mein bester Freund ist schwul, und ich glaube, mein Kater Alesso ist es auch, seit wir hierhergezogen sind. Ich komme ursprünglich aus Wigoltingen, weisst du. Echt schön da, aber ich bin ein Mensch, der die Urbanität zum Atmen braucht.» Pitbull dachte an den Geruch von alter Pisse auf der Strasse und rümpfte die Nase. Er wendete den Blick ab in der Hoffnung, so auch Lenis Gerede zu entkommen. Er hätte seinen rechten Bizeps dafür hergegeben, jetzt gerettet zu werden. Egal, von wem, dachte er pathetisch – und bereute diesen Gedanken jäh. Denn in diesem Moment betrat seine *andere* Nachbarin das Acapulco. Und sie war nicht allein.

Er widerstand der Versuchung, sich die Augen zu reiben. Gleichzeitig wurde er so blass, als hätte jemand die Sättigung heruntergefahren. Alyssa Müller war in Begleitung eines alten Bekannten: der Mann mit der Brandwunde.

«Alles in Ordnung?» Leni war sein Schockblick aufgefallen.

Pitbull nickte zum Eingang. «Ich kenne sie», krächzte er, und sie folgte seinen Augen.

«Ist das deine Ex?»

Er fuhr verstört zu ihr herum. Die Vorstellung war absurd. Alyssa überragte ihn um einen Kopf. Niemals wäre er mit einer Frau zusammen gewesen, deren Lippen er nur über einen Hocker erreichte.

Zähneknirschend stellte er fest, dass ihr Begleiter einen solchen nicht nötig hatte – und das, obwohl Alyssa diesmal besonders hohe Schuhe trug.

«Der Typ sieht irgendwie gruselig aus», sagte Leni. Es waren ihre ersten Worte, die bei ihm auf Anklang stiessen. «Ist sie jetzt deine Ex oder nicht?»

«Sie ist meine Nachbarin.»

«Und er?»

«Unheimlich.»

Der Mann bestellte zwei Bier. Alyssa tänzelte nervös neben ihm herum. So angespannt hatte Pitbull seine abgebrühte Nachbarin noch nie gesehen. Aber wen wunderte das, die Gefahr umgab den Fremden wie ein Energiefeld. Pitbull hielt die Luft an, als er seine Hand an Alyssas Rücken legte.

«Er sieht aus wie ein Krimineller», lästerte Leni weiter und überraschte Pitbull ein zweites Mal. Allmählich wurde sie ihm sympathisch. Ob er ihr doch eine Chance geben sollte? Vielleicht könnte er sie dazu bringen, Protein-Muffins zu backen. In seiner Vorstellung sah er sich bereits im Besitz einer neuen, revolutionären Foodkette. Im nächsten Moment lag sein Fokus wieder auf Alyssa und dem Fremden. Er beschloss, seiner Nachbarin bei der nächstbesten Gelegenheit ins Gewissen zu reden.

***

Ein fiebriger Glanz lag auf Alyssas Stirn. Ihre Sinne wurden von einer Welle an Empfindungen heimgesucht, die man gemeinhin

Panik nannte: ansteigende Hitze, Atemnot, Herzrasen, Übelkeit. Sie hatte sich auf vieles vorbereitet, aber nicht auf das. Nur mit ausserordentlicher Anstrengung konnte sie die Kontrolle über sich selbst bewahren.

Sie schaute auf das Bier, das Mika vor ihr hingestellt hatte. Es war kalt und verlockend – und es reichte aus, um sie erschauern zu lassen, als stünde sie am Rande eines mörderischen Abgrunds. Dabei stand da bloss ein Bier vor ihr auf der Theke. Das Gefühl, wegen *eines Getränks* in Panik zu geraten, war beängstigender als alles. Wie zur Hölle konnte man sich vor einem Bier fürchten?

Mika studierte sie derweil, als wäre sie ein Experiment. Vielleicht war sie das auch. «Wovor hast du Angst?», fragte er ernst.

«Ich habe keine Angst», widersprach sie aufbrausend, und ihr Herzschlag verkam zu einem überrumpelten Rasen, als er sie am Rücken berührte. Mika und Bier, stellte sie fest, war eine denkbar schlechte Kombination.

«Du hast gesehen, wie es gezapft und vor dir hingestellt wurde», sagte er mit Nachdruck. «Niemand konnte dir etwas untermischen, alles ist sauber. Trotzdem reagierst du, als wolle dich alle Welt vergiften.»

«Ist das so, Herr Freud?» Sie wimmelte ihn ab und griff nach dem Bier. Der Weizengeruch brannte in ihrer Nase. Alles in ihr revoltierte gegen diesen einen Schluck.

Sie überkam ein Schauern. Die Stange fiel ihr aus der Hand, bevor sie mit ihren Lippen in Berührung kam. Mehrere Gäste fuhren zu ihr herum, als das Glas auf dem Boden zerschellte.

Mikas Augen blitzten kalt. «Das war Absicht.»

«War es *nicht*», log sie, aber er schüttelte bloss den Kopf. Was er wirklich dachte, blieb ihr verborgen.

Sie setzten sich auf zwei Hocker am Ende der Theke. Alyssa bestellte sich einen Eistee, und Mika bestand darauf, ihr auch diesen zu bezahlen. Sein Blick war immer noch diese unheimliche Mischung aus Ernüchterung und Ärger. Sie wand sich darunter wie ein Küken. Sollte nicht *sie* diejenige sein, die so schauen durfte?

«Es ist erst eine Woche her», wisperte sie, als bräuchte sie eine Erklärung, und ihr Kopf erhitzte sich, als er nach ihrer Hand fasste.

Seine Beine schoben sich unmerklich zwischen ihre. «Roman Huber – oder wer auch immer – hat es nicht verdient, dein Leben zu beeinflussen. Versprich mir, dass du dich nicht von deinen Ängsten unterkriegen lässt.» Sein Griff war forsch, fast schon schmerzhaft.

Für Alyssa fühlte es sich trotzdem an wie Fliegen. Ihr Herzschlag erhöhte sich. «Er kann mir nichts mehr antun. Du hast dafür gesorgt.»

Sein Gesicht versteinerte. «Sag nicht so etwas.» Er liess ihre Hand los, griff nach seinem Bier und leerte es in einem Zug um die Hälfte. Sie beobachtete ihn wachsam. Obwohl er ihren Blick auf sich spüren musste, schaute er eisern von ihr weg. Sein Unbehagen war offensichtlich; seine Anziehung ebenfalls. Verstohlen fuhr sie die Linie seines Halses entlang.

«Warum hast du das überhaupt getan?», fragte sie leise. «Warum hast du Rotpunkt nicht einfach festgehalten und die Polizei alarmiert?»

«*Weil du allein warst*, Alyssa! Darüber solltest du im Übrigen froh sein. Andernfalls provozierst du gerade einen Mörder.» Unvermittelt nahm er sie wieder ins Visier. Ihr schoss das Blut in den Kopf.

«Es wäre mir egal», behauptete sie naiv. «Hättest es nicht du getan, wäre ich auf ihn los. Ich könnte nicht mit der Angst leben, dass er mir noch einmal auflauert.»

«Und wie ist das bei mir?», fragte er und brachte ihre Blutzirkulation noch mehr in Schwung.

Sie hatte nicht damit gerechnet, dass er das Thema von sich aus ansprach.

Als sie nicht antwortete, wandte er sich wieder ab. Seine Hand wanderte über den Thekenrand wie über die Tasten eines Klaviers. «Ich denke ungern an damals, und am liebsten würde ich alles verdrängen», murmelte er. «Immer wenn ich dich ansehe – und ich schaue dich zugegebenermassen gerne an –, werde ich an die Dinge erinnert, die ich dir einst antat. Ich war ein sadistisches Arschloch und habe deine Vergebung nicht verdient. Trotzdem hoffe ich jeden Tag darauf, dass du weisst, dass mir gewisse Vergehen …» Er brach ab und machte eine gedehnte Pause. Seine

Augen fuhren eindringlich über sie hinweg. «Es würde mir besser gehen, wenn es nicht dich getroffen hätte, okay?»

Alyssa betrachtete ihn regungslos. Es war offensichtlich, wie schwer ihm diese Worte gefallen waren – das zeigte sich nicht nur in der unbeholfenen Formulierung. Der grosse, einschüchternde Mika Blum war zu einem verunsicherten Jungen verkommen, seine vermeintliche Gefährlichkeit wie eine Feder vom Wind davongeblasen. Er wirkte bloss noch wie ein harmloses Kind auf der Suche nach Vergebung.

Diese Beobachtung durchzuckte Alyssa wie ein Blitz. Auf einmal glaubte sie, einen Teil seiner Fassade durchbrochen zu haben.

Er hatte Roman Huber wirklich nicht aus Willkür ermordet, erkannte sie; er hatte es wegen seines schlechten Gewissens getan – weil ihn dieses seit dem Tag ihrer Trennung quälte. Dass er für ihre Vergebung alles getan hätte, konnte sie seinen einschüchternden Augen ablesen. Darin sah sie auch den Grund, weshalb ihn ihr vorheriger Aussetzer mit dem Bier so sehr beschäftigte: Er hatte das Äusserste getan, um sie zu beschützen – und trotzdem hatte Roman Huber einen Weg in ihren Kopf gefunden.

Natürlich blieb es furchteinflössend, dass er so weit für sie ging, nicht einmal vor Mord zurückschreckte. Aber Mika war nun einmal schon immer ihre aufregendste Art von Nervenkitzel gewesen.

Sie streckte die Hand nach ihm aus. «Deine Entschuldigung ist das Netteste, was ich nicht zu erwarten getraute. Wenn ich ehrlich bin, rechnete ich eher mit irgendeiner Form von Rache.» Die Schmetterlinge in ihrem Bauch zuckten, als er sich an sie heranbeugte und eine Hand in ihren Nacken legte. Der unaufdringliche Duft seines Aftershaves umhüllte sie wie ein benebelnder Schleier. Es fühlte sich an wie betrunken sein.

«Ich würde dir niemals etwas antun, Alyssa, nicht noch einmal. Du hast damals das Richtige getan. Du hast mich gerettet», sagte er, und ihre Welt drehte sich noch etwas schneller, als er sie unversehens auf die Stirn küsste.

«O-okay», stotterte sie und rang um ihre Beherrschung, erst recht, als seine Lippen zu der Narbe an ihrem Haaransatz wanderten. Gleichzeitig zeichnete er mit der Hand sanft ihre Nackenmuskulatur nach. Als er sie kurz darauf losliess, hatte sie überall Gänsehaut. Gleichzeitig bekam sie das Gefühl, dringend pinkeln zu müssen. Aber Aufstehen kam nicht mehr in Frage, denn sie wollte nicht, dass er von ihr zurückwich. Sie wollte nicht, dass er damit aufhörte, ihre Fingerknöchel mit der Daumenkuppe nachzuzeichnen. Als seine Hand erneut über ihren Arm zu ihrem Hals wanderte, hielt sie die Luft an. Seine dunklen Augen bohrten sich in ihre, lodernd und tief. «Alyssa», sagte er rau. Sie wähnte sich in ihrem schönsten Alptraum.

Wieder zog er sie an sich, wieder lehnte er zu ihr herüber. Sein Atem wurde schneller, sie spürte ihn auf ihren Lippen, immer näher, immer wärmer. Gleich würde er sie küssen, ihren Körper gegen seinen drücken. Gleich würde sie seine Lippen spüren, seine Zunge … *Beim RWI explodierten Strassenlampen*, flüsterte Jonas.

Alyssa riss entsetzt die Augen auf. Sie geriet in Rücklage und ihr Hocker ins Wanken. Mika bewahrte sie mit einem Zangengriff vor dem Umfallen, von welchem sie sich allerdings sofort befreite. Ihr Kopf glühte vor Scham. Was machte sie bloss! – So viel zu ihren nüchternen Absichten. Überfordert ergriff sie ihren Eistee. Die Flüssigkeit blubberte, als sie sie durch das Röhrchen hochzog. Sie hätte im Boden versinken können. Mika schaute derweil in alle Richtungen ausser in ihre. Auch er wirkte verlegen. Das beruhigte sie zumindest teilweise. Trotzdem – oder gerade deswegen – war sie auf einmal gewillt, ihren *eigentlichen* Plan wieder aufzunehmen. Ja, sie befürwortete sein Vergehen an Roman Huber, doch das rechtfertigte nicht die Sache mit Ralf Döbeli, Silvano Moretti oder Jonas – wenn er denn dahintersteckte. Um nichts in der Welt wollte sie ihm so etwas verzeihen, solange sie nicht wusste, woran sie bei ihm war.

Fieberhaft warf sie den Kopf herum. Es war Zeit für Plan S – Plan *spontan*. Sie suchte nach einer Möglichkeit, um ihn aus der Reserve zu locken, ein nonverbales Geständnis zu provozieren. Sie wollte endlich Gewissheit haben.

Auf der anderen Seite des Lokals entdeckte sie eine Bühne mit Leinwand. Sie hatte sofort eine Idee. «Heute ist Karaoke, nicht wahr?»

«Ja, aber es scheint sich niemand zu trauen», erwiderte er mit einem achselzuckenden Rundumblick.

«Mach du doch den Anfang.»

Die Ernüchterung ergoss sich über sein Gesicht. *«Ich?»*

Sie nickte munter. «Wir machen ein Spiel daraus. Ich wähle einen Song aus, und du musst ihn singen.»

«Nur wenn ich dasselbe mit dir machen darf», verlangte er und verpasste ihrer Vorfreude einen jähen Dämpfer. An eine Gegenforderung hatte sie nicht gedacht. Sie am Mikrofon wäre ein Desaster, vor ihrem Gesang flüchteten sogar WC-Enten.

«Deal», willigte sie trotzdem ein, denn der Plan war wirklich gut. Und sofern er aufging, würde Mika ohnehin das Weite suchen, bevor sie einen einzigen Ton anstimmte.

Sie organisierte ein Songbooklet und blätterte darin herum. Im hinteren Drittel fand sie, wonach sie suchte. Sie tippte auf eine Zeile. «Das hier.»

Er wirkte auf einmal verärgert. «Machst du Scherze?»

«Du kennst den Song doch, oder?», fragte sie scheinheilig.

«Natürlich kenne ich ihn, das ist ein *gottverdammter* Klassiker», knurrte er, entriss ihr das Booklet und ging damit zur Bar, um sich anzumelden. Alyssa verfolgte seinen Gang mit zusehender Aufregung. Sie konnte nicht glauben, dass er sich tatsächlich darauf einliess.

Als er die Bühne betrat, klatschten ein paar Gäste Beifall. Er klopfte auf das Mikrofon, um die Lautstärke zu überprüfen. «Hi, ich bin Mika – und dieser Scheiss war nicht meine Idee», sagte er und gab dem DJ ein Zeichen.

Das Scheinwerferlicht potenzierte seine Anziehung. Es umspielte seine symmetrischen Züge und brach sich in den wilden Augen. Eine Frauengruppe links von der Bühne kicherte nervös bei seinem Anblick. Es war jene Reaktion, die andere Männer zur Weissglut trieb, erst recht, wenn sie einem Mann galt, dessen Attraktivität sich hauptsächlich aus Selbstsicherheit nährte. Die Verzückung der Frauen versetzte aber auch Alyssa einen Stich.

Es störte sie nicht, dass sich andere für ihn interessierten, vielmehr beneidete sie deren Unwissenheit: Sie wussten nicht, was sie zu wissen vermutete; erahnten nicht das Blut an seinen Händen oder den tödlichen Wahn in seinen Augen. Für ihre Ahnungslosigkeit hätte Alyssa einiges gegeben. Mika noch einmal unbefangen zu begegnen war ein Traum, der sich nicht erfüllen liess. Sie würde einen Mörder sehen, wann immer sie ihn anschaute.

Seine Performance verfolgte sie mit abgesetzter rosa Brille. Ihr Körper brannte darauf, ihn vor sich winden zu sehen. Sie wollte, dass ihm der Text naheging, er sich verriet und ihr bewies, wie wenig er ihre Zuneigung verdient hatte.

Er sang für sie «Bohemian Rhapsody» von Queen. Seine Stimme war markant tiefer als Freddie Mercurys, aber die Töne traf er ausnahmslos. Während er sang, rutschte Alyssa immer tiefer in den Hocker hinein. Nun war *sie* es, die sich unter seinem Blick wand.

Mama, just killed a man.
Put a gun against his head.
Pulled my trigger, now he's dead.

Er liess sie nicht aus den Augen und wirkte genervt, fast schon zornig, als wüsste er, was sie beabsichtigt hatte – als hätte er sie längst durchschaut. Und doch konnte Alyssa nicht feststellen, was in ihm vorging. War er wütend, weil sie ihn zu Unrecht beschuldigte? Oder malte er sich aus, wie er sie später zum Schweigen bringen könnte?

Mama, life had just begun.
But now I've gone and thrown it all away.

Das Lied stiess beim Publikum auf grossen Anklang. Immer mehr Gäste sangen leise mit, allen voran die Frauen vor der Bühne. Als der Song vom instrumentellen Bridge in die theatralische Phase überging, übernahmen sie spontan den Chor – und nach und nach setzten alle freudig mit ein.

Alyssa traute ihren Augen und Ohren kaum, denn ihr Plan verfehlte mit einem Schlag seine ganze Wirkung. Mika sah sich nicht mehr alleine mit dem Text konfrontiert, sondern wurde von rund zwanzig unwissenden Menschen flankiert. Es kam ihr vor wie eine Szene aus «Glee» – absurd und überrissen.

I'm just a poor boy and nobody loves me.
He's just a poor boy from a poor family. Spare him his life from this monstrosity.

«Hey, Alyssa.» Jemand berührte sie an der Schulter. Sie schoss apathisch herum.

Hinter ihr stand Pitbull, der kleine, muskelbepackte Nachbar. Im Schlepptau hatte er eine Frau im Pettycoat. Sie sah aus wie eine jüngere Schwester von Valérie und hielt sich dezent im Hintergrund, derweil Pitbull zuerst nervös zu Mika schaute und dann seine Stimme in Alyssas Richtung senkte. «Ist das dein Freund?»

Mika schaute sie immer noch an.

So you think you can stone me and spit in my eye ...

Auf Alyssas Stirn bildeten sich Schweissperlen. Sie hatte Mühe, Pitbulls Frage zu verarbeiten. «Wir haben uns auf ein Bier getroffen», stammelte sie. Mikas Gesichtsausdruck war immer noch nicht zu deuten. Damit war es offiziell: Sie war endgültig durchgedreht. Wie hatte sie bloss glauben können, ihn mit einem Song so weit zu treiben, dass er die Sache mit Moretti & Partner und Roman Huber freiwillig gestand?

So you think you can love me and leave me to die.

«Er hat mich über euch ausgefragt», sagte Pitbull. «Er hat mich vor dem Schumacher abgefangen und Einzelheiten über dich und Valérie in Erfahrung bringen wollen. Ich dachte, das solltest du wissen.»

«Okay ...» Sie stotterte. Seine Worte drangen kaum zu ihr hindurch.

Mika und der Chor erreichten das Ende des Liedes. Pitbull suchte so schnell das Weite, wie er gekommen war. Die Valérie-Kopie stöckelte ihm wie ein Hündchen nach.

Überfordert versuchte Alyssa, seine Warnung zu verarbeiten. Mika hatte ihn abgefangen und über sie ausgefragt? Sie schrak auf, als er an ihren Platz zurückkehrte.

«Jetzt bin ich dran», verkündete er, und ihr Herz sackte in die Tiefe, als er das Songbooklet zur Hand nahm. Er wirkte auf einmal sehr gelöst. Kein Wunder: Diese Runde war an ihn gegangen.

Sie fiel in sich zusammen. «Hör mal …», begann sie, aber er überging sie einfach.

«Wie wäre es mit ‹Bang Bang› von Nancy Sinatra? Oder ‹I Am The Fire› von Halestorm. Die magst du doch so.»

«Ich kann nicht singen», japste sie. «Also, so wirklich nicht.»

«‹Burning Hearts› von Silverstein», schlug er vor, und sie fragte sich, ob seine Auswahl mit Absicht so diabolisch war. Beklommen musterte sie sein Alexisonfire-T-Shirt.

«Echt jetzt, Mika. Ich blamiere mich total.»

Er schnalzte mit der Zunge. «Aber, aber … Ich singe, und du drückst dich davor?»

«Du hast ja auch das Selbstbewusstsein von zehn Boxern», rechtfertigte sie sich, was ihm ein Grinsen entlockte. Er wusste selber um seine Stärken.

Mit einer ausladenden Geste klappte er das Booklet zu. «Also gut, du bist erlöst. Allerdings erwarte ich eine Wiedergutmachung.»

«Es gibt keine Privatshow.»

«Das meine ich nicht.» Er küsste sie. Sie erstarrte, ihr Atem versiegte. Ehe sie sich fangen konnte, war es bereits wieder vorbei. Ihre Lippen vibrierten unter dem Druck, den er auf sie ausgeübt hatte. Seine Hand lag immer noch an ihrer Wange. «Geht doch», sagte er und küsste sie noch einmal sanft. Danach lehnte er zurück und bestellte sich ein drittes Bier, als wäre nichts geschehen. «Was willst du?»

«Auch ein Bier», sagte sie so benommen, dass er lachte. Seine Augen schimmerten warm – und ihr Herz zerschmolz wie Wachs in der Sonne. Da war er wieder: der Mika, den sie liebte.

Am liebsten hätte sie ihn sofort wieder an sich gezogen. Ihr Körper brannte auf die Sensation, die er in ihr ausgelöst hatte.

Bevor sie auf dumme Gedanken kam, verlangte sie ein Glas Wasser anstelle eines Biers und klammerte sich daran, als symbolisierte es ihren schwindenden Verstand. Sie war gleichermassen froh wie enttäuscht, dass Mika keine Anstalten machte, sie erneut zu küssen.

In den nächsten Stunden sprachen sie über Gott und die Welt. Alyssa erzählte ihm von dem Skiunfall, der ihren Traum vom Spitzensport zerstört hatte. Ihr Praktikum bei Moretti & Partner klammerte sie bewusst aus, dafür kam sie auf ihr Publizistikstudium zu sprechen, das sie an manchen Tagen zu Tode langweilte und ihr an anderen wie ein Wink des Schicksals erschien. Mika erzählte von seinen Jahren in einem Heim für schwer erziehbare Jugendliche, die ihm ihre Anzeige eingebrockt hatte, und dem Wiedersehen mit seinem ehemaligen Betreuer Marcel. Dieser habe ihm auch seinen vollgetankten Range Rover ausgeliehen, damit Mika nicht so viel für den Zürcher Verkehrsbund berappen musste – «Er ist für mich wie ein Onkel.» Alyssa hätte ihm stundenlang zuhören können. Ihre Schmetterlinge flatterten, ohne zu ermüden. In ihm jetzt noch den Bösewicht zu sehen war ein Ding der Unmöglichkeit. Den Jungen von damals schien es wirklich nicht mehr zu geben. Ja, er war immer noch gefährlich – aber eben auch *gefährlich* gut aussehend, einfühlsam und nett. Dass sich seine erwachsene Version grundlos auf Menschen stürzte und ihnen das Leben nahm, passte nicht ins Bild. Wenn er für die Sache mit Jonas, Moretti und Döbeli verantwortlich war, dann mussten ihm diese etwas angetan haben, das seinen Zorn verdiente. Folglich war er nicht der Täter, sondern das Opfer. Und das wiederum machte ihn zu dem Mann, dessen Abgründe sie verzeihen und dessen Arme sie für immer um sich spüren wollte. Auf einmal fürchtete sie sich nicht mehr vor der Wahrheit. Sie spürte, dass sie gut war.

Später machten sie sich auf den Heimweg. Mika wollte am nächsten Tag nach Bern, um sich über eine Visumgeschichte für seinen Vater zu erkundigen. Alyssa erinnerte sich daran, dass dieser auf Fuerteventura lebte, und stellte keine Fragen. Sie selbst musste um acht Uhr in der Kanzlei sein und konnte sich mit der Aussicht auf Schlaf durchaus anfreunden. Dennoch wollte sie sich nicht von ihm verabschieden. Als er auf der Höhe der Europaallee-Überbauung seinen Arm um sie legte, jagten Stromstösse durch ihren Körper.

Er begleitete sie zum unterirdischen Perron, wo ihr Zug nach Stettbach ging. Sie waren fast alleine: Einzig ein Paar mit Reisekoffern und ein Betrunkener warteten, allerdings in einigen Metern Distanz. Es war das Höchstmass an Privatsphäre, das man an einem Ort wie dem Hauptbahnhof erwarten konnte. Alyssa bezweifelte jedoch, dass Mika sich woanders von irgendetwas hätte abhalten lassen.

Er zog sie bei den Hüften zu sich und küsste sie. Ihr Herzschlag geriet ins Stolpern. Seine Lippen waren warm und weich. «Ich hoffe, wir sehen uns bald wieder», raunte er, und sie nickte und war froh, dabei fest von ihm gehalten zu werden, da er sogleich dort weiterfuhr, wo er aufgehört hatte. Sie suchten und fanden sich, mal zärtlich, mal glühend, aber immer mit demselben Verlangen. Er biss ihr in die Unterlippe, drängte ihren Unterleib gegen seinen und tat das, was er am besten konnte: Er liess sie die Welt um sich herum vergessen.

Die quietschenden Zugbremsen rissen sie aus dem Traumzustand. Ein seltsames Kältegefühl überkam sie, als sich ihre Lippen lösten.

«Ich hoffe, du weisst jetzt, dass du mir vertrauen kannst», flüsterte er, drückte ihr etwas in die Hand, küsste sie ein letztes Mal. Danach liess er sie mit Knien weich wie zwei Daunenkissen stehen. Sie stützte sich an der Zugtür ab und schaute ihm nach. Nachdem er auf der Rolltreppe verschwunden war, senkte sie den Blick auf den Gegenstand, den er ihr gegeben hatte. Ihr wurde heiss und kalt zugleich. Es war ihr Pfefferspray.

20

Am nächsten Morgen überhörte Alyssa den Wecker, erst mit dem alarmierten Schrillen eines Trams erwachte sie. Im ersten Moment lag ein seliges Lächeln auf ihren Lippen, im zweiten ein entsetzter Schrei: Es war bereits nach acht Uhr. Sie sprang so überstürzt aus dem Bett, dass sie mit den Füssen in der Decke hängen blieb und hinfiel. Ein betäubender Schmerz durchfuhr sie, als sie sich den Ellbogen am Nachttisch anschlug. Stöhnend kam sie auf die Beine und schleppte sich in das Badezimmer.

Der verletzte Arm pulsierte, als sie fünfzehn Minuten später aus der Wohnung rannte. Noch im Tram an den Bahnhof Stettbach schickte sie eine Nachricht an Birgit mit der Behauptung, ihr Zug sei ausgefallen. Danach atmete sie zum ersten Mal an diesem Tag durch.

Die Sonne schien durch das verstaubte Fenster, aber am Horizont türmten sich bereits neue Regenwolken. Bald würde sich Zürich wieder in eine riesige Pfütze verwandeln. Die meisten Leute hatten einen Schirm bei sich, eine Mutter und ihr Kind standen in identischen gelben Pelerinen vor der Tür. Aus der Meute der Wetterpessimisten stach Alyssa mit einem sommerlichen Dreiviertelblazer hervor. Damit verkörperte sie allerdings bloss die Hitze nach aussen, die seit dem Zubettgehen in ihrem Innern brannte. Nur mit Mühe konnte sie das verliebte Lächeln aus ihrem Gesicht verbannen.

Mika hatte sich nicht als Ungeheuer entpuppt. Er war fürsorglich, sanft und nett gewesen. Und er hatte sie geküsst – *und wie er sie geküsst hatte.* Die Grübchen auf ihren Wangen vertieften sich, als sie den Kampf gegen das Lächeln verlor. Aber konnte ihr das jemand verübeln? – Das Biest hatte sich in einen Prinzen zurückverwandelt. Mika war dorthin zurückgekehrt, wo er sie beim letzten Mal verraten hatte.

Natürlich änderte das nichts an ihrem Plan: Sie wollte immer noch herausfinden, ob etwas hinter der Sache mit Moretti & Partner und Jeffrey Lasswell steckte, ob er wirklich ein mehrfacher

Mörder war und ob Moretti ihn bereits erwartet hatte – das Foto in der Schublade sprach schliesslich Bände. Doch zumindest für den Moment zweifelte sie seine Moral nicht an. Hatte er etwas mit den Toten zu schaffen, musste er ein nachvollziehbares Motiv haben. Der Brand im Einkaufszentrum brachte sie diesbezüglich der Wahrheit näher.

Ihre Verspätung fiel niemandem im Büro auf, nicht einmal Birgit liess einen dummen Kommentar fallen. Das hatte mit der allgemein gestressten Stimmung zu tun: Um zehn Uhr fand eine Mitarbeiterinformation statt. Infolgedessen waren alle zu beschäftigt mit ihrem eigenen Schicksal. Die meisten standen kettenrauchend auf der Dachterrasse, ohne sich zu unterhalten. Selbst als die ersten Tropfen fielen, stieg der Rauch noch immer in die Höhe.

Die Zeit bis zu der Mitarbeiterveranstaltung nutzte Alyssa, um sich bei Birgit über die neusten Ereignisse in der Kanzlei zu informieren: Nach dem Publikwerden von Morettis Ableben war angeblich ein grosser Klient abgesprungen. Auch Jeffrey Lasswell schien auf der Kippe zu stehen: «Alle sprechen von ihm, als wäre er ein Gott», keifte Birgit mit dem Neid der Ehrgeizigen. Mit Ausnahme des verlorenen Klienten hatte Alyssa nichts verpasst, von der internen Postverteilung und den zu kopierenden Dokumenten abgesehen. Birgit lamentierte zwar, dass sie wegen Alyssa «unzählige fucking Überstunden» hatte schieben müssen, aber Alyssa zweifelte an dem Wahrheitsgehalt dieser Aussage. Der Zwerg war aus Prinzip nie ausgelastet: Für das arbeitete er entschieden zu schnell. Einmal mehr beneidete Alyssa ihre Kollegin um deren Beflissenheit. Dafür habe ich Mika, dachte sie reflexartig, und ihre Wangen röteten sich bei dem Gedanken an sein unergründliches Gesicht. Beschämt hielt sie die Hände darauf. Offensichtlich war sie nicht nur schulschwarmtechnisch auf Oberstufenniveau zurückgefallen.

Ursprünglich beschäftigte Moretti & Partner sechs Anwälte. Um Punkt zehn Uhr stellten sich der Belegschaft noch vier Verbliebene – also minus Silvano Moretti und Kollege Frank Rindlisbacher, der sich ein Jahr zuvor im Badezimmer erhängt hatte. Obwohl die Informationsveranstaltung im grössten Sitzungszimmer der Kanzlei stattfand, klebten die meisten Anwesenden wie Kaugummi an der Wand. Die Fenster waren geschlossen, und es roch nach Zigarettenrauch und Angstschweiss.

«Vielen Dank, dass Sie gekommen sind», sagte einer der Anwälte.

«Als ob wir eine Wahl gehabt hätten», lästerte Caroline und zog die Nase hoch. Sie sah aus, als hätte sie gekokst.

«Moretti & Partner wird auch in Zukunft weiter bestehen. Es ist kein Stellenabbau von grösserem Umfang geplant. Dennoch werden sich einige Dinge ändern.» Der Anwalt blendete ein Organigramm ein, das die wichtigsten Verantwortungsbereiche aufführte. Alyssas Interesse verpuffte wie der Sauerstoff im Sitzungsraum.

Nur einmal wurde sie hellhörig. «Wie Sie wissen, war Mr. Lasswell ein langjähriger Freund unseres verstorbenen Firmeninhabers. Leider ist zum aktuellen Zeitpunkt nicht abzuschätzen, ob wir ihn halten können. Dies führt uns vor Augen, wie wichtig der öffentliche Auftritt von Moretti & Partner ist. Heimliche Gespräche mit Journalisten und weinerliche Interviews dienen weder Ihnen noch unserem Geschäft. Aus diesem Grund haben wir uns dazu entschieden, unsere bisherige Mediensprecherin Caroline Fischer per sofort freizustellen.» Alle Köpfe drehten sich zu Caroline um.

«Eh ein Scheissverein», murmelte diese achselzuckend. Birgit berührte sie mitfühlend am Arm. Sogar ein Blinder hätte erkannt, wie gespielt ihre Anteilnahme war, und jetzt machte Caroline auch keinen Hehl mehr aus ihrem Drogenkonsum. Sie verdrehte exaltiert die Augen und schwankte aus dem Raum. Hinter ihrem Rücken erhob sich aufgeregtes Gemurmel.

Entgegen allen Erwartungen blieb Carolines Kündigung die einzige Überraschung. Eine externe Medienagentur sollte sich künftig um den angeschlagenen Ruf von Moretti & Partner kümmern und die Bindung von Morettis Klienten gewährleisten – allen voran von Jeffrey Lasswell. Für Morettis Mandanten änderte sich indes nichts. Moretti hatte dafür gesorgt, dass bei jeder Anwaltsvollmacht mindestens zwei Partner aufgeführt wurden. Die betroffenen Fälle gingen vorerst an jene Anwälte, die als Beauftragte verzeichnet waren, und der erwartete Streit um die Mandate blieb aus.

Alyssa wunderte sich über Morettis Weitsicht bezüglich der Vollmachten. Sie hatte ihn als Menschen kennengelernt, der lieber alles verlor, ehe er etwas teilte. Ob sein Weitblick mit dem geplanten Suizid zusammenhing? – *Was für ein Unsinn.* Sie schüttelte sofort den Kopf. Sie durfte seine mutmassliche Ermordung nicht anzweifeln, bloss weil Mika sie geküsst hatte. Verbissen beschloss sie, nach der Veranstaltung in das Archiv von Moretti & Partner zu gehen, um endlich mehr über den Brand des Einkaufszentrums in Erfahrung zu bringen. Ihre guten Absichten endeten allerdings vor verschlossenen Türen.

«Nach Morettis Tod haben sie das Archiv absperren lassen», erklärte Birgit. Die Tür wurde neu durch einen Code geschützt, den nur Morettis persönliche Sekretärin Jennifer kannte. Offenbar war der Kampf um die Mandate doch noch nicht ganz vom Tisch. Mit hängenden Schultern machte sich Alyssa auf den Weg zur Uni.

Obwohl sie frühzeitig von der Kanzlei losging, erreichte sie Oerlikon mit einer satten Verspätung. Sie fluchte über die unzuverlässigen Zugverbindungen, derweil sie so gestresst durch die doppelte Schiebetür hetzte, dass sie mit Schülern von der HSO Wirtschaftschule zusammenstiess, die ihrerseits im Glaslabyrinth an der Andreasstrasse unterwegs waren.

«Geht's noch, Mann!», fluchte ein Junge mit aufgesetzter Basecap. Alyssa hörte erst hin, als sich jemand stellvertretend für sie wehrte. «Geh doch selber, *Mann*!» Sie entdeckte Pitbull, der ebenfalls zu spät dran war. Sie teilten das Lächeln zweier Leidensgenossen und konzentrierten sich wieder auf ihre eigene Beschleunigung.

Auf der Höhe des Lifts gingen ihre Wege um ein Haar auseinander. Pitbull steuerte auf das Treppenhaus zu, entschied sich aber im letzten Moment um. Artig stellte er sich neben Alyssa vor die gläserne Säule. Trotz des heftigen Sprints war keiner von ihnen ausser Atem.

Pitbull registrierte das mit anerkennend vorgerückter Unterlippe. «Du hast eine gute Kondition», sagte er gönnerhaft. Alyssa wusste um ihre Sportlichkeit und beliess es bei einem Nicken, zumal Pitbull das Gespräch ohnehin von allein fortsetzte. «Ist gar nicht mal so schlecht, dass du rennen kannst – gerade angesichts deiner neusten Bekanntschaft ... Hast du darüber nachgedacht, was ich dir gestern erzählte? – Wegen *des anderen*.» Die Art, wie er das sagte, zog ihr den Magen zusammen.

Nervös straffte sie die Schultern. «Ich nehme an, du sprichst von Mika. Er ist der Cousin von Valérie und ein alter Schulfreund von mir. Ich schätze deine Besorgnis, äh ...» Sie wollte ihn beim Namen nennen, konnte sich aber beim besten Willen nicht daran erinnern. «Jedenfalls ist sie nicht angebracht. Ich frage mich, was dir Grund dazu gibt.»

«Weil ich gesehen habe, wie er dich anstarrt. Und weil ich gesehen habe, wie er *mich* anstarrt, was er über mich weiss, wie er sich für euch interessiert, wie er aus dem Nichts auftaucht und dann wieder verschwindet ... Er ist unheimlich, okay? Das kannst du nicht abstreiten.»

Der Lift kam. Sie stiegen ein, und Alyssa drückte den Knopf in die dritte Etage. «Man sollte Menschen nicht nach ihrer Optik beurteilen», sagte sie.

«Darum geht es nicht. Ich habe mit ihm gesprochen. Manchmal verbirgt sich unter der Teufelsmaske wirklich der Teufel – wir sind hier nicht in Hollywood. Er hat etwas zu verbergen, das spüre ich.»

«Ach ja, was denn?», blaffte sie.

Pitbull zuckte mit den Achseln. «Lügen, Diebstahl, Mord – was weiss ich.»

«Deine Phantasiegebilde sind lächerlich. Weshalb interessiert es dich überhaupt, mit wem sich Valérie und ich abgeben?» Ihre Stimme war schrill geworden.

«Mein Interesse muss ich wohl nicht erklären», brummte Pitbull errötend. «Das mit der Phantasie lasse ich mir aber nicht vorwerfen, jedenfalls nicht von dir.» Angesäuert schürzte sie die Lippen. Touché. Offenbar wusste bereits halb Schwamendingen von ihrer mentalen Verführbarkeit.

Der Lift erreichte das dritte Stockwerk. Sie zwängte sich aus der Kabine, bevor die Tür richtig offen stand. Vor dem Vorlesungssaal hatte Pitbull sie wieder eingeholt.

Er legte eine Hand auf den Türgriff und versperrte ihr den Weg. Alyssa konnte nicht anders, als beeindruckt den Mund zu verziehen. Geschwindigkeit und Bizeps waren wirklich enorm. «Hör mal, Alyssa, ich bin nicht dein Vater, und wir haben auch sonst wenig miteinander zu tun …» So selbstbewusst er seine Rede startete, so unsicher wurde er mit zunehmender Dauer. Seine Hundeaugen schimmerten. «Pass einfach auf, ja?»

Seine Besorgnis wirkte wie Weichspüler auf ihr Herz ein. Ihr entfloh ein Lächeln. «Das werde ich», versprach sie, und sein erleichterter Gesichtsausdruck intensivierte ihr Wohlwollen. Vielleicht sollte sie ihn doch mit Valérie verkuppeln.

Dass sie gleichzeitig mit Pitbull auftauchte, entging Valérie jedenfalls nicht.

«Was hast du mit dem Hund zu schaffen!», kläffte sie alarmiert, als Alyssa den Platz neben ihr einnahm.

Alyssa verdrehte die Augen. «Es war nicht wegen dir. Ich habe ihn gestern mit einer anderen gesehen.»

«Mit einer anderen?» Valéries veränderter Gesichtsausdruck war nicht zu deuten. Alyssa sollte es recht sein, denn damit herrschte für die nächsten fünf Minuten Ruhe.

***

Eine seltsame Leere breitete sich in Valéries Brustkorb aus. Die Worte des Dozenten plätscherten an ihr vorbei. Sie konnte nicht fassen, was Alyssa ihr soeben erzählt hatte. Pitbull hatte eine Neue – ausgerechnet er, der glatt rasierte Fitnessprolet.

Valérie war Single, seit ihr wesentlich älterer Ex-Freund Gabriel sie vor einem Jahr mit einer Jusdoktorandin betrogen hatte. Das Alleinsein hatte sie nie gestört – zumindest so lange nicht, wie sie vom anderen Geschlecht irgendwelche Bestätigung bekam. Pitbull war diesbezüglich wie ein Wellnessbad gewesen. Jetzt war diesem der Stöpsel gezogen worden. Absurderweise ärgerte sich Valérie sehr darüber. Sie fragte sich, ob es das mit dem unbeschwerten Singleleben gewesen war.

Vielleicht war sie bald die einzige alleinstehende Person in ganz Zürich, quasi der letzte Mohikaner. Möglicherweise betrauerte man sie schon bald in einem öffentlichen Stadtfest: «Heute gedenken wir Valérie Samaras – jener Frau, die an Wochenenden höchstens Schokobonbons vernascht.» Im Kopf strich sie den nächsten Fitnessbesuch trotzdem. Fitness erinnerte sie an Pitbull – und an ihn zu denken fühlte sich neuerdings schmerzvoll an. Diese Empfindung wiederum versetzte sie in Aufregung: Niemand wollte so über einen Typen wie Pitbull denken. Er war ein Klischeekerl, der unter normalen Umständen nur in Klischeeromanen vorkam. Ihr sollte folglich wirklich egal sein, was er von ihr dachte oder ob er sich für sie interessierte.

Missgelaunt schielte sie zu Alyssa, die konzentriert nach vorn schaute. Auf ihrem Gesicht lag ein Lächeln, das noch klischierter war als Pitbull. Gleichzeitig klopfte sie nervös mit dem Kugelschreiber auf dem Notizblock herum. Das Date mit Mika. Die Erinnerung durchzuckte Valérie wie der Blitz.

Sie pikte ihre Freundin mit dem Bleistift an. «Erzähl mir von gestern», sagte sie.

«Scht, ich möchte zuhören», wiegelte Alyssa ab. Diese Reaktion kam nicht überraschend: Alyssa teilte ihre Gefühle seltener als ein Gläubiger das Meer. Diesmal wollte Valérie nicht nachgeben, schliesslich war ihr Cousin involviert. Darüber hinaus waren Alyssas Wangen auf höchst alarmierende Weise gerötet.

Sie intensivierte das Piken mit dem Bleistift. «Was habt ihr gemacht? Habt ihr euch ausgesprochen? Und wie muss ich deine roten Apfelbacken deuten? Ist da etwa was gelaufen?»

«Wir waren im Acapulco und haben uns unterhalten. *Und ja*, es ist etwas gelaufen, ein bisschen zumindest.» Alyssas Kopf konnte kaum noch röter werden; gleichzeitig wirkte sie auf einmal verunsichert. «Stört dich das? Du wirkst angepisst.»

«Unsinn!» Valérie schreckte aus ihrem Grimmig-Modus hoch. Betreten verschwieg sie den Gedanken, der es soeben geschafft hatte, das Glück ihrer besten Freundin zu überschatten.

Sie konnte es nicht leugnen: Alyssas verliebtes Getue war ein Schlag ins Gesicht. Alyssa hatte sich bis anhin so fest gegen die

Liebe gestemmt, dass mehr Herzen zu Bruch gegangen waren als Geschirr an einem Polterabend. Und jetzt hatte es sie doch erwischt. Dass dies alles mit ein und demselben Jungen zusammenhing, ging Valérie völlig ab. Jetzt war sie *definitiv* der letzte Mohikaner. Für ihren Unmut schämte sie sich sogleich.

Verlegen strich sie sich die Haare aus dem Gesicht. «Ich bin ein Idiot, es tut mir leid. Die Sache mit Pitbull trifft mich wohl mehr, als mir lieb ist. Erzähl mir bitte alles von gestern. Ihr habt euch also versöhnt, und der Himmel hängt jetzt voller Geigen, ja?»

Alyssa bekam die Frage gar nicht mit. Sie musterte Valérie zunächst voller Unglauben, dann mit zunehmendem Amüsement. «Nervt es dich, dass Pitbull eine andere hat?», fragte sie belustigt.

«Ich vermisse die Bestätigung.»

Alyssa prustete so laut, dass sich ein Kommilitone genervt zu ihr umdrehte.

«Du bist *wirklich* eine Idiotin. Hättest du vorletzten Samstag nicht nur Augen für den Gitarristen gehabt, wären dir mindestens zwei Typen aufgefallen, die dich zu Tode anstarrten – schmächtig, tätowiert und genau dein Schema.»

«Hast du das in deinem Drogenrausch mitbekommen?», frotzelte Valérie, was ihr einen heftigen Stoss in die Rippen einbrachte. «Zurück zum Thema: Was lief zwischen dir und Mika?»

Das Glühen kehrte in Alyssas Gesicht zurück. «Eigentlich habe ich dir bereits alles erzählt.»

«Nicht en détail.»

«Ich bezweifle, dass du das so genau hören willst.» Sie kicherte dämlich.

Valérie klopfte mürrisch auf den Tisch. «Mich irritiert bloss deine Sprunghaftigkeit. Zuerst glaubst du, er sei ein Serienkiller, und dann machst du mit ihm rum.»

«Ich sagte nie, dass er ein Serienkiller ist.»

«Das steht in deinen Notizen.»

Alyssas Lieblichkeit verpuffte. «Welche Notizen?» Sie erblasste.

«Deine Mindmap zu Moretti, Döbeli und Rotpunkt. Ich habe

sie gesehen, als ich den Wirth-Text ausleihen wollte. Sie lag zwischen den Seiten.»

«Weiss Mika davon?»

«Es ist möglich, dass ich ihm etwas erzählt habe», druckste Valérie herum und nahm ihre Freundin bei der Hand, als sie noch weisser im Gesicht wurde. «Hör zu, Alyssa. Es tut mir leid, dass ich das getan habe, möglicherweise hätte ich das nicht tun dürfen. Ich weiss schliesslich, dass er dich verletzt hat. Aber ihn mit einem Mördermärchen büssen zu lassen wäre der falsche Weg gewesen. Das siehst du mittlerweile doch auch ein, oder? Er hat sich geändert. Er ist nicht mehr der Junge von früher.»

Alyssa löste sich aus ihrer Starre und nickte. «Ich weiss. Es ist mir bloss unangenehm, dass er von meinen wirren Theorien weiss.» Sie kicherte erneut. Valérie wünschte sich, es wäre so nervig ausgefallen wie vorher.

***

Nach der Vorlesung ging Alyssa allein nach Hause; Valérie musste eine Kollegin bei der Arbeit vertreten. Im Lift zwängte sie sich zu sechs Kommilitoninnen, die aussahen wie Klone: Tiffany-Ketten, Hermès-Schals und Wallemähnen, die sie in programmierter Regelmässigkeit mit den makellosen Fingernägeln auflockerten. Sie hiessen Alyssa mit einer Freundlichkeit willkommen, deren Aufrichtigkeit zu bezweifeln war. Alyssa nickte knapp zurück.

Während eines Zwischenhalts auf Stockwerk zwei begann ihr Handy zu klingeln.

Es dauerte ewig, bis sie es aus ihrem Blazer gefingert hatte. «Hallo?»

«Sind wir schon wieder auf dem Nullpunkt angelangt?», fragte Mika. Vor Schreck liess sie das Telefon fallen. Die hintere Akkuabdeckung fiel ab und schlidderte durch die Kabine.

«Oh!», riefen die Klon-Studentinnen und wollten sich gleichzeitig nach den verlorenen Teilen bücken. Als das nicht klappte, brachen sie in hysterisches Gelächter aus. Alyssa musste grimmig abwarten, bis sie das Erdgeschoss erreichten. Erst hier konnte sie das Gerät wieder zusammensetzen und an das Ohr halten.

Mika wartete in der Leitung. «Hast du mich gerade fallen gelassen? Alles in Ordnung?»

Ihre Absätze klacksten laut, als sie an den Liftkolleginnen vorbeimarschierte. «Hast du heute schon mit Valérie gesprochen?», fragte sie nervös.

«Nein. Ich wollte bloss deine schöne Stimme hören. Ernsthaft, was ist los?»

«Du wolltest mich treffen, obwohl du meine Notizen gesehen hast und somit weisst, was ich dir anlaste.» Sie verliess das Gebäude und eilte in energischen Schritten Richtung Bahnhof.

Auf ihre Anschuldigung reagierte Mika mit einem ernüchterten Brummen. «Also wirklich der Nullpunkt ... Nun, dass du noch lebst, sollte eigentlich für meine Unschuld sprechen, oder?»

«Vielleicht wolltest du mich auch manipulieren und auf deine Seite ziehen. Es wäre nicht das erste Mal.»

«Mach dich nicht lächerlich! Glaubst du ernsthaft, dass ich dich nach all deinen Theorien am Leben liesse? – Oder was kommt als Nächstes? Schubse ich dich vor den Zug?» Ihre Schritte erstarben. Sie stand bereits auf der Eisentreppe zu den Bahnhofgleisen. «Ehrlich, Alyssa: Ich kann nicht glauben, dass du mich für einen Mörder hältst – noch dazu für einen so dummen, der sich von einer Studentin überführen lässt. Ja, ich wollte dich wegen der Notizen treffen, aber nicht so, wie du denkst. Was du mir vorwirfst, ist nicht nur gefährlich, sondern auch beleidigend. Ich weiss nicht, wie du auf so etwas kommst. Bloss weil ein paar Anschuldigungen gerechtfertigt sind?» Er machte eine Pause, um ihr das Antworten zu ermöglichen. Ihre Kehle war wie ausgetrocknet. Sie wusste nicht, was er mit seiner Rede beabsichtigte – ob er sie vor der Wahrheit beschützen oder ihre Vorstellungskraft manipulieren wollte. Mika redete derweil weiter, als läse er ihre Gedanken: «Ich lege mich kein zweites Mal mit deiner Phantasie an, das kannst du mir glauben. Dass ich dich wiedersehen wollte, hat auch nichts mit einem Vertuschungsplan zu tun. Ich mag dich, okay? Und ich weiss, dass dich das überfordert und offenbar so sehr einschüchtert, dass du lieber hinter einer irren Phantasiegeschichte in Deckung gehst. Aber *ich will dich nun einmal wirklich.* Und ich scheue nicht davor zurück, dir das zu zeigen. Wenn du ein Problem damit hast, musst du schon vor mir davonrennen. Erwarte einfach nicht, dass ich dir mit einer Axt in der Hand folge.»

«Der war nicht witzig», murrte sie und beruhigte sich trotzdem. «Du hast Anschuldigungen erwähnt, die gerechtfertigt seien. Von welchen sprichst du?»

«Das mit dem Bootshaus stimmt. Über alles andere reden wir bei einem Drink unter vier Augen. Sag mir einfach, wann und wo.» Seine Direktheit war geradezu lähmend, erst recht, da sie so unvermittelt kam.

Also war er ein Brandstifter; also hatte er Jonas und Natalie umbringen wollen. Sie wollte sich nicht ausmalen, was er ihr als Nächstes gestand.

Ihr Griff um das Eisengeländer verkrampfte sich. «Am Samstag findet die Wiedereröffnung des Abart Clubs beim Giesshübel statt. Wir könnten uns dort treffen», stotterte sie.

«Okay.» Seine Antwort kam gedehnt. Der späte Zeitpunkt schien ihn zu verwirren.

«Ich war letzte Woche krankgeschrieben und habe einiges aufzuholen», sagte sie postwendend, während in ihrem Kopf eine To-do-Liste heranwuchs. *Mehr über seine Familie erfahren; Namen, Ereignisse, Motive. Tiefe Charakterstudie. Das Archiv von Moretti & Partner auskundschaften. Die eigenen Erfahrungen überdenken …*

«Dann eben Samstag. Lass dein Pfefferspray daheim. Die sind in Clubs verboten», sagte er.

«Ich lerne vorher Kung-Fu, keine Sorge.»

Er schwieg einen Moment. «Bitte vertrau mir, Alyssa. Ich will dich nicht noch einmal verlieren.»

«Ich will dich auch nicht verlieren», erwiderte sie leise, und der Kloss in ihrem Hals bewies, wie ernst sie das meinte.

Tatsächlich konnte sie sich ein Leben ohne ihn nicht vorstellen. Im Grunde genommen hatte es nie ein solches gegeben. Mit einem Schlag realisierte sie, dass Rebecca sie vor ebendiesem Gefühl gewarnt hatte: Sie hatte sich so sehr an die Misere gewöhnt, dass ihr Fehlen selbst zum Fehler wurde.

Unwillkürlich fasste sie sich in den Nacken, um die emporgeschossenen Härchen zu glätten. «Nächsten Samstag wissen wir mehr», sagte sie diplomatisch, und ihre Nackenhaare prickelten von Neuem, als er erwiderte: «Ich werde dich von mir überzeugen, Alyssa.» Diesmal klang es fast wie eine Drohung.

Ein beklemmender Druck lag auf ihrem Magen, als sie das Gespräch beendete. Sie löste ihre Finger von dem Geländer, atmete durch und rieb sich noch einmal den Nacken. Danach ging sie zu der Abarbeitung ihrer To-do-Liste über.

21

Punkt eins: mehr über seine Familie erfahren. Alyssa hatte eingesehen, dass sie in den Moretti-Fällen feststeckte, solange sie nicht mehr über Mikas Vergangenheit vor und nach ihrer gemeinsamen Schulzeit wusste.

«Das klingt nach einem Verhör.» Valérie kniff die Augen zusammen. Der Milchschaum von Alyssas Latte macchiato schwappte über den Tassenrand, als sie ihn auf die Ablage stellte.

Alyssa fing ihn mit dem Finger auf. «Ich möchte ihn einfach besser kennenlernen und meine Vorurteile aus der Welt räumen.»

«Solltest du da nicht besser mit ihm reden?»

«Deine Meinung ist mir wichtig. Also: Wie war er als Kind?»

«Wagemutig und loyal. Wir machten oft die Baustellen an unserem Wohnort unsicher. Von daher stammt auch sein kaputter Zahn», antwortete Valérie, derweil sie weitere Kundenwünsche mit der Präzision eines Vollautomaten erfüllte.

«Hattet ihr immer Kontakt zueinander?»

«Nein. Seine Mutter Elena war die Schwester meines Vaters, aber sie standen sich nicht sehr nahe. Der Kontakt brach ab, als sich Mikas Eltern trennten und er zusammen mit seiner Mutter aufs Land zog – zu dir, wenn's mir recht ist.»

«Nach Lachen», sagte Alyssa, und ihre Zunge verknotete sich bei dem Ortsnamen. «Hast du seinen Schulverweis mitbekommen?»

«Wir hörten, dass er wegen vorsätzlicher Brandstiftung, Gefährdung von Menschenleben und, und, und angezeigt wurde. Mittlerweile weiss ich ja, wer die Anzeige einreichte.» Ein seltsamer Ausdruck huschte durch ihre Augen.

Alyssa duckte sich. «Du glaubst mir nicht, nicht wahr?», murmelte sie, was Valérie sichtlich beleidigte.

«So etwas darfst du mir nicht unterstellen. Es ist bloss eine schwierige Situation für mich. Wir kennen nicht denselben Mika. Es fällt mir schwer, das Böse in ihm zu sehen. Gleichzeitig ist mir natürlich bewusst, dass niemand einfach so von der Schule fliegt.»

«In der Tat.» Alyssa klammerte sich beklommen an ihre Kaffeetasse. Mikas krankes Spiel schoss im Zeitraffer durch ihre Gedanken. «Hast du eine Vermutung, weshalb er zwischenzeitlich – nun ja – zum *Psycho* wurde?»

«Seine Mutter starb, als er dreizehn war.»

«Was ist geschehen?»

«Sie beging Selbstmord.»

«Oh.» Sie erblasste. «Und danach?»

Valérie verlagerte unruhig das Gewicht. «Keine Ahnung. Meine Eltern schotteten mich von allem ab – erst recht nachdem sie gehört hatten, wie Mika durchdrehte. Die Sache mit dem Bootshaus muss echt übel gewesen sein.»

«Man fand keine Beweise dafür, dass er jemanden verbrennen wollte», wandte Alyssa ein, obwohl sie es mittlerweile besser wusste. «Bitte versuche dich zu erinnern: Was ist danach geschehen?»

«Sein Vater übernahm das Sorgerecht und zog zu Mika nach Lachen. Nach deiner Anzeige kehrten sie nach Zürich zurück, und ein jugendpsychiatrischer Dienst nahm sich seiner an … Ich sollte dir das wirklich nicht erzählen. Bitte sprich mit Mika, wenn du mehr erfahren willst.»

Alyssa hörte nicht hin. «Was für ein jugendpsychiatrischer Dienst?»

«Keine Ahnung. Das Gfellergut oder so.»

«Hatte er einen Betreuer? – Marcel irgendetwas?»

«Ich sagte doch, du sollst Mika fragen!» Valérie knallte einen Espresso auf die Ablage. Die Hälfte des Inhalts ging verloren. Fluchend nahm sie das Getränk zurück, braute ein neues und überreichte dieses dem Kunden mit einem entschuldigenden Lächeln. Letzteres nahm eine eisige Note an, als sie sich an Alyssa zurückwandte. «Du gehst immer noch davon aus, dass er ein Mörder ist, darum all die Fragen.»

«Mika hat mein Vertrauen missbraucht. Du verstehst, wenn ich etwas skeptisch bin.»

Valérie schüttelte den Kopf. «Verstehst du denn nicht? Das ist genau der Punkt, der *mich* skeptisch macht. Ständig erzählst du davon, wie böse Mika war, und doch macht es den Anschein, als wolltest du mit ihm zusammen sein. Entweder sind deine Geschichten also gewaltig übertrieben – oder du ziehst gerade eine krankhafte Stockholm-Syndrom-Show ab.»

«Ich verherrliche keine Gewalttätigen», knurrte Alyssa. «Ausserdem glaube ich nach wie vor daran, dass mich Mika damals nicht mit Absicht verletzte. Ich war bloss zum richtigen Zeitpunkt am falschen Ort.»

«Seine Worte ...» Valérie musterte sie lange, die Unterlippe nachdenklich zwischen die Zähne gezogen. Ihr entfuhr ein Seufzen. «Es ist deine Sache, ob du ihm verzeihen kannst oder willst. Spiel einfach nicht mit ihm herum. Entweder du gibst ihm eine ehrliche Chance, oder du gehst ihm aus dem Weg.»

«Ich will ihm eine Chance geben.»

«Okay.» Die Skepsis durchtränkte ihre Stimme bis in die kleinste Nuance. Das beleidigte Alyssa mehr, als sie zugeben wollte. Schwungvoll hob sie ihren Milchkaffee und wandte sich zum Gehen ab. «Er hat sich verändert, Alyssa. Bitte, versuch das einzusehen», flüsterte Valérie in ihrem Rücken. Ihr flehentlicher Unterton liess Alyssa erschauern. Seltsamerweise erfüllte sie das mit einer ungeahnten Wärme. Sie drehte sich zu Valérie um und schenkte ihr ein versöhnliches Lächeln. Danach setzte sie sich an einen freien Tisch und googelte nach dem «Gfellergut». Zeit für Phase zwei.

Das Gfellergut war eine Institution der Stiftung für Zürcher Kinder- und Jugendheime. Alyssa nahm an, dass Mika dort landete, da er ursprünglich aus dem Kanton Zürich stammte. Auf der Webseite fand sie keinen Hinweis auf einen Betreuer namens Marcel, weshalb sie telefonisch nachfragte. Zu ihrem Glück arbeitete im Sekretariat eine Frau, die seit mehreren Jahren im Zentrum tätig war.

«Sie müssen Marcel Schütz meinen», sagte sie. «Er hat vor drei Jahren eine neue Herausforderung gesucht. Aber ich kann Ihnen seine Kontaktdaten geben.»

Marcel arbeitete mittlerweile als Jugendpsychologe in der römisch-katholischen Kirchgemeinde St. Konrad. Alyssa gab sich als eine gute Freundin von Mika aus.

«Ah, Mika Blum, ein spannender Junge!», rief er aus.

«Ich habe gehofft, wir könnten uns bei Gelegenheit einmal über ihn unterhalten», sagte Alyssa.

Marcels gute Laune verpuffte jäh. «Hat er etwas angestellt?»

Alyssa verneinte einen Tick zu schnell und hoffte, ihm würde das nicht auffallen. Sie verabredeten sich am nächsten Morgen im Niederdorf.

Nachdem Alyssa ihren Kaffee ausgetrunken hatte, kehrte sie zu Moretti & Partner zurück. Sie konnte nicht tatenlos herumsitzen, denn Valérie hatte eine düstere Vorahnung in ihr heraufbeschworen: Mikas Mutter war die Selbstmörderin aus dem Einkaufszentrum von Lasswell Inc.

Ihr war nach Schreien zumute. Sie wollte nicht über ein solches Szenario nachdenken und sich den Schmerz vorstellen, den ein Kind in diesem Moment durchlebte. Andererseits würde es so vieles erklären, Mikas Kaltblütigkeit in ein wärmeres Licht tauchen …

Während der Tramfahrt durchforstete sie das Internet nach weiteren Hinweisen. Diesmal benutzte sie die Stichworte «Elena», «Samaras» und «Blum» in Zusammenhang mit dem Selbstmörder aus Jeffrey Lasswells Einkaufszentrum. Ihre Bemühungen blieben ohne Resultat. Alyssa wusste, dass das nichts zu bedeuten hatte. Ralf Döbeli würde sich davor gehütet haben, die richtigen Namen der Öffentlichkeit preiszugeben. Damit lagen ihre Hoffnungen auf dem Archiv von Moretti & Partner und bei Jugendpsychologe Marcel Schütz.

Birgit hob argwöhnisch den Kopf, als Alyssa das Grossraumbüro betrat und ihre Ledertasche mit einem Plumps auf ihren Schreibtisch fallen liess.

Zu ihrer Überraschung war Caroline auch im Büro. Mit Ausnahme der geröteten Nase, die sie dann und wann hochzog, sah sie aus wie immer: strenger Dutt, knitterfreier Hosenanzug und drei Kaffeetassen auf dem Tisch – alle ausgetrunken und mit eingetrocknetem Satz.

«Caroline ist ab heute Abend weg», erklärte Birgit, als hätte sie Alyssas Irritation registriert, und Alyssa biss sich ertappt auf die Zunge. Unbeholfen trampelte sie auf den Füssen herum. Sie wusste nicht, ob sie Caroline etwas sagen musste – Worte des Abschieds, des Bedauerns oder so.

Caroline winkte ab, als hätte sie ihren Gedanken erraten. «Lass mal. Ich bin froh, bald weg zu sein. Hier arbeiten ohnehin bloss raffgierige Versager, die wenig leisten, aber viel verdienen.» Ihr entging, dass sie damit sich selbst beschrieb.

«Warum quälst du dich überhaupt noch herum? – Ich dachte, es war fristlos», säuselte Alyssa.

«Ich bereite die Übergabe an die Medienagentur vor», antwortete Caroline, aber Birgit sagte: «Sie löscht ihre privaten Daten vom Laufwerk. Hatte ja sonst nix zu tun.» Sie bemühte sich nicht im Geringsten um Anteilnahme. Wegen Carolines Unfähigkeit hatte sie bei Medienanfragen immer aushelfen müssen. «Heutzutage kriegt man selbst fürs Scheissen einen Master. Publizistik ist der Beweis», kläffte sie.

Alyssa überging die Stichelei mit gewohnter Abgeklärtheit. Ihr Studium wurde regelmässig durch den Dreck gezogen.

«Ist Jennifer noch da?», erkundigte sie sich.

«Du hast Beine und Füsse. Schau selber nach.» Birgits Kommentar brachte sie zum Seufzen. Missmutig stapfte sie aus dem Büro.

Jennifers Arbeitsplatz befand sich am anderen Ende des Flurs. Alyssa nutzte die halbe Gehminute zu einer vorsorglichen Strategieentwicklung: *Ich muss etwas aus dem Archiv holen, Anwalt XY hat mich darum gebeten. – Es geht um Morettis Nachruf. – Die Medienagentur braucht Informationen aus der Ablage zu Morettis Werdegang: zu Ralf Döbeli; zu dem vor einem Jahr verstorbenen Anwalt …* Die Erinnerung an Anwalt Frank Rindlisbacher hinterliess einen schalen Beigeschmack in ihrem Mund. Sie fragte sich, ob Mika auch für dessen Ableben verantwortlich war: Der Mann hatte sich bekanntlich im Badezimmer stranguliert – ein weiterer Suizid also.

Jennifer arbeitete allein in einem fensterlosen Büro von der Grösse eines Abstellraums. Moretti hatte sie als das «drittschnellste Pferd im Stall» bezeichnet, und zwar nach sich selbst und Döbeli. Sie war eine Harvard-Absolventin mit Doktorabschluss in Betriebswirtschaft und hatte lange Zeit an verschiedenen Universitäten geforscht und doziert. Als vierzigjährige Mutter von Drillingen passte sie die Prioritäten jetzt dem Familienleben an. Trotz laut geführter Genderdebatte war es in Zürich immer noch die Regel, dass die Frau ihre Karriere hinschmiss, wenn das Kind erst einmal da war, dachte Alyssa. Jennifer schien ihr Glück trotzdem gefunden zu haben. Auch heute glühten ihre Wangen rosig, und das kastanienbraune Haar glänzte so frisch, als sässe sie allwöchentlich beim Coiffeur.

Sie hob den Kopf, noch bevor Alyssa über die Türschwelle getreten war. «Guten Tag, Alyssa. Hast du heute nicht frei? Wie kann ich dir behilflich sein?»

«Ich helfe Caroline beim Briefing der Medienagentur. Hierfür müsste ich kurz in das Archiv. Könntest du mir den Code aushändigen?»

Für den Bruchteil einer Sekunde schielte Jennifer zum Rollkorpus unter ihrem Arbeitstisch. Im nächsten Moment faltete sie die Hände ineinander und verengte streng die Augen. «Was um Himmels willen braucht die Agentur aus unserem Archiv?»

«Es geht um Morettis Nachruf. Die PR-Leute rechnen mit kritischen Rückfragen von den Medien. Sie möchten sich mit einem Q&A darauf vorbereiten.» Alyssa hatte Mühe, nicht ununterbrochen zum Rollkorpus zu schauen, derweil Jennifers Blick noch strenger wurde.

«Auf keinen Fall. Im Archiv befinden sich hochsensible Daten. Wir lassen keine Fremden darin herumschnüffeln. Wenn die Agentur Informationen braucht, muss der Ad-hoc-Weg ausreichen.» Damit war das Thema durch. Sie klimperte mit den Wimpern. «Sonst noch etwas?»

«Das ist alles. Vielen Dank.» Alyssa verabschiedete sich und kehrte mit roten Wangen zu ihrem Arbeitsplatz zurück. In ihrem Kopf rotierte bereits ein neuer Plan.

Vor dem Grossraumbüro stiess sie mit Caroline zusammen. Sie hatte ihre Sachen endgültig gepackt und sah selten schlecht aus.

Sie drückte Alyssa an sich. Dieser stieg ein Duftgemisch aus Dior und Alkohol in die Nase. «Du bist zu gut für dieses Loch. Mach, dass du wegkommst», zischte sie, und Alyssa wusste nicht, was sie darauf erwidern sollte. Betroffen schaute sie Caroline nach, die wie ein geschlagener Hund zum Ausgang schlurfte. Normalerweise hallten ihre Louboutins laut über den Flur. Heute war nichts zu hören.

«Das wurde auch Zeit.» Birgit hämmerte beflissen in die Tastatur.

***

«John Rieder – was für eine Ehre!»

Pankratz Mettler war ein Mann mit vielen Talenten. Er war ein Eins-a-Messerwerfer und schwang die Klinge mindestens genauso gut in der Küche. Sein grösstes Talent war es jedoch, alle seine Gefühle hinter einem undurchdringbaren Mona-Lisa-Lächeln zu verbergen. Es war etwas schief und grub ein tiefes Loch in seine rotbehaarte rechte Wange. Die Zähne entblösste er dabei nie, allerdings konnte das dem Gegenüber egal sein. Nicht einmal ein Zahnarzt hätte sich für dieses Rauchergebiss erwärmen können.

John hatte seinen Ex-Chef und Inhaber der Privatdetektei Mettler nicht mehr gesehen, seit Pankratz ihm vor zwölf Jahren gekündet hatte. Seither schien der fünfzigjährige Detektiv um kein Jahr gealtert zu sein. Die feuerroten vollen Haare waren seit Menschengedenken grau meliert, ebenso der Bart, der seinen fussballrunden Kopf kaschierte. Er besass eine schmächtige Statur und wachsame wimpernlose Augen. Die schmucklosen Hände zeugten davon, dass er nach wie vor in einer monogamen Beziehung mit seinem Unternehmen steckte.

John war ohne Voranmeldung in die Detektei hineingeplatzt, die Pankratz in einer muffigen Zwei-Zimmer-Altbauwohnung zwischen dem Bahnhof Altstetten und dem Zürcher Letzigrund führte. Er beschäftigte drei Mitarbeiter, die ständig auf Achse waren. Auch John war zu seiner Zeit bei Pankratz selten im Büro gewesen. Trotzdem erinnerte er sich an dessen Siebziger-Jahre-Bauklotzcharme, als ginge er hier ein und aus. Das wiederum lag daran, weil ihm der Grund für seine Kündigung und die darauffolgenden Ereignisse immer noch den Schlaf raubten.

Er liess sich zu der zerkratzten schwarzen Ledercouch führen, wo Pankratz zwei Wodka auf Eis bereitstellte. Das war ein weiteres Talent des Detektivs: Er wusste, wann seine Besucher Alkohol brauchten.

Trotzdem war es der Ex-Chef, der den ersten Schluck nahm. Aufmerksam studierte er John über den Glasrand hinweg. Was sich ihm bot, war ein jämmerliches Bild: John war gerade erst aus der Untersuchungshaft entlassen worden; der schwarze Pullover fleckig, die braunen Haare verstrubbelt, die Augen von tiefen Ringen untermalt. Das Grauen überkam ihn immer noch, wenn er daran dachte, *wer* ihn mit einem falschen Alibi befreit hatte.

Pankratz sparte sich die Floskeln. «Du siehst scheisse aus», sagte er. «Erzählst du mir die Geschichte dahinter, oder muss ich mich mit Gegenfragen begnügen?»

«Was weisst du über den Verbleib von Christian Grau?»

Über die Lippen des Detektivs huschte das Mona-Lisa-Lächeln. «Das dachte ich mir. Ein Glück, dass ich einen guten Draht zur Kantonspolizei habe, nicht wahr? Es mag dich überraschen, aber ich habe dich nie aus den Augen gelassen, John, keine einzige Sekunde, seit sich unsere Wege trennten. Du warst mein jüngster und bester Mann. Ellen Schmid schickt uns heute noch Weihnachtskarten und Dankespralinen. Du nimmst es mir hoffentlich nicht übel, dass ich Letztere jeweils noch vor Ort entsorge.» Sein Grinsen wurde wärmer, als er sich das blaue Hemd über dem Bauchansatz flach strich. Kurz darauf wurde er wieder ernst: «Ich weiss, dass du unschuldig in Untersuchungshaft sassest. Die Frage stellt sich, wie du so plötzlich herausgekommen bist?»

«Grau hat mir ein Alibi gegeben. Ich will herausfinden, wo er steckt und warum er das getan hat.»

«Ich bezweifle, dass du dich bei ihm bedanken möchtest. Grau verliess die Detektei einen Monat nach dir. Was lässt dich glauben, dass ich etwas über seinen Verbleib wüsste?»

«Weil du ihn genauso fürchtest wie ich.»

«Bezahlst du mich für meine Auskünfte?»

«Nein. Es ist schliesslich auch in deinem Interesse.»

«Geht so.» Pankratz legte den Kopf schräg. «Du hast Lasswell damals verraten, nicht ich. Ich wasche meine Hände nach wie vor in Unschuld. Grau wusste natürlich immer von deiner Schuld. Ihr standet euch ja so nah …» Das Ende des letzten Satzes ging in einem verständnislosen Seufzen unter.

«Darum fürchte ich jetzt auch um mein Leben. Er ist hinter mir her, Pan, das spüre ich», sagte John und liess auf einmal den Kopf hängen. Jetzt war es raus – ein Teil davon zumindest. Pankratz wusste nämlich nur, dass John damals mit Elena Samaras gesprochen hatte. Wie es später zu dem Brand kam, wussten hingegen nur John und Grau. Er holte tief Luft. «Ich weiss nicht, ob du von den jüngsten Todesfällen in der Kanzlei Moretti & Partner gehört hast. Es sieht nach Suiziden aus, aber Lasswell und seine Leute scheinen zu befürchten, dass mehr dahintersteckt. Vielleicht denken sie, dass ich erneut gezwitschert habe, und haben Grau darum auf mich angesetzt. Doch das stimmt nicht. Ich habe mit niemandem darüber gesprochen.»

«Dann nährt sich der Zorn des mutmasslichen Mörders aus Vermutungen. Zuweilen reicht das aus. Er hat immerhin einen geliebten Menschen verloren.»

«Ich weiss», brummte John und grub sich die Fingernägel in die Handballen. «Das ändert leider nichts an der Tatsache, dass mich Lasswell und Grau für gefährlich halten. Ich muss herausfinden, wo Grau steckt, bevor er es bei mir tut. Andernfalls fühle ich mich nicht mehr sicher.» Er wollte nicht verzweifelt klingen, aber ihn hatten sämtliche andere Emotionen verlassen. Auf einmal fühlte er sich nackt und entblösst wie ein Schaf, das man frisch rasiert hatte.

Pankratz musterte ihn bekümmert. «Das tut mir leid, John», sagte er aufrichtig. «Ich würde dir gerne helfen, doch meine Informationen sind dürftig. Graus Spur hat sich vor einem halben Jahr auf Fuerteventura verlaufen.»

«Auf Fuerteventura?» John runzelte die Stirn. «Was zur Hölle macht er dort?»

«Ferien vielleicht?» Pankratz gab ein schiefes Lächeln von sich. «Vielleicht besuchte er auch einen alten Freund. Christoph Blum hat sich in Corralejo eine Surfschule aufgebaut.»

Der Name schnitt kurz und schmerzhaft durch Johns Gedanken. «Grau ist bereits in der Stadt. Andernfalls hätte er mich nicht mit einem gefälschten Alibi aus der Untersuchungshaft holen können. Zudem habe ich die Vermutung, dass er mich kurz davor mit dem Auto von der Strasse abdrängen wollte.»

Pankratz entfuhr ein Seufzen. «Ach, John … In was hast du dich bloss hineingeritten? Nun denn, ich möchte dir helfen. Gib mir ein paar Tage Zeit, um mehr über Grau herauszufinden. Vielleicht finden wir etwas, mit dem wir ihn in Bedrängnis bringen können. Bis dahin rate ich dir an, dich daheim zu verschanzen. Wenn ich mich nicht irre, wohnst du mit deiner Freundin zusammen, nicht wahr? Grau wird sich nicht getrauen, dich dort anzugreifen. Er hat seltsame, aber unerschütterliche Moralvorstellungen.» Wieder ein schiefes Lächeln. «Ich hoffe trotzdem, dass du noch die eine oder andere Waffe zu Hause hast.»

«So halb.» John dachte an das Brotmesser im Küchenschrank.

Pankratz nickte. «Gut. Ich melde mich bei dir, sobald ich mehr über die Sache in Erfahrung bringen konnte. Und selbst wenn mir das misslingt: Mach dir keinen Kopf, Johnnie. Grau ist nicht dumm: Er wird schon merken, dass Moretti und seine Kollegen nicht wegen deiner Gesprächigkeit gestorben sind. Und dann werden sie dich schnurstracks wieder in Ruhe lassen.»

«Das hoffe ich.» John trank seinen Wodka ex und stand auf.

Pankratz begleitete ihn zur Tür. Als er diese zum Gang hinaus öffnete, warf er einen hektischen Blick nach allen Seiten. Dann bohrten sich seine Augen tief in Johns. «Sag niemandem, dass du hier warst. Und pass auf dich auf.»

John nickte und tauchte im Treppenhaus unter. Seine Schritte hallten nach, als würde er bereits verfolgt.

22

Caroline hickste. Die Galle kroch ihren Hals hoch. Mit einem grossen Schluck Gin Tonic spülte sie den bitteren Geschmack hinunter. Die Verbitterung in ihrem Herzen blieb hingegen fest verankert.

Sie sass im Dante, einer Szenebar im Kreis 4, mehr liegend denn auf dem Hocker sitzend. Der Barman hatte ihr gerade den dritten Drink ausgeschenkt. In Kombination mit dem Langstrassen-Koks war das eine fatale Mischung. Ihr Kopf drehte sich schneller als ein Karussell. Trotzdem trank sie weiter. So sieht also das Ende aus, dachte sie desillusioniert.

Im Verlauf ihrer Karriere hatte man ihr schon drei Mal gekündigt – beim ersten Mal hatte sie das gebärfreudige Alter erreicht; beim zweiten Mal war sie um ein Haar von ihrem Chef schwanger geworden. Konsequenterweise hätte sie nun *wirklich* schwanger werden sollen. Stattdessen hatte der potenzielle Vater Selbstmord begangen. *Vielen Dank, Silvano.* Grimmig prostete sie der Deckenbeleuchtung zu.

Moretti war kein überragender Liebhaber gewesen, dafür hatte er ihr einige Türen geöffnet. Unter ihm war sie von der Kommunikationsassistentin zur Mediensprecherin aufgestiegen. Womöglich hätte man sie bald im prestigeträchtigen Harbour Club aufgenommen, Ralf Döbeli war dort schliesslich eine grosse Nummer gewesen. Aber eben: Moretti hatte sich lieber vorzeitig verabschiedet. Ihre Kündigung war da nur noch Formsache gewesen: Morettis Anwälte hatten sie nie ausstehen können. Das lag vornehmlich daran, weil sie nie auf deren Avancen eingegangen war.

Zu ihrem Unmut änderte das nichts an ihrer Misere. Sie war jetzt wieder arbeitslos und musste ihre Instagram-Nutzung zugunsten von «jobs.ch» reduzieren. Apropos Instagram: Die fototrächtigen Bahamasferien mit der Mädelsclique konnte sie sich auch abschminken. Krächz. Sie hätte alles dafür gegeben, um es den Partnern heimzuzahlen …

«Anstrengender Tag?»

Ertappt schreckte sie aus den verwerflichen Gedanken hoch. Ein gross gewachsener Mann hatte sich links von ihr an die Bar gesetzt. Er trug ein knitterfreies blaues Hemd, das bis zu den Ellbogen hochgekrempelt war und ein breites Lederarmband freilegte. Sein Gesicht verschwand in schummrigen Schatten. Dennoch war ihm seine Attraktivität anzusehen. Markantes Kinn, eindringliche Augen. Caroline fühlte sich sofort angezogen.

Sie drehte sich in seine Richtung und schlug die langen Beine übereinander. «Sie haben ja keine Ahnung», hauchte sie in einer Mischung aus Verruchtheit und Lallen.

«Wollen Sie darüber reden?»

Sie kicherte. «Sind Sie mein Psychologe?»

«So etwas in der Art. Ich verwende gern die Tricks der Psychologie, um Menschen zu verführen.» Er lächelte charmant, und ihr entfuhr ein neuerliches Hicksen.

Peinlich berührt streckte sie den Rücken durch und verlangte beim Kellner ein stilles Wasser. «Ich wurde gefeuert», antwortete sie dann.

«Das tut mir leid», sagte er mit unvermindertem Lächeln, was ihren Argwohn schürte. Ihre Skepsis verflog allerdings, als er sie am Arm berührte. Sein starker Griff erregte sie. «Ich könnte mir vorstellen, dass Sie etwas Verwerfliches getan haben.»

«Ich habe mit dem Chef geschlafen.» Sie biss sich auf die Unterlippe und berührte ihn ihrerseits am Arm. Ihre rot lackierten Nägel zitterten vor Verlangen. Sie hatte schon lange nicht mehr mit einem Mann geschlafen.

Als er sich zu ihr herüberlehnte, klammerte sie sich nervös am Thekenrand fest. «Das schreit nach Vergeltung.» Beides – seine Worte und die Nähe – durchzuckte sie mit der Kraft von tausend Blitzen. Er sprach ihr so tief aus der Seele, dass es unheimlich war.

«Was meinen Sie damit?», fragte sie trotzdem naiv. Aus seinem Lächeln wich alle Wärme.

«Warten Sie auf das Zeichen, Caroline.» Dann war er plötzlich verschwunden. Dafür lag eine Zehnernote für ihr Wasser auf der Ablage. Überfordert warf sie den Kopf herum.

Just darauf veränderte sich die Hintergrundmusik. Bis anhin lief unaufgeregte Jazzmusik, doch nun spielte der DJ «Ring of Fire» von Johnny Cash an. Der Beat passte zu Carolines depressiver Trägheit. Der Text hingegen versetzte sie in helle Aufregung.

I fell into a burning ring of fire
I went down, down, down
And the flames went higher
And it burns, burns, burns
The ring of fire

Die Worte brannten in ihren Ohren. Sie ahnte, dass sie den Songtext missinterpretierte. Dennoch fragte sie sich, ob dies das Zeichen war, von dem der Fremde gesprochen hatte – der Wink des teuflischen Schicksals. *And the flames went higher.* Sie griff nach dem Wasser und trank es in wenigen grossen Schlucken aus. Noch einmal lauschte sie dem Refrain. Als der DJ das Lied vor dessen Ende abklemmte, stand sie auf und schwankte zum Ausgang.

***

Um elf Uhr stand Alyssa wieder im Zürcher Seefeld. Die Frühlingssonne war einem wolkenlosen Dunkelblau gewichen. Über ihrem Kopf vermischten sich die Lichter der Stadt mit vereinzelten Sternen. An Abenden wie diesen legte sie gerne den Kopf in den Nacken, um nach dem Kleinen Wagen Ausschau zu halten, dem einzigen Sternbild, das sie kannte.

Diesmal blieb ihr Blick starr nach vorn gerichtet. In grossen Schritten näherte sie sich der Strasse, in welcher die Wirtschaftskanzlei lag. Sie bezweifelte, dass sie jemand schräg ansehen würde. Bei Moretti & Partner arbeitete man häufig bis in die Nacht hinein. Das gehörte nicht nur zum guten Ton, sondern schlug sich auch in zusätzlichen Ferientagen nieder: Die meisten Anwälte nahmen sich dann wochenlang frei. Trotzdem warf sie einen gejagten Blick umher, als sie das Türschloss mit ihrem Badge entriegelte und in das Gebäude trat.

Sie verzichtete darauf, zusätzliche Aufmerksamkeit auf sich zu lenken, und steuerte geradewegs auf Jennifers Büro zu. Der Code lag wie erwartet in der obersten Schublade des Rollkorpus. Jennifer hatte die achtstellige Zahlenfolge auf einem Zettel notiert und zwischen die Seiten ihres ledernen Moleskin-Notizbuchs geklemmt. Alyssas Herz ratterte wie ein Maschinengewehr. Sie kam sich vor wie eine Verbrecherin – und absurderweise fühlte sich das gut an. Behände tippte sie die Zahlen auf ihr Handy ab, legte den Zettel zurück und verliess den Raum so leise, wie sie ihn betreten hatte.

Das Archiv befand sich im Untergeschoss neben dem Kopierraum. Die aktivierte Zutrittskontrolle blinkte ihr von Weitem entgegen, und nur mit dem Licht ihres Handydisplays schlich sie durch den Flur. Mittlerweile zitterten ihre Finger so stark, dass sie sich beim ersten Eingabeversuch vertippte. Die Sicherung piepste, als sie den Vorgang abbrechen musste. Der Ton war kaum zu hören, doch in ihren Ohren hallte er wider wie eine Bombendetonation. Beim zweiten Versuch ging sie konzentrierter ans Werk. Wieder erklang ein akustisches Signal, gefolgt von der grünen Anzeige: *«Password correct. Door unlocked.»* Aufgeregt verschwand sie im verbotenen Raum.

In ihrer Ungeduld hatte sie sich das Archiv bereits bis in das letzte Detail ausgemalt: Sie hatte ein antikes Zimmer erwartet, mit verstaubten Ordnern, ledernen Mappen und mittelalterlichen Büchern auf morschen Holzregalen. Der Realität gerecht wurden lediglich das Holz und der Staub. Letzterer umhüllte jede freie Fläche wie Puder. Alyssa würde verräterische Spuren hinterlassen – doch wenigstens hatte sie an den Schutz ihrer Finger gedacht. Sie zog zwei Einweghandschuhe hervor.

Die Handschuhe stammten von Valérie und waren entsprechend klein. Alyssa zog eine Grimasse, als der eine kaputtging, noch bevor sie ihn über die Handfläche hochziehen konnte. In der Folge musste sie das Rollarchiv mit nur einer geschützten Hand durchsuchen. Die freie Linke hielt sie wie ein giftiges Objekt von sich weggestreckt.

Die Regale liessen sich mittels Drehvorrichtung zusammen- oder auseinanderschieben. Es war ein altes System, das gegen so manche Sicherheitsregelung verstiess: Es gab zum Beispiel keine Sicherung, die eine Person zwischen den Gestellen geschützt hätte, wollte jemand anderes die Regale von aussen aufeinander zudrehen. Alyssa malte sich bereits ungeheuerliche Mordszenen aus. Die Ablagen waren nach Jahreszahlen und seltsamen Kürzeln sortiert. Alyssa musste die Fälle einzeln durchgehen, was sie mit nur einer Hand und angesichts der dicken Akten viel Kraft, Zeit und Nerven kostete. Im Bewusstsein des mörderischen Regalsystems geriet sie zusätzlich in Hektik. Als sie letztlich fand, wonach sie suchte, atmete sie so gelöst auf, als hätte sie ihre Masterprüfungen bestanden. Der Ordner war viel leichter als die anderen, und sie bekam ihn mühelos zu greifen. Aufgeregt trat sie zwischen den Regalen hervor und legte den Ordner auf den einzigen Tisch im Raum. Es wirbelte so viel Staub durch die Luft, dass sie niesen musste.

Just in dem Moment hörte sie, wie jemand den Haupteingang mit seinem Badge entriegelte. Das Geräusch lähmte sie bis ins Mark, und fünf Minuten verstrichen, ohne dass etwas geschah. Alyssa vertraute darauf, dass sich die Person zu den Büros in der oberen Etage begeben hatte, und schlug den Ordner auf.

Zwei Dinge fielen ihr sofort ins Auge. Erstens: Der Ordner war halb so dick wie die anderen. Zweitens: Sein Inhalt war unordentlicher abgelegt als die Kleider in ihrem Schlafzimmerschrank. Darüber hinaus war er stark in Mitleidenschaft gezogen. Es sah danach aus, als wäre er einst auf den Boden gefallen und danach die Papiere wahllos und unvollständig wieder eingeordnet worden.

Alyssa blätterte herum, bis sie etwas in der Hand hielt, das einem abschliessenden internen Bericht nahekam, von dem aber mindestens die Hälfte fehlte. Dennoch bestätigte er viele der Dinge, die sie bis anhin gehört hatte. Das Blut gefror in ihren Adern, als sie den Namen las: *Elena Samaras.* Dem Bericht zufolge arbeitete sie als Leiterin des dortigen Tabakladens. Die Aufzeichnung einer Überwachungskamera zeigte, wie sie in der Nacht der Explosion das Gebäude betrat. Angeblich war sie seit Längerem bei der Arbeit unzufrieden gewesen – in Klammern stand der Vermerk «Schwärmerei». Sie galt als psychisch angeschlagen, was wiederum mindestens ein psychiatrisches Gutachten belegen sollte. Doch auch diese Unterlagen waren nicht vollständig. Es fehlten wichtige Teile der Korrespondenz mit dem verantwortlichen Psychiater, dessen Namen zudem auf allen Schreiben mit einem schwarzen Balken zensiert war. Der Vorwurf, dass das alte Lasswell-Zentrum über keine zugelassene Brandschutzvorrichtung verfügte, wurde mit dem Verweis auf die neusten Umbaupläne negiert. Auch diese Dokumente waren nicht abgelegt worden. Alyssa beschlich das ungute Gefühl, dass hier jemand etwas hatte verschwinden lassen.

Aber was hatte Elena Samaras mitten in der Nacht im Einkaufszentrum zu suchen? Zumindest dieser Aspekt sprach gegen ihre Psyche und für einen Selbstmord. Ausserdem liess die Anmerkung «Schwärmerei» den Schluss zu, dass sie sich unglücklich verliebt hatte. Möglicherweise war es jemand von der Arbeit gewesen, daher die berufliche Unzufriedenheit und das Niederbrennen des Einkaufszentrums. Alyssa konnte demnach durchaus nachvollziehen, wie das Gerichtsurteil zustande gekommen war. Und doch schwirrte der Argwohn wie ein Moskito um ihren Kopf herum. Sie kam nicht von dem Gedanken los, dass hier etwas Schreckliches vertuscht worden war. Gravierende Sicherheitsmängel vielleicht. Oder Mord. Bei Letzterem lief es ihr kalt den Rücken hinunter. Aufgewühlt klappte sie den Ordner zu. Wieder wirbelte Staub durch die Luft, und wieder musste sie niesen.

Das provozierte Einatmen riss sie jäh in die Gegenwart zurück: Ihr stieg der Geruch von Verbranntem in die Nase. Im nächsten Moment entdeckte sie den Rauchteppich, der langsam zu ihr in das Archiv vordrang.

Dann hörte sie die Schreie.

Sie überkam das blanke Grauen: Das Gebäude von Moretti & Partner stand in Flammen. Ich muss hier raus, dachte sie ausser sich. Ihre Nerven flogen davon, derweil ihre Augen überfordert zwischen dem dichter werdenden Rauch und den Unterlagen in ihren Händen umherschossen. Kurzerhand riss sie ein Papierbündel heraus und schmiss den Ordner in die Ablage zurück. Mit den Zetteln in der Lederjacke jagte sie durch den Rauch hindurch zum Hinterausgang, der sich nur von innen öffnen liess. Hustend sprang sie auf die Nebenstrasse hinaus. Sie war allein, allerdings hörte sie, wie sich vor dem Haupteingang eine aufgeregte Menschenschar bildete. Das Horn eines Feuerwehrautos erklang. Gelbrote Flammen schlängelten in den Himmel empor.

Die Hitze brannte auf Alyssas Gesicht und nahm ihr die Luft zum Atmen, aber der Schock betäubte sie bis auf die Knochen. Nur eine Minute später, und sie wäre Feuerholz gewesen. Fassungslos schaute sie zu, wie Moretti & Partner in Flammen aufging.

Das alte Geschäftsgebäude bestand hauptsächlich aus Holz. Aus Kostengründen war der morsche Rohbau nie saniert worden, was sich jetzt als fataler Brandbeschleuniger erwies. Die Stockwerke fielen wie ein Kartenhaus in sich zusammen, während das Feuer langsam auf die Nachbarhäuser übergriff. Brandobjekte wurden durch die Luft gewirbelt, und immer wieder waren Explosionen zu hören. Es stank nach Apokalypse – und so sah es auch aus. Alyssa war so schockiert, dass sie sich keinen Zentimeter mehr von der Stelle rühren konnte. Selbst als sie sah, wie ein brennendes Holzteil auf sie zugeflogen kam, riss sie bloss apathisch die Augen auf.

«Alyssa!» Jemand donnerte wie ein Footballspieler in sie hinein und bugsierte sie aus der Gefahrenzone. Das lodernde Holzstück schlug hinter ihnen auf dem Teerboden auf. Seine Glut wirbelte wie Glitzerregen durch die Nacht. Alyssa schaute geschockt zurück. In ihrer Vorstellung vermischte sich die Kanzlei mit dem Einkaufszentrum und Jonas' Bootshaus – und noch immer fehlte ihr die Kraft zum Atmen. Sie war wie in Watte eingepackt.

«Alyssa. Alyssa! Komm zu dir.» Der Footballspieler tätschelte ihre Wange und holte zu einer schallenden Ohrfeige aus, als sie sich nicht regte. Der Schmerz brachte ihre Augen zum Tränen. Sie riss den Kopf herum und schaute in das Gesicht des Menschen, der sie gerade angegangen war. Mit einem Schlag kam sie wieder zu Luft. Es war Mika. Das betäubende Gefühl kehrte in ihren Körper zurück. Sie geriet ins Taumeln.

«Alyssa!» Mika schüttelte sie wie eine Marionette durch, doch sie stand noch immer völlig neben sich. Die Gewissheit überkam sie mit der Intensität eines Orkans: *Er hatte seine Mutter in den Flammen verloren. Er wusste, dass es kein Selbstmord war. Und jetzt wollte er sich rächen. Vielleicht brannte Moretti & Partner gar deshalb danieder.*

Auf einmal bekam sie Todesangst. Sie wollte vor ihm davonrennen, konnte sich seines festen Griffs aber nicht erwehren. Ihre Beine waren taub, ebenso wie ihre Sinne und Gedanken. Der Schock legte sich wie ein dunkler Teppich über sie. Ihr wurde schwarz vor den Augen. Bewusstlos fiel sie ihm gegen die Brust.

***

Von den Folgestunden bekam Alyssa nicht viel mit – einzig, dass Mika sie von der Unfallstelle wegbrachte. Sie hörte seine Stimme, spürte, wie er immer wieder nach ihrem Puls suchte, ihre Stirn befühlte und sie weiter durch die Nacht schleifte. Irgendwann legte er sie auf eine harte Unterlage. Es dauerte ewig, bis sie zu sich kam. Als sie die Augen öffnete, war er verschwunden.

Stöhnend richtete sie sich auf. Mit beiden Händen fuhr sie sich über das Gesicht. Kleidung und Haare stanken penetrant nach Rauch. Es war noch immer tiefste Nacht, und sie lag allein auf einer Sitzbank beim BiZE, dem Bildungszentrum für Erwachsene an der Riesbachstrasse. Um sie herum rauschten grosse Bäume, und es war das einzige Geräusch, das an ihr Ohr drang. Auf dem Boden vor der Sitzbank entdeckte sie ihre Handtasche und eine halb volle Wasserflasche.

«Mika.» Ihre Kehle brannte vom Rauch. «Ich weiss, dass du hier bist.» Der Wind wurde stärker. Sie zog die Lederjacke enger um die Schultern. Dabei fiel ihr auf, dass alle Reissverschlüsse offen standen. Sie langte in die Aussentaschen und fand sie leer vor. Die Papiere aus dem Kanzleiarchiv waren verschwunden. *«Mika!»* Der Zorn verlieh ihr neue Kraft. Und doch antwortete bloss der Wind.

Alyssa blieb eine Weile auf der Bank sitzen. Während sie an der Wasserflasche nuckelte, versuchte sie die vergangenen Stunden zu rekapitulieren. Es war mehr geschehen als in einer spanischen Telenovela.

Am Morgen hatte Valérie ihr eröffnet, dass Mika von ihren Recherchen wusste. Sie war sichtlich beunruhigt gewesen und hatte beschlossen, ihre Nachforschungen per sofort zu intensivieren, derweil Mika besessen davon war, sie von seiner Unschuld zu überzeugen.

Bei Valérie im Starbucks hatte sich bestätigt, was sie längst befürchtet hatte: Das Opfer aus dem niedergebrannten Einkaufszentrum stammte aus Mikas Familie – es war seine Mutter. Die erste Schnüffelaktion bei Moretti & Partner war erfolglos geblieben, wohl aber hatte sie herausgefunden, wo sich der Code zum Archiv befand. Dort hatte sie vor drei Stunden mehr über Elena Samaras erfahren. Die Dokumente legten einen Suizid nahe, sprachen von Arbeitsfrust und einem gebrochenen Herzen. Allerdings waren sie unvollständig, und es fehlten wichtige Beweise – hier der Name eines Psychiaters, dort die Beschreibung der Brandschutzvorrichtung. Alles deutete darauf hin, dass jemand bestimmte Inhalte bewusst nicht abgelegt hatte. Dass der Ordner in einem miserablen Zustand war, sollte wohl eine versehentliche Zerstörung suggerieren.

Und dann war das Feuer ausgebrochen.

Sie hatte nicht mitbekommen, wie das geschehen war. Sie erinnerte sich bloss an den beissenden Rauch und die riesigen Flammen.

Und sie erinnerte sich an Mikas Gesicht, wie er sie gepackt und in Sicherheit gebracht hatte.

Und jetzt lag sie hier: allein auf einer Sitzbank, fünfzehn Minuten vom Unfallort entfernt.

Zunächst konnte sie nicht nachvollziehen, weshalb Mika sie hierhergebracht hatte. Dann begann sie, wie ein Verbrecher zu denken.

Sie hätte nicht erklären können, weshalb sie an diesem Abend im Kanzleiarchiv gewesen war – auch Mika schien kein Alibi zu haben. Das machte beide verdächtig: Alyssa wegen ihrer Anstellung in der niedergebrannten Firma und Mika aufgrund von allem, was sie über ihn hätte erzählen können. Indem er sie aus der Gefahrenzone holte, stellte er sie vor einen unangenehmen moralischen Konflikt: Sie könnte ihn verpfeifen, müsste dann aber ihren Einbruch gestehen. Beides stand für sie ausser Diskussion. Sie wollte weder ihre Karriere ruinieren noch sich Mikas Zorn ausliefern. Somit blieb das Schweigen ihre einzige Lebensversicherung. Was für eine Scheisssituation, dachte sie mehr ernüchtert denn besorgt. Sie packte ihre Sachen und ging nach Hause.

Vielleicht konnte ihr Marcel Schütz die Gewissheit geben, dass Mika kein geisteskranker Mörder war. Und vielleicht konnte er auch ihr Gewissen beruhigen: weil sie den Teufel immer noch nicht angezeigt hatte.

23

Es war kurz vor zehn Uhr. Die Glocken der Predigerkirche hallten durch die Altstadt und übertönten die Polizei- und Feuerwehrsirenen, die durch die Gassen hallten. Der Klang vermischte sich mit dem hektischen Schnaufen der Studenten, die an Alyssa vorbei zur Zentralbibliothek rannten. Alyssa bezweifelte, dass sie um diese Uhrzeit noch einen Sitzplatz fanden. Wer nach neun Uhr in der ZB aufkreuzte, war grundsätzlich unten durch.

Sie hatte sich weitestgehend beruhigt: In den Medien war von der vollständigen Zerstörung eines Geschäftshauses im Seefeld die Rede, nicht aber von Toten oder Verletzten. Dafür wurde laut über Brandstiftung diskutiert. Die Informationen darüber blendete sie akribisch aus: Für den Moment wollte sie sich mit dem Wissen begnügen, dass niemand gestorben und ihre Schnüffelspuren beseitigt waren.

Marcel Schütz erwartete sie beim Corazón am Zähringerplatz draussen an einem Holztisch sitzend. Er hatte die Beine übereinandergeschlagen und rauchte eine Zigarette, die er wie einen Joint zwischen Daumen und Zeigefinger herumdrehte.

Der Jugendpsychologe entsprach nicht einmal annähernd dem Klischee des gutmütigen Schönfärbers, den Alyssa erwartet hatte. Seine Präsenz war fast so dominant wie Mikas. Unter dem tiefen Ansatz seiner dichten Haare lauerten hellwache grüne Augen, eine breite Nase und viele Falten. Obwohl jene über seiner Nase besonders tief war, wirkte er durchwegs sympathisch.

Er drückte die Zigarette aus und erhob sich. «Du musst Alyssa sein. Ich bin Marcel.» Er war einen halben Kopf kleiner als sie, wohl deswegen forderte er sie sofort zum Hinsetzen auf. Alyssa kam der Aufforderung gerne nach. Nach der letzten Nacht fühlten sich ihre Beine immer noch wie Pudding an. Sie bestellte einen Kaffee und ein Croissant und liess sich von Marcels unaufgeregter Stimme einlullen.

Er entpuppte sich als geborener Eisbrecher. Er erkundigte sich nach ihrer Lieblingsbar im Niederdorf, ihrer Arbeit und dem Studium. Danach erzählte er von sich und seinen Hobbys. Alyssa erfuhr, dass er sich als Krimiautor versuchte und bereits vier Fälle über den fiktiven Zürcher Privatermittler «Michael Wolf» veröffentlicht hatte – «Allerdings auf eigene Kosten und mit mässigem Erfolg», räumte er ein und verlor sich in einem Monolog über Druckkostenzuschüsse, bestechliche Medien und korrupte Buchhändler. Alyssa nickte interessiert, hörte aber nur mit einem Ohr zu. Bis sich der Mittvierziger ausgekotzt hatte, verging eine halbe Stunde.

Er löste seine Beine aus der Verschränkung und schlug sie andersherum wieder übereinander. «Genug von mir. Du wolltest über Mika sprechen. Darf ich dich fragen, woher du ihn kennst? Bist du seine Freundin?»

«Nicht ganz.» Alyssa hütete sich davor, ihm die ganze Wahrheit zu sagen. Stattdessen setzte sie auf die Opferkarte. Sie verzog bemitleidenswert den Mund. «Ich bin das Mädchen, das er in der Oberstufe verarscht hatte.»

Sein Zeigfinger schnellte an das Kinn. «*Alyssa Illusion* … Ich dachte mir, dass mir dein Name bekannt vorkommt.»

«Mika ist seit Kurzem in der Stadt. Er ist sehr nett. Ich weiss nicht, was ich davon halten soll …»

«Du befürchtest, dass es eine Farce ist.» Er zündete sich eine neue Zigarette an und nahm eine Sartre-Denkerpose ein. «Vertrauen ist wie ein Fenster, durch das wir andere wahrnehmen. Je häufiger jemand daran kratzt, desto unschärfer wird das Bild. Irgendwann sehen wir kein Richtig oder Falsch mehr, sondern bloss noch ein verschwommenes Etwas. Ich nehme an, dass du deswegen mit mir sprechen möchtest. Du hoffst, dass meine Sicht etwas klarer ist.» Er lächelte nachsichtig, als er ihren perplexen Blick auffing. Der Mann war gut.

Mit der Metapher hatte er sie an einem wunden Punkt erwischt. In Mikas Nähe verkam ihre Welt zu einem computergenerierten Bild, in welchem Realität und Einbildung nicht mehr voneinander trennbar waren. «Kannst du mir etwas über seinen Wandel erzählen?», bat sie Marcel, und er veränderte abermals seine Sitzposition.

«Ich kann dir nur bedingt Details preisgeben. Eines versichere ich dir jedoch: Mika hat eine bemerkenswerte Veränderung hinter sich. Als ich ihn kennenlernte, war er ein verletzter kleiner Junge. Er fühlte sich schlecht behandelt und suchte Erlösung in der Rache.»

«Seine Mutter beging Suizid. Er glaubte an Mord», sagte sie freiheraus.

Marcel riss die Augen auf. «Wie kommst du auf so etwas? Ich sprach eigentlich von seiner Zurückweisung durch das Mädchen, äh …»

«Natalie», half sie ihm weiter, und er nickte verunsichert.

«Der Suizid von Mikas Mutter wurde gerichtlich bescheinigt, und mit ihrer Tat hat sie Mikas Entwicklung zweifelsfrei gestört. Von einem Mordverdacht war nie die Rede. Es ging immer nur um Natalie und deren neuen Freund Jonas. Soweit ich mich erinnere, hat er die beiden erpresst und auf dich angesetzt, um so ihren Ruf zu zerstören.»

«Nachdem er sie im Bootshaus verbrennen wollte», ergänzte Alyssa, was Marcels Zornesfalte weiter vertiefte. Spätestens jetzt musste er sich wünschen, sie nicht getroffen zu haben.

«Das Bootshaus brannte nieder, weil Mika und Jonas sich um das Mädchen prügelten und dabei eine Kerze umstiessen. Dass Mika im Verlauf seiner Flucht nicht bemerkte, wie die Tür hinter ihm klemmte, kannst du ihm nicht als Mordversuch anlasten.» *Es sei denn, er hat seine Schuld zugegeben*, wandte sie in Gedanken ein und liess die Schultern fallen.

Marcel wusste von nichts: Mika hatte ihm einen veritablen Bären aufgebunden. Ihre Enttäuschung war so gross, dass sie sie kaum verbergen konnte. Missmutig beobachtete sie die Rauchschwaden, die Marcels Zigarettenstummel entflohen und sich wie ihre Hoffnungen in Luft auflösten. Sie bezweifelte, dass er ihr überhaupt noch etwas Brauchbares liefern konnte. «Hat Mika jemals Reue gezeigt? – Wegen den Dingen von damals?», fragte sie weiter.

«Natürlich, allerdings brauchte das Zeit. Er beharrte ausdauernd darauf, dass Jonas und Natalie seine Rache verdient hätten. Dich wiederum sah er als notwendigen Kollateralschaden an. Seine Taten richteten sich nie gegen dich als Person.» Sie nahm die Aussage regungslos hin, weshalb er fortfuhr: «Mika fühlte sich von seiner depressiven Mutter im Stich gelassen, zumal ihm sein Vater nie den Halt gab, den er in seinem Alter gebraucht hätte. Es war denn auch Christoph Blum gewesen, der Mikas erste Psychotherapie nach dem Tod seiner Mutter abbrechen liess. Die Folgen davon hast du am eigenen Leib miterlebt. Als Mann vom Fach schmerzt mich das natürlich besonders. Ich bin mir sicher, dass wir seinen Rachefeldzug gegen Natalie und ihren neuen Freund hätten verhindern können, wäre er direkt nach dem Verlust seiner Mutter richtig therapiert worden.»

Nachdenklich kaute Alyssa auf ihrer Unterlippe herum. Sie vertraute auf die fachliche Kompetenz des Psychologen, allerdings erschien ihr sein Ansatz grundlegend falsch. Er sah in Mika einen verletzten Jungen, nicht aber einen *wutentbrannten*, dessen Mutter zu Unrecht verleumdet worden war. Sie bezweifelte, dass so jemand therapierbar war. Dass ein Mensch die vorsätzliche Tötung eines Familienmitglieds einfach so hinnahm, war für sie unvorstellbar. Natürlich rechtfertigte das nicht Mikas späteres Handeln. Dennoch malte sie sich aus, wie sie an seiner Stelle gehandelt hätte. Augenblicklich begann sie zu frösteln. Beunruhigt vertrieb sie die Vorstellung wieder aus ihrem Bewusstsein.

Auf ihren Unterarmen lag immer noch Gänsehaut, als sie ihre Aufmerksamkeit zurück auf Marcel richtete. Dieser hatte ihren inneren Kampf aufmerksam verfolgt. Sein offenes Interesse an ihrer Psyche steigerte ihr Unwohlsein. Sie räusperte sich.

«Nach meiner Anzeige kam Mika zu dir. Er behauptete, dass du für ihn wie ein Onkel warst. Stimmt das?»

Die Aussage entlockte ihm ein Schmunzeln. «Es war eine Hassliebe. Mika war eine harte Nuss. Es dauerte ewig, bis er seine eigene Verletzbarkeit und den Schmerz über den Verlust seiner Mutter zulassen konnte. Aber ...», er hob lehrerhaft den Zeigfinger, «... er hat es geschafft und ist zu einem vortrefflichen Mann herangewachsen. Er schloss seine Lehre als Automatiker mit Bravour ab, und es würde mich nicht verwundern, wenn er demnächst für den Regierungsrat kandidiert.» Er kicherte, derweil es Alyssa speiübel wurde, da sie bei Mika weniger an Exekutive und mehr an Exekution dachte. Geduldig wartete sie, bis sich Marcels Glucksen legte. «Wann hast du ihn das letzte Mal gesehen?»

«Wir haben uns letzte Woche auf ein Glas Rotwein im Inspiracion getroffen. Es war unser erstes Wiedersehen nach fast sechs Jahren. Du kannst dir vorstellen, dass ich ihn kaum wiedererkannte. Donnerwetter, ist er gross geworden!» Er hielt sich lachend den Bauch. «Wir haben über alles Mögliche geredet, zugegebenermassen am meisten über meine Schriftstellerkarriere. Dabei kamen wir auch auf dich zu sprechen. Mika meinte, dass du bereits als Jugendliche über die Phantasie von zwanzig Krimiautoren verfügt hättest und es ihn nicht verwundern würde, wenn dein Name irgendwann auf einer Bestsellerliste auftaucht.»

«Dazu bräuchte ich eine ordentliche Stange Geld und Vitamin B», erwiderte Alyssa.

Marcel schenkte ihr ein huldvolles Lächeln.

«Apropos Geld: Weisst du, wo Mika derzeit arbeitet?»

«Irgendwo in der Schwyzer Pampa. Die Bude passt ihm gar nicht, darum wollte er das Thema nicht unnötig vertiefen. Aber davon abgesehen machte er einen grundsoliden Eindruck auf mich. Und im Gegensatz zu mir sass er am Ende auch noch gerade am Tisch. Argentinischer Wein und Schweizer Gastfreundschaft sind eine teuflische Kombination.» Er lachte so fest, dass seine Arme durch die Luft wackelten. Dabei blieb sein Blick an seiner Armbanduhr hängen. Er zuckte erschrocken hoch. «Huch, schon so spät! Ich muss um zwölf in Affoltern sein. In unserer grünen Stadt fahre ich lieber zu früh als zu spät los.» Augenzwinkernd zog er seinen Autoschlüssel hervor, derweil er mit der freien Hand der Kellnerin winkte. Alyssas Herz erbebte, als sie seinen Autoschlüssel sah. Er gehörte zu einem Renault Clio.

«Hast du Mika kürzlich eines deiner Autos ausgeliehen?», fragte sie, und Marcel begann zu kichern. «Ich besitze nur einen Wagen – und nein. Der Junge fährt wie der Teufel! Es ist ein Wunder, dass er noch lebt.» Ihr Magen drehte sich um.

Als Marcel aufstand, schoss sie ebenfalls in die Höhe. Das Besteck klirrte, als sie mit den Knien gegen den Tisch stiess. Sie bedankte sich bei ihm für das Zeitnehmen und die Einladung und liess sich dann zum Abschied wie eine enge Freundin von ihm herzen.

«Es ist allein deine Entscheidung, ob du Mika verzeihen willst oder nicht. Lass dich nicht unter Druck setzen», sagte er und verabschiedete sich mit dem Lächeln eines Mannes, der so viel mehr zu wissen schien, als er preisgab.

Waren Alyssas Beine vor dem Gespräch noch wie Pudding gewesen, fühlten sie sich jetzt an, als hätte jemand Hackfleisch daraus gemacht.

Sie konnte es kaum erwarten, heimzukommen. Alles in ihr sehnte sich wahlweise nach der Bettdecke oder einer Flucht in den Wald. Da es jedoch bald Mittag und sie selbst hungrig war, wollte sie zuerst etwas essen. Sie entschied sich für eine Heimreise über den Bahnhof Stadelhofen, wo ein Wagen des Brezelkönigs stand, dessen Rohschinkensandwiches sie so mochte.

Auf dem Weg durch das Niederdorf versuchte sie, den Duft der frisch gebackenen Brezeln heraufzubeschwören. Doch ihre Gedanken liessen sich nicht kontrollieren.

Marcel hat mir seinen Range Rover ausgeliehen, damit ich nicht ständig auf den öffentlichen Verkehr angewiesen bin. Er ist für mich wie ein Onkel.

Zitternd presste sie die Lippen aufeinander. Sie konnte das Lügenmärchen nicht vergessen, sosehr sie es auch wollte. Sie war nicht Mikas Cousine, geblendet von familiären Verbindungen. Und sie war auch nicht der unbeteiligte Jugendpsychologe, der Mika nur auf professioneller Ebene kennengelernt hatte.

Sie war sein Opfer gewesen, seine Freundin und Kronzeugin in mehreren Fällen – und insgeheim sein grösster Fan. Und obschon sie daran glaubte, dass er sie irgendwie mochte, wusste sie nicht, ob ihr das genügen durfte. Sie sah die tickende Zeitbombe, wann immer sie in seine unheimlichen Augen schaute.

Jetzt denkst du doch an ihn, dachte sie und reckte mühselig den Nacken, während sie versuchte, sich mit touristischem Interesse abzulenken. Doch alles im Niederdorf erinnerte sie an ihn: das Grossmünster, in welchem Morettis Abdankungsfeier stattgefunden hatte; der gepflasterte Untergrund, über welchen die Reporter stolperten, als sie Jonas Lasswell nachrannten; die Pilotenbrillen im Schaufenster links, das blond gefärbte Männermodel im Coiffeursalon rechts – und nicht zuletzt all die aneinandergereihten Altbauhäuser, die im Mittelalter einst dem Feuer eines irren Bäckers zum Opfer gefallen waren. Allein die Vorstellung der brennenden Häuser entflammte ihren Kopf wie Zunder. Sie hörte die Schreie der Verbrennenden und das knirschende Holz der einstürzenden Gebäude. Sie glaubte, den Mittelalterbäcker um die Häuserreihen schleichen zu sehen, zunächst korpulent und mit französischem Baguette in der Hand, aber schon bald gross gewachsen, mit breiten Schultern und wilden Augen. Sie bildete sich ein, wie er teuflisch den Mund verzog und gleichzeitig seine Arme in ihre Richtung ausbreitete, als wolle er sie in seinem Wahn willkommen heissen. Die Schmetterlinge in ihrem Bauch begannen zu flattern, gleichzeitig wurden sie in dem Höllenfeuer ihrer Panik gekocht.

An ihr Ohr drang aufgebrachtes ausländisches Gebrabbel. Die Gegenwart schoss wie ein Schnellzug in ihre Wahrnehmung zurück. Sie geriet ins Taumeln und stiess in jemanden hinein. Es war eine asiatische Touristin. Die Reisegruppe hatte sich um sie herumgeschart, um das Café Odeon zu bewundern. Alyssa war beim Bellevue angekommen, ohne es zu bemerken. Mit einem verlegenen Lächeln entschuldigte sie sich bei der Asiatin und machte sich davon. Ihre Schläfen pochten unter den rasenden Schlägen ihres Herzens. Gleichzeitig bildete sie sich ein, noch immer den verkohlten Geruch der brennenden Häuser in der Nase zu haben. Es dauerte eine Sekunde, bis sie merkte, dass dies keine Einbildung war. Der Gestank intensivierte sich, je näher sie dem Seefeld kam. Bald dämmerte ihr, dass er von der niedergebrannten Anwaltskanzlei herrührte. Wie in Trance kehrte sie an den Schauplatz zurück.

Die Unfallstelle war grossräumig abgesperrt worden. Überall standen Feuerwehr- und Polizeiwagen herum, daneben Reporterteams aus der ganzen Schweiz, wobei mindestens die Hälfte davon vom Schweizer Radio und Fernsehen gestellt wurde. Alyssa reckte den Kopf, um einen Blick auf die Brandstelle zu erhaschen.

Das Feuer war mittlerweile gelöscht. Die Kanzlei glich einer ausgeräucherten Höhle: Ein Grossteil war eingestürzt, aus den übrig gebliebenen glaslosen Fenstern schlängelten Rauchsäulen hervor. Obwohl der Brand nunmehr neun Stunden zurücklag, herrschten noch immer chaotische Bedingungen. Die Sirenen, hektischen Stimmen, hupenden Autos und die unerträgliche Hitze verdichteten sich zu einem Teppich, der für Alyssas Sinne schlichtweg zu viel war. Sie wandte sich abrupt zum Gehen ab. In diesem Moment entdeckte sie Birgit.

Sie stand vor einer Kamera des SRF. Über ihren Schultern lag eine Brandschutzdecke. Mit aufgewühlten Hundeaugen antwortete sie auf die Fragen einer Reporterin, während zwei weitere Leute um ihre perfekte Ausleuchtung bedacht waren. Alyssa fragte sich sofort, ob Birgit beim Ausbruch des Feuers im Gebäude gewesen war. Ungeduldig wartete sie, bis das Fernsehteam mit dem Take zufrieden war. Danach ging sie zu ihrer Kollegin hinüber und tippte ihr auf die Schulter.

Birgit begrüsste sie mit dem üblichen Miesepetergesicht. «Was machst du hier?» Ihre Augen wanderten hektisch zwischen den Kamerateams umher. Allem Anschein nach fürchtete sie neben Alyssa um ihre zwei Sekunden im Rampenlicht.

Alyssa zog ihre Hand von Birgits Schulter zurück und verschränkte sie hinter dem Rücken. Zwei Fingerknöchel knacksten. «Warst du gestern Nacht bei der Arbeit?», erkundigte sie sich.

«Ich bin doch keine Milchkuh. Es reicht, wenn ich tagsüber wie eine Irre maloche.»

«Warum wollte das SRF mit dir sprechen?»

«Sie wollten ein paar Statements zu Caroline.»

«Caroline?» Alyssas Augen weiteten sich überrascht, und Birgit schnalzte mit der Zunge.

«Du bist echt kein Medienkind, was? – Die Polizei hat sie heute Morgen abgeführt. Angeblich war das total filmreif. Caroline soll wie eine Furie herumgeschrien und behauptet haben, der ‹Teufel vom Dante› habe sie zum Brandanschlag getrieben. Jetzt wollen alle wissen, wen sie damit meint. Mich interessierte eher ihr Alkoholpegel.» Sie kicherte boshaft. Alyssa wiederum kämpfte immer noch mit der Verdauung des Erfahrenen: Also hatte nicht Mika den Brand gelegt, sondern die gefeuerte Mediensprecherin. Ob Mika wenigstens der Teufel vom Dante war? Die Vorstellung schnürte ihr die Kehle zu. Am liebsten wäre sie direkt zur Dante Bar gerannt, um die dortigen Mitarbeiter zu befragen. Aber sie war keine Polizistin und erst recht kein Spionagetalent. Sie konnte sich nicht in die Ermittlungen einmischen, ohne selbst verdächtig zu werden. Diese Einsicht erfüllte sie mit einer rastlosen Hilflosigkeit. Das Vibrieren ihres Handys kam da als willkommene Ablenkung. Ihre Erleichterung währte allerdings nur kurz. Mit einem mulmigen Gefühl nahm sie den Anruf entgegen.

«Ist alles in Ordnung? – Du bist auf dem ‹20 Minuten›-Livestream zu sehen», platzte es aus Mika heraus.

«Live-*was*?» Sie warf den Kopf herum und entdeckte ein zweiköpfiges Kamerateam, das gnadenlos auf sie und Birgit draufhielt. Birgit bemerkte es im selben Moment wie Alyssa und wechselte fliegend auf den Trauerblick zurück, die Brandschutzdecke straff um die Schultern gezogen.

Alyssa wandte sich von der Kamera ab. Sie wusste nicht, was ihr unangenehmer war – dass Mika sie beobachtete oder dass man sie nun schweizweit neben Birgit Scholz sehen konnte. «Musst du eigentlich nie arbeiten?», kläffte sie ins Telefon, wenngleich ihr Zorn eher dem Medienteam denn Mika galt.

Mika ging gar nicht erst darauf ein. «Du hast dich mit dem Zwerg unterhalten, der vorhin vom Schweizer Fernsehen interviewt worden ist. Kennst du sie?»

«Sie ist meine Arbeitskollegin», sagte Alyssa und glaubte, Mika nach Luft schnappen zu hören.

«Arbeitest du für Moretti & Partner? Warst du im Gebäude, als der Brand ausbrach?»

Die Fragen verwirrten sie, zumal er sie am Vorabend höchstpersönlich aus der Feuersbrunst gerettet hatte. Andererseits hatte sie ihm tatsächlich nie erzählt, dass sie bei Moretti & Partner arbeitete. Insofern war seine Ahnungslosigkeit wenigstens zu einem kleinen Teil gerechtfertigt. Das machte die Sache allerdings nicht besser.

Sie vergewisserte sich, dass Birgits Aufmerksamkeit immer

noch den Kameras galt, und zischte in das Telefon: «Spiel nicht herum. Du weisst genau, wo ich gestern war.»

«Ich weiss vor allem, dass du *jetzt gerade* vor Zürichs grösstem Brandherd seit dem letzten Sechseläuten stehst und dich mit einer Mitarbeiterin von Moretti & Partner unterhältst.»

«Und ich weiss, dass Caroline Fischer dich als den Teufel vom Dante bezeichnet.»

«Ich habe keine Hörner. Und wer ist Caroline Fischer? Eine deiner Märchenfiguren?»

«Netter Versuch. Ich weiss, dass du mich gestern von der Unfallstelle wegbrachtest.»

«Dann solltest du dich bei mir bedanken.» Ihr Herz blieb einen Moment lang stehen. «Und jetzt sei vernünftig und mach, dass du wegkommst. Du bist eine schlechte Lügnerin, und ich sähe dich ungern in Untersuchungshaft.»

«Wäre ich eine schlechte Lügnerin, würdest du längst dort sitzen. Wir sehen uns am Samstag», entgegnete sie eisig und legte auf. Sie musste ihre Hand auslockern, um den Krampf abzuwimmeln, den ihr angespanntes Handyumklammern hervorgerufen hatte. Ein Blick über die Schulter verriet ihr, dass die Kamera immer noch auf sie gerichtet war. Über ihr Rückgrat fuhr ein Schauern. Sie verliess das Seefeld, ohne sich von Birgit zu verabschieden. Für heute hatte sie genug gesehen und gehört. Ihr Körper konnte nur eine bestimmte Ladung Gänsehaut pro Sekunde absorbieren.

24

Johns Atem ging stossweisse. Er fröstelte, obwohl er über seinem schwarz-weiss karierten Hemd eine gefütterte Lederjacke trug. Pankratz Mettler hatte ihm am Vorabend eine Nachricht hinterlassen. Es war ein einfacher Schnipsel gewesen, verpackt in einem Couvert, das ausgesehen hatte, als käme es von einer Bank. In dem Brief bat er John, um zwölf Uhr am Folgetag in seinem Büro aufzutauchen. Allem Anschein nach hatte er Neuigkeiten zu Christian Grau.

John hatte sich zusammenreissen müssen, um keine frühere Verkehrsverbindung zu nehmen, wenngleich die Anreise ab Riedikon einer fünfzigminütigen Odyssee glich: mit dem Bus nach Uster, von dort aus zum Bahnhof Stadelhofen, ab dem Bellevue wiederum weiter mit der roten Tramlinie 2 Richtung Letzigrund. Zweifelsfrei wäre er mit dem Auto schneller gewesen, er hatte sein BMW Cabriolet jedoch bewusst zu Hause gelassen. Mittlerweile stufte er selbst dessen senfgelbe Lederpolsterung als zu aufsehenerregend ein. Er wollte nicht riskieren, dass jemand Falsches von dem Treffen mit Pankratz erfuhr.

Ausser für seinen Besuch bei Pankratz hatte er seine Wohnung nie verlassen. Nicht einmal auf die Terrasse hatte er sich gewagt. Nach einem Fernsehmarathon, der zuerst aus «The Mentalist» und später – bei zunehmender Nervenanspannung – aus Melinas Disneysammlung bestanden hatte, war er ständig dem Gedanken nachgehangen, ob und wann Grau ihn aufspürte. Dass er einen Angriff plante, war für John klar. Grau hatte ihn nicht umsonst mit einem sehr peinlichen Alibi aus der Untersuchungshaft geholt.

Angespannt umklammerte er seinen Aktenkoffer, in welchem er Melinas Brotmesser versteckt hielt. Selbst als er im Tram ein Zweierabteil für sich hatte, lockerte er seinen Griff nicht. Stattdessen drückte er den Koffer so fest gegen die Brust, dass es ihm das Atmen erschwerte.

Als er das Industriegebäude erreichte, waren seine Finger weiss angelaufen. Die Knöchel standen hervor und zitterten wie die von Melina, wenn sie wieder einmal in Laax zum Snowboarden gingen. Der Gedanke an Melina erfüllte ihn mit Wehmut. Es tat ihm leid, dass er nie ehrlich zu ihr gewesen war und ihr verheimlicht hatte, was für ein grauenhafter Mensch sich unter seiner Politur verbarg. Auch dass er sie vornehmlich zur Freundin genommen hatte, um sich selbst ein unauffälliges Profil zu verpassen, nagte an seinem Gewissen. Er hatte sie nie in Gefahr bringen wollen – wenn sie denn je in Gefahr gewesen war. Er dachte an das, was Pankratz über Grau gesagt hatte: dass er zwar seltsame, aber unerschütterliche Moralvorstellungen hatte. Tatsächlich konnte John sich nicht daran erinnern, dass er einer Frau je ein Haar gekrümmt hatte. Das konnten nicht alle von sich behaupten. Grimmig verzog er den Mund.

Er drückte auf die Klingel neben dem Namensschild «Mettler» und stiess die Eisentür auf, sobald diese summte. Am liebsten hätte er die Stufen in die vierte Etage rennend genommen, aber er wollte nicht verzweifelt wirken. Wahrscheinlich erwartete Pankratz ihn bereits vor der Bürotür. Das tat er immer, wenn etwas Wichtiges anstand – und alles, was mit Grau in Verbindung stand, war wichtig.

John war entsprechend überrascht, die Tür im vierten Stock zwar offen, aber ohne eine Spur von Pankratz vorzufinden.

Sein Magen verkrampfte sich in Antizipation auf einen Schocker. Er zog das Messer aus dem Aktenkoffer hervor und zwang sich mit einem tiefen Atemzug zur Ruhe. Es musste nichts bedeuten, dass Pankratz nicht zur Tür gekommen war. Er wollte trotzdem kein Risiko eingehen. Geräuschlos betrat er den schmalen Gang, der links zur Toilette, mittig zu Pankratz' privatem Zimmer und rechts zum eigentlichen Büro führte. Die Tür des Letzteren stand offen. Bereits von seinem Standpunkt aus konnte John sehen, dass niemand am Arbeitstisch sass. Allerdings entdeckte er eine Kaffeetasse, deren Inhalt dampfte.

Er wog seine nächsten Schritte sorgfältig ab. Dann rief er: «Pankratz? Ich bin's, John.» Keine Antwort.

Er näherte sich dem Büroraum, das Brotmesser vor sich ausgestreckt. Der Parkett knirschte, als er das Zimmer betrat. Seine Augen fuhren unruhig umher.

Draussen schien die Sonne. Sie stand so tief, dass ihre Strahlen durch das Fenster hinter dem Arbeitstisch hineindrängten und sich in einem glänzenden Gegenstand auf dem Tisch brachen. Es war ein aufgeklapptes Taschenmesser. Johns Augenbewegungen wurden nervöser, wanderten über das Chaos auf dem Pult, die Jägermeisterflasche auf dem Salontisch und die Sitzabdrücke in der Ledercouch dahinter. Die Regale waren aufgeräumt.

«Pankratz!» Seine Stimme wurde lauter.

In seinem Rücken hörte er ein Klicken. «Pankratz ist nicht hier.»

Das Blut in seinen Adern gefror. Langsam drehte er sich zur Tür herum.

Christian Grau stand beim Eingang. Er trug einen blauen Anzug, dessen Seriosität er durch das Hochkrempeln der Ärmel brach. Seine linke Hand steckte locker in der Hosentasche, die hervorstehenden Adern am Unterarm verrieten allerdings die Anspannung. In der Rechten hielt er eine Pistole, eine Mosquito von SIG Sauer.

Vor zwölf Jahren hatte Grau volles schwarzes Haar besessen, neuerdings trug er eine Glatze, was seine stechenden Augen unangenehm in den Vordergrund rückte. Der Schatten auf seinen rasierten Wangen entblösste graue Ansätze, auch seine Stirn war zerfurchter als in Johns Erinnerung. Grau machte seinem Nachnamen neuerdings alle Ehre. Erschreckend gleich geblieben war der unerbittliche Ausdruck auf seinem Gesicht. Mit der Pistole zeigte er auf das Ledersofa. «Setz dich hin, Johnnie. Wir haben einiges zu bereden. Und, zur Hölle, leg das Brotmesser beiseite, wir sind hier nicht bei SwissDinner.»

Widerwillig kam John der Aufforderung nach. Das Messer behielt er fest umklammert in der Hand. Das Herz hämmerte ihm wie verrückt gegen den Brustkorb.

Für seine Unvorsichtigkeit hätte er sich am liebsten geohrfeigt. Grau musste sich in einem anderen Zimmer versteckt gehalten und nur darauf gewartet haben, ihn hier einzukesseln.

«Von einem ehemaligen Grenadier der Berginfanterie hätte ich mehr erwartet», spottete Grau.

«Gebirgsinfanterie», korrigierte John nüchtern.

Grau zog den Besucherstuhl vor den Salontisch und setzte sich darauf. Die Pistole hielt er auf John gerichtet, derweil sich ein kaltblütiges Lächeln auf seine Lippen stahl. «Du siehst immer noch aus wie zwanzig. Singen deine Freunde immer noch ‹What's My Age Again›, wenn dich eine Siebzehnjährige anmacht? Oder seid ihr dafür zu alt geworden? Ehrlich, Johnnie, man könnte meinen, du badest in Jungfrauenblut.»

«Wo ist Pankratz?», stiess John zwischen zusammengepressten Zähnen hervor.

«Ich sagte doch, dass er nicht hier ist. Beziehungsweise nicht mehr.»

«Hast du ihn getötet?»

«Damit du's weisst: *Er* persönlich hat dich an mich verraten. Dass du mir zutraust, meinen zuverlässigsten Informanten zur Strecke zu bringen, ehrt und schockiert mich gleichermassen.» Er fasste sich in gespielter Rührung an die Brust. John zuckte derweil mit keiner Wimper, starrte ihn bloss an. Hinter seiner Stirn rotierte es jedoch gewaltig. Gleichzeitig wurde sein Herz schwerer und schwerer. Er traute Grau die Ermordung von Pankratz durchaus zu.

Er gab sich alle Mühe, sich nichts anmerken zu lassen. «Antworte auf meine erste Frage», erwiderte er kühl.

«Was ich hier mache? Ist das nicht offensichtlich?» Der Lauf der Pistole wanderte in die Richtung von Johns Kopf. «Ich hole meinen Dank dafür ab, dass ich dich aus der Untersuchungshaft geholt habe.»

«Muss ich mich auch für die Verfolgung auf der A3 bedanken?»

«Die geht aufs Haus.» Grau entblösste zwei Reihen perfekter Zähne, als er grinste.

John riss der Geduldsfaden. «Geht es um die Kanzleimorde?»

«Interessant, dass du die Sache als ‹Mord› betitelst. Ich bin tatsächlich deswegen hier, wenngleich wir bis anhin keine Beweise dafür haben, dass es sich bei den Toten um Mordopfer handelt.»

«Trotzdem seid ihr nervös geworden. Denn wenn es Mord war, ist es nur eine Frage der Zeit, bis Lasswell drankommt», analysierte John.

«Hast du denn eine Vermutung, wer der Mörder ist?»

«Das sage ich dir bestimmt nicht.»

Grau lachte. «Nun gut, das brauchst du auch nicht. Zweifelsfrei gehen wir nämlich von demselben Mann aus. Ich wollte mich seiner unlängst annehmen, aber Lasswell will das nicht – noch nicht. Der alte Sack wird immer emotionaler.» Johns Magen verengte sich so fest, dass ihm schlecht wurde. «*Du* hingegen stehst seit Neustem ganz oben auf der Traktandenliste», fuhr Grau fort. «Verstehe mich nicht falsch. Dass du Jeffrey bei Elena verpfiffen hast, wissen nur Pankratz und ich, die Sache mit dem Brand sogar *nur* ich. Aber dann kam es plötzlich zu all den obskuren Todesfällen, gleichzeitig tauchte ein Kerl auf, von dem wir beide wissen, dass seine Weste schwärzer ist als der Bart von Knecht Ruprecht. – Ups, entschuldige den unbedachten Scherz.» Er gluckste herzlos. «Jedenfalls spielte ich mit dem Gedanken, dem Rächer deine Geschichte zu erzählen. Du wärst gewiss auf seiner Todesliste gelandet und nicht länger mein Problem gewesen. Allerdings hätte ich mir dafür sicher sein müssen, dass er etwas mit Moretti, Döbeli und Rindlisbacher zu tun hat. Hinzu kommt, dass Jeffrey nicht möchte, dass noch jemand in die Vorgeschichte involviert wird. Womit wir zu dir zurückkommen.» Seine Augen blitzten auf. «Es ist mein Auftrag, alle aufzuspüren, die wissen, was *vor* dem Brand geschah. Jeffrey kennt nur einen Teil der Namen – deinen habe ich immer verschwiegen. Ich schmücke mich gern mit fremden Federn.»

«Du bist widerlich.» John widerstand dem Drang, auf den Boden zu spucken.

«Genau darum sollten wir das jetzt zu Ende bringen. Na los, steh auf. Ich will nicht Pankratz' Garnitur ruinieren. Und, bei Gott, leg endlich das Küchenmesser weg. Wird's bald!» John schmiss das Messer von sich. Klirrend landete es vor dem Eingang.

Grau befahl ihm, sich vor den Arbeitstisch hinzustellen und die Arme hinter dem Kopf zu verschränken. «Ich mach es kurz. Und denk bitte nicht, dass mir das leichtfällt.»

«Ich hoffe, du zielst besser, als du lügst», brummte John, derweil ihm das Herz bis zum Hals pochte. Sein Blick verfing sich im Taschenmesser auf Pankratz' Tisch.

Ein lauter Knall erschütterte die Wohnung. Es klang, als wäre ein riesiges Regal im benachbarten Zimmer umgefallen.

Grau warf den Kopf herum, war für eine Millisekunde abgelenkt. Für John reichte das aus. Er schnellte nach vorn, griff nach dem Taschenmesser und wirbelte zu seinem Kontrahenten zurück. Noch in der Drehung warf er das Messer in Graus Richtung. Dieser hob erschrocken die Hand mit der Pistole. Ein Schuss löste sich, aber er war nur halb gezielt.

Im nächsten Moment ging Grau gurgelnd zu Boden. John hatte ihn mittig in die Kehle getroffen. Die Freude über den Treffer währte nur kurz, denn just darauf suchte ihn ein höllisches Brennen in der linken Schulter heim. Stöhnend klappte er in sich zusammen. Grau hatte seine Schulter getroffen.

Eilige Schritte erklangen. John riss den Kopf hoch und versuchte aufzustehen. Seine weich gewordenen Beine liessen es nicht mehr zu. Heisses Blut rann ihm über die Schulter. Das hochgeschossene Adrenalin jagte immer noch durch seinen Körper. Sein Blick wanderte über den Toten, der in einer grösser werdenden Blutlache unterging, und dann weiter zu der Tür, in welcher plötzlich ein Mann stand. Johns Herz machte einen Satz.

Es war Pankratz.

Pankratz hob das Brotmesser auf und näherte sich dem Szenario in langsamen, lauernden Bewegungen. Er stupste Grau mit der Spitze seines Lederschuhs an. Der Tote wackelte herum, bevor die Regung seines Körpers wieder versiegte.

Pankratz' Blick lag schwer und vorwurfsvoll auf John. «Ich wusste, dass du damals mit Elena Samaras sprachst. Aber was zur Hölle hast du mit dem Einkaufszentrum zu tun?»

John stöhnte. «Wie es aussieht, haben wir beide uns viel zu erzählen.»

25

Als Alyssa am Samstagabend fixfertig aus dem Badezimmer stakste, lümmelte ihre Mitbewohnerin immer noch im babyblauen Onesie auf dem Sofa herum. Valérie ass ein Sandwich, dem eine Gurkenscheibe entfiel, als sie zu Alyssa herumschoss. «Wieso bist du schon angezogen? Wir treffen uns erst um zwölf Uhr vor dem Abart.» Das «wir» bezog sich auf Alyssa, Valérie, Rebecca, Stefan und Dandy-Dean. Die Wiedereröffnung des legendärsten Indie- und Alternative-Clubs von Zürich wollte sich niemand entgehen lassen.

«Mika und ich treffen uns eine Stunde früher», erklärte Alyssa. Sie fühlte sich sofort schlecht, weil sie Valérie nichts davon erzählt hatte. Allerdings war ihr keine Wahl geblieben: Seit Rotpunkts Überfall wollte Valérie sie bei Dunkelheit nicht mehr allein losziehen lassen. Alyssa musste aber unbedingt mit Mika unter vier Augen sprechen.

Grimmig zupfte Valérie an ihrem Onesie herum. «Du schreibst mir, sobald du angekommen bist und ihn getroffen hast, okay?»

«Möchtest du auch ein WC-Selfie?»

Ihre Augen blitzten. «Pass einfach auf.»

Alyssa versuchte ihre Aufregung auf die Wiedereröffnung des Abart Music Clubs zu schieben und den Gedanken an Mika wenigstens auf dem Weg dorthin zu verdrängen. Es misslang ihr auf ganzer Linie.

Sie hatte ihn seit dem Brand bei Moretti & Partner nicht mehr gesehen und lange damit gehadert, ihn überhaupt noch einmal zu treffen. Alles in ihr sträubte sich dagegen, denn alles an der Vorstellung versetzte ihr Herz in Aufruhr. Sie fürchtete sich davor, ihm von ihren Recherchen zu erzählen und sich im Gegenzug noch mehr Lügen anzuhören. Am allermeisten fürchtete sie sich jedoch vor ihren eigenen Gefühlen. Mika raubte ihr den Verstand, das konnte sie nicht verleugnen. Er zerrte sie in eine Welt hinfort, in der es kein Richtig oder Falsch mehr gab. Wohl deswegen klammerte sie sich so verbissen an ein Happy End. Sie wollte ihn nicht verlieren. Er war die Gefahr, die ihr Herz erst zum Schlagen brachte.

Was würde sie also tun, wenn er heute seine Taten zugab? Könnte sie mit der Gewissheit leben, einen Mörder zu lieben? Und wie weit ging ein Mensch, der schon einmal zum Monster geworden war? Wer konnte ihr garantieren, nicht als Nächstes auf der Schlachtbank zu landen?

In den letzten Tagen war sie noch einmal alle Fakten und Vermutungen rund um Moretti & Partner und Roman Huber durchgegangen. Am Ende hatte Alyssa sie aufgeschrieben, mit der Mindmap von früher zusammengeheftet und in ihre Ausgehtasche gestülpt. Sie tat alles, um nicht noch einmal auf die Verdrängungsschiene zu geraten.

Das Abart feierte seine Wiedereröffnung an seinem ursprünglichen Standort zwischen Manesseplatz und Sihlcity. Alyssa fuhr mit dem Zug bis zum Hauptbahnhof und stieg dort auf die S-Bahn-Linie 4 Richtung Giesshübel um. Von dort aus war der Club in wenigen Gehminuten erreichbar. Es war ein kühler Abend, doch das Blut pumpte erhitzt durch ihren Körper. Ihre Wangen brannten, und sie hoffte verzweifelt, nicht wie eine Tomate auf Stelzen auszusehen.

Bevor der Club in Sicht kam, checkte sie noch einmal ihr Outfit. Unter der Lederjacke trug sie ein kurzes Rippstrickkleid mit auffälligen Reissverschlüssen, das sie im Ausverkauf für dreiundzwanzig Franken erstanden hatte. Das Kleid war ärmellos, eng anliegend und betonte ihre athletische Figur ebenso wie ihre langen Beine. In Kombination mit den schwarzen Converse Chucks wirkte es auf entspannte Art sexy – genauso wie sie sich fühlen wollte. Es war kein Vergleich zum «Tweety-Gate». Trotzdem erfüllte es sie nur bedingt mit Mut, immerhin stand ein Treffen mit Mika bevor.

Mika erwartete sie vor dem Eingang. Der Club hatte seine Tore drei Minuten zuvor geöffnet, und er war der einzige Gast weit und breit. Wer vor Mitternacht auf einer Party aufkreuzte, gehörte per Definition zur Raumdekoration. Mika scherte sich nicht um die Etikette: Er selbst hatte die Uhrzeit vorgeschlagen.

Dadurch wiederum bewies er, wie ernst es ihm mit Alyssa war. Er wollte sie sehen, bevor es die anderen taten, bevor die Musik aufdrehte und die Leute zu einem Brei auf der Tanzfläche verschmolzen. Ihr Herz begann zu flattern.

Er hatte sie noch nicht bemerkt. Sein Blick schweifte über die Manessestrasse, die Arme hielt er vor der Brust verschränkt, und das Gewicht verlagerte er ständig von einem Bein auf das andere. Seine dunklen Haare verbarg er unter einer blauen Strickmütze. Er war nachlässig rasiert, was ihn nicht nur älter wirken liess, sondern auch die Vernarbung auf seiner Wange kaschierte. Er sah so gut aus, wie sie es gleichermassen erhofft und befürchtet hatte.

Als er seinen Kopf in ihre Richtung drehte, funkelten seine Augen wie geschliffener Obsidian. Sofort löste er die Arme aus der Verschränkung und kam auf sie zu. Jeder Schritt, der ihn näher brachte, beschleunigte ihren Puls, und ihr Herz schien zu explodieren, als er sie an sich zog und auf den Mund küsste. Seine Hände fuhren über ihren Rücken. Er presste sich noch etwas fester an sie heran und intensivierte seinen Kuss. Die Selbstverständlichkeit, mit der er das tat, überrumpelte sie. Andererseits kribbelte ihr ganzer Körper. Es musste eine halbe Ewigkeit vergangen sein, bis sich seine Lippen von ihr lösten.

«Ich bin froh, dass du es dir nicht anders überlegt hast», sagte er. Sein Blick wanderte über ihr Kleid und blieb an ihren nackten Beinen hängen.

Ein wohliges Zittern durchfuhr sie. «Als ob ich die Party des Jahres verpassen wollte», lachte sie schrill und folgte ihm zum Eingang.

Sie zeigten dem Security ihre Ausweise und betraten den rot gestrichenen Durchgang, in welchem sich das Kassenhäuschen, eine kleine Garderobe sowie ein zweiter Security befanden. Während sie an der Kasse bezahlten, tauchte hinter ihnen eine fünfköpfige Frauengruppe auf.

«Sind wir die Ersten?», trällerte eine Frau mit breiten Hüften und ebenso breitem Ostschweizer Dialekt und kicherte aufgedreht, als die Kassiererin auf Mika und Alyssa verwies. «Huiuiui, wenn hier noch mehr so Schnuggis auftauchen, dann müsst ihr gleich anmieten.» Sie nickte unverhohlen in Mikas Richtung, der sein Handgelenk für einen Stempel hinstreckte.

Der Ostschweizerin warf er einen Blick zu, der andere hätte zusammenzucken lassen. Trotz der unsympathischen Reaktion kam auch Alyssa nicht darum herum, ihn zu begaffen. Wenn er den Arm so ausstreckte, spannte sich der dunkle Stoff seines T-Shirts einladend über seine Muskulatur. Sie fragte sich, wann Serienkiller Zeit fürs Training fanden, und schreckte aus dem Gedanken hoch, als der zweite Security an sie herantrat, um den Inhalt ihrer Handtasche zu überprüfen.

«Kontrollieren Sie das Ding bitte auf Pfefferspray», sagte Mika, während er seine Jacke bei der Garderobe abgab.

Sein Spruch erheiterte den Security. «Alles sauber. Allerdings übernehme ich keine Haftung, falls deine Freundin da drin für die nächste Prüfung lernt.» Grölend zog er Alyssas Notizzettel aus der Tasche und wedelte sie durch die Luft. Auf der Rückseite war die erste Seite des Publizistikfachartikels zu sehen.

Alyssa schoss die Schamesröte ins Gesicht. Sie riss dem Mann die Papiere weg und stülpte sie in die Tasche zurück. Mit eingezogenem Kopf und einem Giftblick, der sich gewaschen hatte, stapfte sie danach in den Club. Mika folgte ihr dämlich grinsend. Für den Spruch wäre sie ihm gern böse gewesen, allerdings machte ihr das sein Anblick unmöglich. Die ambivalente Mischung aus Sanftmut und Aggression brachte sie seit Tag eins aus dem Konzept.

An der Bar kaufte er ein Bier und eine Cola, ohne dass sie darum gebeten hatte. Alyssa nutzte die Zeit, um sich im Club umzuschauen. Es war Liebe auf den ersten Blick.

Der Raum war komplett in Schwarz gehalten und eher klein, was mitunter auf die grosse Bartheke in der linken Ecke und das DJ-Pult in seiner Mitte zurückzuführen war. Weiter hinten erstreckte sich eine kleine Bühne, auf welcher schwarze Sofas standen. Aus den Boxen dröhnte «Psycho» von Muse.

«Kannst du dir vorstellen, dass einst Muse hier auftraten? Damals kannte sie noch kein Schwein», sagte Mika und hielt ihr die Cola hin. Alyssa nahm sie entgegen und schaute sich weiter um. Gegenüber der Bar entdeckte sie verwinkelte Sitznischen.

Die Ostschweizerinnen nahmen diese soeben in Beschlag. Ihr Lachen hätte selbst einen Düsenjet übertönt.

Mika verzog missachtend den Mund. «Lass uns woanders hingehen», sagte er und zeigte auf die Kellertreppe hinter der schrillen Frauengruppe. Alyssa nickte und folgte ihm. Ihre Anspannung wurde grösser.

Im Untergeschoss befanden sich die Toiletten, ein Rauchersalon mit eigener Bar und zwei Tischfussballtische.

Mikas Augen blitzten euphorisch auf. «Spielen wir eine Runde?»

«Ich dachte, wir wollten reden.»

«Das werden wir auch. Aber zuerst solltest du dich entspannen. Dein Trinkglas zerspringt gleich, wenn du dich noch fester daran klammerst.» Erst jetzt fiel ihr auf, dass ihre Knöchel schon weiss hervorstanden. Peinlich berührt stellte sie die Cola auf den Fussballtisch. Das Blut kehrte kribbelnd in ihre Fingerspitzen zurück.

Mika warf einen Franken ein und zog am Hebel neben dem Münzschlitz. Die Miniaturfussbälle prasselten in den Behälter. «Du darfst anspielen.» Er küsste sie flüchtig auf die Wange und zitierte sie dann mit einem Fingerzeig auf die andere Tischseite. Sie nickte widerwillig. In ihrem Kopf tickte unaufhörlich ein Sekundenzeiger. Sie hatten nur eine Stunde, bis Valérie und die anderen auftauchten.

Die erste Runde war ein Kampf um jeden Punkt. Weder Mika noch Alyssa entpuppten sich als talentierte Spieler, wohl aber waren sie auf demselben Level, was das Spiel umso spannender machte. Alyssa gewann mit zwei Toren Vorsprung.

«Noch eine Runde», verlangte er.

Sie schüttelte den Kopf. «Nein. Wir reden jetzt.»

«Oder wir tun beides. Wir machen ein Spiel daraus: Pro Tor hast du eine Frage frei.»

«Ich will nicht spielen, sondern die Wahrheit!», fuhr sie ihn an und zuckte zusammen, als sich sein Gesichtsausdruck mit einem Mal verdüsterte. Die lockere Stimmung war wie weggeblasen. Allem Anschein nach hatte er darauf gehofft, das Gespräch vertagen zu können. Im Angesicht seiner lodernden Augen wünschte sich Alyssa auf einmal dasselbe.

Doch jetzt war es Mika, der nicht lockerliess. Er streckte die Hand über den Tisch weg. «Gib mir die Notizen, die der Security gesehen hat.»

Seine Forderung liess sie erschauern. Sie hatte die Notizen als Gedankenstütze mitgenommen, ihre Offenlegung zu keinem Zeitpunkt beabsichtigt. Auf den Papieren standen heikle Details, etwa der jüngste Angriff auf Jonas oder die Sache mit John Rieder und dem Nagel. Sie wollte niemanden in Gefahr bringen.

«Ich lese sie dir vor», entschied sie kurzum, was ihm ein unzufriedenes Brummen entlockte.

«Die Mindmap kenne ich», sagte er, noch während sie die Papiere hervorholte.

Sie blätterte um, ohne aufzuschauen. Mit schwerer Zunge begann sie zu sprechen, die heiklen Details bewusst ausklammernd. Ihre Nervosität wuchs mit jedem Buchstaben an und äusserte sich in einem unmerklichen Zittern in der Stimme. Sie konnte nicht glauben, wozu sie sich gerade zwingen liess. «Mika Blum verlor seine Mutter Elena Samaras bei dem Brand eines Einkaufszentrums des Immobilienunternehmens Lasswell Inc. Die bei Moretti & Partner archivierten Gerichtsunterlagen zu dem Vorfall sind allerdings unvollständig, was die Vermutung zulässt, dass etwas vertuscht worden ist – etwa, dass Elena Samaras keinen Selbstmord beging, wie von Lasswell Inc. und Moretti & Partner behauptet, sondern aufgrund von verheimlichten Sicherheitsmängeln oder infolge Mordes ums Leben kam. Mika erfuhr von den Ungereimtheiten. In einer ersten Kurzschlussreaktion wollte er sich mit einem Mordanschlag auf Jonas Lasswell an dessen Vater, dem Inhaber von Lasswell Inc., rächen. Als das Attentat – er wollte ihn in einem Bootshaus verbrennen – fehlschlug, diffamierte er Lasswells beliebten Sohn in der Öffentlichkeit, sprach gebrochenen Herzens und lenkte so von seinen ursprünglichen Motiven ab.

Im Zuge seiner Resozialisierung wurde zwar sein jugendlicher Terror untergraben, nicht aber der Zorn. Er liess seine Betreuer im Glauben, dass seine Aggression von Verlustängsten ausgelöst wurde, tatsächlich trieb ihn die Rachelust pausenlos voran. Im Schatten der Läuterung beschloss er, sich an jeder Person zu rächen, die zur Vertuschung der wahren Todesursache seiner Mutter beitrug. Auffällig: Sämtliche Morde wurden offiziell als Suizid deklariert.» Sie machte eine Pause, um zu sehen, ob er ihr zuhörte. Er starrte sie aufmerksam über den Tisch hinweg an. Sein Blick war so lauernd, dass sie froh war, ihren eigenen wieder auf die Notizen richten zu können. Zitternd fuhr sie fort: «Ralf Döbeli, der ehemalige Mediensprecher von Moretti & Partner, wurde mit Alkohol betäubt, mit Klopapier gefesselt und im Greifensee ertränkt. Silvano Moretti, Inhaber von Moretti & Partner, wollte seinen alten Aston Martin restaurieren, als die manipulierte Sicherheitsvorrichtung versagte. Ein Jahr zuvor wurde ausserdem Frank Rindlisbacher, ein weiterer Anwalt von Moretti & Partner, tot aufgefunden – und zwar erhängt in seinem Badezimmer.» Ihr Herz schrumpfte auf Knopfgrösse, als sie den nächsten Abschnitt erreichte. «Unabhängig von den Kanzleimorden ergab sich ein weiterer Fall: der Mord an Roman Huber. Sein Schädel wurde eingeschlagen und die Leiche in einem Müllcontainer beim Stadion Letzigrund entsorgt. Wenig später musste Mika in einer Bar vernommen haben, wie John …», sie brach ertappt ab, «wie ein Sicherheitsassistent der Kantonspolizei Zürich schlecht über die Mutter des Verstorbenen sprach. Das Gespräch wurde durch einen Bekannten mitverfolgt. Infolgedessen rastete dieser aus und trieb einen Nagel durch die Hand des Sicherheitsassistenten. Kurz darauf kam der Nagelnde selbst ums Leben. Es besteht der Verdacht, dass Mika dessen Tod zu verantworten hat. Weil …» Sie schluckte ein letztes Mal. «Weil er Alyssa beschützen wollte.» Das Zittern in ihrer Stimme war auf ihren ganzen Körper übergegangen. Sie faltete die Papiere zusammen und schaute auf. Mikas Augen waren reglos und schwarz wie die Nacht. Nichts an ihm erinnerte noch an die warme Begrüssung, die er ihr vor dem Club gegeben hatte.

Er klaubte eine neue Münze hervor und warf sie ein. «Noch eine Runde.»

Alyssa legte hastig ihre Hände an die Griffstangen und fuhr in sich zusammen, als er den ersten Ball ohne jegliche Vorwarnung versenkte. Donnernd knallte er an die Rückwand ihres Tors. Es klang wie ein Pistolenschuss.

«Du behauptest, dass ich Ralf Döbeli zum Saufen zwang, ihn mit Klopapier einwickelte und dann im Greifensee ertränkte», sagte er. «Hast du eine Ahnung, wie bescheuert das klingt?»

«In seinem Mund fand man Papierreste.» Ihre Stimme krächzte, als hätte sie Holzspäne geschluckt. Sie griff nach dem Colaglas und verschüttete die Hälfte über dem Fussballtisch.

Mika wischte die Cola mit der Hand weg. Danach brachte er den nächsten Ball ins Spiel. Alyssa meisterte eine Berührung. Im nächsten Moment knallte der Ball wieder gegen die Hinterwand ihres Tors. Der Tisch erzitterte unter dem Geschoss. «Warum sollte ich jemanden mit Klopapier fesseln?»

«Weil es stark genug ist, um jemanden bewegungsunfähig zu machen, und richtig angewendet keine Spuren hinterlässt. Als Ralf Döbeli von Passanten im See entdeckt wurde, hatte sich das Papier bereits aufgelöst. Dadurch sah es wie ein Unfall oder Suizid aus.»

Er lochte zum 3:0 ein. «Macht mich das jetzt zum Hakle-Mörder?»

«Das ist nicht witzig.»

«Also, eigentlich schon. Stell dir mal die Schlagzeilen vor: ‹Schöne Scheisse – der Hakle-Mörder hat zugeschlagen›. Oder: ‹Hakle – rissfest bis in den Tod›.»

«Ich sagte, das ist nicht witzig.» Sie nahm den Ball vom Tisch und schmiss ihn unbedacht in seine Richtung. Mika hatte bereits mit dem Anschlag gerechnet. Er fing den Ball in der Luft auf und legte ihn zurück auf das Spielfeld. «Silvano Moretti», fuhr er fort. «Ich soll die Vorrichtung seines Aston Martins manipuliert haben. Bist du dir sicher, dass die Notizen nicht für einen Roman gedacht sind? Für die Realität taugen sie nämlich herzlich wenig.»

«Im Gegensatz zu dir habe ich wenigstens den Mumm, meine Befürchtungen offenzulegen. Du hast mir ein offenes Gespräch versprochen. Stattdessen beleidigst du mich ohne Punkt und Komma.»

«Was soll ich denn sonst tun? Du wirfst mir vor, Menschen mit Klopapier zu töten!»

«Was ist mit deiner Mutter? Liege ich hier auch falsch?»

Er erstarrte. Sein Pokerface brach wie eine Nussschale auf.

Entgegen ihrer Erwartung versuchte er nicht, es wiederherzustellen.

«Nein, liegst du nicht», murmelte er. Die Muskulatur an seinen Unterarmen spannte sich an. «Jeffrey Lasswell hat meine Mutter auf dem Gewissen. Ich weiss nicht, weshalb, und kann es auch nicht beweisen. Dass ich darum auf Jonas losging, hast du dir sauber zusammengereimt. Aber mich jetzt – *nach über zehn Jahren* – für den Tod von irgendwelchen Anwälten und Mediensprechern verantwortlich zu machen ist ungerecht. Verdammt, Alyssa, ich will doch bloss, dass das zwischen uns klappt! Du hättest tausend Gründe, mich zu hassen. Warum musst du unbedingt einen neuen suchen? Wenn du mir die Sache mit Jonas und dir nicht verzeihen kannst, dann ist das okay. Aber hör auf, mich für etwas zu verurteilen, das dich nicht einmal im Ansatz etwas angeht.»

«Du gibst also zu, einen Mordanschlag auf Jonas und Natalie verübt zu haben, wohingegen du deine Unschuld im Fall Moretti & Partner beteuerst?»

«Mordanschlag klingt zu krass. Ich verbarrikadierte die Tür, nachdem das Feuer ausgebrochen war. Jonas' Ruf hingegen wollte ich wirklich ruinieren. Dank deiner Hilfe wäre mir das auch fast gelungen.»

Bei dem Anblick seines ausdruckslosen Lächelns standen ihr die Nackenhaare zu Berge. «Jonas und Natalie ja; Moretti und Döbeli nein. Was ist mit Rotpunkt?»

«Ich habe dich allein vorgefunden.»

«Hast du nicht. Ich habe es gesehen.»

«Du littest unter Halluzinationen.»

«Und du gleich unter einem Tritt zwischen die Beine, wenn du mir nicht endlich die Wahrheit sagst.» Ihre Augen blitzten auf.

Sein Gesicht wurde abermals reglos wie ein Stein. «Wieso kannst du dich nicht damit zufriedengeben, dass es dir gut geht und der andere über alle Berge verschwunden war, als ich dich fand?»

«Weil ich es satthabe, für eine halluzinierende Irre gehalten zu werden. Ich will die Wahrheit.»

«Also gut.»

Ihr Mut versickerte in einer tiefen Mulde, als er auf ihre Tischseite herüberkam. Im nächsten Augenblick hatte er sich vor ihr aufgebaut. Mit einem Schlag fiel ihr auf, wie gross er war. Sie wurde selten von anderen überragt, doch wenn es geschah, fühlte sie sich sofort klein und schutzlos – erst recht im Angesicht eines Mannes, dessen Vernarbungen keine Zweifel an seiner Zwielichtigkeit liessen.

Nervös schielte sie zum Colaglas auf dem Fussballtisch. Sie fragte sich, ob ihre Kraft ausreichen würde, um Mika damit k. o. zu schlagen.

Mika durchforstete ihr Gesicht indes, als wäre sie ein Geheimnis. Und allem Anschein nach hielt er sich selbst für Sherlock Holmes. «Du weisst selber nicht, welche Version dir lieber ist, nicht wahr? Einerseits hoffst du, dass ich es nicht getan habe, weil sich ein Mensch ohne Abgründe leichter lieben lässt. Andererseits hoffst du, dass Roman Huber dich angegriffen hat, weil er jetzt tot ist und dir nichts mehr antun kann. Die Polizei konnte dir keine abschliessende Garantie dafür geben, dass er der Täter ist. Nur der Mörder kann das tun.»

«Ich kenne die Wahrheit ebenfalls!», rief sie, doch sie hatte das Gefühl, dass er sie wie ein Buch las, dessen Sprache sie selber nicht verstand.

Sein Blick wanderte suchend durch das Kellergeschoss. «Vertraust du mir eigentlich?»

Die Frage liess sie stottern. «Also, äh, ich denke, es ist offensichtlich, dass –»

«Gut. Ich vertraue dir nämlich auch nicht.» Er packte sie grob beim Oberarm und stiess sie in die Männertoilette hinein.

«Was zum …», rief sie erschrocken, doch er ging nicht darauf ein.

Unsanft bugsierte er sie zu der hintersten Kabine und schloss sich zusammen mit ihr ein. «Arme auseinander!», befahl er. Ihr Puls hatte sich dramatisch erhöht. Sie riss die Hände so schnell hoch, dass sie sich die linke an der Türfalle anschlug. Der Schmerz betäubte ihren Arm bis in den Ellbogen, trotzdem unterdrückte sie das Wimmern. Die Furcht lähmte sie bis in den letzten Knochen.

Als er das mitbekam, kanzelte er sie mit einem beleidigten Blick ab. «Echt jetzt? Ich tue gar nichts! Aber du wirst garantiert keinen Laut von mir hören, solange ich mir nicht sicher bin, dass uns niemand zuhört.» Er begann, sie nach etwas abzutasten – und endlich dämmerte Alyssa, wonach er suchte.

Ihre Augen weiteten sich vor Unglauben. «Du denkst, dass ich verkabelt bin?»

Er antwortete nicht.

Ihr Körper verspannte sich, wo immer er sie berührte. Sie hatte sich des Öfteren ausgemalt, von ihm angefasst zu werden, die Realität hatte allerdings wenig mit dieser Vorstellung gemeinsam.

Als er sich aufrichtete und seine linke Hand neben ihrem Kopf platzierte, schrumpfte sie in sich zusammen. Sein Gesicht war nur noch Zentimeter von ihrem entfernt. «Valérie fand an diesem Abend keine Ruhe», begann er. Es klang wie der Anfang eines Schauermärchens. Sie widerstand der Versuchung, sich die Ohren zuzuhalten. Auf einmal ahnte sie, wie die Geschichte ausging. Die Wahrheit war ungleich furchteinflössender als die Endlosvorstellung in ihrem Kopf.

Mika nahm keine Rücksicht. Er blieb dicht vor ihr stehen, um ihr Dinge zu erzählen, die sie längst nicht mehr zu hören gewillt war. «Sie machte sich ein schlechtes Gewissen, weil wir dich in deinem Zustand allein liessen. Weil ich nicht wollte, dass sie ihre Lieblingsband verpasste, folgte ich dir auf eigene Faust. Da entdeckte ich dich mit einem Fremden in der Gasse. Du lagst vor ihm auf dem Boden, und ich sah, wie er sich über dich beugte, an deinem T-Shirt herumfummelte, wie er dich … wie er dich *betatschte.*» Ein ungebändigtes Lodern schoss durch seine Augen. Er beugte den Ellbogen durch, um ihr noch näher zu kommen. «Was du gesehen hast, ist wahr, wenngleich kein Blut floss, jedenfalls nicht in dem von dir beschriebenen Ausmass. Es war kein Unfall, ich trat auf ihn ein, bis er sich nicht mehr regte, weil ich ihn *tot* sehen wollte. Er sollte nicht noch einmal die Möglichkeit bekommen, jemandem so etwas anzutun.»

Erschrocken rang sie um Luft. Sie getraute sich nicht mehr, ihm in die Augen zu sehen. Seine Tat klang ritterlich, im Mittelalter hätte sie ihm dafür die Füsse geküsst. Aber sie lebten nicht im Mittelalter, sondern im einundzwanzigsten Jahrhundert. Und in diesem verlieh man Mördern keine Orden, erst recht nicht, solange das Feuer des Wahnsinns in ihren Augen glühte. Ihr war, als hätte sie einen schlafenden Löwen erweckt und die Kontrolle über ihn verloren. Sie zitterte. «Warum hast du mich angelogen?»

Er nahm die Hand abrupt von der Wand. «Weil ich nicht wollte, dass du mich so anschaust, wie du es jetzt gerade tust. Und weil ich dich nicht für das Geschehene verantwortlich machen wollte. Gut möglich, dass du Huber lieber der Polizei übergeben hättest, für mich war das keine Option. Ich hätte es nicht ertragen, ihm noch einmal auf der Strasse zu begegnen. Dabei wollte ich dir nie Angst einjagen. Ich wollte dich bloss beschützen. Das musst du mir glauben.»

Verunsichert hob sie den Kopf, um sein Gesicht nach einer Spur der Reue abzusuchen. Sie fand keine. Also sagte er die Wahrheit: Er hatte aus purer Absicht gehandelt und schien keine Sekunde lang damit zu hadern.

Sorgenfalten zeigten sich auf seiner Stirn. Sie glaubte zu wissen, was ihm jetzt durch den Kopf ging: Er befürchtete, zu weit gegangen zu sein, als dass sie ihm noch folgen konnte. Tatsächlich ängstigte sie sich vor demselben. Konnte man jemanden lieben, der es nicht bei dem Mordgedanken beliess? Davon abgesehen zweifelte sie an seiner Aufrichtigkeit hinsichtlich Moretti & Partner und Jonas. Auf dem Papier war alles perfekt aufgegangen – zu perfekt, um es als Zufall abtun zu können.

Mika seufzte. «Ernsthaft, schau mich nicht so an, mir wird kotzübel davon. Denn weisst du, was das Absurde daran ist? Deine Angst vor mir ist seit Jahren *meine* grösste Angst. Du bist mir wichtig, Alyssa. Aber natürlich ist mir bewusst, dass ich bis anhin wenig dafür getan habe, um dir das zu zeigen …» Er knirschte mit den Zähnen.

«Hast du wirklich nichts mit Moretti und Döbeli zu tun? Hast du Jonas in jüngster Zeit noch einmal gesehen?»

«Jonas?» Er runzelte die Stirn und schüttelte den Kopf.

«Und du hast dir auch keinen Kaffee über den Schoss geleert und mich danach bis nach Schwamendingen verfolgt?»

«Negativ.» Er zog eine Grimasse. «Ich war in Meilen und habe dich gesehen. Da ich mir nicht sicher war, ob du es warst, bin ich dir gefolgt. Das konnte ich unmöglich zugeben. Wahrscheinlich wärst du danach schreiend um das Haus gerannt. Dabei wollte ich dich bloss wiedersehen.»

«Bist du in unsere Wohnung eingebrochen und hast ein Feuer gelöscht?»

«Ja.»

«Die blonden Haare?»

«Ich dachte, die Farbe steht mir.»

«Der Teufel vom Dante?»

«… nicht ich. Allerdings war ich während des Brands zufällig im Seefeld und habe dich von der Unfallstelle weggebracht.»

«Warum?»

«Weil ich nicht wollte, dass man dich mit unangenehmen Fragen löchert, solange du wegen mir Privatdetektiv spielst.»

«Hast du also *wirklich* nur Roman Huber auf dem Gewissen? Keine Kanzleimitarbeitenden, keine nagelnden Irren?», wiederholte sie verkrampft und verstummte, als er ihr Gesicht in die Hände nahm.

«Du drehst dich im Kreis. Ich habe dir alles erzählt. Das muss ausreichen, um mir zu vertrauen.»

«Versprich mir, dass du mich nie mehr anlügst, kein einziges Mal, nicht einmal im Kleinen.»

«Ich verspreche es.» Er legte die Arme um sie und drückte sie an sich. «Du hältst mich am Leben, Alyssa. Das setze ich nicht noch einmal aufs Spiel. Ich liebe dich.»

Sie bekam Gänsehaut. «O-okay.»

Unsicher schmiegte sie ihren Kopf an seine Schulter. Seine Umarmung wurde enger. Es fühlte sich gut an, beschützend und ehrlich.

«Ich liebe dich so sehr», wiederholte er rau, fast verzweifelt.

Vielleicht war sie nicht der Mensch, der ein makelloses Happy End suchte, dachte sie langsam, immer noch zitternd, immer noch von Angst erfüllt. Vielleicht waren es diese Kratzer, die ihres perfekt machten. Also beschloss sie, ihm eine Chance zu geben. Sie hatte zu lange von diesem Augenblick geträumt, um ihn jetzt nicht wahrzunehmen. Ausserdem sah sie sich lieber in seinem Arm als vor dem Lauf seiner Pistole. Sie war schliesslich nicht naiv, bloss ein bisschen verträumt.

«Ich liebe dich auch», sagte sie dann und verlor den Boden unter den Füssen, als sie sich küssten.

***

Alyssa versuchte es als einen dummen Zufall abzutun, dass «Monster» von The Automatic anspielte, als sie kurz nach zwölf hinter Mika die Treppe hochging.

What's that coming over the hill – is it a monster?

Der Saal war mittlerweile gut gefüllt. Überall wurde gelacht, getrunken und getanzt. Valérie, Rebecca, Stefan und Dean standen an der Bar, eingepfercht zwischen DJ-Pult und Theke. Valéries Augen verdunkelten sich um ein Mehrfaches, als sie Alyssa entdeckte. Diese duckte sich sofort. Sie hatte völlig vergessen, ihre Freundin per SMS auf dem Laufenden zu halten. Valérie war eigentlich kaum nachtragend, wohl aber mutierte sie zum autoritären Wachhund, wenn sie sich um jemanden Sorgen machte – und eine psychisch labile Alyssa allein in der Nacht entsprach Gefahrenstufe Dunkelrot.

Rebecca, Stefan und Dean begrüssten sie mit drei Küsschen auf die Wange. Valérie hingegen wich ihr trotzig aus. Der Ausdruck auf ihrem Gesicht war bestenfalls als zornige Erleichterung zu beschreiben. «Ein kurzes ‹Hey, ich bin angekommen› – mehr nicht. Muss ich dich künftig an die Leine nehmen?», giftete sie ungehalten. Sie trug hoch geschnittene Jeansshorts, ein graues Vans-Oberteil und Schuhe von derselben Marke. Ihre kurzen Haare hatte sie, so gut es ging, zu einem Pferdeschwanz zusammengebunden, was das herzförmige Gesicht und die angriffslustigen Kulleraugen vorteilhaft in Szene setzte. Zweifellos sah sie heute besonders gut aus. Ihre Wut bekam dadurch einen ungemütlichen Touch.

Alyssa berührte sie beschwichtigend an der Schulter. «Es tut mir leid, Val, wirklich. Ich wollte dich nicht verärgern. Aber wie du siehst, war und bin ich hier in guten Händen.» Sie nickte Mika zu, der sich in diesem Moment mit Dean und Stefan bekannt machte. Während er sich mit Dean, dem volltätowierten Dandy, auf Anhieb verstand, beäugten er und Stefan sich mit der Skepsis zweier Alphatiere. Für Alyssa kam das nicht überraschend: Beide waren gross, kleideten sich in ähnlicher Weise und wirkten im Geist verwandt. Mika setzte allerdings in allen Belangen eins drauf: ein bisschen grösser, ein bisschen vernarbter, ein bisschen grimmiger. Neben Stefan sah er aus wie das Spinoff eines Kriminalromans, der den Vorgänger um jeden Preis übertreffen wollte. Jedenfalls bildete sich Alyssa das ein. Sie war Mika schliesslich nicht grundlos verfallen.

«Das ist also der legendäre Cousin.» Rebecca stellte sich zwischen Alyssa und Valérie hin. Sie nippte an ihrem Wodka Lemon und betrachtete Mika wie eine Kunstskulptur. Mika legte in diesem Moment den Kopf in den Nacken und lachte über einen Scherz von Dean. Alyssa hätte gerne gewusst, welches Urteil Rebecca über ihn fällte. Der junge Mann mit der Narbenwange wirkte freundlich, nahezu harmlos, wenn er bei guter Laune war. Ob sie dennoch das Blut an seinen Händen sah, den tödlichen Wahn in seinen Augen? – Wenn dem so war, liess sie sich nichts anmerken. Sie begegnete Mika mit völliger Unvoreingenommenheit. Alyssa beschloss, das als gutes Zeichen zu werten. Sie straffte die Schultern und entspannte sich.

Als Dean für alle einen Shot ausgab, exte sie bedenkenlos mit. Dabei blieb ihr Blick an Mika haften. Sie wusste, dass er auf sie aufpasste – selbst wenn er dafür an die Grenzen gehen musste. Seine Kompromisslosigkeit erfüllte sie mit einem erschreckenden Gefühl der Geborgenheit. Möglicherweise brauchte man in Zeiten des Terrors sein eigenes Monster, um sich sicher zu fühlen.

***

Unbehaglich warf Pitbull den Kopf herum. Alle waren dunkel bis tiefschwarz angezogen. Seine eigene Jeans war blütenweiss.

Normalerweise kümmerte er sich nicht im Geringsten um seine Bekleidung, jedenfalls solange sie seine Muskulatur in Szene setzte. Heute fühlte er sich absolut fehl am Platz. Er kam sich vor wie ein Glühwürmchen in der Nacht. Dabei gefiel ihm alles hier – die lockere Atmosphäre, das dunkle Interieur, die Musik und die Gäste.

Sein Herz zog sich zusammen, als er zu Valérie schaute. Bis vor wenigen Minuten war sie an der Bar gestanden, jetzt hüpfte sie zusammen mit Alyssa und einem anderen Mädchen über die Tanzfläche. Sie strahlte von Kopf bis Fuss – und im Gegensatz zu ihm passte sie mit ihrem Look absolut hierher.

Vielleicht lag es an seiner Jeans, dass er sich nicht zu ihr hinübergetraute – vielleicht aber auch an seiner Begleitung. Er schaute zu Leni und dort geradewegs in den Ausschnitt ihres glitzernden Tops. Lenis Gesicht gab einen ähnlichen Effekt wieder, als sie sein Starren bemerkte.

Er hatte nicht vorgehabt, die redselige Thurgauerin noch einmal zu treffen. Zwar war ihr Vorbau einladend und sie selber ganz nett, doch leider war sie auch absolut verzweifelt. Nach dem Date im Acapulco hatte sie ihn direkt mit nach Hause nehmen wollen, für Pitbull ein absolutes No-Go. Er hatte schliesslich nicht Gefahr laufen wollen, Cupcakes essend an ihrem Küchentisch zu landen. Warum er sie trotzdem wiedersah, folgte einer einfachen Dating-Regel: Er war genauso verzweifelt wie sie.

Seine Verzweiflung hatte mit dem Betreten des Abart Clubs allerdings die Färbung verändert. Grund eins: Leni hatte vier laute Freundinnen bei sich. Grund zwei: Er war der einzige Mann in der Gruppe. Grund drei bis viertausend: Valérie war da – und zu allem Überfluss amüsierte sie sich prächtig.

Sie tanzte ausgelassen und schien den Text zu jedem Song zu kennen – von düsteren Schreisachen bis hin zum überdrehten Indie-Pop. Dabei sah sie so bezaubernd aus, dass es ihm den Brustkorb zusammenzog. Er hätte sie ewig beobachten können. Natürlich hütete er sich davor. Es reichte schliesslich aus, dass er mit weissen Knallhosen und lauter Leni in einem Rockclub stand, da wollte er nicht zusätzlich als Stalker auf sich aufmerksam machen. Darüber hinaus schreckte ihn noch etwas anderes ab: Valéries Cousin war auch da.

Er stand mit zwei Typen an der Bar und tat so, als würde er den beiden zuhören. Sein Blick hing immerzu an Alyssa. Im Gegensatz zu Pitbull bemühte er sich gar nicht erst darum, sein

Interesse zu verbergen. Pitbull hätte sich das keine Sekunde lang bei Valérie getraut. Kein Wunder, hing er bei Leni fest.

«Woho!» Er fuhr in sich zusammen, als Leni einen Alpöhi-Schrei losliess. Der DJ spielte soeben «Come On Eileen» von Save Ferris an, Party-Ska vom Feinsten. Leni war so aus dem Häuschen, dass sie ihn komplett vergass. Sie liess ihn einfach stehen und stürmte die Tanzfläche, wo auch Valérie und deren Freundinnen herumwirbelten, als gäbe es kein Morgen.

Verunsichert strich er sich die helle Hose über den wuchtigen Oberschenkeln glatt. Ob er die Gunst der Stunde nutzen und abhauen sollte? – Nein, auf keinen Fall. Valérie war auch noch hier. Er musste erfahren, ob sie heute jemanden mit nach Hause nahm, um diesem womöglich die *dunkle* Hose herunterzuziehen. Sein Brustkorb verengte sich noch etwas mehr.

***

«Oh mein Gott. Da drüben ist Pitbulls Neue.» Alyssa klaubte Valérie in den Arm. Aufgeregt nickte sie den fünf tanzenden Ostschweizerinnen zu, die sie bereits beim Betreten des Clubs gesehen hatte. Pitbulls Flamme war ihr zu jenem Zeitpunkt nicht aufgefallen – vielleicht weil sie zu abgelenkt gewesen war. Ihre Wangen röteten sich, als sie zu Mika schaute, der zusammen mit Stefan und Dean an der Bar stand. Ihre Blicke trafen sich. Er verzog den Mund zu jenem Lächeln, das ihr seit jeher die schönste Form von Gänsehaut bescherte.

Dazu hätten Valéries Gefühle nicht kontrastreicher sein können. Sie musterte die Ostschweizerin wie ein Schmuckstück aus Strass, das irgendwie schön, aber eben auch verdammt billig war. «Die sieht aus wie ich», knurrte sie feindselig. «Bloss grösser und besser … ausgestattet.» Das glitzernde Dekolleté der Kontrahentin war in der Tat beeindruckend.

Alyssa prustete hinter vorgehaltener Hand. «Scheisse, du bist wirklich eifersüchtig», kicherte sie und verlor um ein Haar das Gleichgewicht, als Valérie sie in die Seite stiess.

«Noch ein Wort und ich knall dir persönlich eine Betäubung in den Drink.»

In diesem Moment wurden sie von der Ostschweizerin entdeckt – genauer gesagt Rebecca. Mit einem hysterischen Schrei sprang sie die eisäugige junge Frau an. «Reby!»

Rebecca reagierte völlig überrumpelt, derweil Valérie alles Blut aus dem Gesicht schoss.

Die Ostschweizerin wirbelte zu Alyssa herum. «Wir kennen uns», trällerte sie zwei Oktaven zu hoch. «Du bist eine Freundin von Markos. Wir haben uns letzte Woche im Acapulco gesehen, als dein *scary* Freund dir etwas vorgesungen hat. Ist er auch hier?» Sie warf den Kopf herum, bis sie Mika an der Bar entdeckte. «Ah!» Aufgeregt winkte sie ihm zu. Mika antwortete mit verengten Augen. Sie kicherte. «Ich würde mir pausenlos ins Höschen machen, wenn so einer neben mir läge.»

«Das ist Mika. Er ist mein Cousin», schnappte Valérie.

«Ich bin Leni.» Sie streckte ihr lammfromm die Hand entgegen. Valérie dachte nicht daran, diese anzunehmen, also stellte sich Alyssa dazwischen.

«Ich bin Alyssa. – Und das ist Valérie.» Sie zeigte auf ihre im Geiste kochende Freundin.

«Leni studiert auch an der Uni. Ausserdem ist sie eine gute Freundin einer alten, äh, Schulfreundin», erklärte Rebecca, und Leni nickte beflissen.

«Genau, Karin aus Pfäffikon – hihi. Ist das nicht total bömbig? Erst lerne ich Markos auf Tinder kennen, und dann stellt sich heraus, dass er Rebeccas Freunde kennt. Markos ist übrigens auch hier. Wo ist er denn ... Ah, dort!» Sie zeigte in eine dunkle Ecke. In dieser war nichts zu sehen ausser einem grellen weissen Punkt. «Markos!», rief Leni, und ihre Brüste wippten im Takt zu ihrer wedelnden Hand.

Der weisse Punkt kam langsam in Bewegung. Beim Näherkommen entpuppte er sich als weisse Jeans.

Pitbull schaute bedeppert zu Boden und verkrampfte sich, als Leni einen Arm um ihn legte. «Schau mal, wen ich getroffen habe.» Sie zeigte auf Valérie, Rebecca und Alyssa.

«Hallo zusammen.» Seine Ohren standen vor Scham in Flammen. Der Kontrast zwischen ihm und der hemmungslosen Leni hätte nicht grösser sein können. Alyssa verstand sofort, dass dies keine Liaison für die Zukunft war, aber Valérie sah nur noch rot.

Sie packte ihre Freundinnen rabiat bei den Händen. «Ist euch auch so heiss?», zischte sie und zerrte sie zum Ausgang.

***

Draussen vor dem Club begegneten sie Mika, Dean und Stefan. Die drei hatten sich zum Rauchen zurückgezogen, was in der Pitbull-Aufregung niemandem aufgefallen war.

Valérie schnorrte sich von Stefan eine Zigarette und schlug fröstelnd die entblössten Arme übereinander, auf denen sich Gänsehaut gebildet hatte. Ihr Blick war genauso unterkühlt.

«Was ist denn mit der los?» Mika stellte sich neben Alyssa und legte seine Hand um ihre Hüfte.

«Pitbull und seine Neue sind da», antwortete sie und biss sich auf die Zunge, als er zuerst seufzte und dann laut in Valéries Richtung sagte: «Seit wann machst du deine Laune eigentlich von einem Hund abhängig?»

Valérie fiel beinahe die Zigarette aus dem Mund. «Wie bitte?»

«Im Ernst, der Club ist toll, die Musik ist toll, und die Leute sind es auch. Trotzdem schmollst du herum, als wärst du zehn.»

«Ich schmolle nicht wegen eines Mannes», sie reckte trotzig das Kinn, «sondern weil ich morgen arbeiten muss.»

«Ein Grund mehr, den Abend zu geniessen», beharrte Mika. Valérie zog eisig die Mundwinkel hoch, was er mit einem ebenso kalten Lächeln erwiderte. «Wir müssen die beiden zusammenbringen», brummte er Alyssa ins Ohr, und deren Kopf erhitzte sich. *Wir.*

Gerade als sie sich zaghaft näher an Mika herankuscheln wollte, entdeckte sie ihn. Ihre Muskulatur versteinerte. Auf einmal fühlte sie sich wie ein Kind, das man bei etwas Verbotenem ertappt hatte.

John Rieder stand in einigen Metern Entfernung bei der nächsten Hausecke. Er zog an einer Zigarette, wie die meisten, die vor dem Club herumlümmelten. Seine blauen Augen durchdrangen Alyssa bis auf die Seele. Es bestand kein Zweifel daran, dass er wegen ihr hier war – erst recht, als er ihr zunickte und hinter der Hausecke in Deckung ging.

Ihre Gedanken begannen zu rasen.

Natürlich wollte sie wissen, weshalb John hier war. Gleichzeitig war da Mika, der sie immer noch fest im Arm hielt. Wie zur Hölle sollte sie sich davonmachen, ohne Argwohn zu erregen?

Du erregst keinen Argwohn, schalt sie sich im nächsten Moment. Mika hatte Ehrlichkeit gelobt und ihr in den letzten Stunden mehr erzählt, als ihr lieb gewesen war. Das war folglich nicht der Zeitpunkt, um selber geheimnisvoll zu werden.

Mit einem bewussten Atemzug zwang sie sich zur Ruhe. Danach fasste sie nach Mikas Hand und löste sie sanft von ihrer Taille. «Ich habe einen Bekannten gesehen und möchte kurz Hallo sagen. Geht ruhig rein, wenn ihr fertig seid, okay?»

«Soll ich mitkommen?», fragte Mika, als er sah, wie sie Anstalten machte, in der Dunkelheit zu verschwinden.

Ihr Kopfschütteln fiel übereilt aus, das warme Lächeln machte jedoch einiges an Nervosität wieder wett. «Nicht nötig. Bis gleich.» Beim Davongehen spürte sie seinen argwöhnischen Blick auf sich.

John hatte die Zigarette auf den Boden geworfen und ausgedrückt. «Ich habe mit mir gerungen, ob ich Sie hineinziehen soll. Ein alter Freund hat mich davon überzeugt, das Richtige zu tun», begann er. Alyssa wusste nicht, ob es an seinem dunklen Tonfall oder dem optischen Auftritt lag, dass sie erschauerte. Er hatte sich verändert, kein Zweifel. Natürlich war er immer noch attraktiv – von den Spitzen seiner braunen Haare bis hin zu der austrainierten Batmanbrust. Über seinen blauen Augen lag jedoch ein Schatten, der so tief reichte, als fände er den Ursprung in Johns Herzen. Auch die übliche Körperspannung war ihm abhandengekommen. Obwohl er eine dicke Lederjacke trug, sah sie, wie seine linke Schulter schlaff herunterhing, als wäre sie verletzt.

Als er sie eindringlich ins Visier nahm, spielte sie mit dem Gedanken, ihn stehen zu lassen und davonzurennen. «Ich habe Sie mit Mika gesehen», sagte er. «Sie wissen nicht, worauf Sie sich einlassen. Ich bin hier, um Sie zu warnen.»

«Okay.» Das Wort entfloh ihr langsam und gedehnt. John klang wie ein Geisteskranker. Zum Glück kannte sie sich mit diesen allmählich aus. Sie atmete tief durch. «Ich nehme an, Sie reden von der Sache mit Roman Huber.»

«Es geht nicht um Roman Huber», entgegnete er unvermittelt, und sie öffnete den Mund, ohne etwas zu erwidern.

Eilige Schritte kamen näher.

«Ist das dein Bekannter?» Mika stellte sich neben sie hin. Sein Blick durchforstete John feindselig. «Sie sind doch der Typ von der Polizei. Ich habe Sie am Tag meiner Zeugenaussage gesehen.»

«Das ist John», bestätigte Alyssa und glaubte zu sehen, wie John bei der Nennung seines Namens zusammenzuckte.

«Hi, John.» In Mikas Stimme lag keine Freundlichkeit. Er legte den Arm um Alyssa. «Ich bin Mika. Sie werden verstehen, dass ich Alyssa nicht allein hierherkommen lassen wollte. Wir wissen schliesslich alle, was beim letzten Mal geschah, als wir sie in einer Nebengasse aus den Augen verloren.»

«Ich wollte ihr nichts antun», zischte John.

«Natürlich.» Mika verengte die Augen.

«Äh», Alyssa trippelte nervös zwischen den beiden umher. «Sind Sie auch auf der Party, John?»

Er schüttelte den Kopf. «Ich war mit meiner Freundin im Kino und habe mein Auto hier in der blauen Zone abgestellt. Ich habe Sie nur zufällig gesehen, Alyssa, und wollte mich nach Ihrem Befinden erkundigen. Es freut mich, Sie wohlauf zu finden. *Sie beide.*» Bei den letzten Worten schaute er zu Mika, der sich immer noch nicht von seinen Schlitzaugen erholt hatte. Alyssa verkniff es sich, ihn deswegen in die Brust zu stossen. Merkte er nicht, wie verdächtig er sich machte?

Sie fuhr herum, als John sich abrupt verabschiedete. «Ich muss zurück zu meiner Freundin. Geniessen Sie die Party – das Abart war früher mein Stammclub.» Er lullte Alyssa mit seinem Lächeln ein und drückte ihr die Hand. Als er sie wieder losliess, hielt sie einen Zettel zwischen den Fingern. Erschrocken ballte sie die Hand zur Faust.

John nickte Mika zu und ging davon.

Mika hatte die Übergabe nicht mitbekommen. Sein Blick

haftete immer noch an John, die Augen so finster verengt, dass ihr das Blut gefror.

«Was wollte er wirklich von dir?», fragte er ernst.

«Was er gesagt hat. Er hat sich nach meinem Befinden erkundigt.» Der Zettel brannte gegen ihre Handinnenfläche.

Jetzt schaute er sie an. Obwohl sie fast gleich gross waren, starrte er förmlich auf sie herunter. «Warum glaube ich dir das nicht?»

«Weil du genauso argwöhnisch bist wie ich», erwiderte sie und boxte ihn halbherzig in die Seite. Sie zitterte, aber das konnte er nicht sehen. «Wollen wir zu den anderen zurück?»

Die Spannung wich aus seinem Körper. Sie wollte gerade gelöst aufatmen, als er sagte «Noch nicht», sich an sie schmiegte und küsste. Als er sich von ihr löste, glühten ihre Wangen, als hätte sie betrunken mit Rouge hantiert. Lächelnd nahm er sie bei der Hand. Gemeinsam kehrten sie in den Club zurück.

In einer unbeobachteten Sekunde untersuchte Alyssa den Zettel, den John ihr gegeben hatte. Er hatte eine Nummer daraufgeschrieben. Sie faltete das Papier zusammen, verstaute es in ihrer Handtasche – und wirbelte herum, als Mika wie aus dem Nichts hinter ihr stand.

«Alles in Ordnung?» Seine Lippen fanden ihre Wange. Er gab sich gelassen, allerdings war offensichtlich, dass er immer noch an dem Treffen mit John herumstudierte.

Sie wiederum konnte es nicht verleugnen: John hatte sie beunruhigt. Andererseits hatte sie Mika noch nie so verunsichert erlebt. Sich auf einmal am längeren Hebel ihrer Beziehung zu wissen fühlte sich auf seltsame Art gut an. Normalerweise war sie es, die im Dunkeln tappte. Aber das Blatt hatte sich in jeder Hinsicht gewendet.

Seine Skepsis löste sich auf, als sie die Hände um seinen Hals schlang und ihm einen Kuss gab. «Alles perfekt», lächelte sie.

26

Sie tanzten die ganze Nacht, tranken und hatten Spass. Valérie – noch immer leicht verschnupft – musste früher nach Hause, weil sie die Frühschicht im Starbucks übernahm. Auch Leni, Pitbull, Rebecca, Stefan und Dean waren irgendwann verschwunden. Alyssa hingegen blieb bis in die frühen Morgenstunden, und Mika wich keine Sekunde von ihrer Seite – er habe Valérie versprochen, auf sie aufzupassen, begründete er.

Je länger der Abend andauerte, desto weniger konnte Alyssa verleugnen, wie sehr sie ihn wollte. In ihrer Vorstellung hatte es nie einen anderen gegeben. Er war der Traum, den sie nie zu Ende geträumt hatte. Als die Lichter im Club angingen, war sie noch lange nicht zum Aufwachen bereit. Umso erleichterter war sie darüber, dass Mika anbot, sie nach Hause zu bringen – «Immerhin habe ich das Valérie versprochen», wiederholte er unschuldig.

«Und wie kommst du danach heim? Wo wohnst du überhaupt?», fragte sie mit erhitzten Wangen.

«Dübendorf. Also quasi ein Katzensprung.»

Sie nickte und folgte ihm zum Bahnhof Giesshübel.

Im Zug setzten sie sich einander gegenüber hin, wichen sich mit ihren Blicken aus. Ihre Beine berührten sich beiläufig. Im Abteil hinter ihnen sangen zwei Betrunkene «Mein Herz, es brennt» von Beatrice Egli.

Zwanzig Minuten später trudelten sie in Stettbach ein, wo sie gemeinsam mit den Sängern ausstiegen. Deren Gegröle hallte im Bahnhofstunnel nach.

Als Mika und Alyssa hintereinander mit der Rolltreppe an die Oberfläche fuhren, glaubte Alyssa, die Wärme zu spüren, die seinen Körper wie ein Energiefeld umgab.

Auf dem Bahnhofsplatz nahm er sie an die Hand. Sie schlenderten über die Tramgleise hinweg auf die andere Seite der Dübendorfstrasse. Die Ampeln blinkten orange, jene in Alyssas Kopf dunkelrot. Keiner sagte etwas; ihre wild pochenden Herzen hatten das Reden übernommen. Du willst es langsam angehen, ermahnte sie sich, obwohl ihre Sinne nur noch von einem einzigen Gefühl dominiert wurden.

Verstohlen schielte sie zu Mika. Ihre Augen fuhren über die tiefe Vernarbung, hinab zu seiner Brust, die sich schneller hob und senkte, als es ihrer Gehgeschwindigkeit angepasst war, und sie blieben an dem unteren Rand seines T-Shirts hängen, das sich auf der einen Seite in seinem Stoffgürtel verheddert hatte. Sie erinnerte sich daran, wie es ihm über die Hose hochgerutscht war, als er Valérie am Abend ihres Wiedersehens durch die Luft gewirbelt hatte. Dabei hatte er ein Tattoo entblösst. Ihre Finger brannten angesichts des Verlangens, dieses erneut freizulegen.

Vor ihrem Wohnblock liess er ihre Hand los.

Sie musste sich räuspern, um ihre Stimme wiederzugewinnen. «Danke für das Nachhausebringen.»

«Keine Ursache.» Er wippte auf den Schuhsohlen herum. Das Gürtelende pendelte von einer Seite zur anderen. Sie musste sich zusammenreissen, um das Spiel in seiner Leistengegend nicht pausenlos zu verfolgen. Worauf sollte sie ihre Aufmerksamkeit bloss lenken? Sie hatte das Gefühl, von allem auf dumme Gedanken gebracht zu werden. Selbst der rauschende Liguster an der Hauswand hinter ihr fühlte sich verboten an. Leider hatte sie das Verbotene schon immer angezogen.

Sie hob den Kopf und schaute ihm in die Augen. Sie wirkten fast schwarz, aber das schreckte sie nicht mehr ab. Sie kannte seine Fassade und wusste, wie selten Schein und Sein darin verschmolzen. Sein Herumschwanken sprach ohnehin Bände: Er war nervös.

Normalerweise schien er immer zu wissen, was er wollte. Dennoch zögerte er jetzt, als hielte ihn eine unsichtbare Macht zurück. Dabei stiess ihm das Verlangen förmlich aus den Poren. Sein Atem ging schwer, und das Herz hämmerte ihm zweifellos wild gegen den Brustkorb. Er war ihr mit Haut und Haaren ausgeliefert. Die Art, wie er sie dabei anschaute, machte sie hibbelig, ängstlich und nervös zugleich. Sie wusste schon lange, dass sie ihm gefiel, doch zum ersten Mal glaubte sie zu erkennen, weshalb. Er suchte ihre Attraktivität nicht in den Details, klammerte Abtragendes nicht aus. Er nahm sie in ihrer Ganzheit wahr. Seine Augen fuhren voller Bewunderung über ihre Haare, die anderen zu knallig waren, und den athletischen Körper, den die meisten als zu männlich schimpften. Er störte sich nicht an den Widersprüchen, die sie in ihrer Optik und Psyche vereinte. Er liebte und wollte sie so, wie sie war. In dem Moment realisierte sie, dass es ihr mit ihm genauso ging. Vielleicht war es falsch, sich auf ihn einzulassen. Wenigstens für diesen Augenblick fühlte es sich richtig an.

Er verabschiedete sich mit einer Umarmung. «Schlaf gut, Alyssa.»

«Gute Nacht, Mika.» Die Umarmung hielt an, ein unmerkliches Zittern durchfuhr sie. Zaghaft erforschte sie die harten Muskeln an seinem Rücken, und sie spürte, wie er das Gleiche bei ihr machte.

Als er seine Umarmung lösen wollte, streiften ihre Lippen seinen Hals entlang. Er erstarrte, wich aber nicht zurück. Ihre Liebkosungen wurden mutiger. Langsam arbeitete sie sich von seinem Schlüsselbein bis zum Ansatz seines Kiefers hoch. Als sie ihm einmal in den Hals biss, keuchte er auf und zog sie fester an sich. Seine Reaktion brachte sie zum Lächeln. Sie genoss das Gefühl von Macht über ihn, wenngleich ihr bewusst war, dass auch sie ihre Kontrolle längst an ihn abgegeben hatte.

Ihr Mund wanderte höher. Sie spürte seine kontrollierte Zurückhaltung, und das Blut explodierte förmlich in ihrem Kopf, als er sie auf einmal packte und richtig küsste. Er war überall – und immer dort, wo sie ihn am sehnlichsten hinwünschte. Sie hätte ewig so weitermachen können, zumal ihre Berührungen immer intensiver wurden.

Stattdessen machte sich eine verzweifelte Leere breit, als er sie unversehens losliess und einen Schritt zurück machte.

Er wischte sich über den Mund, als hätte er eine verbotene Frucht genossen, und seine Wangen liefen rot an wie vermutlich noch nie in seinem Leben. «Wenn du so weitermachst, wirst du mich heute nicht mehr los», sagte er leise. Die Warnung trieb Stromstösse über Alyssas Rücken.

«Dann bleib», flüsterte sie und hielt die Luft an, weil er sich das nicht zweimal sagen liess. Er drückte sie gegen die Hauswand hinter ihnen. Der Verputz scheuerte über ihren Rücken, und sein Verlangen forderte, überforderte und erquickte sie zugleich.

Irgendwann fasste sie ihn bei der Hand und stiess die Tür zum Wohnblock auf. Seine Schritte hallten wie eine geschriene Warnung durch das Treppenhaus. Sie versuchten Alyssa an das Bootshaus zu erinnern, den zertrümmerten Schädel von Roman Huber, all die ungeklärten Dinge. Aber diesmal wollte sie alles ausblenden. Sie hatte lange genug in ihrer Phantasie gelebt. Es war an der Zeit, aufzuwachen und herauszufinden, ob ihr Traum auch für die Realität taugte.

***

Trotz Realitätsgelübdes wähnte sich Alyssa in einem Schwebezustand. Mika so nahe zu sein war surreal, denn viel zu oft hatte sie davon geträumt. Aber das hier war echt, Mika war echt. Und was er mit ihr anstellte, überstieg ihre Vorstellungskraft bei Weitem. Und noch während sie schwor, sich «nur noch dieses eine Mal» auf ihn einzulassen, fand sie bereits in der nächsten Sekunde einen neuen Grund, um dagegen zu verstossen. Denn Mika war nicht *wie* ein Traum, sondern er war *der* Traum, der sie jahrelang im Schlummermodus gefangen gehalten hatte.

Irgendwann lag sie in seinem Arm im Bett. Die dichte Wolkendecke am Himmel verunmöglichte eine genaue Zeitschätzung. Alyssa hatte seit ihrer Heimkehr kein Auge zugetan: Sie wollte keine Sekunde an Mikas Seite verpassen.

Mit vibrierenden Fingerkuppen zeichnete sie sein Schlüsselbein nach, und sein Atem beschleunigte sich hörbar, als ihre Hand tiefer wanderte. Als sie auf seiner Hüfte zum Liegen kam, schlug er die Augen auf.

«Was bedeutet der Schriftzug?», fragte sie und zeigte auf seine Tätowierung: «Καίγομαι στην κόλαση».

«Das sind die Namen meiner drei verstorbenen Haustiere – *Kegomai*, *Sthn* und *Kolash*.» Ein wohliger Schauer durchfuhr sie, als er die fremd klingenden Worte aussprach. Er drehte das Gesicht zu ihr, um ihre Reaktion zu studieren. «Findest du das peinlich?»

Sie schüttelte den Kopf. «Ist das Griechisch?»

Er nickte. «Meine Mutter stammte aus Mykonos. Zu Hause haben wir immer Griechisch gesprochen.»

«Das wusste ich nicht.» Sie hielt die Luft an, als er sie auf den Rücken rollte und ihr grinsend einen Kuss verpasste.

«Ich wusste bis vor Kurzem auch nichts von deinen *Talenten.*» Seine Augen schimmerten warm unter den dunklen Haaren hervor, und sie überkam dasselbe Verlangen wie zuvor, als er seinen Mund wieder an ihren drängte und fordernd ihre Silhouette erforschte. Und abermals war Alyssa um zwei Dinge froh: Erstens, dass sie trotz ihres spärlichen Sexuallebens stets Wert auf genügend Schutz gelegt hatte. Und zweitens, dass sie nicht über das unkontrollierte Stimmorgan einer lauten Leni verfügte.

***

«Du bist also krank.» Sergio klang so unglücklich, dass Valérie beinahe ein schlechtes Gewissen bekam.

«Mhm», bestätigte sie trotzdem.

«Wo bist du überhaupt? Daheim? Deine Stimme hallt wider, als befändest du dich in einem Tunnel.»

«Ich habe eine spärliche Zimmereinrichtung», log sie und wuselte nervös die Treppenstufen hoch. Ihr Kopf glühte vor Verlegenheit. So fühlte sich also der Walk of Shame an.

Was sie sich in den letzten Stunden gedacht hatte, darüber wunderte sie sich seit dem frühen Morgengrauen – seit ihrem Versehen. Trotzdem spielte sie die Konditionalsätze immer noch in Endlosschlaufe in ihrem Kopf durch:

Wäre sie gestern doch bloss länger geblieben. Hätte sie doch bloss den letzten «Grünen Ivan» ausgeschlagen. Hätte sie doch bloss nicht ihre Jacke vergessen und den Zug verpasst. Wäre sie daraufhin doch bloss nicht in das Taxi umgestiegen. Hätte sie dieses doch bloss und *unter keinen verdammten Umständen* mit Markos «Pitbull» Petalidou geteilt.

Andererseits hätte sie dann nie von dessen «NZZ»-Abonnement erfahren. Oder von der schönen Wohnung und dem leinwandgrossen Fernseher. Und dem Wasserbett.

Spätestens jetzt stand ihr Kopf wieder eine Schamsekunde vor dem Explodieren. Dass sie sich in Pitbulls starken Armen zudem wie auf dem Buchcover eines literarischen Softpornos gefühlt hatte, machte die Sache auch nicht besser. Noch nie in ihrem Leben hatte sie sich so sehr für etwas geschämt, das ihr so sehr gefallen hatte.

An ihr Ohr drang ein belustigtes Kichern. «Bist du gestern abgestürzt?», fragte Sergio.

«Ich bin einfach krank und kann nicht zur Arbeit kommen, okay? Wir sehen uns morgen», schnauzte Valérie zurück und legte auf. Sie erreichte die dritte Etage und öffnete die Wohnungstür mit der Heimlichtuerei eines Einbrechers.

Sie hatte darauf gehofft, dass Alyssa noch schlief, denn es war erst zehn Uhr. Doch in der Küche hörte sie den Teekocher, und in der Dusche lief das Wasser. Also kein Aufschub der Peinlichkeit. Geknickt senkte sie den Kopf und stiess die Badezimmertür auf.

Der «He-Man»-Duschvorhang war über die ganze Breite der Badewanne gezogen. Die Spiegelfront über dem Waschbecken war beschlagen, Dampfwolken flirrten durch die Luft. Obwohl es unerträglich heiss war und obwohl sie von niemandem belauscht werden konnten, drückte Valérie die Badezimmertür hinter sich ins Schloss. Das anstehende Geständnis war ihr so unangenehm, dass sie sogar ihrem Plüschbären die Ohren zugehalten hätte.

«Alyssa, ich muss dir etwas beichten …», begann sie zögerlich. «Ich habe gestern Nacht bei Pitbull verbracht.» Der Vorhang wölbte sich. He-Man wackelte gestresst. «Wir haben uns gestern auf dem Nachhauseweg getroffen, und er hat über diese Leni gelästert und irgendwie … irgendwie war ich betrunken. Und er war wirklich, wirklich nett.»

In der Dusche ging das Wasser aus.

«Das ist alles schön und gut. Kannst du mir trotzdem mal eben ein Badetuch reichen?» Mika riss den Duschvorhang auf, und Valérie starrte zuerst in sein Gesicht und dann auf seinen Körper, den er ihr entblösst und mit aller Selbstverständlichkeit präsentierte. Ihr entfuhr ein entsetzter Schrei.

Die Badezimmertür sprang auf. «Was ist hier los?» Alyssa stand im Eingang. Ihre nassen Haare baumelten über die Schultern herab, deren Muskulatur durch ein türkisfarbenes Top in Szene gesetzt wurde.

«Sie hat mich nackt gesehen», antwortete Mika und stieg aus der Badewanne, um sich selbst am Handtuchhalter zu bedienen. Die Frauen folgten seinem Gang wahlweise schockiert und perplex. Ihm entfuhr ein Stöhnen. «Mein Gott, wohnt ihr im Kloster? Wir haben früher ständig nackt im Sandkasten gespielt, Val – und von *dir*», er zeigte auf Alyssa, «will ich mal gar nichts hören.» Er schlang das Handtuch um seine Hüfte und machte sich kopfschüttelnd davon. «Ach, übrigens, Alyssa: Valérie hat mit Pitbull geschlafen.»

Eine halbe Stunde später sassen alle am Holztisch in der Küche. Mika hatte sich mittlerweile etwas übergezogen, was die Gemüter beruhigte. Valérie verkrampfte sich allerdings von Neuem, als auf einmal Pitbull vor der Wohnungstür stand. Alyssa zauderte nicht lange und führte ihn der Frühstücksrunde zu. Mit einem hämischen Grinsen hockte sie ihn neben Valérie.

Valérie grillierte sie mit ihrem blossen Blick krebsreif. Pitbull legte etwas vor ihr auf den Tisch. Es war ihre Armbanduhr.

«Die hast du bei mir vergessen.» Sein Blick bohrte sich beschämt in den Brotkorb hinein. Ausgedehnte Stille.

Alyssa klatschte in die Hände. «Okay, wer will ein Rührei? – Geht auch ohne Eigelb.» Sie zwinkerte Pitbull zu und öffnete den Kühlschrank.

«Gerne», nuschelte Pitbull.

«Für mich auch.» Mika hob die Hand. Valérie war der Appetit indes vergangen.

Ihre Finger zitterten, als sie die Uhr um ihr Handgelenk legte. Obwohl sie mittlerweile geduscht hatte und eine frisch gewaschene Shorts-und-T-Shirt-Kombination trug, bildete sie sich ein, Pitbulls penetrantes AXE-Deo immer noch auf sich zu riechen. Absurderweise machte sie das total an.

Sie räusperte sich aufgeregt. «Und was habt ihr gestern noch so, äh, getrieben?», fragte sie unschuldig.

«Mika hat mir sein Tattoo gezeigt», antwortete Alyssa, immer noch um lockere Stimmung bemüht.

Valérie hob eine Braue in Mikas Richtung. «Seit wann hast du ein Tattoo? Darf ich das auch mal sehen?»

Mika schnalzte mit der Zunge. «Ich soll mich schon wieder ausziehen? Haben wir das nicht eben erst hinter uns gebracht?»

Pitbull horchte verwirrt auf, derweil Valérie die Augen verdrehte. «Zeig schon.» Mikas Blick verdunkelte sich argwohnerregend. Er zog das T-Shirt hoch und entblösste einen griechischen Schriftzug über der Hüfte.

«Bist du – seid ihr Griechen?» Pitbulls Interesse war sofort geweckt. Sein Strahlen verpuffte allerdings, als Mika zwar nickte, Valérie im Gegenzug aber energisch das Kinn vorschob.

«Ich bin Schweizerin. Ich wusste nicht, dass Elena dir Griechisch beigebracht hat», sagte sie an Mika gewandt.

«Das wusste ich auch nicht.» Alyssa streifte ihn mit einem warmen Lächeln. Sie jonglierte mit zwei Eiern, während sie wartete, bis die Pfanne heiss war.

«Und warum brennst du in der Hölle? Meine Eltern stammen aus Athen, darum kann ich den Spruch lesen. Hat er eine tiefere Bedeutung?», fragte Pitbull und zeigte auf die Stelle, wo Mikas Tattoo soeben wieder unter dem T-Shirt verschwand.

«Wieso, was steht da?» Valérie reckte neugierig den Hals.

«Das sagte ich doch», murrte Pitbull. «*Ich brenne in der Hölle.* Oder *in der Hölle brennen.* Die Ich- und die Grundform sind im Griechischen ident–» Zwei Eier platschten auf den Boden und zerschellten. Valérie, Pitbull und Mika fuhren zur Kochnische herum.

Alyssas Lächeln war auf einen Schlag versiegt. Ihr Blick haftete an Mika, die schiere Leere in ihren Augen liess Valérie zusammenzucken.

«In der Hölle brennen?», wiederholte sie, gedehnt und verwirrt. Im nächsten Moment blitzte sie ihn an. «Du hast eine Sekunde, um abzuhauen.»

Die Butter knisterte in der Pfanne, ansonsten war es still. Pitbulls Hände verharrten in der Luft, wo sie mitten im Referieren hängen geblieben waren. Sein Mund stand halb offen. Verunsichert schielte er zu Valérie. Alyssas Befehl galt ganz klar Mika.

Dieser erhob sich. In seiner Stimme lag eine tiefe Verunsicherung, als er ansetzte: «Alyssa, lass mich –»

Alyssa liess ihn nicht ausreden: «In der Hölle brennen, ja? Ich sagte RAUS!»

«Alyssa! Was ist los mit dir?», rief Valérie. Es machte den Anschein, als würde ihre Freundin nur noch Mika sehen.

Mika trat langsam auf sie zu, die Hände abwehrend vor sich ausgestreckt. «Ich wollte dich nicht beunruhigen, Alyssa. Es war bloss eine kleine Lüge, sie hat nichts zu bedeuten – *das* …», er riss das T-Shirt hoch und zeigte auf den Schriftzug, «… hat nichts zu bedeuten. Bitte lass uns in aller Ruhe darüber reden. Ich erzähle dir alles, keine Lügen, nur die Wahrheit, das verspreche ich dir.» Er sprach in einem Rätsel, das offenbar nur Alyssa verstand, es aber nicht mehr wollte.

Eine schmerzvolle Mischung aus Zorn und Furcht brach sich in ihren Augen. Sie stiess ihn so gewaltsam in die Brust, dass er zurücktaumelte und gegen den Holztisch stiess. Ein Teller und zwei Tassen gingen zu Bruch. Ihre Haare flatterten über die Schulter hinweg, als sie aus der Küche rannte.

«Alyssa!» Mika schaute ihr entsetzt nach. Er schwankte umher wie ein getroffener Riese, unschlüssig, ihr nachzurennen oder in der Küche zu bleiben. Pitbull sprang auf und legte ihm die Hand an den Oberarm. Mika schoss zu ihm herum. Jeder andere hätte es mit der Angst zu tun bekommen, aber Pitbull blieb einfach stehen, wenngleich seine Hand zu zittern begann. Valéries eigene war vor dem entsetzt aufgerissenen Mund gelandet.

Erst als Mika unmerklich die Schultern straffte, entspannte sie sich wieder. Wie in Zeitlupe verliess er die Küche. Die Wohnungstür landete knallend im Schloss. In der Küche roch es nach verbrannter Butter. Auf dem Boden lag ein Scherbenhaufen.

27

Ich brenne in der Hölle. Alyssa hatte das Gefühl, in eine nimmer endende Gletscherspalte zu stürzen. Wie hatte sie bloss dem Märchen des läuterbaren Antagonisten verfallen können? Hatte sie zu viel Romantasy gelesen, zu viele entsprechende Serien geschaut? Hatte sie womöglich einfach zu oft davon geträumt?

Tief in sich drin hatte sie die Wahrheit immer gekannt: Mika war ein Lügner. Trotzdem war sie auf ihn hereingefallen. Bitter schwor sie sich, diesen Fehler nie mehr zu begehen.

Seine Textnachricht erreichte sie zwei Tage nach dem Rauswurf. Die richtigen Worte zu finden schien ihm schwerzufallen.

Nichts kann wiedergutmachen, was ich getan habe. Ich weiss, was du denkst, und deine Befürchtungen stimmen. Ich wollte dich nicht verlieren. Es tut mir leid.

Es war das erste Mal, dass er nichts abstritt; das zweite Mal, dass er sich entschuldigte. Seine Einsicht kam jedoch zu spät, ihr Herz war längst zerstört. Sie hatte den Mörder geliebt und sich von ihm umbringen lassen.

Valérie erzählte sie nur einen Bruchteil der Wahrheit. Sie behauptete, dass Mika ihr eine Freundin verschwiegen habe. Zu ihrer Überraschung bestätigte Mika diese Version, als Valérie ihn darauf ansprach und ihm die Leviten las. Danach trat Funkstille ein. Alyssa blieb dennoch angespannt. Sie fürchtete sich davor, dass er zurückkehren und sie zum Schweigen bringen könnte. Dass ihre Theorien allesamt stimmten, bezweifelte sie nicht mehr, immerhin hatte er sie quasi bestätigt. Die ausgebliebene Erklärung für seine Taten fühlte sich allerdings schlimmer an als jede Lüge. Erstaunlich, was ein dämliches Tattoo auslösen konnte.

An Tag vier nach dem Zerwürfnis beschloss sie, mit ihm abzuschliessen. Von Pitbull liess sie sich in die Welt der Fitnessstudios einführen; bald trainierte sie jeden Abend an ihrer Ausdauer und Kraft. Im Anschluss daran schaute sie meistens mit Valérie eine TV-Serie oder Filme, deren Realitätsbezug unter zehn Prozent lag. Tagsüber besuchte sie jede Vorlesung, die ihr Studium hergab, und sie bewarb sich für ein neues Praktikum, da Moretti & Partner vor der Übernahme durch ein anderes Unternehmen stand und ihr keine Zukunft bot. Zwei Wochen lang zog sie dieses Programm durch. Danach fühlte sie sich bereit für den gelobten Neuanfang.

Ein Flugzeug donnerte über Schwamendingen, die Fenstergläser vibrierten. Es war der wärmste Tag des Jahres, und Alyssa hatte alle Fenster und Türen in der Wohnung aufgerissen.

Valérie war mit Pitbull joggen. Sie behauptete immer noch, keine *Beziehung*-Beziehung mit dem «Hund» zu führen, doch im Grunde genommen war der Fall klar. Alyssa nutzte ihre Abwesenheit für einen Frühjahrsputz – und zwar nicht nur von der Wohnung, sondern auch von sich selbst: Ihr Gesicht verschwand unter einer Feuchtigkeitsmaske, ihre Haare in einem Turban aus Alufolie. Bei dem nächsten Blick in den Spiegel würde sie porentief rein und brünett sein – oder mausgrau, wie Valérie schimpfte, seit Alyssa ihr von der Färbungsaktion erzählt hatte.

Auf der Stereoanlage lief eine Playlist, die Valérie ihr nach Mikas Verschwinden zusammengestellt hatte. Sie hiess «No Men, No Cry» und bestand hauptsächlich aus stimmungshebenden Break-up-Songs. Alyssa sang so laut mit, dass sie heiser wurde, jeder Ton ging daneben, es war ihr egal.

Gerade lief «You Give Love A Bad Name» von Bon Jovi. Ihr Kopf wippte im Takt, der Staubwedel war ihre Gitarre. *«Oooh, you're a loaded gun. There's nowhere to run. No one can save me, the damage is done.»* Sie öffnete den Kleiderschrank, arbeitete sich von oben nach unten durch die Ablagen, beseitigte Staub, schied Kleidungsstücke aus und faltete die übrigen wieder fein säuberlich zusammen. *«Shot through the heart, and you're to blame. You give love a bad …»* Ihr Gesang verstummte beim Erreichen des Schrankbodens. Einen Moment lang versiegte ihr Atem.

Ein Kleiderhaufen hatte sich dort angesammelt, den hatte sie komplett vergessen. Ihr Blick wanderte über das glitzernde Tweety-T-Shirt, die mörderisch hohen Peeptoes von Iron Fist und das schwarze Rippstrickkleid mit den Reissverschlüssen. Selbst die Ausgehtasche, die sie im Abart bei sich gehabt hatte, lag auf dem Haufen. So hatte ihre Verdrängung also bisher ausgesehen: alles in den Schrank werfen und so tun, als würde nichts davon existieren.

«Your very first kiss was your first kiss goodbye», sang Bon Jovi.

Sie hob die Tasche auf und liess sie wie ein Pendel vor sich baumeln. Sie war klein und alt, das braune Kunstleder an den Rändern eingerissen. Sie würde sie nicht vermissen, genauso wenig wie das Tweety-T-Shirt oder das schwarze Rippstrickkleid, das ohnehin billig gewesen war. Kurzerhand stülpte sie alles in den Sack für die Kleidersammlung, der bereits auf ihrem Bett lag. Die Tasche zog sie allerdings noch einmal hervor, denn sie hatte vergessen, sie zu leeren. Nach dem Abart-Besuch hatte sie lediglich ihr Portemonnaie herausgeholt, aber da waren bestimmt noch Kaugummis, ein Eyeliner und etwas Puder drin. Sie öffnete den Reissverschluss und schüttete den Inhalt auf das Bett. Ein gefalteter weisser Notizzettel flatterte heraus. Zum zweiten Mal an diesem Tag rang sie um Luft. Es war der Zettel mit Johns Nummer. Die Erinnerung an das Gespräch drängte wie ein unwillkommener Gast in ihr Bewusstsein vor.

Sie wissen nicht, worauf Sie sich einlassen. Ich bin hier, um Sie zu warnen.

Mit einem Schlag bereute sie es, ihm an jenem Abend nicht zugehört zu haben. Was er ihr wohl erzählt hätte? Hätte sie sich danach womöglich gar nicht erst auf Mika eingelassen? Unweigerlich rollte sie die Augen. Natürlich hätte sie sich *trotzdem* auf ihn eingelassen; sie liebte das Spiel mit dem Feuer. Insofern verspürte sie keine Lust, die Sache mit Mika noch einmal aufzurollen. Andererseits war sie es John schuldig, ihn über die neuste Entwicklung zu informieren. Er hatte sich aufrichtige Sorgen um sie gemacht. Zu hören, dass Mika und sie getrennte Wege gegangen waren, würde ihn sicher erleichtern.

Mit dem Anruf nahm sie sich trotzdem Zeit. Sie putzte das Zimmer fertig und verschwand im Badezimmer, wo sie die Maske vom Gesicht nahm und die Haare wusch. Letztere frisierte sie anschliessend zu einem Fischgratzopf – etwas, das sie seit der Oberstufe nicht mehr getan hatte. Ihre Augen betonte sie mit allem, was ihr Make-up-Arsenal hergab, zuletzt schlüpfte sie in ein weisses Sommerkleid mit einem verspielten, knielangen Saum. Wenn sie John von der Trennung erzählte, wollte sie genauso frisch aussehen, wie es sich anfühlen sollte.

Sie drehte die Lautstärke der Stereoanlage herunter und nahm das Handy zur Hand. Die ersten beiden Male ging niemand ran. Sie gab nicht auf und klingelte Sturm. Gerade als sie nicht mehr mit einer Antwort rechnete, meldete er sich.

«Hallo?»

«Hallo, John. Hier ist Alyssa.»

«Alyssa!» John stiess ihren Namen zwischen den Zähnen hervor. Es klang wie ein Fluch.

Sie runzelte die Stirn. «Äh, ja. Sie wollten kürzlich mit mir über Mika sprechen. Angeblich ging es um eine Warnung …» Am anderen Leitungsende knackste es. «John?» John antwortete nicht mehr. Ihr Puls beschleunigte sich. Im nächsten Moment blieb ihr das Herz fast stehen.

«Woher zum Teufel hast du seine Nummer?», schnauzte Mika in den Hörer. Vor Schreck liess sie das Handy fallen.

***

«Alyssa? Alyssa!» Mika zog das Handy vom Ohr und starrte auf die Anzeige. Ihm entfuhr ein Knurren. Offenbar hatte Alyssa aufgelegt. John konnte es ihr nicht verübeln. Unruhig musterte er Mika, der vor ihm im Wohnzimmer auf und ab tigerte. Die Furchen auf seiner Stirn hatten sich vertieft. John hörte förmlich, wie die Nerven dahinter rissen. Er zwang sich zur Ruhe, als Mika ihm einen kurzen Blick über den Tisch zuwarf, ehe er auf die Wahlwiederholung drückte und sich das Handy zurück an das Ohr hielt. John faltete seine zitternden Hände ineinander und wartete ab.

Er bereute es nicht, Mika kontaktiert zu haben, wohl aber, dass er dessen Drängen nachgegeben und den Anruf der unbekannten Nummer entgegengenommen hatte. Er hatte niemanden in Gefahr bringen wollen. Dafür war es jetzt wohl zu spät.

Mika wählte Alyssas Nummer mehrere Male, bevor sie ranging.

«Würg mich nicht noch einmal ab», zischte er sie an. «... Was soll das heissen, du hast dein Handy fallen gelassen? Ist das neuerdings deine Standardreaktion auf meine Anrufe? Ich will wissen, woher du Johns Nummer hast!»

«Das hättest du auch mich fragen können», brummte John. Mika funkelte ihn zornig an. Während Alyssa sprach, fuhr er sich ständig durch die Haare. Er wirkte gleichermassen wütend und nervös – eine Mischung, die John nicht behagte. Wahrscheinlich hatte er mittlerweile festgestellt, dass sein Einschreiten denkbar dumm gewesen war. Alyssa hätte nie von ihrem Treffen erfahren müssen. Doch manchmal machte die Eifersucht selbst aus dem kältesten Menschen einen Hitzkopf.

«Spar dir deine Lügen. Eben wolltest du noch mit John über mich sprechen – dich vor mir *warnen* lassen.» Noch ein Giftblick an Johns Adresse. «Der Zufall will es, dass John gerade bei mir sitzt. Warum kommst du nicht vorbei und leistest uns Gesellschaft? Ich kann dir einen Nespresso rauslassen, den magst du doch so.» Alyssas Antwort fiel so schrill aus, dass John ihre Stimme hören konnte. Mika seufzte. «Entspann dich. John geht es gut. Frag ihn, wenn du mir nicht glaubst.» Er nahm das Handy vom Ohr und streckte es John hin. «Bring sie dazu, herzukommen, und zwar pronto.» John spürte, wie ihm das Blut aus den Wangen wich. Er ahnte, warum Mika Alyssa in der Wohnung haben wollte – und auf einmal verdammte er sich zutiefst.

Graus Blut klebte immer noch wie Harz an seinen Händen. Es liess sich nicht abwaschen, verfolgte ihn bis in seine Träume. Pankratz hatte versprochen, die Leiche verschwinden zu lassen. Damit würde John ein zweites Mal gedeckt. So viel Schuld hielt er nicht aus. Aus diesem Grund hatte er Mika vor ein paar Tagen aufgespürt: Er wollte mit ihm über Elena sprechen. Mika hatte zunächst nichts davon wissen wollen und war einfach davongegangen.

Heute war er jedoch unverhofft vor seiner Wohnungstür aufgetaucht; mittlerweile sassen sie im Wohnzimmer von Christoph

Blum, der offenbar nicht nur eine Surfschule in Corralejo, sondern auch eine muffige Ein-Zimmer-Wohnung in Uster besass. Es gab kaum Möbel, lediglich eine Matratze, einen Kunstholztisch und vier massive Stühle. Die Lamellen waren schräg gestellt, warmes Sonnenlicht flutete den Raum.

Was John nach seinem Geständnis schwante, war ihm bis eben noch egal gewesen. Doch jetzt war Alyssa ins Spiel gekommen. Er ahnte, was Mika nun durch den Kopf ging, erst recht, wenn er danach Johns Tod plante.

«Wird's bald», sagte Mika.

Auf seiner Handfläche bildete sich ein Schweissfilm. Benommen nahm er das Handy entgegen. «Hallo, Alyssa.»

«John! Oh mein Gott, ich bin so froh, dass Sie rangehen. Geht es Ihnen gut? Hat er Ihnen wehgetan?» Ihre Stimme überschlug sich. Mika musste es hören, denn er schnaubte ergrimmt aus.

John bemühte sich um Gelassenheit. «Es ist alles in Ordnung. Mika und ich unterhalten uns bloss. Nehmen Sie seine Einladung an, es würde mich freuen, Sie zu sehen.» Noch mehr Schnauben bei Mika.

«Ich will nicht mit Mika Kaffee trinken. Wir, äh, waren uns schon besser gesinnt», stammelte Alyssa.

«Oh.» Johns Kältegefühl intensivierte sich. Mika verschränkte indes ungeduldig die Arme. «Ich würde Sie dennoch gern wiedersehen. Ich verreise demnächst, ausserdem brennt mir etwas auf dem Herzen, das ich loswerden möchte. Es betrifft Sie beide.» Der letzte Satz war so gut wie gelogen, allerdings hörte er, wie sie ins Wanken geriet.

«Und Sie befinden sich wirklich nicht in Gefahr?»

«Ich hole sie in einer halben Stunde ab», sagte Mika.

«Es ist alles in Ordnung, Alyssa, vertrauen Sie mir. Mika ist in einer halben Stunde bei Ihnen. Bitte ziehen Sie sich warm an …» Mika hob eine Braue. John sprach schnell und nervös. «Er ist mit meinem Cabriolet unterwegs. Wir sehen uns.» Er legte auf. Einen Atemzug später erfasste ihn Mikas Faust. Der Schlag war so heftig, dass John vom Stuhl kippte. Stöhnend versuchte er sich aufzurichten. In seinem Mund schwamm ein loser Zahn, und der wummernde Schmerz betäubte seinen Kiefer. Mika packte ihn bei den Achseln und hievte ihn zurück auf den Stuhl. Dabei streifte er die Schulterwunde, was John ein erneutes Stöhnen entlockte. Im nächsten Moment sah er sich an Händen und Füssen an den Stuhl gefesselt. Das Klebeband schnitt ihm tief ins Fleisch.

«Das ist dafür, dass du sie vor mir gewarnt hast», stiess Mika hervor. Er nahm Johns Handy und Schlüssel an sich und ging zur Einbauküche, wo er eine Pistole aus dem Schrank holte. Er prüfte die Ladung und verliess die Wohnung. Das Entsetzen fuhr John eiskalt durch die Glieder.

Was hatte er getan?

***

«Schöne Haarfarbe.» Mika beugte sich über den Beifahrersitz, um ihr die Tür zu öffnen. Er sass in einem schwarzen BMW Cabriolet mit gelben Ledersitzen. Seine dunklen Haare waren vom Fahrtwind zerzaust, auf der Nase trug er eine verspiegelte Pilotenbrille. Das schwarze Totenkopf-T-Shirt von Funeral For A Friend glich einer stummen Warnung.

Es machte Alyssa nervös, ihm nicht in die Augen sehen zu können. Die Angst kribbelte in ihrem Nacken, als sie zu ihm in das Auto stieg. Er zurrte ihren Sicherheitsgürtel fest, bevor sie es tun konnte. Als er sich wieder gerade hinsetzte, hielt er das Pfefferspray in der Hand, das sie bis anhin mit ihrer Rechten umklammert hatte. «Das brauchst du nicht. John hat doch gesagt, dass alles in Ordnung ist.»

«Du bist hier. Nichts ist in Ordnung.»

«Das war nicht nett.»

Sie hätte gerne etwas erwidert, doch der anschwellende Kloss in ihrem Hals verbot ihr Reden und Atmen. Mika fuhr zur Hauptstrasse und schlug den Weg nach Dübendorf ein. Die Sonne senkte sich bereits über ihnen, der Wind frischte mit jeder Minute auf. Alyssa bereute es, ihre Lederjacke vergessen zu haben, wenngleich sie bezweifelte, dass ihr Frösteln dem Wetter geschuldet war. Schlotternd umfasste sie ihre Knie. Ihr Blick bohrte sich in den Kassettenspieler. Ein verheddertes Band schaute hervor und tanzte im Fahrtwind. Sie schaffte es nicht, Mika noch einmal anzuschauen.

Ihr Herz pochte wie immer, wenn sie in seiner Nähe war: schnell und unkontrolliert. Dennoch fühlte es sich anders an. Seit dem Morgen in ihrer WG-Küche hatte sich etwas geändert in der Art, wie sie sich begegneten, als hätten sie sich gegenseitig beim Lügen entlarvt – ohne zu wissen, was sie mit dem Entdeckten anfangen sollten. Gerade deswegen bezweifelte sie, dass Mika bloss mit ihr Kaffee trinken wollte. Doch was auch immer vor sich ging: Sie konnte John nicht im Stich lassen. Das Pfefferspray war denn auch nicht ihre einzige Waffe. In ihren groben Bikerboots steckte seitlich ein kleines Küchenmesser. Die Klinge war so scharf, dass sie sich auf dem Weg durch das Treppenhaus mehrfach daran geschnitten hatte. Dieser Schmerz war allerdings nichts im Vergleich zu jenem, der ihren übrigen Körper heimsuchte. Nie hätte sie gedacht, dass Mikas Gegenwart so wehtun könnte. Es fühlte sich an wie ein Schlag in den Magen, ein Zangengriff um ihr kaputtes Herz. In ihren Augen brannten Tränen. Am liebsten hätte sie sich vor Schmerz gekrümmt.

Im Seitenfach fand sie eine gefälschte Ray-Ban Clubmaster. Ohne zu zögern, setzte sie sie auf.

«Wohin fahren wir?», fragte sie, da sie die Stille nicht länger aushielt.

«Zu mir.»

«Wo ist das?»

«Uster.»

«Beim letzten Mal wohntest du noch in Dübendorf.»

«Dann frag nicht so blöd.» Seine Hand verspannte sich um das Lenkrad. Im nächsten Moment seufzte er auf. «Mein Vater besitzt eine Ein-Zimmer-Wohnung in Uster. Uralt und klein, keine vierzig Quadratmeter.» Er stockte. «Es ist schwierig, mit dir hier zu sein. Ich … Es gibt so viel zu sagen und irgendwie doch nicht.»

Sie erreichten Dübendorf. Er fuhr in den Kreisel und bog auf die Fällandenstrasse ab. Kurz darauf erreichten sie die Ausserortstrecke. Die Häuser wurden weniger, er beschleunigte den

Wagen auf achtzig. Aus Alyssas Fischgratzopf lösten sich einzelne Strähnen und flatterten im Wind.

Sie wusste nicht, was sie auf seine Worte erwidern sollte. Dass er eine Antwort erwartete, bewies sein angespanntes Schweigen. Aber sie konnte sich zu nichts durchringen. Was hätte sie schon sagen sollen? Wie sehr er ihr wehgetan hatte? Wie sehr sie ihn fürchtete und dennoch liebte?

Sie schrumpfte in sich zusammen, als er vom Gas ging und an der Seite heranfuhr. Der Motor ging aus, die anderen Autos schossen wie Gewehrkugeln an ihnen vorbei. Mika nahm seine Sonnenbrille ab und drehte sich zu ihr um. Seine Augen flackerten unruhig, sie sah Zuneigung und Schmerz. Langsam hob er die Hand, um den Träger ihres Sommerkleids zu entwirren. Seine Finger berührten sie unmerklich an der Schulter. Ihre Wimpern flatterten, ihre Abwehr begann fast augenblicklich zu bröckeln. Er musste längst gemerkt haben, wie gespielt ihre Kaltschnäuzigkeit war.

«Ich kann das zwischen uns nicht beenden, Alyssa – nicht so», raunte er. «Ich kann und *will* dich nicht verlieren.» Seine Hand wanderte weiter von dem Träger zu ihrer Sonnenbrille, die er ihr vom Gesicht nahm. Dann beugte er sich tief zu ihr vor. Sein Mund war nur noch Millimeter von ihrem entfernt. Sie getraute sich nicht mehr zu atmen. Die Verzweiflung umspielte ihn wie ein Sommerwind. «Angenommen, wir könnten noch einmal von vorne anfangen … Vergessen, was ich getan habe; was du gesehen hast, was du weisst … Was würdest du tun?» Ihre Lippen kribbelten, als sie sich berührten. Es war eine flüchtige, nahezu unwirkliche Begegnung, trotzdem erbebte sie am ganzen Körper. Sie spürte seinen Atem auf ihrer Haut, der sich beschleunigte und sich dem Rhythmus ihres Herzens anglich.

Doch die Sensation seiner Berührung war nicht mehr da, denn was er verlangte, war nicht fair. Er hatte Menschen getötet und ihr eine Lüge nach der anderen aufgetischt. Sie waren nicht bei «The Vampire Diaries», wo man so etwas binnen Sekunden verzieh. Das hier war die Realität – und diese entblösste Mika als gefährlichen Menschen, den sie nicht in ihrer Nähe haben durfte.

Ihr Verstand flog den Schmetterlingen voraus. Sie wich zurück und hob die Lider. Tränen tanzten in ihren Augen, nahmen ihr die Sicht. «Ich würde gar nichts tun, denn wir wären nicht dieselben Personen», antwortete sie erstickt. «Du wärst nicht der Mörder, der sich für eine verführbare Träumerin interessiert. Und ich wäre nicht das dumme Opfer, das das Gute im Monster sieht.» Ihre Worte schlugen bei ihm wie eine Bombe ein. Seine Mimik verzerrte sich. Er setzte sich wieder gerade hin, die Pilotenbrille landete zurück auf seiner Nase. Sie fuhren weiter.

Lange Zeit schwieg er sie an. Die Angst riss ein tiefes Loch in ihren Bauch. Sie fragte sich, was er jetzt mit ihr tun würde. Die Muskulatur an seinen Unterarmen war bis zum äussersten gespannt, der Mund zu einem schmalen Strich zusammengepresst. «Ich habe alles versucht, um dich zu schützen», murmelte er. «Leider hältst du lieber an der Wahrheit fest. Warum provozierst du mich? Warum zerstörst du, was wir hätten haben können?»

«Was wir hatten, war eine Illusion. Liebe entsteht nicht durch Lügen.»

«Meine Liebe zu dir war keine Lüge», stiess er hervor. «Was hätte ich denn deiner Meinung nach tun sollen? Zugeben, dass du von Anfang an richtiglagst und mich als Einzige durchschautest?» Seine Worte lähmten sie bis auf die Knochen.

«Ich hätte dir vergeben.» Ihr Puls ging plötzlich viel zu schnell.

Er lächelte – kalt und abgebrüht, als hätte er längst mit ihr abgeschlossen. «Belüg dich nicht selber. Hättest du wirklich hören wollen, wie mich Ralf Döbelis Todeskampf amüsierte? Wie mich der Gedanke an Morettis zerdrückten Körper noch immer befriedigt? Dass ich Jonas auflauerte und so sehr erschreckte, dass er gegen einen Zaunpfahl lief? Ich sah die Angst in deinen Augen, damals, als ich dir von Roman Huber erzählte. Weil ich dich rettete, konntest du mir verzeihen. Doch wie viel hättest du danach noch ertragen können? Ich log dich an, um mir selbst keinen Grund zu geben, dich aus dem Weg zu räumen. Aber du bettelst ja förmlich darum. Zum Teufel, Alyssa: Ist dir eigentlich immer noch nicht bewusst, dass ich dich umbringen könnte?»

Sie schluchzte erschrocken auf. «Bin ich darum hier?»

Er schaute sie vernichtend von der Seite an. «Allein dafür hättest du einen Kopfschuss verdient.»

***

Alyssa war ein Häufchen Elend, als sie hinter Mika in die Wohnung trat. Ihr Gesicht war aschfahl, fast ging sie in ihrem weissen Sommerkleid unter, das sie wie einen Engel von dem Teufel vor ihr abhob. Ihr Entsetzen wuchs an, als sie den gefesselten John entdeckte. Sein Mund fühlte sich geschwollen an, und er musste ein erbärmliches Bild abgeben. Wahrscheinlich sah er so beschissen aus, wie Alyssa sich fühlte.

«Ich würde dir ja gern den versprochenen Nespresso anbieten, allerdings befürchte ich, dass du mich damit verbrühst», sagte Mika und zitierte sie auf den Stuhl neben John. Alyssa liess sich schwer schluckend darauf nieder.

Zitternd musterte sie John von der Seite. Ihre Augen waren gerötet und wässerig. «Warum haben Sie mich angelogen?»

Mika fuhr mit einem Stöhnen dazwischen. «Jetzt entspannt euch, noch geschieht gar nichts. John möchte uns eine Geschichte erzählen.» Er setzte sich an die andere Tischseite und holte die Pistole hinter dem Rücken hervor. Alyssa entfuhr ein Laut des Schreckens.

John hätte sie gerne in den Arm genommen, leider war er immer noch gefesselt.

Mika legte die Waffe vor sich hin und reckte das Kinn. «Schiess los, John. Welche Geschichte ist es wert, dein Leben dafür aufs Spiel zu setzen?»

«Zuerst will ich dein Versprechen, dass du Alyssa nichts antust.»

«Dass sie lebend neben dir sitzt, sollte genügen.»

Er schaute zu Alyssa. Sie starrte geradeaus, haarscharf an Mika vorbei. Ihre Augen waren panisch aufgerissen, Tränen rannen über ihre erblassten Wangen. Ihre Finger lagen verkrampft um den Saum ihres Spitzenkleids. Sie fürchtete sich zu Tode, und er war schuld daran. Er rang um Luft. «Ich kenne euch besser, als ihr denkt. Ich weiss, was du Alyssa vor zehn Jahren angetan hast; wie du ihre Phantasie für ein abartiges Spiel missbrauchtest und damit Jonas Lasswell in Verruf brachtest. Ich studierte sogar heimlich Alyssas Krankenakte, als man sie wegen Glasschnittverletzungen in das Spital einlieferte.» Alyssas Gesicht versteinerte noch mehr. Ihre letzte Bewegung war an die Stirn gegangen, wo eine kleine Narbe Johns Erzählung bezeugte. Mika hingegen blieb so reglos, als bestünden Körper und Herz aus Stein. John ahnte, dass er diese Fassade nicht mehr lange aufrechterhalten könnte. «Wahrscheinlich fragt ihr euch, weshalb ich das tat. Hierfür muss ich ausholen. In gewisser Weise fühle ich mich nämlich für vieles verantwortlich, angefangen bei Elena Samaras, bis hin zu allem, was in jüngster Zeit geschah. Ich wollte zunächst mit Alyssa sprechen, weil ich sah, wie sehr sie an dir hängt, Mika. Ich hielt es für meine Pflicht, sie vor dir zu beschützen. Andererseits wollte ich sie nicht in die Sache hineinziehen. Das hast du jetzt selber übernommen.» Zum ersten Mal glaubte er, eine gewisse Reue in Mikas Gesicht zu sehen. «Korrigiere mich, wenn ich falschliege: Du willst deine Mutter rächen. Sie kam bei dem Brand eines Lasswell-Einkaufszentrums ums Leben, ihr Tod wurde mit Hilfe von Moretti & Partner zum Suizid erklärt. Du bezweifelst das.» Mika antwortete nicht, also ging John von seiner Zustimmung aus. Wachsam schaute er ihm in die aufgewühlten Augen. «Hast du jemals einen Hinweis darauf gefunden, warum Elena in jener Nacht im Einkaufszentrum war?»

«Lasswell wollte ihr etwas antun.»

«Aber weisst du auch, warum?»

Mikas Kiefer arbeitete, verspannte sich, löste sich, mahlte pausenlos.

John seufzte. «Dann wird es wirklich Zeit für diese Geschichte.»

«Welche Geschichte?», flüsterte Alyssa, und das Grauen erfasste sie kalt, als John zu ihr schaute und erwiderte: «Die, wie ich Elena Samaras tötete.»

Ich war fünfzehn Jahre alt, als meine Mutter starb. Meine Jugend war nicht leicht, ich musste früh erwachsen werden. Jeder, der einen drogenabhängigen Elternteil hat, weiss, wovon ich spreche. Manchmal frage ich mich darum, ob es nicht das Beste für meine Mutter war, so früh zu sterben. Andererseits hatte ich die Hoffnung nie aufgegeben. Lyla war nur sechsunddreissig Jahre alt geworden und hätte ihr halbes Leben vor sich gehabt, um es besser zu machen. Andererseits gibt es Drogen, von welchen man nie wegkommt. Die Liebe, zum Beispiel.

Sie begegnete Jeffrey Lasswell zum ersten Mal mit achtzehn Jahren. Beide studierten in verschiedenen Jahrgängen Rechtswissenschaften an der Universität Zürich, und es war Liebe auf den ersten Blick. Jeffrey war gross, blond und seine blaugrünen Augen von der Klarheit reinen Wassers. Meine Mom war klein, dunkelhaarig und unscheinbar, doch ihre Brust barg ein Herz voller Leidenschaft und Gefühl. Sie war einer dieser «Ganz oder gar nicht»-Menschen, die alles, was sie tun, mit Haut und Haaren machen. So war es im Studium, so war es in der Liebe – so war es mit den Drogen.

Es fing ganz harmlos an: Zusammen mit Jeffrey und dessen Freunden, zu welchen auch der Tessiner Millionärsspross Silvano Moretti gehörte, besuchte sie die exklusivsten Partys in Zürich. Drogen wurden dort herumgereicht wie anderswo das Bier. Als sich Lyla und Jeffrey schliesslich nach eineinhalb Jahren Beziehung trennten, machte er gerade seinen Bachelorabschluss und sie ihren ersten Entzug. Sie kam von den Drogen los, nicht aber von Jeffrey.

Mit meinem Vater war sie nur kurz zusammen, ich habe ihn nie kennengelernt. Meine Kindheit verbrachte ich in der Folge teils bei meinen Grosseltern in Engelberg und teils bei Lyla in Rapperswil, wo sie in einem Dekorationsgeschäft eine Stelle fand. Es war dort zwischen Kunstblumen und Tischläufern, wo sie Jeffrey erneut über den Weg lief. Sie setzten sich in ein Café am Fischmarktplatz und redeten angeblich stundenlang.

Lyla erfuhr, dass Jeffrey mit Ach und Krach seinen Master gemacht hatte, und er gab sich als Rechtsberater in einer kleinen Immobilienfirma aus. Er behauptete, unzufrieden zu sein, nach mehr zu streben – und Lyla strebte erneut nur nach ihm. Ich erinnere mich, wie sie am Abend nach dem Treffen nach Hause kam und bis über beide Ohren strahlte. «Ab jetzt wird alles gut, Jo», sagte sie. Ich war vierzehn und glaubte ihr.

Kurz darauf lernte ich Jeffrey persönlich kennen. Er war eine eindrückliche Erscheinung, ein natürlicher Leadertyp – und zweifellos ein Mensch, der es in seinem Leben weit bringen würde. Ich mochte seine leidenschaftliche und kompromisslose Art, mit der er alles anging, wenngleich ich merkte, dass er meiner Mutter nur bedingt guttat. Denn während Lyla sich binden wollte, blieb Jeffrey der Kandidat auf dem wackelnden Stuhl. Er führte ein Leben auf der Überholspur, stellte seine Uhren mit Absicht fünf Minuten vor, weil er sich so allem voraus fühlte. Lyla konnte da nicht mithalten, und so konnte sie Jeffrey letztlich auch nicht das bieten, wonach er am meisten dürstete: Erfolg.

Es stellte sich heraus, dass er bereits seit Jahren in einer Beziehung mit der schönen und reichen Gabrielle Gaillard lebte, gar zwei Söhne mit ihr hatte. Mom kam dahinter, woraufhin er sie sofort fallen liess und aus ihrem Leben verschwand. Zurück liess er ein Abschiedsgeschenk. Ich habe es nie gesehen, kann mir allerdings denken, was sich darin befand. Somit kann ich es Lyla auch nicht zum Vorwurf machen, dass sie wieder in den Drogensumpf zurückfiel.

Einen Monat nach meinem fünfzehnten Geburtstag verursachte sie im Vollrausch auf der Autobahn einen Unfall und war sofort tot. Danach zog ich zu meinen Grosseltern nach Engelberg, wo ich bis zu meinem achtzehnten Geburtstag blieb.

All das habe ich Jeffrey nie verziehen. Er hatte Lyla als Erstes mit Drogen in Kontakt gebracht, und er war es gewesen, der ihr ihren Lebenswillen nahm. Natürlich darf man niemanden für die Taten eines anderen verantwortlich machen, denn es war Lylas Entscheidung, sich von Jeffrey beeinflussen zu lassen. Mein Grossvater sagte einst, dass in unserer Gesellschaft nicht die anderen, sondern wir selbst das Problem seien: Es sei unsere Entscheidung, ob wir uns von jemandem beeinflussen oder verletzen lassen; ob wir darüberstehen oder uns herunterziehen lassen. Obwohl ich das wusste, stilisierte ich Jeffrey zu meinem grössten Feindbild. Der Verlust Lylas war leichter zu ertragen, wenn ich einen Schuldigen dafür hatte.

Ich absolvierte eine Lehre als Baustoffprüfer, fand darin aber keine Befriedigung. Nach dem Erlebten drängte alles in mir danach, andere vor Betrügern wie Jeffrey zu beschützen. So gelangte ich mit zwanzig Jahren zu der Privatdetektei Mettler.

Ich war jung und unerfahren, doch mein tadelloser Leumund und die militärische Ausbildung als Grenadier in der Gebirgsinfanterie spielten mir in die Hände. Zusammen mit meinem damaligen Partner Christian Grau löste ich im Alleingang einen spektakulären Fall im Raum Rich-

terswil und verschaffte mir so innerhalb von kurzer Zeit viel Respekt. Als «Belohnung» betraute mich mein Chef Pankratz Mettler mit einem hochbrisanten Auftrag, der absolute Diskretion erforderte. Das war der Anfang vom Ende. Der Auftrag bedeutete nämlich ein Wiedersehen mit Jeffrey Lasswell.

Jeffrey war mittlerweile zu einem erfolgreichen Immobilientycoon aufgestiegen, vornehmlich mit dem Geld seines Schwiegervaters. Er hatte keine Ahnung, dass ich künftig für ihn arbeiten sollte, denn Pankratz hütete die Namen seiner Mitarbeiter wie andere das Bankgeheimnis. Vielleicht wusste er nicht einmal mehr, wer ich war. Ich hingegen erfuhr alles über ihn, den Ex-Freund meiner Mutter – und im Grunde genommen viel mehr, als ich ertragen konnte. Natürlich hätte ich den Auftrag ablehnen sollen, jeder hätte das verstanden. Leider war ich jung, und mein Stolz liess es nicht zu, meine emotionale Seite vor Pankratz Mettler zu entblössen. Jeffrey Lasswell war letztlich nicht der Einzige, der Karriere machen wollte.

Den Akten zufolge war er immer noch mit Gabrielle verheiratet. Sie wohnten in einer Villa am Oberen Zürichsee und hatten zwei Söhne namens Patrick und Jonas. Sie schienen das perfekte Leben zu haben. Doch der Putz war mächtig am Bröckeln.

Ich sollte für Jeffrey einen Mann namens Christoph Blum beschatten und sofort Alarm schlagen, falls sich dieser in irgendeiner Weise auffällig verhielt. Die Beschattung lief bereits seit mehreren Jahren und war zuvor von meinem guten Kollegen Christian Grau durchgeführt worden. Ich selber konnte mir keinen Reim darauf machen, weshalb Christoph Blum von solcher Wichtigkeit war. Er schien mir unauffällig, ein hundsgewöhnlicher Ehemann und Vater eines dreizehnjährigen Sohnes. Das Brisanteste an Christoph war, dass er wie eine billige Kopie von Jeffrey Lasswell aussah. Die Sache liess mir keine Ruhe. Ich begann mich stärker dafür zu interessieren. Am Ende spionierte ich meinen eigenen Chef aus, um hinter das Geheimnis von Christoph Blum zu kommen. Was ich entdeckte, klang wie ein schiefgelaufener Rosamunde-Pilcher-Film.

Dreizehn Jahre früher hatte sich Jeffrey auf eine Affäre mit der jungen Griechin Elena Samaras eingelassen. Seine Frau Gabrielle wusste nichts davon – genauso wenig, wie sie von meiner Mutter gewusst hatte. Als Gabrielle und Elena zeitgleich schwanger wurden, schickte er Elena mit einer Stange Geld in die Wüste, war er doch zur selben Zeit im Begriff, seine Immobilienfirma Lasswell Inc. mit Hilfe des Geldes seines Schwiegervaters in ein Millionenunternehmen umzumünzen. Jeffrey fürchtete also nicht nur um seine echte Familie, sondern auch um den hart erarbeiteten Erfolg.

Da er unsicher war, ob Elena schweigen würde, organisierte er im Auftrag der Privatdetektei Mettler – und ohne Elenas Wissen – einen Ersatz-Ehemann. Das Casting lief verdeckt, war obskur und erinnerte an Parship. Am Ende machte Christoph Blum das Rennen. Dieser war der klassische Aussteiger, ein träumerischer Egoist. Er reiste als Surflehrer um die Welt und wollte sich eine eigene Surfschule auf den Kanarischen Inseln aufbauen. Mit Jeffreys teuflischem Deal kam er Letzterer einen gehörigen Schritt näher: Er sollte Elena den Hof machen und Jeffreys unehelichen Sohn als seinen annehmen. Mit jedem Jahr, das er in der Folge an Elenas Seite verbrachte, sollte mehr Geld fliessen.

Mit Christoph war eine weitere Gefahr ins Spiel gekommen: Jeffrey wollte sichergehen, dass auch er den Mund hielt. Darum setzte er die Privatdetektei Mettler – darum setzten sie mich *– auf Christophs Beschattung an.*

Ich weiss nicht, wie ich mich verhalten hätte, wäre mein Auftraggeber ein anderer gewesen. Aber mit anzusehen, wie er seine wiederholende Untreue vertuschte, machte mich rasend. Alte Wunden rissen auf. Plötzlich war ich mir sicher, dass er meine Mutter bewusst zu den Drogen zurückgeführt hatte: um zu verhindern, dass sie redete.

Ich musste also mit Elena Samaras reden und war entsprechend froh, dass sie sich nach unserem Gespräch von Christoph scheiden liess. Leider reagierte sie emotionaler, als es für uns alle gut war. Denn obwohl ich sie darum bat, nichts Unbedachtes anzustellen, zog sie mit ihrem Sohn nach Lachen, um Jeffrey persönlich die Hölle heisszumachen. So kam es auch, dass sie einen Job in dem dortigen Lasswell-Einkaufszentrum annahm.

Zur selben Zeit wurde mir bei der Privatdetektei Mettler gekündet. Man kann sich ausmalen, wie frustriert, verletzt und manipulierbar ich war. Ich hing wochenlang nur herum, wahlweise auf der Couch daheim oder in einer Bar an der Langstrasse, wo ich mein mühsam verdientes Geld verprasste. Mein Ex-Kollege Christian Grau gabelte mich dort eines kalten Tages im Dezember auf. Er kannte meine Vorgeschichte mit

Jeffrey, ich war naiv genug gewesen, ihm davon zu erzählen. In der Folge sprach er unentwegt von Rache und davon, wie ich Jeffrey am meisten schaden könnte: indem ich ihn zur Kasse bat. Und natürlich hatte er auch schon eine Idee, wie ich das am besten anstellte.

Vorwegnehmen möchte ich, dass ich mich für keinen gewalttätigen Menschen halte. Ich versuche heute noch, eine Erklärung dafür zu finden, weshalb ich vor zwölf Jahren tat, was ich tat. Gründe hatte ich einige, aber keinen einzigen, mit welchem ich mich rechtfertigen möchte. Meine Schuld hat sich tief in mir eingraviert. Sie ist unauslöschlich geworden und immer da, bei jedem Atemzug und jedem Schritt; bei jeder noch so kleinen Regung.

Das Lasswell-Einkaufszentrum in Lachen war ein Altbau aus den Achtzigern, darüber täuschten auch mehrere Renovierungen nicht hinweg. Von Grau erfuhr ich, dass das Gebäude offenbar unterversichert und die Sicherheitsvorrichtungen veraltet waren. Ein kleiner Akt des Terrors – und Jeffrey sähe sich nicht nur mit einem grossen finanziellen Problem, sondern womöglich auch mit einem heiklen Gerichtsfall konfrontiert.

Ich erfuhr von fehlenden Brandwänden und Branddecken zwischen Verkaufs- und Lagerräumen, die verhindert hätten, dass sich ein Feuer über die Etagen ausbreitete.

Grau bot an, mir bei der Tat zu helfen. Als versierter IT-Experte sollte er dafür sorgen, dass bestimmte Kameras nicht funktionierten. Auf ebenso mysteriöse Art schleuste er mich ungesehen ins Möbellager ein. Mir ging es darum, ein kleines Feuer zu legen, etwas Unruhe zu stiften. Mit Graus Hilfe wirkte alles so harmlos und leicht. Also fackelte ich im sprichwörtlichen Sinne nicht lange.

Im Möbellager befanden sich grosse Leinölmengen, die zur Imprägnierung von Naturholztischen benötigt werden. Ich tränkte diverse Stofflappen und versteckte sie zwischen leicht brennbarem Styropormaterial. Den Brand selber legte ich dann in der Vorweihnachtszeit, in welcher das ganze Zentrum mit echten Weihnachtsbäumen geschmückt war. Obwohl ich von den mangelhaften Sicherheitsvorkehrungen wusste, beabsichtigte ich nie, das ganze Zentrum in Schutt und Asche zu legen. Ich wollte Lasswell bloss einen Denkzettel verpassen und meine Rachesucht tilgen. Wie hätte ich ahnen sollen, dass ich von Anfang an bloss benutzt wurde und ein kleines Rädchen einer grauenvollen Maschinerie war?

Elena Samaras hatte damit gedroht, die Sache mit Jeffreys unehe-

lichem Sohn auffliegen zu lassen. Für Jeffrey stand alles auf dem Spiel, also riskierte er auch alles: Er beauftragte seinen treusten Mann Christian Grau mit Elenas Ermordung. Aufgrund moralischer Bedenken hatte dieser jedoch Probleme damit, der Forderung Folge zu leisten. Also überzeugte er Lasswell davon, Elenas Verschwinden mit dem Brand zu kombinieren – das betroffene Einkaufszentrum war ohnehin baufällig und hätte bald saniert werden müssen. Mit den richtigen Vorkehrungen und einem guten rechtlichen Beistand würde alles wie ein Unfall aussehen. Respektive wie ein Suizid.

An dem Abend, als ich auszog, um mich an Jeffrey zu rächen, bat Jeffrey seine griechische Ex-Geliebte auf ein Treffen im Einkaufszentrum. Sie verabredeten sich im Baumpark, unmittelbar neben den Lagerräumen. Elena hatte keine Chance. Grau hatte dafür gesorgt, dass sich der Brand schnell und tödlich ausbreitete und keine Möglichkeit zur Flucht bestand. Dass ich das Feuer legte, vertuschte er: Er konnte vor Lasswell nicht eingestehen, Hemmungen beim Töten von Frauen zu haben.

Natürlich hat Grau mir das nie so genau erzählt, aber so unklug ich mit einundzwanzig Jahren war, so dumm war ich wenigstens nicht im Nachhinein. Von Elenas Tod erfuhr ich aus den Medien. Ich ahnte sofort, dass das kein Zufall gewesen sein konnte. Auch fiel mir auf, dass meine Spuren vertuscht worden waren – und damit der Mord an Elena Samaras. Zu meiner Schuld konnte ich nie stehen. Grau wusste das und liess mich wohl deshalb am Leben. Ich tauchte jahrelang im Ausland unter, kämpfte um mein Gewissen und fürchtete mich vor dem Tag, an welchem mich jemand für meine Vergehen büssen liesse. Jahre vergingen, ohne dass etwas geschah.

Dann kamen auf einmal Menschen ums Leben, die damals in die Sache mit dem Einkaufszentrum verwickelt waren: die Anwälte Silvano Moretti und Frank Rindlisbacher sowie der Mediensprecher Ralf Döbeli. Konnte es ein Zufall sein? Oder hatte jemand herausgefunden, dass es sich bei dem Brand um keinen Unfall handelte? – Und wenn er das herausgefunden hatte: Wie gross war die Wahrscheinlichkeit, dass dieser Jemand auch die Vorgeschichte kennenlernte? Ich wurde zu einem unkalkulierbaren Risiko. Grau sollte mich aus dem Weg schaffen, ich kam davon.

Und jetzt bin ich hier und erzähle diese Dinge, obwohl mir niemand mehr etwas hätte antun können. Noch dazu erzähle ich sie Mika, jenem Mann, dem alle einen mörderischen Rachefeldzug zutrauen. Wieso ich das tue? – Nun, man könnte mich wahnsinnig nennen. Vielleicht steckt aber auch ein gutes Herz in mir, wenngleich ein feiges. Ich bin immer noch kein Freund von Gewalt, dennoch kann ich die Spirale nachvollziehen, in die ein Mensch in diesem Moment geraten kann. Rachelust ist ein gefährliches Gefühl, möglicherweise das gefährlichste von allen. Deshalb haderte ich so lange damit, diese Geschichte zu erzählen. Versteht mich nicht falsch: Ich fürchte mich nicht vor Mikas Rache, zumindest nicht mehr. Was ich getan habe, verdient keine Vergebung. Hilft es mir, die Wahrheit loszuwerden? Dass Mikas Mutter im Auftrag seines Vaters den Tod fand? – Jein. *Jeder verdient die Wahrheit. Aber diese Wahrheit hat niemand verdient.*

***

Alyssas Blick haftete an John, glasig, schockiert und trotzdem leer. Er hatte ihnen Dinge erzählt, die sich kaum prozessieren liessen.

Mika war der uneheliche Sohn von Jeffrey Lasswell – und John hatte unwissentlich Elena Samaras getötet.

Das war zu viel. Alles war zu viel.

Sie wagte kaum, einen Blick auf die andere Tischseite zu werfen. Es war nicht auszumalen, zu welchen Taten Mika das Erfahrene verführte, wenn er bereits bei einem Bruchteil der Wahrheit die Kontrolle verlor.

Tatsächlich lag sein Finger am Abdruck. Noch während John erzählt hatte, war seine Hand zu der Pistole gewandert. Ihr Lauf zielte auf den Sicherheitsassistenten, derweil Mikas Augen auf Alyssa lagen. Er zitterte unkontrolliert und heftig, Alyssa gefror unter seinem Blick zu Eis. Mit einem Mal sah sie das zerstörte Wesen, das er war, in all seinen Facetten. Sie sah den kaltblütigen Mörder, den ungebändigten Rächer, den wilden Rebellen – den verletzten Jungen.

Wie im Zeitraffer zog *sein* Leben an ihr vorbei. Und da verstand sie plötzlich, weshalb er *ihre* Vergebung suchte.

Er hatte seine Mutter in den Flammen verloren und sich geschworen, alles für ihre Rache zu tun. Er wollte jene zur Rechenschaft ziehen, die Elenas Tod vertuscht hatten, selbst wenn er bis zu diesem Tag nicht gewusst hatte, welche Abgründe dazu führten. Dabei lernte er Alyssa kennen. Er verliebte sich in das Mädchen mit der lebhaften Phantasie, das aus rauschenden Büschen Geister und aus Mördern Helden machte; er verliebte sich in die Möglichkeit, Sühne in ihrer Vorstellungskraft zu finden. So wurde sie zum Sinnbild seiner Menschlichkeit: Verzieh sie ihm, verzieh ihm die Welt.

Das alles realisierte Alyssa erst jetzt, da er eine Waffe auf John richtete und in ihrem Blick Vergebung suchte. Er war ein Süchtiger und die Liebe zu ihr das giftige Verlangen, das in dem Rotpunkt-Mord gegipfelt war. Er hatte um jeden Preis verhindern wollen, dass sie in ihm das Monster sah, doch genau damit hatte er sich zu einem solchen gemacht. Er war kein Lebensretter, sondern ein Lebenszerstörer.

Seine Hand mit der Waffe zitterte immer noch.

«Hör mir zu, Mika», sagte John behutsam. «Niemand kann den Schmerz nachvollziehen, der dich gerade erfüllen muss. Ich weiss jedoch, dass du nach wie vor nach Lasswells Kopf trachtest. Es gibt einen Weg, diesen zu bekommen – ohne Blutvergiessen, ohne Reue. Ich bin auf etwas gestossen, auf Fuerteventura, hörst du? Ich kann dir helfen.» Er atmete geräuschvoll ein. «Aber zuerst lässt du Alyssa laufen. Ich sorge dafür, dass sie dich nicht verrät. Sie kann dir nichts antun.»

«Du verstehst nicht, *wie viel* sie kann.» Tränen schossen ihm in die Augen, Alyssa wurde schlecht. Sie presste ihre Hand auf den Bauch, schluchzte auf. Die Pistole in Mikas Hand zitterte immer stärker. Sein Blick lastete so schwer auf ihr, dass sie keine Luft mehr bekam.

Er warf die Waffe von sich. Sie rutschte über den Tisch und fiel zwischen Alyssa und John auf den Boden. Er selber schoss in die Höhe und wandte sich von ihnen ab. Die Muskeln an seinem Rücken spannten und lösten sich im Akkord. Mit beiden Händen raufte er sich den dunklen Schopf. «Macht, dass ihr davonkommt», zischte er. Als sich niemand regte, fuhr er herum und schrie: «Haut ab, bevor ich es mir anders überlege!» Tiefer

Schmerz hatte sich in den Zorn in seinen Augen gemischt wie dunkle Tinte in Wasser. Alyssa erschauerte von Kopf bis Fuss. Hastig nahm sie das Messer aus ihrem Schuh, das die Haut um ihren Knöchel bereits mehrfach zerschnitten hatte. Das Blut tropfte von der Klinge, als sie Johns Fesseln löste.

Mika ging immer noch im Zimmer auf und ab, schaute sie nicht mehr an. Er sackte in sich zusammen, als John Alyssa aus der Wohnung führte. Vor der Wohnungstür drückte John sie einen Moment fest an sich. Alyssa fühlte sich trotzdem von aller Wärme der Welt verlassen.

***

Alyssa sass auf der Treppenstufe vor Christoph Blums Wohnung. Es war kalt – viel kälter als draussen, wo sich der Himmel bereits dunkelviolett verfärbt hatte. Sie fragte sich, ob John immer noch vor dem Wohnblock auf sie wartete.

Sie hatte Mika nicht zurücklassen können, nicht in diesem Zustand, nicht *so*. Sie getraute sich jedoch nicht zu ihm hinein. Nach dem Rausschmiss war in der Wohnung allerhand kaputtgegangen. Bei jedem Knall war sie etwas mehr in sich zusammengeschrumpft. Was hielt sie hier, weshalb konnte sie nicht vor ihm weglaufen?

Das Erfahrene schüttelte sie wie ein Fieber durch. Sie hatte lange geweint, und selbst jetzt, da keine Träne mehr übrig war, wurde sie von dem Schmerz zerrissen, der einem anderen galt. Sie konnte und wollte sich nicht ausmalen, wie es Mika da drin erging. Er befand sich in der Wohnung eines Mannes, der ihn gegen Geld als Sohn annahm. Das Leben des Lügners war zu einer Lüge verkommen.

Irgendwann wurde es still.

Sie kam langsam auf die Beine, die ihr kaum noch gehorchten. Die Schnittwunden an ihrem Knöchel platzten auf, warmes Blut tränkte ihren Schuh. Sie stützte sich an der Wand ab, während sie zu der Wohnung zurückschlich. Zitternd öffnete sie die Tür.

Was sie im Innern antraf, verschlug ihr den Atem. Alles lag in Trümmern – der Tisch, an dem sie gesessen hatten, die massiven

Stühle, sogar die Türen der Einbauschränke über der Kochnische hatte er herausgerissen.

Mika sass inmitten der Zerstörung auf dem Boden. Das schwache Dämmerlicht drang durch die Fenster und zeichnete seinen Körper in langen Schatten nach. Er sass mit dem Rücken zur Tür, die Beine vor sich angewinkelt, die Ellbogen auf den Knien, den Kopf hängend. Immer wieder hörte sie ein Klicken, gefolgt von einem dumpfen Schein. Beim Näherkommen sah sie, dass er ein Feuerzeug in der Hand hielt, das er aufglimmen und wieder erlöschen liess. Sein Blick bohrte sich teilnahmslos in die Flamme hinein.

Sie wusste nicht, ob er sie hereinkommen gehört hatte. Als sie hinter ihm in die Knie ging und ihre Arme um seinen Oberkörper legte, gab er keine Regung von sich. Sie bettete ihren Kopf zwischen seine Schulterblätter und atmete sein Aftershave zusammen mit seiner Verzweiflung und dem Schmerz ein.

Er hob eine Hand und umfasste ihre kalten Finger, die sie vor seiner Brust verknotet hielt. Das Feuerzeug erlosch, seinen Körper durchfuhr ein Schaudern. Sie drückte sich fest an ihn. Und noch während sie ihn hielt, wusste sie, dass sie ihn für immer losgelassen hatte.

Sie konnte nicht bei ihm bleiben, denn sie könnte ihm nicht das Versprechen geben, dass alles gut würde. Mika war zu weit gegangen, sein Wesen zerbrochen, ihre Vergebung eine Lüge. Neue Tränen schossen ihr in die Augen.

Als sie aufstand, kämpfte sie gegen allerhand Gefühle. Die Schmetterlinge in ihrem Bauch zerrten sie in seine Arme, ihr Verstand legte sie in Fesseln. Sie ging zur Tür und machte sie auf.

«Alyssa.» Seine Stimme ging ihr durch Mark und Bein. Er hielt ihr immer noch den Rücken zugedreht. Das Feuerzeug in seiner Hand glomm von Neuem auf. «Ich komme dir nie mehr zu nahe. Du wirst nichts mehr von mir hören, das verspreche ich dir», sagte er zitternd. Sie presste die Lippen aufeinander. Ein kleiner, dummer Teil von ihr wünschte sich, dass es eine Lüge war.

Sie ging.

John wartete im offenen Cabrio vor dem Wohnblock. Der Himmel war schwarz geworden, erste Sterne tauchten auf. Schweigend setzte sie sich auf den Beifahrersitz. John startete den Motor und drehte die Heizung auf. Danach suchte er ihre Hand.

Sie schaute zu den Sternen, fand den Kleinen Wagen und klammerte sich mit ihrem Blick daran fest. Was sie in all den Monaten an Mikas Seite verdrängt hatte, kehrte plötzlich mit der Wucht eines Orkans zurück. Sie spürte ihre Liebe zu ihm, die Verzweiflung ob seines Handelns, die Angst vor seinem Wesen. Selbst die Furcht vor Roman Huber war wieder da. Zitternd sog sie die kalte Luft in ihre Lungen. John verstärkte seinen Griff.

«Ich werde auf ihn aufpassen», sagte er. «Ich lasse nicht zu, dass sich so etwas wiederholt.»

Sie nickte. Die Dunkelheit umschloss sie kalt und leer.

Nachwort und Dank

Der Abart Music Club feierte keine Wiedereröffnung wie im Buch beschrieben. Das ist bloss eine Wunschvorstellung der Autorin.

Ich danke Emons für die Chance, die Geschichte von Alyssa und Mika einem breiten Leserpublikum vorzustellen. Besonderer Dank gebührt Irène Kost: Ich habe selten in so kurzer Zeit so viel über das Schreiben gelernt.

Weiter bedanke ich mich bei meinen Eltern, den besten Beratern in Mordangelegenheiten; Sarah, die mich vom «Teenieschreiben» abhält; Mike Stee, der John (noch) besser kennt als ich; Michi Lenz, der nie die Augen verdreht, wenn ich mit Selbstzweifeln anklopfe; Jessica, deren Testleser-Kommentare ein eigenes Buch verdienen; Silvia, Vögi, Manu, Christian, Kalliopi Kitsiou und all meinen Freunden, die mich in und rund um Zürich begleiten. Nicht zuletzt danke ich auch Chuck Norris, Hulk, Watchdog und Dr. Steelhammer (kein Scherz) für Marcel Schütz und die Unterstützung beim Schreiben. Ihr wisst, wen und was ich meine.

Nicht zuletzt danke ich DIR. Dass du meine Geschichte liest, bedeutet mir die Welt.